STEPHAN ABARBANELL

DAS LICHT JENER TAGE

STEPHAN
ABARBANELL

DAS LICHT
JENER TAGE

Roman

Blessing

1. Auflage

Umschlaggestaltung: Bauer + Möhring, Berlin
Umschlagabbildung: 169 Martyrs' Square, Beirut (5),
1970 © History and Art Collection/Alamy Stock Foto
Satz: Leingärtner, Nabburg
Druck und Einband: GGP Media GmbH, Pößneck
Printed in Germany
978-3-89667-604-7
www.blessing-verlag.de

Für
Sophie, Julius und Sebastian

Hello darkness, my old friend
I've come to talk with you again

Simon & Garfunkel

1

Springen

1

Beirut, August 2015

Da lag sie, die Stadt, ockerfarben, undurchdringlich, Häuser unter milchigem Dunst. Eine Promenade am Meer, gesäumt von Palmen. Auf einer Anhöhe über dem Wasser ein Riesenrad. An den fernen Hängen das Blinkern blauer Pools, Morsezeichen des erwachenden Tages. Über dem Süden der Stadt setzte das Flugzeug zur Landung an. *Welcome to Rafic Hariri International Airport.*

Robert Landauer löste den Gurt, hob seine Reisetasche aus dem Gepäckfach, legte das Sakko über den Arm und strich es glatt. Seine Lesebrille hatte er vor der Landung immer wieder geputzt und in den Kegel der kleinen Lampe an der Kabinendecke gehalten, bis er die prüfenden Blicke seines Sitznachbarn spürte.

Footprint Travel Guides – Lebanon & Syria, den Reiseführer, den er nach vergeblicher Suche in Berlin bei einem Onlinehändler in Sussex »gebraucht wie neu« erstanden hatte, verstaute er zusammen mit der Brille in der Reisetasche. Trotz mehrfacher Anläufe war er über das Kapitel »Before you travel« nicht hinausgekommen. Nach wenigen Absätzen waren ihm, ein Finger als Lesezeichen zwischen den Seiten, die Augen zugefallen.

Ein Flughafenbus brachte ihn zum Terminal. An andere Passagiere, meist Einheimische, gedrängt, mit einer Hand die fleckige Haltestange aus Metall umklammernd, an der anderen den Geruch abgegriffener Münzen, über ihm das Gebläse der Klimaanlage, fühlte er sich auf demütigende Weise verfrachtet. Er hatte es nicht anders gewollt.

Auf dem Gang zur Gepäckausgabe begleitete die Ankommenden eine Fotoausstellung; brennende Häuser, zerstörte Straßen, Checkpoints, ausgebrannte Panzer, MG-Nester, Frauen, die vor Schmerz und Trauer ihre Arme in die Höhe streckten: Bilder des libanesischen Bürgerkriegs. Die Fotos erst schwarz-weiß, dann in Farbe aus der Zeit nach dem Morden, als die Stadt wieder zu wachsen beginnt, ungestüm, ehrgeizig wie Rio oder Abu Dhabi, Global Money für die Zukunft, neue Straßen wie mit dem Besen gekehrt. Die diese Stadt einst zertrennende »grüne Grenze« nur noch ein Riss in der Seele derer, die nicht vergessen können.

Vor dem Flughafengebäude hielt er nach einem Taxi Ausschau, roch den Atem der fremden Stadt, schmeckte Salz auf der Zunge und spürte den Wind, der vom Meer herüberkam, sanft, schwer und heiß. Das Sakko hatte er sich über die Schultern gelegt.

Er winkte ein Taxi heran. Der Wagen hielt, der Fahrer rief ihm durch das geöffnete Fenster etwas zu. Landauer hörte, wie jemand hinter ihm lachte.

Er wandte sich um. »Gehört Ihnen«, sagte die junge Frau. Sie sprach Deutsch mit einem leichten Akzent. Landauer tippte auf den Norden Europas und fragte sich, woran sie seine Nationalität so mühelos hatte festmachen können. Natürlich – in seiner Sakkotasche steckte zusammengerollt der ungelesene Berliner *Tagesspiegel*.

»Ich bitte um Entschuldigung, ich habe Sie nicht gesehen, nehmen Sie es, bitte.« Für einen Moment standen beide unschlüssig nebeneinander.

Der Fahrer stieg aus und öffnete den Kofferraum. Er trug ein eng anliegendes, modisches T-Shirt, eine Ray-Ban-Wayfarer-Brille, sein Haar war zu einem Pferdeschwanz gebunden.

»Hamra, West-Beirut. Und Sie?«, sagte die Frau. Sie hatte kurz geschnittenes blondes Haar, Pixie-Cut, fast jungenhaft.

»Crowne Plaza Hotel«, sagte er.

»Hamra und Hamra«, sagte der Taxifahrer auf Englisch, griff mit der einen Hand Landauers Reisetasche, mit der anderen den Koffer der jungen Frau, wuchtete sie ins Auto und hielt die hintere Tür auf. »Selber Preis«, sagte er.

Die junge Frau stieg ein, Landauer ging um den Wagen herum und nahm neben ihr Platz.

Sie nannte eine Adresse, Rue Mansour Jurdak, nahe der saudischen Botschaft. Sie schien nicht das erste Mal in der Stadt zu sein.

»Diana Towers Hotel«, sagte der Fahrer. »Und Sie, Mister, Crowne Plaza? Bei geöffnetem Fenster können Sie sich heute Abend gegenseitig aus der Zeitung vorlesen.« Sein Englisch war sicher. Er legte den Gang ein und fuhr an.

Nach kurzer Zeit hatte die junge Frau ihn in ein Gespräch verwickelt, Englisch, Französisch, ein paar Brocken Arabisch, der Fahrer parierte, als sei es Teil des Geschäfts. Sie fragte nach dem Wetter, den Flüchtlingen aus dem Nachbarland, neuen Anekdoten aus der Politik und dem stumm geschalteten libanesischen Parlament, und ob es das Restaurant Soundso im Stadtteil Gemayze noch gäbe. Nicht mehr? *Shit. Too bad.*

What a pity, sagte der Fahrer.

Merde. Sie ließ sich nicht beirren.

Landauer sah aus dem Fenster. Taxis, Lastwagen und abgedunkelte Limousinen von Mercedes, Audi, BMW oder Lexus glitten an ihm vorbei, die Kennzeichen aus Beirut, Jounieh oder Damaskus.

»Kennen Sie Beirut? Auch den Süden, al-Dahiye, das dunkle Fenster der Stadt? Haben Sie Lust auf ein Abenteuer?«

Unvermittelt hatte sie sich ihm zugewandt. Landauer wusste nicht, was er antworten sollte.

»O.k. Versuchen wir es«, sagte sie und legte dem Fahrer die Hand auf die Schulter. Ob er bereit wäre, die Stadtautobahn zu verlassen und die Route durch den Osten der Stadt zu nehmen. In Cola könne er wieder auf die Hauptstraße. Der Fahrer schüttelte bestimmt den Kopf. Sie wandte sich wieder Robert Landauer zu.

»Hisbollah-Gebiet, die ganze Gegend hier auf der rechten Seite. Ich finde, das sollten Sie sehen. An uns haben sie kein Interesse. Es sei denn, Sie sind ein saudischer Prinz, der eine Menge Lösegeld verspricht, und auf dem Weg zu Ihrer Villa in den Bergen.«

Landauer sah im Rückspiegel den Hilfe suchenden Blick des Fahrers.

»Nicht kneifen«, sagte sie.

»Sind Sie sicher, dass dieses kleine Manöver nicht leichtsinnig ist?« Er mochte die Stimme nicht, mit der er das sagte.

»Leichtsinnig?« Sie lachte und zog eine Marlboro Light heraus. »Rauchen Sie?«

Landauer verneinte, als junger Mann gelegentlich, irgendwann habe er aufgehört, er wisse nicht mehr, wann. Sie reichte dem Fahrer eine Zigarette, er betrachtete sie, steckte sie sich hinters Ohr.

»Wenn er unser *kleines Manöver* tatsächlich ausführt, dann nicht wegen einer blöden Zigarette. Und nicht für tausend Dollar. Sondern weil er ein Mann ist«, sagte sie. Der Fahrer fluchte vor sich hin, schüttelte den Kopf und nahm, ohne die Geschwindigkeit zu verringern, die nächste Ausfahrt. Der Wagen begann zu rumpeln, nachdem sie abgebogen waren und nun parallel zur Stadtautobahn in Richtung Norden fuhren. Trotz der Schlaglöcher und der herumliegenden Müllreste nahm der Fahrer den Fuß kaum vom Gas, am Straßenrand glitten Werkstätten für Lastwagen, alte Mercedes-Trucks mit Wassertanks vorbei, Frauen in schwarzen Tschadors, Stände für Gemüse und Obst. Der

Mittelstreifen war nur noch eine Spur aus Sand, Gestein, darauf leere Plastikkanister, alte Autoreifen. An den Laternenmasten hingen Bildnisse eines schwarz gewandeten, aus wachen Augen herabblickenden Mullahs. Fotos und handgemalte Plakate.

»Hassan Nasrallah. Ihn für ein Interview zu bekommen wäre für mich der Jackpot. Keine Chance. Jede Nacht ein anderes Bett. Einer der international meist gesuchten Männer. Dem südlichen Nachbarn würde es schon reichen, nur einen Arm oder ein Bein von ihm zu bekommen, bislang hat auch das nicht geklappt.«

Der »südliche Nachbar«. Israel. Auch seinetwegen war er hier und tastete in der Innentasche seines Sakkos nach dem Pass, den er sich für diese Reise neu hatte ausstellen lassen, ohne verräterische Stempel.

Ob sie genug gesehen hätten, wollte der Fahrer wissen. Ohne ihre Antwort abzuwarten, bog er nach Westen ab, Richtung Meer, wenig später waren sie wieder auf der Schnellstraße. Landauer spürte, wie die Anspannung wich. Der Kragen seines Hemdes war nass.

»Sie sind Journalistin?«

»Ich arbeite an einer Artikelserie über den neuen, sich gerade mal wieder selbst abschaffenden Nahen Osten. Ursprünglich eine kleine Reportage über die Ermordung Jitzchak Rabins und das trübe Jubiläum der Friedensverträge. Israel und die Rechten, Israel und die Palis. Aber wenn man in dieser Region einmal beginnt, ist es schwer, wieder ein Ende zu finden. Und einen Anfang auch. Lauter lose Fäden.«

»Rabin. Das ist zwanzig Jahre her. November 1995. Yigal Amir, am Platz der Könige. Drei Geschosse, selbst gebaute Dumdum. Die Ärzte hatten bei Rabin keine Chance.«

»Sie sind Arzt?«

»Nicht für so etwas.«

»Aber Sie scheinen sich in der Region auszukennen.«

»Früher einmal, ja … vielleicht.«

Durch die Frontscheibe sah er auf einer Anhöhe das Riesenrad, das er vom Flugzeug aus entdeckt hatte. Verloren und stumm stand es dort, als wären die Schausteller längst weitergezogen und hätten das stählerne Gerüst von der Farbe getrockneten Bluts zurückgelassen, als Geschenk, als Mahnung, als Fluch.

»Hinter mir liegt eine Woche Kairo«, sagte die junge Frau. »Jetzt ein paar Tage Beirut. Anschließend über Istanbul nach Tel Aviv. Direkt geht nicht. Wenn in Israel tatsächlich einer den Mund aufmacht, geht es von da aus retour an den Schreibtisch. Amsterdam. Ressort Außen- und Sicherheitspolitik bei *deVolkskrant*. Vorne mit kleinem d, schließlich sind wir ein kleines Land und interessieren uns vielleicht auch deswegen ganz besonders für andere kleine Länder.« Sie lachte, frei und unbeschwert.

Ihr Handy klingelte, sie blickte auf das Display, ließ es wieder in die Tasche gleiten. »Mein Fotograf. Er erwartet mich im Hotel.«

Robert Landauer war froh, dass sie ihn nicht fragte, was ihn in die Stadt geführt habe. Was hätte er antworten sollen? Ein Arzt auf Abwegen? Ein Forscher ohne handfeste Hypothese? Ein Gescheiterter? Ein Verrückter. Vielleicht sogar das.

Die Frau blickte aus dem halb heruntergelassenen Fenster. Der Fahrtwind gab ihre Stirn frei. Ihre Lippen waren leicht geöffnet, sie sog die Luft tief ein.

»Riechen Sie das?«

Natriumchlorid, dachte er. In der Natur in großer Menge vorhanden, größtenteils gelöst im Meerwasser mit einem Gehalt von rund drei Prozent, insgesamt $3{,}6 \times 10^{16}$ Tonnen. So lautete die Formel. Und mit Formeln kannte er sich aus. Zumindest hatte er das angenommen, nahezu sein ganzes Leben lang, bestätigt durch internationale Auszeichnungen, Preise und industrienahes Geld.

»Ja, das Meer«, sagte er.

»Hitze, Feuchtigkeit und Salz. Ohne den Wind wäre es hier unerträglich. Aber auf den ist in Beirut Verlass.«

Sie verließen die Stadtautobahn, bogen wenig später von der Uferpromenade rechts ab, die Straße nach Hamra stieg leicht an, der Verkehr wurde zäh. Sie standen. Hupen, Gedrängel, Polizisten auf Motorrädern, die tatenlos zusahen.

»Wassersperre«, sagte der Fahrer. »Seit gestern. Die Stadt kann nicht mehr liefern. Alle müssen Wasser kaufen, und die Tanklaster blockieren die Straßen. Wollen Sie von hier aus laufen? Geht definitiv schneller.«

Sie sahen sich an, und die junge Frau nickte. Landauer zahlte, gab großzügig Trinkgeld, und sie stiegen aus.

Die junge Frau zog ihren Koffer hinter sich her, er hatte die Reisetasche geschultert. Eine Katze hüpfte von einer Mauer und folgte ihnen. Sie kam aus der Richtung des alten, stillgelegten Leuchtturms, der zwischen den hohen Häusern Schutz zu suchen schien.

»Hier oben trennen sich unsere Wege«, sagte sie an der Einfahrt zur Rue Mansour Jurdak und wies ihm den Weg zu seinem Hotel. »Danke für den Shuttle.«

»Ich habe zu danken«, sagte er. Als er sie nach ihrem Namen fragen wollte, war sie bereits außer Sicht.

Er hatte sich von Berlin aus bei Professor Stéphane al-Soury angekündigt. Sein Kollege hatte umgehend geantwortet, er freue sich über den Besuch aus Deutschland. Sie hatten vereinbart, dass Landauer sich vom Hotel aus melden und später »zu einem leichten Abendessen«, wie al-Soury schrieb, in seinem Appartement einfinden solle. Von ihm erhoffte er sich Rat, wie er vorgehen könnte. Aber wie weit sollte, durfte er sich ihm gegenüber öffnen?

In seinen amerikanischen Jahren hatte er in Philadelphia mit dem libanesischen, um einige Jahre älteren Kollegen, der aus einer vermögenden, levantinisch-christlichen Familie stammte, zusammengearbeitet, an der Klinik der Penn University, in der medizinischen Forschung, ohne dass sie je ein privates Wort gewechselt hätten. Trotz dessen weltläufiger Freundlichkeit, die er im Stillen oft bewundert hatte, war al-Soury ihm stets unnahbar erschienen, obwohl jeder Außenstehende sie für kollegial Vertraute hätte halten können. Einmal hatte er al-Soury geholfen und dessen Karriere gerettet, als Amerika kurz nach dem Angriff auf den Irak von der Angst vor vermeintlichen Terroristen erfasst wurde und der Professor aus dem Libanon des Landes verwiesen werden sollte. Es konnte nur ein Irrtum sein. Ein Datenfehler. Über eine Kette von Kontakten bis nach ganz oben war es ihm als Mitglied des Fakultätsrates möglich, das unvermeidlich Scheinende abzuwenden. Professor al-Soury durfte im Land bleiben und weiter lehren und forschen. Er hatte sich später nie Gedanken darüber gemacht, was die amerikanischen Behörden gegen seinen Kollegen vorzubringen gehabt hatten und ob nicht auch er bei seiner beherzten Intervention ein wenig leichtsinnig gewesen war.

In Berlin war ihm sein Kollege wieder eingefallen. Auch dass er aus einer politisch aktiven Familie stammte und das Land wahrscheinlich kannte wie kaum ein anderer. Er hatte zudem gelesen, dass al-Soury in seinem Heimatland eine politische Karriere anstrebte, als Ziel einen starken, geeinten Libanon, so der Text unter dem Logo einer von einem rot umrandeten Zeder auf der Website seiner neuen Partei.

Und Sie, lieber Kollege? Was führt Sie in unser Land? Landauer würde sich erklären müssen. Er suchte eine Spur, einen Anknüpfungspunkt. Aber war al-Soury zu trauen, konnte er ein Verbündeter sein in dieser Sache? Auf welcher Seite hatte er gestanden, damals, vor über dreißig Jahren?

Und würde al-Soury ihn nicht vielleicht sogar auslachen, als den sich selbst völlig überschätzenden Ausländer betrachten, wenn er ihm den Grund für seine Reise erklärte – jemanden in dieser fremden Stadt zu suchen, den zu finden andere längst aufgegeben hatten? So viele Namenlose, Vergessene, hatten ihr Leben in diesem Land verloren, gestorben an Häuserwänden, Straßenecken, in Kiesgruben, an Straßensperren oder auf den vor Angst nass geschwitzten Matratzen ihrer Betten. So viele waren verschwunden, spurlos, wie sie. Und ausgerechnet er, ein Arzt und Forscher, der dieses Land kaum kannte, wollte sie finden!

Landauer hatte beschlossen, spontan zu entscheiden, ob er al-Soury in sein Vorhaben einweihen würde, und das Treffen mit seinem Kollegen bis auf Weiteres als eine Möglichkeit zu betrachten, den ersten Abend in einem fremden Land zumindest in vertrauter Gesellschaft zu verbringen. Dann würde er weitersehen.

Sein Zimmer lag im zehnten Stock, mit Blick über den Westen der Stadt auf das Meer. Er stellte seine Reisetasche neben das Bett. Auf dem Nachttisch lag ein Briefumschlag, darin eine Karte.

Cher Robert,
um 5 p.m. erwartet Sie mein Wagen. Ich freue mich auf ein Wiedersehen und hoffe, Sie sind gut angekommen und fühlen sich wie zu Hause.
Stéphane

Al-Soury war ihm zuvorgekommen. In der Hotelbar im einundzwanzigsten Stockwerk bestellte Landauer sich einen Kaffee und ein Sandwich. An jeder Seite des weitläufigen, die ganze Hotelfläche einnehmenden Raumes waren große, bodentiefe Fenster. Dahinter die wachsende Stadt. Er sah Arbeiter mit Helmen, unwirklich hohe Baukräne, die sich drehten und an langen Seilen Metallträger, Fensterfassungen und schimmernde Fassadensteine in die Höhe zogen. Die Bar ging in ein Schwimmbad über, und er beschloss, nach dem Imbiss zu trainieren, auch um die Anspannung loszuwerden. Er taxierte das Becken und hatte das heutige Soll im Handumdrehen errechnet: Seine zwanzig Bahnen in Berlin, zweimal die Woche unter Aufsicht seines Trainers Paolo, wären aufgrund der geringen Größe des Hotelbeckens zu verdoppeln, abzüglich eines Reiseerschöpfungsbonus von zehn Bahnen. Ergänzt um eine Altersermäßigung von fünf Jahren, die er sich heute selbst gewährte, schließlich war er, auch wenn man es ihm nicht ansah, achtundfünfzig. Strich drunter. »Macht fünfundzwanzig Bahnen Beirut-Maß«, sagte er leise zu sich selbst und ließ die Rechnung für Kaffee und Sandwich auf das Zimmer schreiben.

Um kurz vor fünf stand er in der Hotellobby. Er fühlte sich erfrischt und ausgeruht. Nur hatte er nicht daran gedacht, dass er seinem Kollegen al-Soury etwas hätte mitbringen sollen. Schließlich war er eingeladen.

Ein Mann im dunklen Anzug kam auf ihn zu.

»Professor Landauer?«

Gemeinsam verließen sie das Hotel. Ein schwarzer Mercedes, die Scheiben im Fond verdunkelt, erwartete sie auf dem Vorplatz. Die Wucht der Hitze überraschte ihn. In der Hamra Street vor dem Crowne Plaza stand der Verkehr. Hupen, Lärm, japanische und koreanische Motorroller, die sich an den Autos vorbeischlängelten und oft ganze Familien transportierten; vorn der Vater, hinten die Mutter, dazwischen zwei Kinder wie lebensechte Puppen. Ihm fiel ein Mädchen auf, etwa fünf Jahre alt. Er blickte ihm nach.

An der Hotelausfahrt hockte ein Bettler. *Suri,* sagte der Mann im dunklen Anzug und öffnete eine der hinteren Türen. Am Steuer saß ein Fahrer. Der Motor des Wagens und die Klimaanlage liefen. Sie fuhren die Auffahrt hinunter, und der Mann, der nun neben dem Fahrer saß, wies noch einmal auf den Bettler, den *Syrer*.

Refugees, many, many, sagte er, griff mit der Hand hinter sich an seinen Gürtel, zog eine Pistole heraus, legte sie, nachdem er den Entsicherungsschalter kontrolliert hatte, ins Handschuhfach. Er drehte sich zu Landauer um.

»Bequem? Fahrt dauert nicht viele Minuten. Ashrafieh. Wunderschön«, sagte er in einem holprigen Englisch und wandte sich wieder nach vorn.

Landauer wusste, dass sein Kollege al-Soury in einem feinen christlichen Stadtteil wohnte. Nachdem sie der Corniche am Meer entlang gefolgt waren, beschrieb diese einen Bogen, an Hafenanlagen und der Marina vorbei Richtung Osten. Der Motor schnurrte nahezu geräuschlos. Landauer roch das Leder der Sitze und entdeckte eine Vielzahl von Knöpfen und Schaltern, deren Funktion sich ihm nicht erschloss.

Die Straße, in der Stéphane al-Soury wohnte, war von Baumkronen überdacht. Vor einem mehrstöckigen Haus, das aus einer Vielzahl großzügiger Appartements zu bestehen schien und durch einen hohen Zaun vom Fußweg getrennt war, hielten sie. Der Beifahrer, die Waffe wieder im Holster, begleitete ihn zum Eingang des Grundstücks und meldete ihn über die Gegensprechanlage an. Mit einem Summen ging das Tor auf. Ein asiatisch aussehender Butler in einer weißen, uniformähnlichen Jacke öffnete Landauer, bat ihn herein und führte ihn über eine Treppe nach oben. Durch hohe, mit alten Möbeln, Statuen, großformatigen Bildern und silbernen Standleuchtern ausgestattete Räume, alle in zarten Pastelltönen, geleitete er ihn hinaus auf eine von Windlichtern erleuchtete Loggia. Über ihnen drehte sich lautlos ein großflügeliger Ventilator.

Er hatte Stéphane al-Soury einige Jahre nicht gesehen, sein Kollege war längst emeritiert, schien jedoch kaum gealtert zu sein. Den Kopf stets geneigt, dunkle, wache, funkelnde Augen, bewegliche, feingliedrige Hände. Graublauer Anzug, offenes Hemd, schwarze Slipper, Tod's, Prada oder aufwärts.

»Wie schön, dass Sie den Weg zu uns gefunden haben. Bienvenue, cher Robert.« Er reichte ihm die Hand.

Landauer hatte vergessen, dass al-Soury seinen Namen am Penn Medical Center in Philadelphia stets französisch ausgesprochen hatte. Der Butler stand mit einem silbernen Tablett regungslos neben ihnen. Al-Soury gab eine kurze Anweisung. Der Kellner verneigte sich und kam wenig später mit einer Flasche Chateau Ksara Chardonnay Cuveé *du Pape* zurück, einem Weißwein aus der Bekaa-Ebene, wie al-Soury beim Füllen der Gläser mit einem gewissen Stolz erklärte.

Nachdem ein paar Erinnerungen an die gemeinsame Zeit in Philadelphia ausgetauscht waren, al-Soury kurz all das Schicksalhafte – *terriblement!* – zur Sprache gebracht hatte, das Robert in Amerika auf so vielfältige Weise widerfahren sei, ging es zu Tisch. An dem zur Hauswand hin gelegenen Teil der Loggia war ein Buffet aufgebaut: dicke Scheiben Roastbeef mit Kräutern garniert, geröstete Kartoffeln, wahlweise gedünstete oder eingelegte Gemüse, Salat, dazu zwei unterschiedliche Dressings. Daneben auf einem hölzernen Brett eine Auswahl verschiedener Käsesorten.

Tatsächlich wollte al-Soury, kaum hatten sie zu essen begonnen, von ihm wissen, was ihn in den Libanon geführt habe. Wo doch jetzt kaum einer den Weg hierher fände, weder die Touristen noch die reichen Scheichs, für die diese ganze Hotelpracht doch gebaut worden sei, weil sie sich auf dem Weg vom Flughafen in die Stadt nicht länger von den Schiiten und der Hisbollah ausrauben lassen wollten.

»Es war immer mein Wunsch, dieses Land zu bereisen«, sagte Landauer. Irgendetwas ließ ihn zögern, sich al-Soury anzuvertrauen. »Sie wissen, ich bin durch unseren Beruf viel herumgekommen, aber bestimmte Länder fehlen mir noch, obwohl sie auf meiner geistigen Weltkarte immer ganz groß verzeichnet waren. Und ich habe Zeit, ein kleines Privileg des Älterwerdens und meiner gegenwärtigen Lebensumstände.« Er wunderte sich selbst, wie leicht ihm diese Lüge über die Lippen ging. Nur der letzte Satz entsprach der Wahrheit, einer schmerzhaften Wahrheit.

Al-Soury hob die Gabel, hielt inne. »Das freut mich. Allerdings sind schon viele hierhergekommen, um sich einen Traum zu erfüllen. Und fanden sich schließlich in einem Albtraum wieder.«

Stéphane al-Soury sah Landauer durchdringend an, als wüsste er genau, dass dieser ihm etwas verheimlichte, lächelte und legte ihm die Hand auf den Arm. Er begann wieder zu essen, und binnen Kurzem steckten sie tief in Fachlichem. Er sei noch immer einigermaßen *à jour*, sagte al-Soury. Obwohl, dieser rasende Fortschritt in der medizinischen und pharmazeutischen Forschung, ihm werde bei der Lektüre zunehmend schwindelig, und er sei froh, da nicht mehr mithalten zu müssen. Und überhaupt, ob die ständige Lebensverlängerung der richtige Weg sei? Er habe da Zweifel. Aber vielleicht seien dies nur die Gedanken eines langsam ins Alter abtauchenden Melancholikers, es sei nur richtig, dass er selbst, Robert, es in Berlin noch einmal wissen wolle, noch gehöre er ja nicht zum alten Eisen. Und ein Mittel gegen Alzheimer würde zweifellos einen neuen, großen Markt öffnen.

»Ich bin noch immer Wissenschaftler und Arzt, kein Geschäftsmann«, sagte Landauer. »Der Wiedereinstieg in Berlin fällt mir tatsächlich nicht leicht. Oft fühle ich mich, eine kuriose Erfahrung, wo ich nun bald sechzig werde, wie der Eleve einer neuen Zeit. Verstehen Sie das?«

»Sie wollen etwas zu Ende bringen, habe ich recht? Und den Menschen auf diesem Wege endgültig die Gnade des Vergessens rauben«, sagte al-Soury schmunzelnd. »Nur zu!« Viele würden ja heute so alt, dass sie den Kasten da oben, er tippte sich an die Stirn, lange bräuchten. Vor allem die Jungen mit ihrer Aussicht auf eine halbe Ewigkeit Leben.

»Ich komme aus einer anderen Zeit, da war das Leben oft kurz. Viel zu kurz«, sagte er und strich die Serviette glatt, die auf seinem Schoß lag. Für einen Moment schienen ihn Gedanken, Bilder davonzutragen.

Der Kellner war immer wieder an den Tisch getreten und hatte ihnen Wein nachgeschenkt, zum Hauptgang einen schweren Roten, auch aus Ksara.

Sie hoben erneut die Gläser und sahen sich an. Al-Sourys Augen funkelten, als wollte er sagen, »noch heute Abend werden Sie mir Ihre Geschichte erzählen, werter Kollege«. Dann tranken sie und setzten die Gläser wieder ab.

»Willkommen im Libanon, Robért«, sagte al-Soury, winkte mit der Serviette den Butler heran, der, einer Statue gleich, neben dem Buffettisch stand und auf das lautlose Kommando hin zum Leben erwachte. »Sie können abräumen, Joachino. Und bringen sie uns Arak, den besten, den wir haben.«

2

Berlin, wenige Wochen zuvor

Vor dem Bekleidungsgeschäft am Tauentzien warteten große schwarze Wagen in der Sonne. Oberklasse, getönte Scheiben, ein Maybach, ein Porsche mit geöffnetem Verdeck. Alle im Parkverbot. Der Turm der Gedächtniskirche, nur wenige Hundert Meter entfernt, war mit einem Baugerüst eingekleidet, Landauer konnte sich nicht erinnern, die Kirche jemals ohne Gerüst gesehen zu haben. Die Sonne brannte schon jetzt, aber für die kommenden Tage hatten die Zeitungen »Sahara-Hitze« angekündigt: Berlin, sechsunddreißig Grad. Als er aus der noch kühlen, von der Zeit der Kutschen erzählenden, hohen Eingangshalle seines Wohnhauses in der Giesebrechtstraße getreten war, hatte er die ausgebleichte Baseballkappe mit der Aufschrift *Philadelphia* aufgesetzt. Er mochte die Hitze, verband sie Berlin doch mit Madrid, Sydney, Hongkong, Philadelphia und New York, seiner Welt. Oder der Welt, die bis vor wenigen Monaten noch seine gewesen war.

Aus dem Augenwinkel nahm er vor dem Geschäft einen kleinen Smart wahr, am Steuer eine junge Frau. Er sah ihr Profil. Sie trug einen Hidschab, dazu eine langärmelige Tunika, hatte die Augen geschlossen und den Kopf zurückgelehnt, als schlafe sie. Ein silbernes Auto mit dem Brabus-Logo. Er betrat das Geschäft durch eine Schleuse aus Wind, zögerte, nahm dann die Rolltreppe in den ersten Stock. Hätte er dem schwarz uniformierten Wachmann an der Tür sagen müssen, dass er den kleinen Wagen in der Sonne und die schlafende junge Frau im Auge behalten solle?

An der Warenausgabe legte er die Auftragsbestätigung vor. Eine zierliche, dunkelhaarige Mitarbeiterin nahm sie entgegen, hielt sie sich vor die Nase wie eine schwer zu entziffernde Wegbeschreibung und verschwand hinter einem Vorhang.

Mit dem Anzug über dem Arm tauchte sie wieder auf. »Jetzt wird er passen«, sagte sie, legte ihn auf einen Bogen Seidenpapier, strich ihn mit dünnen, langen Fingern glatt, die Nägel rot lackiert, befühlte noch einmal den Stoff, das Seidenpapier raschelte. *Aleyna Demirel* las er auf ihrem Namensschild. Er sah ihr zu, wie sie den Anzug zusammenlegte, stellte sich ganz plötzlich vor, er würde noch einmal, wie wenige Tage zuvor, den Laden betreten, nur diesmal Arm in Arm mit dieser Aleyna, geborgen in einem Kokon selbstverständlicher Sorglosigkeit. Die junge Frau würde geduldig vor der Kabine auf ihn warten, ihn betrachten, berühren, bis sie gemeinsam das Richtige für ihn gefunden hätten. Sie würden zusammen wieder gehen, zu ihr nach Hause, eine Wohnung in Steglitz, kleiner Balkon, die Zimmer aufgeräumt und sauber, eine Mischung aus IKEA-Katalog und Mädchenzimmer. Aleyna würde für ihn kochen, ihn bitten, den Wein aufzumachen, und durch die geöffnete Küchentür von sich und ihrem Tag erzählen, lauter himmlische, tröstende Belanglosigkeiten. Im Bett würde sie das Licht löschen, ihn sanft auf den Hals küssen und sagen, schlaf gut, Robert.

»Ihre Unterschrift, unten rechts.« Er war irritiert von dem geschäftsmäßigen Ton seiner Aleyna, suchte auf der Abholbestätigung das kleine mit Kugelschreiber gezeichnete Kreuz und unterschrieb.

»Ein schöner Name«, sagte sie. »Ich habe einen Vetter in Lindau.«

Er sah auf. »Landau, nicht Lindau. Beide Orte liegen in Bayern.«

»Landauer, klar«, sagte sie, lächelte verlegen und reichte ihm den Abholschein.

»Danke«, sagte er und ging. Den Wagen vor dem Eingang hatte er längst vergessen.

Als er auf die Straße trat, sah er eine Menschentraube. In ihrer Mitte der Wachmann des Kaufhauses. Er drängte sich an den Schaulustigen vorbei. Die Türen des Wagens waren noch immer geschlossen, ein Fahrradbote mit kurzen Hosen und tätowierten Waden hatte die Hände über die Augen gelegt und spähte durch die Seitenscheibe hinein. Er zog am Türgriff, der Wagen war nicht abgesperrt. Der Bote wandte sich um und rief: »Ist hier einer Arzt?«

Landauer blieb stehen. Er war Forscher, schon lange ohne ärztliche Praxis.

»Bitte lassen Sie mich durch«, sagte er, schritt durch die kleine Gasse aus Schaulustigen, trat neben den Fahrradboten und beugte sich in den Wagen hinein. Die Hitze darin war unerträglich.

»Benötigen Sie Hilfe?«, fragte er die junge Frau.

Sie öffnete die Lippen, formte Worte, aber er konnte nicht verstehen, was sie sagte.

»Ich werde Sie jetzt berühren«, sagte er und legte ihr die Hand an Hals, Stirn und Puls. »Können Sie mich verstehen?« Sie nickte. »Sind Sie in der Lage, die Augen zu öffnen?« Nichts geschah. »Wir werden einen Rettungswagen rufen.«

»Nein, bitte nicht«, sagte sie. Jetzt öffnete sie die Augen und sah ihn an.

»Aber Sie müssen aus dem Wagen raus.«

Der Fahrradbote reichte ihm wortlos eine ungeöffnete Flasche Mineralwasser. Als die junge Frau die Flasche sah, schüttelte sie den Kopf.

»Trauen Sie sich zu, mit meiner Hilfe auszusteigen?«

Der Schweiß rann ihm von der Stirn, er spürte, wie sein Hemd nass wurde. Die Menschen waren weitergegangen, der Wachmann hatte sich wieder dem Ladeneingang genähert, blickte aber weiterhin zu ihnen herüber, der Fahrradbote war noch da.

»Kommen Sie, helfen Sie mir«, sagte Landauer zu dem Fahrradboten, griff über die junge Frau hinweg und stieß die Fahrertür weit auf. Ein Luftzug ging durch den Wagen, die Frau atmete tief aus. Sie hatte ebenmäßige Zähne, am linken Mundwinkel Reste von Lippenstift. Sie mochte Anfang zwanzig sein.

»Ein paar Minuten nur … bitte …«, sagte sie und schloss die Augen, als wartete sie nur darauf, dass irgendeine Kraftquelle im Inneren ihres Körpers wieder zu arbeiten begann.

»Sie sollten etwas trinken«, sagte Landauer.

Das Funkgerät des Boten krächzte, er antwortete. »Ich muss weiter«, sagte er, »die Flasche lasse ich Ihnen da.« Er stieg auf sein Rad, grüßte mit dem Finger am Helm und fädelte sich in den Verkehr ein.

»Sie werden kaum alleine weiterfahren können«, sagte er.

»Delbrückstraße. Keine fünf Minuten«, sagte sie.

»Im dehydrierten Zustand sollten Sie auf keinen Fall selbst fahren. Ich könnte Sie mitnehmen.«

»Nein, nicht nötig.« Sie suchte den Zündschlüssel, der noch immer im Zündschloss steckte, fand ihn nicht, beugte sich zur Seite, suchte erneut.

»Können Sie auf den Beifahrersitz rutschen?«

Der Wagen war leicht zu bedienen, nur beim Anfahren gab Landauer zu viel Gas.

»Ein Rennwagen«, sagte er. Die junge Frau, die nun neben ihm saß, den Kopf zurückgelehnt, lächelte.

»Ein Geschenk«, sagte sie. »Vater mag es nicht, wenn ich die Öffentlichen nehme oder mit dem Fahrrad unterwegs bin.«

Hinter dem großen Kreisel, wo ein aus Beton gefertigter Cadillac im Boden steckte, bogen sie rechts in die Königsallee ein. Vorbei an Villen und dem Mahnmal, das an die Ermordung Walther Rathenaus erinnerte, fuhren sie Richtung Delbrückstraße. Immer wieder sah Robert Landauer zur Seite, um sich zu vergewissern, dass die junge Frau noch bei Bewusstsein war.

Sie bogen in die Straße ein, und sie wies auf eine große Villa, aus der Zeit des preußischen Klassizismus, nur Zaun und Lampen schienen später hinzugekommen zu sein und wollten nicht so recht zu dem erhabenen Anwesen passen. Auf Masten installierte Überwachungskameras, in der Einfahrt zwei Wagen, blendend weiß, eine große Limousine und ein SUV.

Er stellte den Motor ab und reichte ihr den Schlüssel.

»Danke«, sagte sie, jetzt wieder ein wenig bei Kräften. »Wollen Sie ein Taxi? Ibrahim kann Ihnen eines bestellen. Es tut mir leid, dass ich Sie in diese Situation gebracht habe.«

Er winkte ab, ein paar Meter zu Fuß würden ihm guttun, er würde sich später ein Taxi heranwinken. Aus dem Kofferraum nahm er den Anzug, den er dort abgelegt hatte, und gab der jungen Frau eine Visitenkarte.

Die junge Frau ging langsam die Treppen zum Eingang hinauf, die Karte in der Hand, die Tür öffnete sich, und ein kräftiger, dunkelhäutiger Mann lugte heraus, sah nach rechts und links und ließ sie hinein.

3

Es war ein ungewöhnlicher Brief, unfrankiert und ohne Absender, die Adresse in etwas zu großen Buchstaben und mit einem Füller geschrieben. Am Abend, als er aus dem Labor kam, fand er ihn im Briefkasten. In der Küche nahm er ein Messer aus dem Block und schlitzte den Umschlag auf.

In Amerika hatte er zahlreiche solcher Briefe von Unbekannten erhalten, man hatte ihm geraten, sie zu ignorieren oder gleich an seinen Anwalt weiterzuleiten. Verrückte drohen, aber sie schießen nicht. Er mochte mit Tribalon vielen Menschen geholfen, Blutwerte verbessert, Leben erleichtert und verlängert haben, aber einigen wenigen war seine Forschung zum Verhängnis geworden. So hatte es die international renommierte Fachzeitschrift *Reports in Medicine* formuliert. Eine Patientenorganisation hatte die Sache aufgegriffen und den Mann hinter Tribalon ins Visier genommen.

Er ging an den Kühlschrank, schenkte sich ein Glas Mineralwasser ein, trank es in wenigen Zügen aus, nahm die Karte aus dem Umschlag und setzte die Brille auf.

Professor,
Sie haben meinen Dank verdient. Ich würde mich freuen, Sie morgen gegen Abend empfangen zu dürfen.
Fouad Tamimi

Eine Visitenkarte fiel heraus. Delbrückstraße. Ach ja, die junge Frau. Er hatte ihr seine Karte gegeben. Eine Einladung also, keine Drohung. Er war erleichtert, wollte sogleich absagen, eine E-Mail-Adresse stand ebenfalls auf der Karte. Er klappte den Computer auf, alles nicht der Rede wert, er sei schließlich immer noch Arzt.

Fouad Tamimi, so hieß der Mann. Der Name machte ihn neugierig, er wollte wissen, an wen er schrieb, und war überrascht, wie viel er über ihn fand; zum einen eine arabisch-deutsche Erfolgsgeschichte, eine Hymne auf Tamimi, wichtiger Träger des Berliner Wirtschaftslebens, in den Neunzigern sogar mit einer Medaille der IHK ausgezeichnet; zum anderen Berichte über eine drohende Anklage und über fragwürdige Geschäftsmethoden, Gewaltanwendung. Schließlich die Intervention der Ausländerbeauftragten des Senats, als sich eine große Tageszeitung wieder einmal auf die Litani GmbH bezog, einseitig und mit Stereotypen durchsetzt. Der deutsche Diskurs über das Gute und das Fremde.

Er las weiter. Tamimis Firma war offenbar über die Jahre zu einem kleinen Imperium herangereift, ein Mischkonzern des Geldes, weit über Berlin hinaus bekannt, dabei immer den Kernauftrag im Fokus: Inkasso. Geld eintreiben, gegen Provision. Nicht schön, aber erlaubt. Er entdeckte einen Hinweis, den manch anderer überlesen hätte, der ihn aber aufmerken ließ. Der Name Tamimi tauchte in einem Fachaufsatz auf und war mit einer Fußnote versehen. Ein Rechtswissenschaftler hatte eine längere Abhandlung über juristische und völkerrechtliche Aspekte der wichtigsten Migrationswellen in Berlin seit 1945 geschrieben, mit dem Fokus auf die Jahre 1982 bis 1983. Fouad Tamimi, da stand er, auf Seite hundertzweiunddreißig, mit der Fußnote siebenundzwanzig versehen. Landauer scrollte weiter, bis er am Ende des Textes die Fußnote fand.

27)

Fouad Tamimi, 1982 mit der ersten arabischen Fluchtwelle (Libanon/Palästina) in die geteilte Stadt gekommen. Hoher wirtschaftlicher Eigensinn, früher und nachhaltiger Erfolg in der Selbstständigkeit. Nur schwache Rückbindung an den Glauben (Islam) und traditionelle Familienstrukturen (Clans). Zitat: »Unsere Herkunft ist nicht so wichtig wie unser Ziel. Es gibt in dieser Stadt vielleicht wenig offene Arme, aber es gibt Hände, die arbeiten wollen. Wenn man uns lässt.« 2004.

Er beschloss, die Einladung anzunehmen und auf dem Rückweg vom Labor bei Tamimi vorbeizufahren. Er öffnete den elektronischen Kalender, schrieb in die 18-Uhr-Zeile: *Rettungsaktion Tamimi, Nachsorge* und klappte das Gerät wieder zu.

Am nächsten Abend parkte er den Wagen im Grünwald auf Höhe der Villa. Die Sonne verschüttete ihr spätes Gold über den Baumkronen. Die Straße war ruhig, leises Vogelgezänk war zu hören, im Garten das Klackern eines Rasensprengers. Es würde erneut eine heiße Nacht werden. Das Haus musste einst von einem Großindustriellen gebaut worden sein, Jahrhundertwende. Es wirkte stimmig in seinen ausladenden Proportionen, nur durch eine Renovierung vor nicht allzu langer Zeit hatte es verloren, die Ziegel der angebauten Garage waren zu hell und glänzend, die neu angebrachten Kandelaber links und rechts des Eingangs missraten.

Ein junger Mann stand auf einer Trittleiter, polierte das Dach eines vor dem Garagentor geparkten Vans, schwarze Scheiben, an der Beifahrertür in Silber die Aufschrift »Escalade«. Landauer klingelte, hörte ein Summen, und das schmiedeeiserne Tor ging auf. In der Haustür erwartete ihn der große, dunkelhäutige Mann, den er bereits gesehen hatte, als er die junge Frau nach Hause brachte, und bat ihn wortlos herein.

In der Halle war es kühl, sie hatte eine von kleinen Fenstern durchsetzte Kuppel, Lichtbahnen zeichneten sich am Boden ab. Die Wände waren aus hellem Marmor oder geschliffenem Sandstein, bilderlos. Aber in einer großen Bodenvase ein ausladender Blumenstrauß, der seinen Duft im Raum verströmte. Zwei orientalisch anmutende Stühle standen neben dem Bogen, der den Weg zu den nach hinten gelegenen Räumen freigab. Landauer blickte durch die lange Flucht des Flures in den Garten hinaus.

»Sie also sind der Mann, der meine Tochter gerettet hat. Eigentlich hätte ich *Sie* aufsuchen müssen und nicht Sie mich. Aber ich wollte Sie nicht erschrecken. Ein Fremder vor Ihrer Tür, was hätten Sie denken sollen?« Fouad Tamimi musste sich von der Seite genähert haben. Er streckte die Hand aus, lachte und wies in Richtung Garten.

Tamimi war ein paar Jahre älter als er, maßgeschneiderter Anzug, kräftige Augenbrauen und ein leicht ergrauter Schnauzbart. Der Mann, der die Tür geöffnet hatte, folgte ihnen mit wenigen Schritten Abstand.

»Der einzige Schatten, der nicht kühlt«, sagte Tamimi, als er bemerkte, dass Landauer sich umwandte, berührte seinen Arm und wies auf einen der wuchtigen Sessel, die vor dem Fenster platziert waren.

Auch hier keine Bilder an den Wänden. Nur ein Wandteppich über einer Sitzgruppe, zwei rechtwinklig angeordnete, breite Sofas mit verschiedenen bunten Decken und Kissen. Es roch nach frischem Kaffee. Baklavas in unterschiedlichen Formen standen auf einem runden Beistelltisch.

»Bitte setzen Sie sich, Professor.«

Eine Frau mit weißer Schürze kam herein, auf dem silbernen Tablett nur eine Tasse, dazu Milch und Zucker.

»Mögen Sie ihn orientalisch? Süß oder ungesüßt? Oder einen deutschen Filterkaffee? Dann bekommen Sie Arabica.« Er lachte erneut.

»Arabica klingt gut«, sagte Landauer.

»In ein paar Tagen haben wir es geschafft. Ich kann nicht behaupten, dass Allah in mir den besten Partner hat, aber der Ramadan ist uns in der Familie heilig. Layla nimmt sich in diesen Tagen immer zu viel vor. Unterwegs, unterwegs. Und diese Hitze! Als hätte jemand Damaskus an die Spree verlegt. Ab jetzt wird Ibrahim sie begleiten.«

Er wies mit dem Kopf auf den kräftigen, dunkelhäutigen Mann, der im Türrahmen stand, die Hände auf Gürtelhöhe verschränkt.

»Ich möchte Ihnen danken, für die, wie sagt man ...?« Tamimi schien beim Reden ein Gedanke gekommen zu sein, der ihn kurz ablenkte. »... Hilfsbereitschaft. Das meine ich. Und ein großes Herz.« Er legte eine Hand auf die Brust und neigte den Oberkörper vor.

Er habe nur das Notwendige getan, sagte Landauer. Layla sei dehydriert gewesen, daher der Schwächeanfall. Schließlich sei er Arzt.

»Und ein großer Wissenschaftler«, sagte Tamimi.

Landauer war erstaunt, wie gut Tamimi über ihn Bescheid wusste.

»Ich bin das, was wir in unserer Forschung einen Kinetiker nennen«, sagte er.

»Ich weiß«, sagte Tamimi, lächelte und wurde dann ernst. »Sie sind in der Lage, vorherzusagen, was passiert, wenn wir ein Medikament einnehmen. Und wenn es ein neues ist, wissen Sie alles darüber, bevor es die Menschen in die Hand bekommen, und können sie im Ernstfall warnen. Doch manches, was uns gesund machen sollte, macht uns krank. Auch das ist das Leben.«

»So in etwa«, sagte Landauer. Er spürte eine leichte Unruhe. War es ein Fehler gewesen, die Einladung anzunehmen?

»*Kannst du kein Stern am Himmel sein, so sei eine Lampe im Haus,* so sagt man bei uns, daran habe ich mich immer gehalten«, sagte Tamimi. Es schien erneut in ihm zu arbeiten, so als hätte Landauers Anwesenheit etwas in ihm ausgelöst.

Tamimi lehnte sich zurück. »Sie sehen, ich habe mich über Sie, den Retter meiner Tochter, erkundigt. Und Sie werden das Gleiche getan haben, was mich angeht. Und dennoch sind Sie gekommen. Hören Sie nicht auf das Geschwätz, das Sie über mich gelesen haben. Wer arbeitet, energisch und erfolgreich ist, löst Reaktionen aus. *Ma fi shajara hazzaha l hawa,* sagt man bei uns. *Es gibt keinen Baum, der noch nicht von einer Brise geschüttelt wurde.*« Er machte eine Pause. »Ich bin sicher, Sie verstehen das.« Seine Stimme senkte sich. »Ihnen wird nicht gefallen haben, was man in Amerika über Sie geschrieben hat. Ich habe sogar das Wort Mörder gelesen. Menschen können heute schreiben, was sie wollen, und niemand hält sie auf.«

Newsletter Nr. 12 der landesweit agierenden Patientenorganisation NEWLife, Ausgabe vom Januar 2014, erster Absatz. *Können Ärzte zu Mördern werden?* So lautete die Überschrift. Darunter sein Foto. Er hatte den Text immer wieder gelesen.

Tamimi hatte sich gut vorbereitet.

»Ich hoffe, Sie haben gute Anwälte.«

»Denke schon. Ich bin nur erstaunt, wie viel Zeit Rechtsstreitigkeiten brauchen. Selbst wenn man gewinnt, hat man bis dahin alles verloren.«

»Nur die Anwälte gewinnen immer«, sagte Tamimi und lachte. Dann wurde er wieder ernst.

»Sie werden den Artikel gefunden haben, in dem mein Name steht. Damals wollte dieser Wissenschaftler, ich weiß nicht mehr, wie er heißt, für mich und meinen Fall Verständnis erwirken, wo doch jeder sagte, diese Flüchtlinge aus dem Libanon würden sich nie eingliedern lassen. Araber, Schlitzohren, Sozialschmarotzer. Das ist nicht wahr. Ich wollte kein Mitleid und will es heute nicht, ich will nur Gerechtigkeit. Je älter ich werde, desto mehr.«

Tamimi lehnte sich wieder zurück, hob das Kinn und schloss die Augen, atmete tief aus. Er öffnete sie wieder und rang sich ein Lächeln ab. Zugleich wieder dieser sonderbare Blick. Als ob er ihn schon einmal gesehen hätte.

»Wenn ich behilflich sein kann, lassen Sie es mich wissen. Ich habe seit einigen Wochen mehr Zeit. Mein Sohn Abdullah ist mir eine enorme Hilfe und hat mit unseren Unternehmungen große Pläne. So ist das, wir werden zwar nicht verstoßen, aber wir sollten auch nicht im Weg stehen, wenn die Zukunft anklopft.« Er hielt kurz inne. »Haben Sie Kinder?«

Die Frage kam überraschend.

»Einen Sohn, er lebt hier in Berlin.«

»Einen Sohn, was für ein Geschenk. *Kinder sind die Flügel des Menschen.*«

Sollte er Clara erwähnen? Er wusste, was geschehen würde, wenn er ihren Namen aussprach. Er hatte es oft genug erlebt und noch öfter zu verhindern versucht. Es war, als stünde er auf einer Rampe, die immer steiler wurde, ohne Halt, bis er ins Rutschen kam und schließlich stürzte. Meist spät am Abend, wenn er allein war. Aber sie nicht zu erwähnen hieße, so zu tun, als hätte es sie nie gegeben.

»Und eine Tochter, Clara«, sagte er. Nichts geschah.

»Layla und Abdullah. Meine Tochter haben Sie ja kennengelernt. Sie lehrt mich den Glauben. Kinder können streng sein und unerbittlich. Hätte mich als Junge einer gefragt, Sunnit oder Schiit, ich hätte es nicht beantworten können. Aber heute, es lebe der Unterschied! Es gibt nur noch dafür oder dagegen, die Zwischentöne gehen verloren, oder auch, wie sagt man hier, die Grautöne. Dabei ist Grau die eigentliche Farbe der Welt.«

Im Flur klingelte ein Handy. Tamimi erhob sich ein wenig schwerfällig.

Er sprach mit dem Anrufer Arabisch, seine Stimme klang jetzt energisch, es musste um etwas Wichtiges gehen. Zugleich bemerkte Landauer, dass er immer wieder zu ihm herüberblickte, als hätte der Anruf mit ihm oder seiner Anwesenheit zu tun.

»Manchmal hilft nur Deutlichkeit«, sagte er, nachdem er aufgelegt hatte und sich wieder näherte. »Mein Sohn Abdullah. Unsere Auffassungen vom Geschäft sind recht unterschiedlich. Manchmal frage ich mich, ob er inzwischen mehr ein Deutscher ist als einer von uns. Aber so soll es wohl sein. Er ist hier, in diesem Land geboren. Abdullah wird die Firma übernehmen. Das steht fest. Ich muss ihm einen gewissen Freiraum lassen, auch wenn es mir schwerfällt.« Er griff nach der Lehne des Sessels, als suchte er Halt.

Es war Zeit zu gehen. Robert Landauer erhob sich.

»Einen Moment noch, bitte ...« Tamimi gab Ibrahim ein Zeichen. Ibrahim verließ den Raum.

Kurze Zeit später kam er zurück und nickte. Layla hatte die dunklen, glänzenden Haare zu einem Pferdeschwanz gebunden. Nahezu lautlos war sie ins Wohnzimmer gekommen. Sie trug eine Tunika, dieses Mal in dunklem Grün.

»Vater hat mir nicht gesagt, dass Sie kommen«, sagte sie. Ihre Stimme war sanft und hell. »Aber ich möchte mich gern bei Ihnen bedanken. Ich habe Ihnen Umstände gemacht.« Sie sprach, anders als ihr Vater, ohne jeden Akzent.

Landauer winkte ab. Er sei im Aufbruch und froh, sie in guter Verfassung zu sehen.

»Layla, bring den Professor zur Tür.«

Landauer verabschiedete sich, Tamimi reichte ihm die Hand, bewegte sich aber nicht von der Stelle.

Layla ging voran. An der Haustür angekommen, wandte sie sich zu ihm um. »Ich werde vorsichtiger sein, aber Vaters Schatten brauche ich nicht. Allahs Hand wacht über uns, er schickt uns gute Menschen.«

Er trat in die Hitze hinaus. Layla blieb in der Tür stehen, bis er bei seinem Wagen angekommen war, den Motor gestartet und die Fenster heruntergelassen hatte. Sie schien auf etwas zu warten. Vom Auto aus sah er, wie sich das Tor vor der großen Doppelgarage öffnete, wenig später kam ihm ein VW Golf entgegen, älteres Baujahr, der Lack von der Sonne stumpf. Auf der Höhe seines Wagens verlangsamte er, der Fahrer, ein junger Mann, schien ihn kurz zu betrachten, beschleunigte noch einmal kurz und bog mit Schwung auf das Grundstück der Tamimis ein. Im Rückspiegel sah Landauer, wie er, ein Buch unter dem Arm, ausstieg. Er mochte um die dreißig sein und ging in Richtung Haustür, in der noch immer Layla stand. Das also war Abdullah Tamimi.

4

Victoria Leclair breitete die Arme aus, als freue sie sich über das unerwartete Wiedersehen mit einem Freund. Etwas zu herzlich, immer eine Umdrehung zu viel. Er konnte sich nicht erinnern, mit der Frau seines Kollegen und Chefs jemals mehr als zwei Sätze gewechselt zu haben. Landauer reichte ihr einen Strauß Dahlien, den sie an eine junge Frau mit gestärkter Schürze weitergab, als gelte es, den Weg umgehend für neue Gäste frei zu machen.

»Der Kongress findet draußen auf dem Vordeck statt, wie Winfried sagen würde. Bei diesem Wetter!« Sie lachte. Dann wandte sie sich ab und stieß darauf einen Freudenschrei aus. »Bernhard, wie schön!«

Mit einem Aperol Spritz in der Hand ging er durch das große Wohnzimmer. Der Duft von gegrilltem Fisch und Scampi zog herein, er hörte Stimmen, Lachen. Ein Sektkorken knallte. Auf der Fensterbank entdeckte er eine Sammlung von Buddelschiffen und den maßstabgerechten Nachbau des Viermasters *Pamir*. Er hätte absagen sollen. Aber es war der sechzigste Geburtstag von Winfried Leclair, und er war ihm zu Dank verpflichtet.

Eine junge Frau in einem engen, blauen Kleid, vielleicht die Gattin eines Oberarztes, stand etwas abseits auf der Terrasse und blickte zu ihm herüber. Sie schien sich zu langweilen. Als er schon fast an ihr vorbeigegangen war, hörte er ihre Stimme.

»Sie reden schon wieder nur über das Fach. Ich hoffe, Sie sind kein Mediziner! Melanie Trautmann«, sagte sie und reichte ihm die Hand.

»Robert Landauer.«

»Halt, lassen Sie mich raten.« Sie trat einen Schritt zurück und betrachtete ihn. »Ich habe Sie schon einmal gesehen. Im Fernsehen?«

»Wohl kaum«, sagte Landauer.

»Also im Radio«, sagte sie und lachte. »Nein, ich hab's, in einer dieser Fachzeitschriften, die mein Mann überall im Wohnzimmer herumliegen lässt. Rupert hat seit drei Jahren kein Buch mehr gelesen. Immer nur diese *Journals of* … Lesen Sie – ich meine, Bücher, Romane?«

»Soweit es meine Zeit zulässt.«

»Das hätte von Rupert kommen können. Also nein! Manchmal lese ich ihm abends im Bett vor, und schon ist er eingeschlafen. Ich liebe Bücher, vor allem von Autoren mit unaussprechlichen Namen.«

Er wollte sie fragen, warum, ließ es dann jedoch sein. Würde ihre Antwort ihn interessieren? Er sah seine Gesprächspartnerin genauer an. Sie war auf eine vordergründige Weise hübsch, das Blond ihrer langen Haare echt. Ohne Frage war sie mit ihrem Mann hier, der sich längst unter die Gäste, Kollegen und Freunde, gemischt hatte, Rupert, der nicht las, so wie er viele Jahre nicht gelesen hatte, und den sie heute Abend so wenig zu sehen bekommen würde wie sonst auch, der jedes Gespräch, selbst eines über die Liebe, im Ton eines Fachgesprächs führte und dem sie dennoch, das aufgeschlagene Buch vor der Brust und nach stundenlangen Telefonaten mit Freundinnen, allen nächtlichen Tränen zum Trotz die Treue halten würde, auch über das Verfallsdatum ihrer Liebe hinaus.

Er hasste solche Gedankenkaskaden, die stets an einem Nullpunkt endeten. Und sich selbst hasste er dafür, dass er sich auf so einer Party nicht unterhalten konnte wie jeder andere auch.

Professor Winfried Leclair, Jubilar und Ordinarius der Pharmakologie, war inzwischen mit Unterstützung eines Kollegen auf einen Stuhl gestiegen und schlug gegen sein Glas. »Ich möchte Sie und euch alle ... Victoria, bitte komm an meine Seite ... vorher kann ich nicht beginnen.«

Leclairs Frau hakte Landauer unter und zog ihn mit sich, kurz vor dem fragilen Postament ihres Gatten löste sie sich wieder von ihm.

»Es war Victorias Idee, dieses Fest. Ich wollte mich verkriechen, im Labor, oder auf einen Törn gehen, hoch nach Skagen. Aber ihr wisst ja, dass wir bei unseren Frauen keine Chance haben. Also feiern wir an Land, was bleibt uns anderes übrig, und auch das Wetter spielt mit. Statt mich bei jedem Einzelnen von euch für sein Kommen zu bedanken und dabei vielleicht sentimental zu werden, bitte ich euch, alle das Glas zu heben. Herzlich willkommen. Und nun genießt den Abend. Hoffe, die Kombüse hat ordentlich gearbeitet. Das Buffet ist eröffnet.«

Beifall, Gemurmel, jemand aus den hinteren Reihen stimmte ein »Happy Birthday« an, und alle fielen mit ein, fast klang es wie ein Shanty. Leclair stieg von seinem Stuhl, schwankte bei der Landung auf dem Grün, verbeugte sich und lauschte dann erhobenen Hauptes seinem Ständchen. Als er Landauer erblickte, prostete er ihm zu.

Das war der Mann, der ihm in Berlin einen Neubeginn ermöglicht hatte. Dazu eine Privatdozentur, Forschungsgelder in respektabler Höhe, allemal genug, um eine Weile durchhalten zu können. Neurodegenerative Krankheiten waren ein Weltmarkt. Industrie, Forschung und angewandte Medizin bewegten Milliarden. Warum sollte der einstige Star Robert Landauer, bis vor Kurzem Primus inter Pares in der wissenschaftlich-medizinischen Fachwelt, nicht noch einmal einen neuen Kontinent entdecken, wie Leclair bei ihrer ersten Begegnung sofort gesagt hatte. Und er war, das immerhin war die positive Seite des Tribalon-Skandals, für seinen gegenwärtigen und damit übersichtlichen Marktwert zu bekommen gewesen.

Landauer wusste das alles, auch dass dem Samariter Leclair nicht zu trauen war, wie keinem seiner Kollegen im wissenschaftlichen Betrieb.

Professor Winfried Leclair, der darauf aus war, seinen Lehrstuhl an der Charité auszubauen, hatte das Ganze als Chance gesehen und Landauer in sein Institut eingeladen, kaum war dieser, gedemütigt und juristisch noch immer im Dickicht, in Berlin angekommen. *Sie sind mein Mann.* Er solle bei ihm und bei keinem anderen anheuern, so Leclair. Auch wenn er, wie er mit einem Blick über den Brillenrand hinzufügte, privat wie beruflich wohl noch immer in einer kleinen Havarie stecke. Dennoch, die Verabredung war schnell getroffen und von kristalliner Klarheit. Das Patent, das der Volkskrankheit Alzheimer den Kampf ansagen würde, sollte aus Berlin kommen, und Prof. Dr. Robert Landauer würde in der alsbald zu gründenden GmbH bei diesem groß angelegten Manöver die Forschungsentwicklung leiten. Zu ihrer beider Nutzen. *Meriten und Moneten*, was gebe es Schöneres, sagte Leclair und lachte. Um seinen *Fall*, Landauer möge den doppelten Sinn dieses Wortes nicht falsch verstehen, würden sich die Anwälte kümmern. Seine Empfehlung sei die Kanzlei Trutz, Langhoff & Partner. Und hier besonders Dr. Andreas Trutz. Heißt so, arbeitet so, hatte er erklärt. Bevor diese Sache in Amerika nicht endgültig aus dem Weg geräumt sei, könne es für Robert Landauer *on the long run* schwierig werden. Also los.

Ihm hatte die zupackende Art Leclairs gefallen. Er mochte den Mann mit der norddeutschen Dialektfärbung auf Anhieb. Zwar war alles an ihm irgendwie zu laut und zu groß, alles, was er sagte, auf Effekt und Wirkung aus, aber er war fachlich unangreifbar, zudem eine wichtige Stimme im Hochschulsenat. Rotary Club, Segelklub am Wannsee, die ganzen bürgerlichen

Insignien und Epauletten des Erfolgs und des sicheren Standes auf der Brücke aus Geld, Anerkennung und Wissen.

Er hatte zugesagt. In der Wissenschaft gab es immer ein Danach und einen Neuanfang. Valide Falsifikation war stets der erste Schritt zur nächsten Erkenntnis. Das war sein Credo, warum sollte es nicht auch in Berlin gelten? Auch wenn er in den in einem Souterrain untergebrachten, nahezu lichtlosen Seminarräumen der Universität statt wie in Amerika zweihundert nur noch zwanzig Hörer in seinen abendlichen Vorlesungen hatte und der Prozess, der ihn rehabilitieren und *Reports in Medicine* viel Geld kosten sollte, noch immer nicht in Sicht war.

Landauer schreckte aus seinen Gedanken auf. Leclair hatte sich ihm von der Seite genähert und stand plötzlich neben ihm. Er schien leicht angetrunken, sein weißes Hemd spannte über dem Bauch.

»Schön, dass Sie gekommen sind, Kollege. Da muss man durch, mit Anstand, Sie werden das selber noch erleben. Und, machen Sie sich Sorgen? Wegen unseres kleinen Projektes?«

»Denke nicht.«

Leclair lachte, es klang, als klopfe man mit einem Stück Holz auf eine leere Tonne. »Das gefällt mir: Sorgen? Denke nicht. Warum halten wir es nicht alle so? Der Staat könnte sie einfach verbieten. Aber stattdessen befördert er sie. Diese ganze Rettungsaktion für den Orient wird uns hier in Berlin noch auf die Füße fallen. Sie und ich, wir kennen die Welt, wir wissen, dass sie nicht überall gleich ist. Und unser europäisches Projekt der Freiheit ist ein fragiles, kaum haben wir die Griechen wieder reanimiert, sollen wir hier für die neuen Ankömmlinge Minarette bauen. Und bei diesem Wüstenwetter hat die Notaufnahme zu Ramadan wieder ordentlich zu tun. Kippen reihenweise aus den Latschen. Wenn der Islam ein Problem hat, soll er es selber lösen. Am besten zu Hause.«

Landauer wollte etwas entgegnen, dass Leclair irrte, Humanität nicht teilbar sei, aber ihm wollte der treffende Satz, der Leclair zum Schweigen gebracht hätte, nicht einfallen.

»Noch etwas, *entre nous*. Ich habe Ihren Bericht gelesen, in unserem Logbuch. Wir sind in der Entwicklung unseres Produktes tatsächlich nicht so schnell, wie wir gehofft hatten. Sie und ich, wir beide wissen das. Am Ende wird das keine Rolle spielen. Aber wir könnten diese Zeit für uns nutzen, während die Chemiker weitertüfteln.« Er nahm einen Schluck, sah sich im Garten um und wandte sich wieder Landauer zu, den Kopf ein wenig gesenkt. »Vor allem Sie, lieber Kollege. Ihr Fall, ich bin sicher, Sie bekommen das hin. Nutzen Sie die Zeit, etwas für sich zu tun, Urlaub, etwas Schönes, stechen Sie einfach mal in See, während die Anwälte ackern. Wenn wir durch diese kleine Meerenge durch sind, werden Sie lange Zeit unter Volllast fahren. Da brauche ich Sie auf der Brücke. Denken Sie mal drüber nach, ich gebe Ihnen für die kommenden Wochen Prokura für die Lustbarkeiten des Lebens. Vorausgesetzt, Sie versprechen mir, danach gestärkt und gestählt wieder an Bord zu kommen.« Er lachte, legte Landauer die Hand auf die Schulter und ging auf eine Gruppe junger Oberärzte zu, die ihre Gläser hoben und mit ihm anstoßen wollten.

Das war das Letzte, was er suchte, Lustbarkeiten. Leclairs Angebot war freundlich gemeint und auch nicht uneigennützig, aber er beschloss: abgelehnt. Auch wenn die vorklinische Forschung noch immer feststeckte wie ein Pfropf auf der Flasche und an Testreihen mit Realpatienten nicht zu denken war, der Markt rief nach einem Mittel gegen Alzheimer, und die Wissenschaft war hier in der Pflicht. Er wollte vor Ort sein, hatte sich mit dem Loslassen schon immer schwergetan, seit dem Tribalon-Skandal war es nicht besser geworden. Noch nie hatte er mit sich selbst viel anzufangen gewusst, eine Auszeit kam nicht in Betracht.

Er wandelte unschlüssig durch die Menge der immer ausgelassener und lauter werdenden Gäste und hoffte, auf niemanden zu treffen, den er kannte. Aber die Gefahr war nicht allzu groß, er war erst seit einem halben Jahr in der Stadt, außer einer Handvoll Kollegen und Kolleginnen hatte er bisher niemanden kennengelernt, und es sah auch nicht so aus, als würde sich das noch ändern. Er ließ sich Fingerfood anbieten, trank zwei weitere Gläser Wein, stellte sich stumm zu Gruppen dazu, wunderte sich und war zugleich dankbar, wie wenig Notiz man von ihm nahm. Auf der Terrasse baute eine Band ihre Instrumente auf. Es war inzwischen dunkel, und Fackeln beleuchteten den Garten. Bald würde der Tanz beginnen. Die Pflichtpräsenz im Reich der Leclairschen Lustbarkeiten war abgeleistet. Ohne sich zu verabschieden, wollte er gehen.

»Ich habe alles verpasst. Die Reden, das Essen. Aber es ist schön, dich zu sehen, Robert.«

Neben ihm stand seine Kollegin Monique Kerner. Warum war er nicht auf den Gedanken gekommen, dass Leclair die Schweizer Toxikologin, die dieser wie ihn für sein Projekt angeworben hatte und über die Maßen schätzte, ebenfalls eingeladen hatte? Er wandte sich ihr zu. »Keine Reden. Nur ein Toast des Gastgebers.«

»Und du?« Sie lachte.

»Das wäre nicht angemessen gewesen. Wir sind Kollegen. Leclairs Freunde hätten aufstehen sollen oder Verwandte. Frühere Weggefährten vielleicht. Zudem ist reden nicht meine Sache ...«

»Es sei denn, es geht ums Fach.«

»Das ist etwas anderes.«

Da war sie wieder, diese entwaffnende, rückhaltlose Freundlichkeit seiner Kollegin, die ihn zugleich anzog und ängstigte. Kurz nachdem er bei Leclair angefangen hatte, war er mit Monique Kerner ausgegangen, es war ihre Idee gewesen, jeder müsse mal raus aus seiner Höhle, hatte sie gesagt. Er solle dies als Einladung verstehen. In der Philharmonie lauschten sie einem zeitgenössischen, abstrakten Violinkonzert. Er betrachtete sie, aber sie bemerkte es nicht. Ihn überkam an ihrer Seite eine pazifische Ruhe, er fühlte sich, ganz unerwartet, geborgen und aufgehoben in dieser fremden Stadt, in einem fremden Saal, mit fremder Musik und einer fremden Frau an seiner Seite. Er war ein anderer, für diese eine Stunde, ohne sich darüber Rechenschaft ablegen zu müssen, wer. Sie hatte ihm an diesem Abend das Du angeboten.

Wenige Wochen später war er mit ihr in Berlin-Mitte bei einem neuen Szene-Thai gewesen. Frühsommer, bestes Essen, dazu unter ihrer sanften Ägide eine Reise durch die Werke Faulkners, Annie Proulx' und Nabokovs, von dem sie nahezu alles gelesen hatte, auch die zahlreichen frühen russischen Romane. Zuvor hatte er ihr erzählt, dass das Lesen bei ihm stets zu kurz gekommen sei und er den Vorsatz in sich trage, irgendwann das Versäumte nachzuholen. Nur wo beginnen? Sie hatte gelacht und gesagt, egal wo, Hauptsache, es sei gute Literatur.

Kein einziges Mal berührten sie an diesem Abend Fachliches, und kein einziges Mal berührte er sie. Mit einer nahezu alle Regeln der Höflichkeit verletzenden Eile bestellte er nach dem Kaffee die Rechnung und rief, irgendeinen Vorwand murmelnd, ein Taxi. Es war schäbig gewesen. Eine Flucht vor dem Glück, dem er zu misstrauen begonnen hatte, vor sich selbst, vor dem, was andere einfach das Leben genannt hätten. Sie hatte ihm anschließend nie das Gefühl gegeben, dass er sie gekränkt hatte.

»Du wolltest gerade aufbrechen, Robert, stimmt's?«

»Ja«, sagte er. Es sei ein langer Tag gewesen.

Sie sah ihn abwartend an. »Der Prozess in den USA?«

»Nein«, sagte er. »Eher eine Anekdote.«

»Erzähl.«

»Nicht der Rede wert.«

Sie hakte ihn unter. »Ich bring dich zur Tür, und auf dem Weg dorthin schenkst du mir drei Drehungen auf der Tanzfläche.«

Ohne seine Antwort abzuwarten, zog sie ihn mit sich. Die

Band spielte »Moon River«, nur wenige Paare waren auf der Terrasse. Monique Kerner legte eine Hand auf seine Schulter, er nahm die andere.

»Walzerschritt«, sagte sie. »Wir schaffen das, ganz von selbst.«

Erst als die Band absetzte und sich die Musiker vor einer Pause verneigten, lösten sie sich voneinander. Er gab ihr einen Wangenkuss, und sie schob ihn sanft in Richtung Ausgang.

»Danke«, sagte sie und ging zurück in den Garten.

Vor dem Haus winkte er ein Taxi heran. Er öffnete die hintere Tür und wollte einsteigen, stolperte, ruderte mit den Armen und bekam kurz vor dem Fall das Dach des Wagens zu fassen. Mit dem linken Knie schlug er auf die Einstiegkante. Er rieb sich das Bein, wuchtete sich auf die Rückbank. Er hatte den kleinen Findling, der den Bürgersteig von parkenden Autos frei halten sollte, übersehen. Der Fahrer, ein Mann mit ärmelloser Lederjacke, drehte sich zu ihm um, sein Atem roch nach Zigaretten und einer schon viel zu langen Nacht.

»Wat passiert?«

»Denke nicht.«

»Klang nicht jut.«

Die Naht seines neuen Anzugs war an irgendeiner Stelle geplatzt, aber er konnte nicht ausmachen, wo. Das Knie schmerzte. Der Fahrer wartete, bis er die Tür geschlossen hatte, und fuhr an.

»Stört Sie das Radio?«

»Nein.«

Er nannte seine Adresse. Im Radio sang Paul Simon, er kannte den Song.

Because a vision softly creeping
Left its seeds while I was sleeping
And the vision that was planted in my brain
Still remains
Within the sound of silence

Die Augen geschlossen, hoffte er, dass der Schmerz schnell wieder nachlassen würde. *Hello darkness, my old friend.* Er sah Bilder, Szenen, die er vergessen zu haben geglaubt hatte. Ein Amphitheater am Strand, eine alles überstrahlende Sonne, Lastwagen, die mit dem Band-Equipment durch den heißen Sand heranrollten. Plakate an Häuserwänden und Bäumen, Paul Simon, Open-Air, 7. Mai 1978. Caesarea. Israel. Der Kuss einer Frau.

Als das Taxi hielt, öffnete er die Augen, suchte Geld und Schlüssel, zahlte, stieg aus. Im Fahrstuhl zog er die Anzugjacke aus, tastete nach dem Riss, rechts unter der Achsel fand er ihn, sauber entlang der Naht. Wie der Schnitt eines Chirurgen.

5

Sie hechelten, wanden sich, er sah sie im Wageninneren, sie pressten ihre Schnauzen an die beschlagenen Scheiben, drängten sich aneinander und brachen schließlich aus. Kaum hatten sie durch die aufgestoßene Tür den Weg ins Freie gefunden, wuchsen im Inneren des Wagens neue nach. Einer glich dem anderen, Beagles, jung und kräftig, das Fell glänzend. Die Hunde bauten sich im gleißenden Sonnenlicht vor ihm auf, ließen sich auf den Hinterpfoten nieder, als warteten sie auf ihren Anführer, der für sie alle sprechen, ihn anklagen würde. Die Passanten gingen weiter, ohne sich umzublicken, als gäbe es die Szene für sie nicht oder als stünden sie in stiller Komplizenschaft mit den hechelnden Hunden. Über seinem Haupt kreiste der Ausleger eines Krans. Er wollte mit ausgestreckten Armen das Stahlseil packen, um mit einem Schwung zu entkommen. Als der Ausleger über ihm hielt, sich der große stählerne Haken herabsenkte, sah er hoch oben hinter der Glasscheibe des Führerhauses die weit geöffneten Augen eines Hundes, seine Lefzen grau wie der Schnauzer eines alternden Mannes.

Er schreckte hoch, sah sich im Zimmer um. Das Fenster war geöffnet, die zugezogenen Vorhänge bewegten sich leicht im Wind. Von der Straße her hörte er einen Müllwagen und das Rumpeln der leeren Tonnen, die einer der Männer über den Bürgersteig zog. Der Wecker zeigte 6.23 Uhr.

Er sank zurück in die Kissen und wusste, dass er nicht wieder würde einschlafen können. Er kannte diesen Traum. Immer waren es Beagles. Homogene Population. Hinter diesem kalten Begriff stand das, was diese Hunde für Forscher wie ihn so nützlich machte, *copy and paste,* wenig statistische Unschärfen, zudem ein gewinnendes Wesen, nicht zu groß und mit wenig Aufwand reproduzierbar, stets ahnungslos bis in den Tod.

Kann ein Hund, also ein Wesen ohne menschliches Erinnerungsvermögen, Alzheimer bekommen, künstlich implantiert? Ja, war stets seine Antwort gewesen, weil das in Worte Fassbare, Beschreibbare und Abrufbare nur ein Teil dessen ist, was Erinnerung ausmacht. Es gab eine Erinnerung ohne begriffliche Vergegenwärtigung. Es gab Schmerz ohne Worte, ohne die Bezeichnung Schmerz. Er wusste das, der namenlose Schmerz war ihm so gegenwärtig wie dieser wiederkehrende Traum, er war seit Jahren Teil seines Lebens.

Mit Kristin hatte er immer wieder Debatten geführt, sie hatte den Einsatz der Hunde für seine Forschung kritisiert, ihn bedrängt, nach Alternativen zu suchen, so könne und dürfe er nicht arbeiten. Er sah sie vor sich in der weitläufigen Küche ihres Hauses in Chestnut Hill, sie hatte wie so oft den Moment abgewartet, bis ihre Kinder Johannes und Clara schliefen. Ihre Lippen waren rot von dem kalifornischen Zinfandel, Ravenswood, den sie nach dem Dinner, gänzlich unamerikanisch, vom Esstisch mit in die Küche nahmen und dort zur Neige tranken, als suchten sie beide, nicht ahnend, was ihrer noch harrte, in dem Getränk eine Art toxischen Trost.

Kristin war unnachgiebig, er versuchte es erneut mit seiner Argumentationsschleife des Für und Wider, *Leben abwägen, Kristin, ja, auch gegeneinander*, darum gehe es. Leider. Er hörte sich etwas von notwendigen Ambiguitätsentscheidungen sagen, und dass auch hinter ihrer Forschung ein wissenschaftliches und ärztliches Ethos liege. Seine Argumentation sei kalt, sagte sie, technokratisch, herzlos. Er wurde wütend, und damit begann wie so viele Male eine ihrer nutzlosen, redundanten Debatten über das richtige Leben. Der Wein funktionierte dabei zuerst wie ein Transmitter und sorgte dann dafür, dass sie schon am nächsten Tag alles wieder vergessen hatten. Irgendwann streiften sie die Schuhe ab, und sie zog ihn hinter sich her ins Schlafzimmer. Er spürte, dass es auch die Wut war, die das Feuer entfachte, dann sah er Kristin unter sich, als sie kam, die Lippen halb geöffnet, ihr Gesicht jung wie an dem Tag, als ihre Geschichte begonnen hatte und sie einander entdeckten, als seien sie aus verschiedenen Sphären auf die Welt gefallen. Er, Robert, bereits den Doktorhut in der Hand, wie sie einmal sagte.

Er hatte Kristin auf einer Party kennengelernt, als er Anfang November 1989 nach Berlin gereist war, eine sorgsam gepackte Tasche und einen Schlafsack, der noch das Preisschild trug, auf der Rückbank seines VW Polo. Als er bei Staaken die Grenze passierte, die Beamten im Osten von geschichtsvergessener Freundlichkeit, fiel etwas von ihm ab, er fühlte sich nach vielen Jahren das erste Mal wieder frei und nahezu unbeschwert.

Sein Studienfreund Gunnar hatte ihn eingeladen, ihn am Telefon angeherrscht, bevor er am Klinikum beschließe, sein Leben im Labor zu beenden, müsse er noch einmal raus. Robert, wovor versteckst du dich? Er war wütend gewesen und wenig später dankbar.

Gleich am ersten Abend in Berlin war er auf die besagte Party gegangen, zu der auch Gunnar stoßen wollte. Kristin war eine der Gastgeberinnen, Wohnung in Kreuzberg, Kohleheizung, Berliner Zimmer, Blick auf die Spree, ein Poster von Walter Benjamin über dem Bett und die Kopie der Konstruktionszeichnung Mies van der Rohes für das, was die Zentrale einer Rumbrennerei auf Kuba hatte werden sollen und schließlich die Neue Nationalgalerie in der geteilten Stadt wurde. Sie trug bunte Kleidung, als der Siebzigerjahrelook längst mausetot war, und nahm sein

Revival um viele Jahre vorweg. Sie teilte sich die Wohnung mit drei Freundinnen, war laut, patent und politisch, wenige Jahre jünger als er und schon ein wenig angetrunken, als er an jenem Abend in der Tür stand.

»Ich bin Kristin, ich hause in dem kleinsten Zimmer, hinten raus, über den Mülltonnen«, sagte sie und lachte.

»Robert«, sagte er und streckte die Hand aus.

»Das war jetzt aber ein sehr langer Satz.« Sie nahm einen Schluck aus einem Pappbecher und zog ihn in den Flur. »Da wohnt Marlies und da Svenja. C'est tout. Die Party findet in der Küche statt.«

Wenig später fand er sich auf einer Couch aus ausgedienten Matratzen wieder, sein Freund Gunnar war noch immer nicht aufgetaucht, und ihm wurde plötzlich bewusst, dass er auf sich allein gestellt war, in diesem ihm fremden, von einem Kohleofen beheizten, Javaanse-Jongens-umnebelten und in Flaschenbier getränkten Berliner Soziotop. Immer wieder suchte er Kristin zwischen den beständig kommenden und gehenden Gästen wie eine Boje im offenen Meer. Svenja, oder war es Marlies, stellte ihm einen Teller mit Haschkeksen hin und fragte ihn, ob er aus dem Osten stamme. Er sähe so anders aus.

»Westen«, sagte Kristin, als sie die Frage hörte, und brüllte: »Aus Hammmboooorg!!« Sie ließ sich neben ihn auf die Matratzen fallen und griff nach seiner Hand, so selbstverständlich, absichtslos, angstfrei, dass ihm ganz heiß wurde.

»Robert ist ein zukünftiger Förderer des medizinisch-technokapitalistischen Komplexes. Aber was soll man machen, ich mag ihn. Wir werden ihn ein wenig mit Berlin impfen und dann seine Mutation betrachten.« Sie wandte sich ihm zu. »Mutation, so heißt das doch, oder? Oder hab ich jetzt etwas ganz Idiotisches gesagt?«

»Nein«, sagte er.

»Redet der immer so viel?«, sagte Svenja-oder-Marlies und ging zurück in die Küche.

Er wollte Kristin nach diesem Abend wiedersehen und beschloss, die kommenden Tage bei No-Show-Gunnar einzuziehen, der ihm gesagt hatte, wo er den Schlüssel für die Wohnungstür finden würde, falls er selber mal für ein paar Tage, na ja, verschüttginge.

Kristin hatte eine unglückliche Beziehung hinter sich, wie er noch auf der Party erfahren hatte, Exit knapp vor dem Eheversprechen, und hätte von *Typen* erst einmal die Schnauze voll. Vielleicht war er einfach kein *Typ*? Als er Kristin vor dem Gehen erzählte, er werde noch ein paar Tage in Berlin verbringen – ja, er hatte *verbringen* gesagt, und sie hatte ihn wegen dieses aus der Zeit gefallenen Wortfossils mit geradezu ethnologischem Erstaunen betrachtet –, hatte sie ihn für den nächsten Tag zu einem Spaziergang durch den Osten der Stadt eingeladen.

In den darauffolgenden Wochen fuhr er immer wieder von Hamburg nach Berlin, und irgendwann begann Kristin voll Verlangen auf ihn zu warten. Bei zahllosen Spaziergängen durch die Stadt bestaunten sie die ersten Trabis am Kudamm, erkundeten den Osten Berlins, *solange es ihn noch gibt,* wie sie sagte. Die Nächte und manchmal auch die Tage galten der Exploration ihrer Körper in ihrer Reizbarkeit und Biegsamkeit, der Anzahl und Frequenz ihrer Orgasmen. Gelebte Liebe war für ihn ein Phänomen, rätselhaft, fremd und unergründlich, und wenn Kristin vor Lust schrie, wurde er stumm. Danach kniff sie ihm mit müden Fingern in die Wange, und sie zogen wieder los. Bei einem ihrer Streifzüge durch Berlin-Kreuzberg blieb Kristin stehen und sagte: »Zionisten sind Imperialisten.« Als er erstarrte, stieß sie ihn an, was auf einmal in ihn gefahren sei, und zeigte auf ein Graffito an einer Brandmauer. »Ich lese, was ich sehe«, sagte sie und schob ihn lachend weiter.

Nichts sei mit ihm, sagte er. Das war eine Lüge. Erst am Abend erzählte er ihr, dass er einen *prägenden Teil* – wieder sah er Kristins Dieses-Wort-würde-nicht-einmal-meine-Großmutter-benutzen-Blick – seiner Jugend, viele Jahre lang mit der jüdischen Herkunft seiner Familie gerungen, sie zu erschließen versucht habe und aus diesem Grund auch immer wieder bei den Zionisten gewesen sei.

»Ist schon o.k., dass die Juden ihren eigenen Staat haben«, sagte Kristin, »wenn sie mit dieser Errungenschaft nicht so viel Mist anstellen würden. Die Palis und so ...« Weit mehr interessiere sie, wie es für seine Eltern und Großeltern unter den Faschos gewesen sei, ab 1933 und so.

Sein Großvater habe in einer privilegierten Mischehe gelebt, antwortete er, tausend Gefahren, tausend Einschränkungen, er sei da irgendwie so durchgeschrammt, immer auf gepackten Koffern hockend. Nach dem Krieg erst habe er erfahren, dass sein Name ganz oben auf der Liste der Abtransporte gestanden habe.

»Fühlst du dich jüdisch?«, fragte Kristin.

»Meine Mutter ist nicht jüdisch. Also ich bin es auch nicht.«

»Fühlen, empfinden, keine Biodeutung bitte.«

Ja, in gewisser Weise durchaus, aber mit dem Thema sei er jetzt durch.

»Glaube ich nicht«, sagte sie und zog ihn weiter die Köpenicker Straße hinauf in Richtung Schlesisches Tor.

Tatsächlich, Kristin schien gegen alle Erwartungen – seinen eigenen und denen der Auguren aus dem Freundeskreis – an dem hochgewachsenen, dunkelhaarigen, auf unscheinbare Weise gut aussehenden jungen Wissenschaftler von der Elbe, der das Körperinnere lesen konnte wie ein Mechaniker ein komplexes Triebwerk und dessen Dissertation ein namhafter Wissenschaftsverlag publizieren wollte, zu hängen, wollte nicht mehr von ihm lassen. Nach gut einem Jahr zog sie zu ihm nach Hamburg.

Fern der Berliner Improvisationshölle fand sie das gediegene, von Kapital und Contenance einbalsamierte Leben in Hamburg-Eppendorf entspannend, kurios und durchaus, sie mochte es kaum zugeben, annehmbar. Nach ihrem Diplom in Stadtgestaltung fand sie einen Job in einem Architekturbüro nahe der Binnenalster, kaufte sich ein Fahrrad und kümmerte sich als Metropolenexpertin im Auftrag ihrer Chefs auch immer wieder um Projekte in Berlin, wo nach dem Mauerfall das wilde Bauen begonnen hatte. 1991 beschlossen sie zu heiraten. Zwei Jahre später bekamen sie einen Sohn. Robert war jetzt sechsunddreißig. Sie hatte ihn Jimi nennen wollen, zumindest mit zweitem Namen. Er warf Jochen in die Debatte, so hatte sein Großvater geheißen. Sie einigten sich auf Johannes.

Und er? Die Dissertation lag längst hinter ihm, und die Habilitation befand sich auf der Zielgeraden. In manchen Wochen verbrachte er mehr Zeit auf Reisen und Kongressen als zu Hause. Labor. Reisen. Labor. Reisen. Das war die Binärformel seines neuen Lebens. Erfolg generiert neue Arbeit und neue Arbeit weiteren Erfolg. *Catch 22*. Ein Leben, gesponsert von der Pharmaindustrie, den *Halunken,* wie Kristin einmal sagte, da hörte er das erste Mal in ihrer Stimme eine gewisse Bitterkeit. Kristin blieb immer öfter über Nacht in Berlin, eine polnische Tagesmutter kümmerte sich um Johannes, der gänzlich in sich selber zu ruhen schien. Sie suche dort etwas, das es nicht mehr gebe, sagte er einmal zu ihr, und sie wurde wütend. Nur weil er es vergessen habe, sei es noch lange nicht weg, war ihre Antwort.

Als er Ende dreißig war, eroberten seine ersten Entwicklungen den Markt, er war auf der Höhe seiner Fähigkeiten. Noch vor allen Realtests mit den neuen von ihm und seinem Team in einer Tochtergesellschaft der Universität Hamburg entwickelten Mitteln und Präparaten vermochte er mit untrüglichem Instinkt zu sagen, wie bei diesen die Koppelung von Reiz und Reaktion, Absorption und Abstoßung ablaufen würde, beschrieb den Weg und die Wirkung der Substanz im Körper des Probanden, bis zum Abbau in dem immer gleichen Organ, der Leber, wie ein versierter Billardspieler, der den Weg der Kugel über Winkel und Bande berechnen konnte. Er war längst ein Perfektionist der Perfektion geworden und genoss die anerkennenden Worte seiner Mitstreiter, obwohl es ihm doch nur, wie er immer wieder betonte, um die Sache ging. Das stimmte und war zugleich auch das Problem.

Die von ihm entwickelten Patente machten ihn noch einmal mehr zum begehrten Redner auf internationalen Kongressen. Und tatsächlich, 1999 kam der Ruf nach Amerika ans angesehene Penn Medical Center in Philadelphia. Prof. Dr. Walter Sinopoli, auf dem Weg, der Doyen der internationalen pharmakologischen Forschung zu werden, hatte das Hamburger Talent erspäht, seine Aufsätze und Vorträge studiert, sich in der akademischen Community umgehört und dort, wo oft Neid und Missgunst im Spiele war, nur Ermunterung und Bestätigung erfahren. Er wollte den jungen Dr. habil. Robert Landauer an seiner Seite wissen. In Amerika.

Ein paar Tage lang trug der Erwählte das Angebot mit sich herum, war an den Abenden Kristin gegenüber wortkarg und am Morgen noch früher aus dem Haus als sonst. Er hatte geahnt, wie Kristin reagieren würde.

»Ohne mich.«

»Es ist die Chance meines Lebens.«

»Johannes bleibt mit mir hier.«

»Können wir das morgen noch einmal bereden?« Der Versuch eines Ausfallschrittes nach einer zaghaften Eröffnung. Wie sollte er ihr beibringen, dass er längst zugesagt hatte? Seine Stelle am Klinikum in Hamburg, bereits so gut wie vergeben. Es kostete ihn eine gute Woche, bis Kristin das Thema wieder zuließ, sein Anliegen erneut den Rang eines Tagesordnungspunktes erlangte.

Hamburg sei schon schlimm genug, aber sich dem neokapitalistischen Klassenfeind anzudienen, das sei mit ihr nicht zu machen.

Es musste wohl die Intervention von Marlies oder Svenja gewesen sein, die sie umstimmte, die eine inzwischen mit einem Anwalt im Berliner Westend verheiratet, die andere in Lebensgemeinschaft mit einer Frau in Berlin-Mitte; vielleicht hatten sie ihr gesagt, sie solle mal abrüsten. Sie müsse dort ja nicht ihr Leben verbringen, und die Wissenschaft sei nun einmal global und grenzüberschreitend. In gewisser Weise sei sie die neue Internationale.

Was am Ende den Ausschlag gegeben hatte, hatte er nie erfahren, aber Kristins Sinneswandel kam wie der Wechsel des Hamburger Wetters, böig und unverhofft. Der neue Wind blies in die richtige Richtung. Seine.

Im Oktober 2000 der Umzug in die USA, ins feine Chestnut Hill, ein Vorort von Philadelphia, ein Jahr bevor in New York an einem Septembertag die Türme fielen. Mit einem kleinen, handverlesenen Forscherteam begann er unter der Leitung von Walter Sinopoli neben der Lehrtätigkeit an der Universität mit der Arbeit an einem neuen Mittel, das er Tribalon nannte ein Titel, den er schützen ließ. Tag und Nacht widmete er sich seinem Opus magnum, einem neue Wege erschließenden Lipidsenker, der die cholesterinfixierte Ernährungs- und Krankheitsgemeinschaft USA und schließlich die der ganzen westlichen Hemisphäre und Asiens erobern sollte. Wenig später, weit vor den klinischen Tests, stieg der Großkonzern TurnerLatour ein, hatte Bayer, Sanofi, Novartis und viele andere, sogar Pfizer, überboten. Tribalon würde ein Erfolg werden, da waren sich die Bosse und Geldgeber sicher.

Robert Landauer, der gefeierte Redner, nun endgültig eingehegt in Labors und klimatisierte Convention Center, Messehallen und den Konferenzräumen von Hotels und industrienahen

Stiftungen, parlierend im digitalen Esperanto internationaler Kongressleitsysteme wie PowerPoint, Excel oder SPSS. Zudem Mitglied zahlreicher Vielfliegerprogramme, Laptop, frisch gepresster Orangensaft, Blind Shades und Bonusmeilen, die Damen und Herren der Business Class bitte zuerst einsteigen, er, Prof. Dr. Robert Landauer, war stets dabei. War er glücklich? Die falsche Frage, hätte er geantwortet. Ich mache das, was ich machen muss und was ich kann.

Dennoch, Kristin ließ irgendwann nicht mehr locker, und sie bohrte tief, all das, was ihn einmal ausgemacht und von dem er ihr in ihren ersten Wochen immer wieder erzählt hatte, sein Leben zwischen Wut und Ideal, seine jüdische Herkunft, seine Suche nach dem richtigen Leben, all das sei geronnen in der Seele eines *Funktionärs des Fortschritts,* wie sie ihn mit zunehmender Bitterkeit nannte. Immer wieder besänftigte er Kristin, ja, er sei noch der, den sie geheiratet habe. Sieh mich an! Sobald Tribalon auf dem Markt sei, würde er runterschalten, dann hieße es *family first,* und mit seiner jüdischen Vorgeschichte habe all das nichts zu tun. Aber auch gar nichts, setzte er nach und wunderte sich über die ungesteuerte Emphase, mit der er ihr widersprach.

Sie wolle nicht mit seiner neuen Medizin alt werden, ihre Antwort. Fast immer nannte sie das zukünftige Weltheilmittel seine *Medizin,* als sei die millionenschwere Entwicklung kaum mehr als eine verschreibungsfreie Pille gegen den Anflug eines lästigen Katarrhs.

Sie schliefen immer seltener miteinander, oft nur in stiller Einigkeit darüber, dass Johannes nicht allein aufwachsen sollte und ein Auto auf drei Rädern schlechter fuhr als auf vieren.

An dieser Stelle zügelte er seine Gedanken, erhob sich, zog die Vorhänge auf und ging ins Bad. Er fürchtete sich vor dem, was er als Nächstes denken würde, suchte die Flucht in die morgendliche Routine. Lauwarmes Wasser auf die Wange, das holzig duftende Aesop-Rasiergel auftragen, verreiben und ein paar Minuten warten, bis die Haut geschmeidig und das Barthaar willig war. Die Klinge lief glatt über die Haut, als streichele ihn eine Kinderhand. Er spülte den Rest Seife ab, trocknete das Gesicht und betrachtete das Werk.

Nur einmal hatte er vor dem Spiegel geweint, hatte sich schließlich das Handtuch vors Gesicht gehalten und sich aufs Bett geworfen. Da lebte er schon allein in dem Bungalow in Chestnut Hill, der für ein anderes Leben gedacht gewesen war.

Ein Jahr nach dem Umzug in die USA war Clara auf die Welt gekommen. Er hatte sie nach der Geburt allein betrachten können, Kristin lag nach einem Kaiserschnitt zur Beobachtung in einem Nebenraum des OP. Er hatte an ihrem Bettchen gesessen, mit dem Finger ihre so unfassbar kleine Hand berührt, mit ihr gesprochen. Er hätte singen können. Ja, er. Singen.

Drei Jahre später saß Walter Sinopoli vor ihm, er hatte seinen Chef und Institutsvorsitzenden um eine Zweitmeinung als Arzt gebeten, dabei war es längst die Dritt- und Viertmeinung, und er wusste, spätestens als Walter sich setzte, sie würde nicht anders lauten als das, was er von den Kollegen aus der Pädiatrie gehört hatte.

»Robert, geh jetzt zu ihr. Vergiss deine Arbeit.«

»Positiv?« Ein letztes Mal versuchte er sich in den Fachjargon zu retten.

»Die Werte lassen keinen anderen Schluss zu.«

»Wie lange wird sie durchhalten?«

»Nutzt die Zeit mit ihr. Viel wird euch nicht bleiben.«

»Wird sie leiden?«

»Denke nein.«

»Sollen wir ihr sagen, dass sie …« Es traf ihn wie der Schlag einer unsichtbaren Faust in die Magengrube, er krümmte sich beim Gedanken an dies eine Wort, das alles außer Kraft setzte, was er für wahr und wert gehalten hatte. Er hatte es nicht aussprechen können.

»Stimm dich mit Kristin ab. Entscheide es nicht allein. Kinder können mit dem Tod anders umgehen als wir. Erzähl ihr von einer Reise in ein neues Land …«

Die Leukämie war aus einem Hinterhalt gekommen und schnell, hatte binnen weniger Wochen Claras Blut attackiert und es weiß gemacht wie das Laken, auf dem sie die vergangenen Tage in der Kinderabteilung des Penn Medical Centers mit halb geöffnetem Mund gelegen hatte, als staunte sie über etwas nicht Greifbares, mit Kristin und ihm Tag und Nacht an ihrer Seite.

Als Clara gestorben war, begleiteten sie ihre Tochter bis zum Fahrstuhl, Kristin flehte die Schwester an, ihr bei ihrem letzten Weg nicht das Gesicht abzudecken. Sie solle sehen, was mit ihr geschehe. Sie gingen hinter dem Bett her, immer wieder beugte Kristin sich vor, streckte die Hand aus und berührte durch das Tuch Claras Füße. Am Fahrstuhl angekommen, sagte die Schwester, morgen würden sie ihre Tochter noch einmal sehen können. Die Tür öffnete sich. Ein Transportpfleger zog das Bett herein, ohne zu ihnen aufzublicken. Die Tür schloss sich, und sie standen davor, ratlos. Aus dem Augenwinkel sah er die Uhr im Krankenhausflur, 4.23 Uhr.

Schweigend gingen sie durch die anbrechende Dämmerung über den leeren Krankenhausparkplatz zum Wagen, die hohen Lampen mit ihrem fast orangefarbenen Licht sahen aus wie erlöschende Fackeln. In diesem Augenblick wusste er, dass sie es nicht schaffen würden, nicht gemeinsam.

Nach Claras Beerdigung fuhren sie mit einem Wagen des Bestattungsinstituts nach Hause, saßen auf der Rückbank, verloren, Kristins Gesicht unsichtbar vor Trauer. Keiner von ihnen sprach ein Wort. Die Parks und Gärten von Chestnut Hill strahlten in sattem Grün, fast bösartig schön, er sah Sonnenkristalle hinter den Rasensprengern aufleuchten, meinte das Tackern ihrer Ventile zu hören, die Welt war auf obszöne Weise die geblieben, die sie gewesen war. Menschen fuhren in ihren polierten Autos an ihnen vorbei, wuchteten vor ihren hypothekenfreien Häusern ihre Golftaschen aus der Garage, standen auf dem Parkplatz des Supermarktes und tauschten sich über Neuigkeiten aus. Selbst auf die Barmherzigkeit der Tiere konnte er nicht bauen, Vögel sangen, Bienen summten, Hunde schnüffelten in den Beeten, und er meinte das schleifende Geräusch von Claras Schildkröte Bibi zu hören, wie sie über das Gras kroch, in einer Bewegung, die auf Zeit und Ewigkeit und eine methusalemhafte Lebensspanne ausgelegt war. Er dachte daran, das Tier zu zertreten, wenn er heimkäme.

Johannes hatten sie bei Freunden gelassen. Am kommenden Tag würden sie ihn wieder zu sich holen. Was sollten sie ihm sagen? Dass Clara verreist war, dass sie beim lieben Gott war und es ihr dort so gut gefiele, dass sie für immer bleiben würde?

Wortlos ging er in sein Arbeitszimmer im hinteren Teil des Hauses. Er starrte durch das Fenster in den Garten hinaus auf die Schildkröte und weinte. Um Clara, um sich selbst. Um das, was er für die Strafe hielt, die ihn, niemals würde er Kristin sagen können, warum, nun ereilt hatte. Haltlos weinte er, ließ alles los, fiel, fiel ins Unendliche und wünschte sich, irgendwann irgendwo aufzuschlagen und nichts mehr zu spüren. Keine Trauer, keinen Schmerz, keinen Hunger, keinen Durst, keine Liebe, keine Scham, keine Hoffnung, keine Angst, keinen Gott. Keine Kristin.

Dann würde Clara in dem himmelblauen Kleid vor ihm stehen, das er ihr zum dritten Geburtstag geschenkt hatte und das Kristin von Anfang an so puppenhaft fand, und sagen: »Was machst du hier, Daddy?«

Aber das Leben ging weiter, er beherrschte dieses Weiter längst meisterhaft, wenige Tage später ging er wieder ins Labor, Flugtickets in der Tasche. Kristin jedoch fand keinen Halt mehr, zwischen seinen Reisen stritten sie immer wieder laut, ohne jedes Maß. Und am Morgen danach, während Kristin noch unter dem Schleier barmherziger Barbiturate das Vergessen suchte, zog er die Tür wieder hinter sich zu, brach auf zu einem neuen Kongress, im Flugzeug den Kopf den Wolken zugewandt, mit den Tränen ringend, wie nun immer öfter auch am Abend, wenn ihm die Kraft fehlte, im Hotelzimmer einen Werbefilm im Fernsehen wegzuschalten. Er kannte ihre Plots und Tricks, und doch ergriffen sie ihn immer wieder neu, gegen alle Vernunft und jeden Sinn. Eine Bilderbuchfamilie in einer blank polierten Musterküche, der inszenierte Streit um eine bunte Cornflakespackung; ein junger, zotteliger Hund, der durch die Regenbogenfarben eines im Garten aufgestellten Wassersprengers in die Arme einer lachenden Clara sprang, die eine Schachtel mit Trockenfutter in der Hand hielt. Er hasste diese Filme. Und schaffte es nicht, ihnen auszuweichen.

Irgendwann, er war gerade von einer Reise zurück, stand Kristin in der Tür seines Arbeitszimmers. Beide wussten, Johannes, das Kind, das ihnen geblieben war, würde irgendwann zerrieben werden zwischen ihrer beider Trauer, dem ständigen Streit. Sie waren mit sich selbst beschäftigt, anstatt ihn zu trösten. Sie vermochten nicht, ihn in den Arm zu nehmen, weil sie sich selber nicht in den Arm nehmen konnten. Oft kam er Robert vor wie der einsamste Mensch auf der Welt.

»Wir werden das nicht schaffen, Robert, nicht zusammen.«

»Uns wird keine Wahl bleiben.«

»Doch, wir können wählen, wie und wo wir sterben wollen.«

»Wir werden nicht sterben, der Mensch ist ein …«

Kristin schnitt ihm das Wort ab. »Ich will leben, Robert.«

Er blickte sie an.

»Und du auch. Jeder auf seine Weise. Du wirst morgen wieder nach Chicago aufbrechen, ein Kongress, die Arbeit, du wirst alles weitermachen wie bisher. Und ich werde dich dafür beneiden und hassen. Du wirst weiterreisen, vor großem Publikum sprechen, Doktoranden betreuen und dein Weltheilmittel entwickeln, bis es zwischen Indien und Irland die Märkte überschwemmt. Alles, was du machst, ist richtig, Robert. So furchtbar richtig. Wer hat dir das beigebracht? Wo lernt man so etwas? Es ist nicht mein Weg, und er wird es auch niemals sein.«

Er wollte antworten, doch sie schnitt ihm erneut das Wort ab. »Irgendwann, wenn du von einer deiner Reisen zurückkehrst, werde ich nicht mehr da sein. Und Johannes auch nicht. Ich bin seine Mutter. Lass ihn mir. Bitte.«

Er stand auf, ging einen Schritt auf sie zu. Es war ihre letzte Umarmung. Kristins Arme waren kalt.

Wenig später zog Kristin mit Johannes bei ihrer Freundin Debby in San Francisco ein, erwarb nach ein paar Monaten mit seinem Geld eine eigene Wohnung am Fuße des Telegraph Hill. Er war wieder er selbst, arbeitete noch mehr als zuvor, besessen, mit ihn ängstigender Effizienz.

Tribalon gelangte schließlich auf den Markt, nach so langer Zeit des Forschens und Entwickelns war er dort angekommen, wo er hatte sein wollen.

Bis er sich von einem Tag auf den anderen vor einer Mauer wiederfindet. Unüberwindbar. Das von ihm entwickelte Mittel sei für bestimmte Patientengruppen lebensbedrohlich. Nierenversagen, Herzstillstand. So der Bericht in *Reports in Medicine* im Herbst 2014, der sich wie ein Lauffeuer verbreitet. Der Konzern muss handeln. Schnell. Reißt Tribalon auch TurnerLatour in den Abgrund? Für ein paar Wochen sieht es so aus. Er wird aufgefordert, den Schlüssel zu seinem Labor abzugeben, ebenso alle Dokumente, Rechner und externen Festplatten, diverse Verzichtserklärungen zu unterschreiben und eine Abfindung zu akzeptieren, deren Höhe Dritten gegenüber zu nennen die Unwirksamkeit des Aufhebungsvertrages nach sich ziehen würde.

University of Philadelphia, Perelman Institute of Medicine
Prof. Walter Sinopoli MD, PhD

Philadelphia, 8. Oktober 2014

Lieber Robert,
es fällt mir nicht leicht, Dir diesen Brief zu schreiben. Wie sehr wünschte ich, als Dein Kollege, Vorgesetzter und auch Freund, ich würde Dich nicht noch weiter beschweren müssen. Aber es ist unvermeidlich. Ich weiß, was hast Du nicht alles verloren. Das, was wir nie verlieren sollten, die Nächsten, die Liebsten. Beides ist Dir auf je eigene Weise widerfahren. Und nun die lästige, leider gegenwärtig ebenso unüberschaubare Sache mit Deiner Forschung für TurnerLatour.

Und doch: Die Sache ist so ernst, wie sie ist. Und Du weißt das. Auch für uns als Deine akademische Heimat.

Ich habe nunmehr das Mandat und den Auftrag, Dich im Namen der Fakultät und des Instituts, das Dir viel verdankt, darüber in Kenntnis zu setzen, dass wir unsere Zusammenarbeit werden aussetzen müssen. Auf unbestimmte Zeit und bis zur Klärung der Dinge, die im Raum stehen.

Wir beide wissen: Wer forscht, muss die Regeln und Gesetze des Metiers, unserer wissenschaftlichen Zunft, beachten. Strikt, ohne Einschränkung. Und dennoch ist Forschen auch immer, wir haben uns oft darüber ausgetauscht, eine Exkursion in unbekanntes Terrain, eine Reise, eine Suchbewegung, ein Wagnis. Erfolg und Misserfolg liegen dicht beieinander.

Wir wissen auch, Politiker, Künstler, Wissenschaftler, Unternehmer, vielleicht auch Liebende, wenn Du mir diese Anmerkung erlaubst, können nie endgültig erfolgreich sein, für immer gewinnen; aber wir alle können endgültig scheitern. Das ist die bittere Wahrheit des Lebens. Aber da stehst Du nicht. Vielmehr ist es für Dich die Zeit, noch einmal neu nach vorn zu blicken, neue Aufgaben zu suchen, dem Leben neuen Raum zu geben. Ich spüre, dass Du die Kraft dazu hast.

Die juristische Klärung all der Dinge, die hoffentlich irgendwann hinter Dir liegen, wird noch einige Zeit in Anspruch nehmen, und Du sollst mich, wie auch die Fakultät, auf diesem Weg an Deiner Seite wissen. Dabei darf jedoch Dein Engagement im Institut der Aufklärung nicht im Wege stehen. Transparenz und Unabhängigkeit ist jetzt das Gebot, für uns alle. Bis auf Weiteres bist Du von Deinen Tätigkeiten freigestellt.

Sei gegrüßt von
Deinem
Walter

Morgens aufzustehen fiel ihm mit jedem Tag schwerer, er hatte nachts Herzklopfen und beim Aufwachen brennende, wie mit Kleister verklebte Augen. Sein Hausarzt, Dr. Kendall in Philadelphia, diagnostizierte einen chronischen Augeninfekt, dessen Ursache weder in den Fachgebieten der Bakteriologie, Virologie noch Allergologie zu suchen sei. Mit anderen Worten, die einzige Medizin, die ihm helfen konnte, war das Leben. Ein anderes Leben. Der Gedanke machte ihm Angst. Oft ging er nachts auf die Straße vor das Haus, das er nun allein bewohnte, ein halb leeres Glas in der Hand, auf dem alten Plattenspieler im Wohnzimmer voll aufgedreht die Musik, die sein jüngeres Ich gehört hatte und die er nun nach langer Zeit wieder auflegte, als suche er den Punkt in der Vergangenheit, an dem er die falsche Ausfahrt genommen hatte.

In restless dreams I walked alone
Narrow streets of cobblestone
'Neath the halo of a street lamp
I turned my collar to the cold and damp
When my eyes were stabbed by the flash of a neon light
That split the night
And touched the sound of silence

Er lauschte dem fernen Highway, betrachtete in der Abenddämmerung von Chestnut Hill den lichtlosen Bungalow, die Doppelgarage, den immergrünen Front Lawn und das Grundstück ihrer Nachbarn, die, nachdem die Kirkpaticks fortgezogen waren, so und so hießen.

An einem dieser Abende, nachdem Dr. Kendall mit der Stimme eines Notars seine Zukunft vor ihm ausgerollt hatte, erklärte er seine amerikanischen Tage für gezählt. Er würde noch einmal von vorn beginnen. Sein Weg als Wissenschaftler war noch nicht zu Ende. Durchhalten, weitermachen, noch einmal neu ansetzen. Auf einen Zettel schrieb er sechs große Buchstaben. BERLIN.

6

Landauer bog in den Hinterhof des Bürohauses ein, hörte am rechten Kotflügel kurz vor dem Halt ein metallenes Schaben. Er stieg aus, ging um den Wagen herum, richtete den mit seinem Kennzeichen versehenen Pfosten wieder auf, sah zu den Fenstern des Hauses hinauf, um zu prüfen, ob ihn jemand bei dieser automobilen Fahrlässigkeit beobachtet hatte. Noch einmal zurücksetzen, das Assistenzsystem piepte, dann stand der Wagen an seinem Platz.

In einem Loft über ihrem Labor befand sich eine Firma, die BalkanMoovers hieß. Im ersten Stock hatten es verschiedene Firmen versucht, zuletzt ein Vertrieb für Kunststofftanks. Oft hatten im Hinterhof Muster gestanden, ein an ein U-Boot erinnernder langer, röhrenartiger grauer Behälter mit Turm und Auslass, niemand schien Anstoß daran zu nehmen. Moabit lag inmitten der Stadt, und doch war es der unsichtbare Stadtteil. Immer wieder wurde ihm eine Szenezukunft, neuer urbaner Schwung prognostiziert, doch die Trendpropheten irrten.

Hier hatte Leclair für LeclairSolutions Flächen angemietet. Ihr Labor glich nach aufwendigem Umbau eher dem Büro einer Großkanzlei. Die Wände hoch und weiß, kunstvoll durchsetzt mit dem alten Mauerwerk. *Chipperfield-Style* hatte sein Chef als Parole ausgegeben und die Bauarbeiten selbst überwacht. Der Boden aus Teak, das Interieur von Schweizer Edeldesignern, die Bilder Leihgaben einer Galerie aus der Auguststraße in Mitte.

Alle, mit denen er in Moabit zusammenarbeitete, kannten seine Geschichte. Sie hatte die einschlägigen Medien beschäftigt, wochenlang die Fachjournale ernährt und noch vor wenigen Monaten die Börsen nervös gemacht. Und doch taten sie so, als gäbe es sie nicht, bis auf Leclair, der mit der numerischen Scharfsichtigkeit des Geschäftsmannes auch Lebenspläne und deren Verwerfungen zu taxieren wusste, sein Scheitern in Amerika kaum mehr als ein Spiel von Konjunktur, Gewinn, Verlust und perspektivischer Konsolidierung betrachtete. Für Leclair schien es so etwas wie die Marktbereinigung der Seele zu geben. Vielleicht hatte er recht.

Um elf Uhr war im Konferenzraum Teambesprechung, die Leitung lag in seiner Hand, und kaum hatte er den Raum betreten, wusste er, dass er funktionieren würde. Wie immer. Er, der Dienstälteste in einer Gruppe internationaler Solisten, zudem noch immer mit der größten, wenn auch ramponierten, internationalen Reputation, von den anderen aus sicherer Distanz bestaunt und beobachtet.

Monique Kerner nahm wie immer ihm gegenüber Platz. Sie legte ihr iPad vor sich auf den Tisch und startete es. Ihre Bewegungen vermittelten in stiller Eindeutigkeit, dass ihre Begegnung bei Leclair, »Moon River«, der Tanz auf der Terrasse, ebenso wenig vergessen war, wie sie unter das taghelle Observationslicht eines Büros gehörte. Sie sah kurz auf, und ihre Blicke trafen sich.

Weitere Kollegen betraten den Raum, Experten für klinische Medizin, Galenik, Kinetik, chemische Forschung, und ein junger Wissenschaftler, der für die Protokollierung des Prozesses zuständig war. Dieser gab, den PowerPoint-Stick in der Hand, wie immer bei diesen Konferenzen, den Auftakt. Zeitplan, Meilensteine, Zielerreichungswahrscheinlichkeit in Prozenten. Landauer wusste, was er seinen Kollegen heute trotz aller bunten Tortendiagramme und mit farbigem Zeitstrahl unterlegten Prognosen sagen musste: Der Großteil der vorklinischen Tests liege immer noch in weiter Ferne. Der Entwicklungsprozess würde noch einmal einer kompletten Revision unterzogen werden, sobald weitere, validierte Daten vorlägen. Ein ergänzendes externes Gutachten sei in Auftrag gegeben, ihre Arbeitshypothese weitestgehend durch andere Forschungskontexte abgesichert, sie seien auf dem richtigen Weg. *Weitestgehend,* da saß der Haken. Primäres Alzheimer entsteht durch Ablagerungen in den Nervenbahnen, Beta-Amyloid, senile Plaques, und dies bislang irreversibel, mit dieser These hatten sie begonnen. In einem bestimmten Zeitfenster jedoch, nicht zu früh und nicht zu spät, könnte es künftig möglich sein, die Bildung dieser Plaques zu reduzieren, zu verlangsamen. Das wäre der weltweite Durchbruch. Er brauchte es nicht auszuführen, alle wussten es, es war seit Monaten ihr kollektives Credo.

Die Konferenz war kurz. Bevor der Juniorwissenschaftler noch einmal laut das Protokoll vorlesen konnte, um ihnen die darin festgehaltenen Risiko- und Bedenkenszenarios zu vergegenwärtigen, wollte Landauer die Sache beenden. Aber es gab Fragen. Allen war nach seinen Darlegungen klar, weitere Monate würden ins Land gehen, bis an klinische Tests mit Realpatienten überhaupt zu denken war.

Wie Professor Leclair mit dieser Tatsache umgehen werde? Landauer wollte gerade antworten, als die Sekretärin den Kopf zur Tür hereinsteckte, dann zu ihm kam und sich zu ihm herunterbeugte.

»Ihr Besuch ist da, Professor.«

»Ich erwarte niemanden«, sagte er.

»Soll ich den Gast …?«

»Warten Sie, ich komme gleich.«

Er nutzte die Störung als willkommenen Moment, die Konferenz zu beenden, und bat den jungen Wissenschaftler um eine einseitige Zusammenfassung des Gesprächsstandes. Leclair sei zudem im Bilde, sie seien im Austausch, warf er abschließend in die Runde. Ein neuer Zeitplan werde erarbeitet.

Auf dem Flur zu seinem Büro blieb er am Wasserspender stehen, ein leichter Schwindel hatte ihn gepackt, und er musste sich abstützen. Er versuchte, einen Becher aus der Halterung zu ziehen, wie immer lösten sich zwei oder drei auf einmal, die sich nicht trennen ließen, ohne dass einer dabei einen Knacks bekommen würde.

Hinter sich ahnte er Monique Kerner. Er drehte sich um, wies mit einer Geste der Hilflosigkeit auf das Gerät und begann erneut, an der Halterung zu hantieren. Hatte sie bemerkt, dass seine Hand zitterte? Seine Kollegin schob ihn sanft beiseite, zog mit nur einer Hand lautlos einen Becher heraus und hielt ihn unter den Hahn. Er drückte den Knopf.

»Wie lange wird es dauern, Robert?«, sagte sie.

»Ein gutes halbes Jahr. Vielleicht etwas länger.«

»Ist das Projekt gefährdet?«

»Wir haben noch immer die Nase vorn.«

»Das klingt nicht sehr zuversichtlich.«

»Wir sind und bleiben auf dem richtigen Weg.«

»Wenn ich irgendetwas tun kann, lass es mich wissen«, sagte sie, berührte mit dem Finger seinen Arm und ging.

Seine Bürotür stand offen. Gegen das Licht, das in den Flur fiel, konnte er die Umrisse eines breitschultrigen Mannes ausmachen.

Fouad Tamimi hatte in einem der Besuchersessel Platz genommen, einen schwarzen Hut vor sich auf den Tisch gelegt, und sah ihn an, als sei er verlegen.

Landauer begrüßte ihn, schloss die Tür und fragte, was ihn zu ihm führe und ob er ihm etwas anbieten könne. Er merkte zu spät, wie unpassend das war. Tamimi hob die Hand, als wolle er sagen: Ein anderes Mal. Er lehnte sich zurück.

»Ich hoffe, Sie empfangen mich auch ohne Termin und Überweisung und all das, was man in Deutschland zum Arzt so mitbringen muss ...«

»Natürlich, ich freue mich, Sie zu sehen«, sagte Landauer, »Arzt hin oder her. Worum geht es?«

Tamimi beugte sich vor. »Um einen alten Schmerz.«

Wieder hatte Robert Landauer das Gefühl, dass sich zwischen ihnen etwas aufbaute, sie etwas Unbestimmbares verband. Oder Tamimi etwas von ihm wollte, das er aber nicht preisgab und das Landauer nicht zu fassen bekam.

»Wenn Sie eine Empfehlung brauchen, gern. Ich bin mir sicher, Sie können den Schmerz lokalisieren?«

»Lokalisieren«, sagte Tamimi, ohne ihn aus den Augen zu lassen. »Sie meinen damit, ob ich sagen kann, wo genau es wehtut? Wenn es so einfach wäre, säße ich vielleicht nicht hier.«

Landauer stand auf und ließ die Sekretärin im Nachbarzimmer wissen, dass er nicht gestört werden wolle.

»Mein Schmerz hat viele Orte«, sagte Tamimi, nachdem Landauer sich wieder gesetzt hatte. »Einer ist hier.« Er wies auf seine Brust. »Ein anderer wohnt in einer fernen Zeit und in einem fernen Land. Ich frage mich oft, welcher Schmerz der größere ist und meinem Leben ein Ende setzen wird.«

Aus dem Raum nebenan hörten sie dumpf die Stimme der Sekretärin, sie telefonierte.

»Für den einen gibt es Ärzte, auch wenn die Experten mir wenig Hoffnung auf Heilung machen. Für den anderen, nun ...«

»Lassen Sie uns mit dem medizinischen Teil beginnen.« Landauer, jetzt ganz Wissenschaftler, versuchte das Gespräch zu strukturieren.

»Der ist schnell erzählt. Krebs. Hier in der Lunge. Die Kinder wissen Bescheid, wenn auch nicht bis ins Detail.«

»Und Ihre Frau?«

Tamimi sah Landauer aus müden Augen an. »Sie verbringt den Großteil ihrer Zeit in London. Wir leben seit einiger Zeit getrennt. Aber lassen Sie mich von dem anderen Schmerz sprechen, der auch mit Ihnen zu tun hat, allerdings nicht mit dem Arzt und großen Wissenschaftler.«

»Ich fürchte, ich kann Ihnen nicht folgen.«

»Geben Sie mir ein wenig Zeit, und es wird Ihnen möglich sein.«

Tamimi wandte sich um, blickte auf den Bildschirm, auf dem Zahlenkaskaden zu sehen waren, ließ seinen Blick über die Papiere auf dem Schreibtisch und die im Regal stehenden Ordner und Fachbücher gleiten. An der Wand hing ein Foto von Johannes neben einer Kamera an einem Filmset vor dem Charlottenburger Schloss.

»Das also ist Ihre Welt. Sie hat nicht viel mit der zu tun, von der ich Ihnen erzählen möchte. Aber sie wird Ihnen nicht fremd sein.«

Landauer blickte auf die Uhr.

»Wie viel Zeit haben Sie?«, fragte Tamimi.

»Ich bitte um Entschuldigung.«

»Ich bin Geschäftsmann und weiß mit Begrenzungen umzugehen.«

»Wir sind und bleiben ungestört, solange es die Sache erfordert«, sagte Landauer, erhob sich, zog die Vorhänge zu, hinter denen die Nachmittagssonne großzügig ihr Licht vergoss.

»Gut«, sagte Tamimi, nachdem Robert Landauer sich wieder gesetzt hatte. »Ich möchte Ihnen etwas erzählen, von einem Mann und einer Frau. Einer Frau, die diesem Mann das Größte im Leben geschenkt hat. Sie werden diese Frau nicht kennen, aber Sie sollen sie kennenlernen.«

Er holte tief Luft. »Ich erzähle Ihnen, wo mein Schmerz seinen Ursprung hat. Beirut, das Lager Schatila. 1982. Das wird eine Weile dauern. Wenn ich mit der Geschichte fertig bin, werde ich Sie etwas fragen. Nur Sie und nur dieses eine Mal. Antworten Sie nicht zu schnell, nehmen Sie sich Zeit. Aber antworten Sie mir.«

7

Beirut, 1982

Von der Straßenecke aus blickte er ihr nach. Jedes Mal wenn sie sich am Abend trennten, konnte er nicht glauben, dass sie ihn wiedersehen wollte, ihn berührt, geküsst hatte. Ja, sie ihn, nicht er sie.

Nein, er konnte und durfte sie nicht bis an die Tür begleiten. Ihr Bruder Chaled stand am Fenster und rief zu ihr herunter. Laut, fordernd. *Sahira!* Sie wartete im Staub der Gasse und sah zum Haus hinauf. Schmaläugig, wie immer, wenn ihr etwas nicht gefiel. Sie ließ sich von niemandem etwas sagen, auch nicht von ihrem muskelbepackten Bruder. Sie nahm den Sack Datteln, den sie unterwegs bei einem Händler erworben hatte, holte weit aus und warf ihn mit dem Geschick einer Handballerin zum Fenster hoch.

Wem immer sie versprochen war, er würde dem Mann, der sie nach dem Willen der Familie zu sich nach Hause führen sollte, den Hals brechen. Sie hatte gelacht, als er das einmal zu ihr gesagt hatte, seine Hand genommen und gesagt, die solle nur sie berühren und nicht die Hälse fremder Leute.

Sie verschwand im Eingang, und eine große Leere breitete sich aus. Das Haus der Hatoums war kaum mehr als ein Sockel aus grobem Beton in einer lichtlosen Gasse, darüber eine weitere Etage, schief aufgesetzt, die Fensterhöhlen ohne Rahmen und

Glas, nur mit langen Tüchern verhängt. Ein Bau wie all die anderen im Lager, gestützt von den Häusern zur Linken und zur Rechten, geduldeter Wildwuchs; hin und wieder wurde mit müder Hand irgendetwas ausgebessert oder repariert, ein gebrochenes Rohr, ein sich in der Wand ausbreitender Riss. Aber seitdem der Bürgerkrieg herrschte, auch das nicht mehr. Kabel ragten aus unverputzten Außenwänden und führten über die Straße, trafen sich mit anderen, verwoben, verknotet, nur von einem in Schatila arbeitenden Elektriker entwirrbar. Ihre Familie wohnte in einem Labyrinth von Gassen voller Menschen, die mehr überlebten als lebten. Keiner wollte, dass diese Leute für immer blieben, und alle wussten, dass genau das passieren würde. Sie waren geduldet und verachtet. Palästinensische Flüchtlinge auf Lebenszeit.

Sahira jedoch ging in das schiefe Haus ihrer Eltern, als würde sie einen Palast betreten, aufrecht, der Staub der Straße unter ihren Füßen wie ein Kissen aus Rosenblättern. Wo sind die Tambourinspieler, die klingenden Ouds, die Kapellen und Tänzer, die voranziehen, singend, tanzend, wenn sie durch die verwinkelten Gassen auf ihr Elternhaus zuschreitet?, dachte er.

Er wandte sich ab, sein Herz klopfte. Die unbarmherzige Ewigkeit eines ganzen Tages würde er abwarten müssen, bis er sie wiedersah. Botengänge durch die Stadt, Geld eintreiben für den Krieg, säumige Unterstützer ausfindig machen, Druck ausüben, drohen, die Beute sicher ins Büro der PLO bringen, dessen Adresse er nicht verraten durfte, um seines Lebens willen. Seit sieben Jahren herrschte bereits Bürgerkrieg im Libanon, sieben Jahre Angst und Gewalt, ein Ende war nicht in Sicht. Das Land blutete aus, verblutete an den Verletzungen, die es sich selbst zufügte. Die Christen und all ihre sich gegenseitig belauernden Gruppen und Einheiten, die Falangisten, kämpften gegen die Palästinenser und die PLO; und diese, an ihrer Seite die Syrer und ihr Anführer Hafiz al-Assad im nahen Damaskus, gegen die

Christen und ihre Kämpfer. Es war ein Krieg, wie ihn nur Brüder führen konnten, Erschießungen, Verschleppungen, Folter, Massaker, Bomben und Häuserkämpfe. Die Welt sah zu, und Israel wartete auf seine Waffen gestützt hinter der Grenze, wartete auf seinen Einsatz. Im Sommer des Jahres 1982 war es so weit.

Doch er hatte gelernt, sich in der Stadt zu bewegen. Auf seiner inneren Karte war verzeichnet, wo die Scharfschützen der christlichen Falangisten lagen, er kannte den Weg, den ihre Kugeln nahmen, mied die Checkpoints, suchte die Durchlässe an der grünen Grenze; und er wusste um die Mittel, an das Geld der säumigen Unterstützer zu gelangen, Geld, das sie für ihren Kampf dringend benötigten. Er hatte schnell verstanden, wie man sie mit mehr als Worten überzeugen konnte. Er kannte den Weg des Geldes, wusste wo es herkam, wo es sich versteckte, und auch, was es aus Menschen machte.

Allein auf sich gestellt, war er aus dem Süden des Landes nach Beirut gekommen, gegen den Willen seiner Eltern, kaum siebzehn Jahre alt. Aus Afula waren diese einst geflohen, 1948, vor seiner Geburt. Seitdem war es für sie unerreichbar, im heutigen Israel, und doch täglich Gegenstand ihrer Erzählungen und Gebete. Als er ein Kind war, nahm sein Vater ihn bei starkem Regen oder Unwetter mit vor die Tür, wies mit der Hand weit über die Grenze hinweg und sagte: »Sieh, bei uns zu Hause regnet es auch. Ich will hoffen, dass das Dach hält und die Fenster fest verschlossen sind, bis wir zurückkehren.«

Er hatte schon früh begriffen, dass sie niemals zurückkehren würden. Als ihm die ersten Barthaare wuchsen und er die Stimme eines Mannes bekam, konnte er das Hoffen seiner Eltern, das doch nur eine Fata Morgana war, nicht mehr ertragen, verließ die Hütte seiner Eltern, es zog ihn in die große Stadt. Mit Geschick gelang es ihm, das für Flüchtlinge aus Palästina verordnete Arbeitsverbot zu überwinden. Noch vor Ausbruch des Bürgerkriegs fand er eine Anstellung im Casino du Liban, einem an der

Küste nördlich von Beirut gelegenen Treffpunkt der Reichen und Spielsüchtigen aus aller Welt. Als Einweiser auf dem großen, oberhalb des Meeres gelegenen Parkplatz fing er an, wurde Kellner, saß schließlich hinter der Glasscheibe der Kasse, lernte Englisch, Französisch, lauschte den Mogulen, Industriekapitänen, Filmstars, Waffenhändlern, Scheichs und Erben französischer Schlösser und ihren Frauen, zählte ihr Geld, nahm ihr Geld, begann zu begreifen, welche Macht es hatte. Er lernte schnell, mit seinen Gesetzen und Fallstricken umzugehen, und auch mit den Reichen, die die Regeln des Geldes heiligten und doch immer wieder von ihnen bedroht oder gar vernichtet wurden.

Aber der wuchernde Krieg machte seiner Karriere ein Ende, die Übergriffe und Massaker zwischen christlichen Kämpfern und PLO-nahen Palästinensern erfassten bald das ganze Land, auch das Casino geriet in die Kampfzone. Wieder stand er mit leeren Händen da, aber sein neues, unsichtbares Kapital hieß jetzt Wissen und Erfahrung. Er suchte den Kontakt zur PLO, die in West-Beirut Geld bei Unterstützern für den Kampf eintrieb, freiwilligen und weniger freiwilligen, wurde von namenlosen Männern abgefragt, ausgehorcht, auf die Probe gestellt. Sie gaben ihm Geld, viel Geld, er sollte es in ihrem Auftrag von hier nach dort bringen. Er lieferte alles wie verabredet ab, pünktlich, nicht ein Schein fehlte, und sagte, seine Auftraggeber seien Betrüger, dies sei Falschgeld und keinen Piaster wert. Ein Lachen ertönte hinter seinem Rücken. Er hatte die Prüfung bestanden und wurde noch am selben Tag als Geldbote und Geldeintreiber eingesetzt. Man nannte ihm die geheime Adresse des PLO-Büros in Manara im Westen Beiruts, dorthin sollte er die Gelder bringen. Er tat, was sie ihm aufgetragen, machte es besser, als sie erwartet hatten. Er beschaffte Geld für Waffen, für den Krieg.

Irgendwann legte ihm ihr Anführer Abu Ammar, den die Menschen in aller Welt Arafat nannten, die Hand auf die Schulter, wie sonst nur seinen Soldaten und Kämpfern. Von ihrem

Schreibtisch aus beobachtete ihn eine junge Frau. Sie lächelte, als sie ihn zusammen mit ihrem Führer sah. Wer ist dieser junge, unerschrockene Mann mit dem klaren Blick und dem kühlen Verstand?, mochte sie gedacht haben. Er sah zu ihr hinüber. Sie wandte sich nicht ab. Ihr Lächeln war wie der Schimmer von Sternen in einer mondlosen Nacht. Er wollte von diesem Schimmer umgeben sein, jetzt und für immer. Er wusste es von der ersten Sekunde an.

Am Abend wartete er vor der Tür, ob sie herauskommen würde. Sie schien nicht überrascht zu sein, als sie ihn entdeckte. Sie sagte, sie heiße Sahira. Er begleitete sie ein Stück des Weges.

Immer wieder stand er in den nächsten Tagen vor der Tür, zeigte ihr Abkürzungen, sichere Weggabelungen, wies sie auf die Nester der christlichen Scharfschützen hin, kletterte mit ihr über Mauern, streifte durch Hinterhöfe und verwahrloste Gärten, horchte auf, wenn das ferne Grollen der Geschütze näher kam. Ihr Haar war lang, fast schwarz, mal trug sie ein Kleid, mal eine Hose und ein Top, darüber ein offenes, weißes Hemd. Sie sprachen über ihre Familien, das Land ohne Hoffnung, in dem sie lebten, vom Traum einer neuen Freiheit jenseits der Grenze. Irgendwo. Nur nicht hier. Er sagte, er arbeite für einen Hungerlohn, täglich trage er Geld bei sich, und doch habe er selber so gut wie nichts. Sie sagte, man halte bei der PLO große Stücke auf ihn, er sei verlässlich, geschickt und wenn es sein müsse, hart wie ein Stein. Er lachte, ein wenig bitter. Ob das mit dem Stein stimmte, wollte sie wissen.

Hinter einer halb eingefallenen Mauer zog sie ihn an sich, ihre Lippen berührten seinen Mund. Ganz vorsichtig, als suche sie nur eine Antwort auf ihre Frage.

Er schlang seine Arme um sie. »Nie wieder werde ich dich loslassen, Sahira. Niemals.« Ihr erster Kuss sollte das Siegel seiner Worte sein, er währte so lange, dass sie irgendwann nach Luft zu ringen begannen und sich voneinander lösten.

Sahiras Brust hob und senkte sich. »Versprich nichts, was du nicht halten kannst«, sagte sie.

»Ich schwöre es dir.«

»Gib mir deine Hand«, sagte sie. Sie nahm sie, legte ihre zweite darauf und sah ihn abwartend an. Auch er nahm seine zweite. »Was jetzt unsere Hände sind, werden irgendwann unsere Körper sein. Und die Körper unserer Kinder. Es ist mir ernst, sag es noch einmal, jetzt, wo wir unsere Hände halten.«

»Mein Leben lang«, sagte er.

»Wirst du mich auch suchen, wenn ich verloren gehe? Du kennst dieses Land. Es verschluckt Menschen.«

Er wusste nicht, ob er lachen sollte oder protestieren. »Es verschluckt sie nicht. Es verschlingt sie«, sagte er. »Vor allem jetzt, wo dieser Krieg uns zerreißt.«

»Und er wird nicht aufhören«, sagte sie. »Er hat noch die Kraft für viele Jahre.«

Er nahm sie in den Arm. »Es gibt keinen Winkel der Welt, in den ich nicht gehen würde, um dich zu suchen«, sagte er.

Sie wurden ein Paar, heimlich, sie war noch zu jung, ihr Bruder Chaled und ihr Vater Fahd hätten ihn verprügelt und vertrieben, Sahira nicht mehr unbeobachtet gelassen, wenn sie von ihm und ihrer Liebe erfahren hätten. Aber sie konnten nicht mehr voneinander lassen.

An einem dieser Abende sagte sie ihm, dass sie von einer Leidenschaft getrieben sei, sie wolle Malerin werden. Maler sei ein Männerberuf, gab er zu bedenken. Nicht das, was du denkst, Künstlerin wolle sie werden. Im Kopf habe sie schon viele Bilder gemalt, in ihrem Schrank verberge sie zahllose Skizzen, die noch niemand gesehen habe. Ob er schon einmal in einer Ausstellung gewesen sei?

Kein Mensch würde in eine Ausstellung gehen, nicht in diesen Zeiten.

Sahiras Stirn schien zu leuchten. »Ich schon«, sagte sie.

Es sei ihm egal, was sie treibe, solange sie nur bei ihm bleibe, das war alles, was er dazu zu sagen hatte.

Aber wo sie bei ihm bleiben solle, fragte sie am nächsten Abend. Wo könnten sie sicher leben und frei?

Erst ein paar Tage später begriff er, was Sahira ihm hatte sagen wollen. Hier, in Beirut und im Krieg wird es nie gelingen. Selbst wenn der Krieg vorbei wäre, irgendwann, sie würden Gefangene bleiben. Gefangene ihrer Herkunft und ihres Schicksals. Staatenlose Palästinenser auf Lebenszeit.

»Sollen wir das Land verlassen? Ist es das, was du mir sagen willst?«

Sie nickte.

Von diesem Tag an hatten sie keinen anderen Gedanken mehr im Kopf. Das Land verlassen, fliehen. Aber wie? Und wohin, wo doch niemand sie würde haben wollen?

Es war Eile geboten. Die israelischen Truppen näherten sich der Stadt, bald würden sie das ganze Land besetzt haben und Beirut einkesseln.

»Wir brauchen Geld und Papiere«, sagte sie. »Viel Geld.«

»Gib mir etwas Zeit«, sagte er.

Am Abend hockten sie wie so oft im Schutze des Eingangs eines verlassenen Hauses, lauschten dem Lärm der Geschütze, dem Knattern der Gewehre, dem Heulen der Ambulanzen. Er hatte zuvor seine Wege durch den Westteil der Stadt gemacht, hatte verhandelt, gemahnt, gedroht, in verängstigte, wütende, verzweifelte Gesichter geblickt, das Geld genommen und im Büro abgeliefert.

Seit den Morgenstunden spürte er eine Unruhe wie nie zuvor. Was konnten sie tun? Sie stand auf, zog ihn tief hinein in das verlassene Haus. Im hinteren Teil war es kühl und dunkel. Heruntergerissene Vorhänge lagen auf dem Boden, die Möbel waren zerstört, die Matratzen aus den Betten herausgezerrt, aufgeschlitzt und auf den Boden geworfen. Sie streifte ihre Schuhe ab, öffnete ihr Hemd, nahm seine Hand und legte sie auf ihre Brust, er spürte die Wärme ihrer Haut, verbarg sein Gesicht in ihrem Haar.

»Bald«, sagte sie, »wenn das alles vorbei ist und wir in Sicherheit sind und frei, werde ich dir ganz gehören.«

Das erste Mal hörte er ein Zittern in ihrer Stimme. »Morgen gehen wir zu Rafik. Ich will dir etwas zeigen«, sagte er.

»Wer ist Rafik?«

»Du wirst ihn kennenlernen.«

»Um zehn am Leuchtturm von Manara, wirst du kommen?«

»Der Leuchtturm ist erloschen, er arbeitet nicht mehr.«

»Ich weiß.«

»Ja, ich werde dort sein.«

Kein Licht. Kein Signal. Es war Nacht, der Turm stand oberhalb der Promenade wie ein großer Schatten. Vor wenigen Tagen hatte Rafik mit seiner Hilfe hoch oben zwischen Gläsern und Spiegeln die große, schon lange erkaltete Birne herausgeschraubt, sie in mehrere Lagen Zeitungspapier eingewickelt und nach unten getragen. Behutsam, jeden Schritt zählend. Der Turm schien wie Rafik, sein Wärter, auf bessere Zeiten zu warten, auf den Frieden, oder auf seine Zerstörung und stumme Zeugenschaft für all die Gewalt. Rafik wurde als Leuchtturmwärter ohne Leuchtturm weiter von der Stadt und dem Hafenamt bezahlt, aber er war müde und krank geworden. Über viele Generationen hatte seine Familie Leuchttürme betrieben, erst in Jaffa, später in Beirut. Sein Sohn war ein Kämpfer geworden, nur selten kam er zum Turm, um seinen Vater zu sehen. Der Alte beschimpfte ihn jedes Mal, wenn er mit dem AK-47 über der Schulter, in Uniform, das Halstuch befleckt mit Dreck und Blut, bei ihm auftauchte.

Auf Rafik war er bei seinen Botengängen durch die Stadt gestoßen, doch der alte Mann vor dem Turm hatte abwehrend die

Hände gehoben, als er ihn sah, er habe kein Geld und außerdem schon seinen Sohn für den Krieg gegeben. Ein Satz, den er bei keinem anderen hätte durchgehen lassen. Bei Rafik war es anders, er ließ von ihm ab, besuchte ihn danach immer wieder. Irgendwann fragte Rafik, ob er ihm, wo er doch so häufig hier vorbeikomme, hin und wieder zur Hand gehen könne, um den Turm durch die schweren Zeiten zu bringen. Und wenn er möge, ein wenig seinen Geschichten zu lauschen, wie es ein Sohn tun sollte.

Bei einem ihrer Treffen erzählte er Rafik, dem er bald vertraute wie seinem Vater, dass er das Land verlassen würde. Nicht allein, mit einer Frau. Rafik nickte und sagte: »Wenn ich in deinem Alter wäre, ich würde dasselbe tun.« Er hatte Tränen in den Augen.

Er hatte Rafik gebeten, ihm noch ein einziges Mal den Leuchtturm zu öffnen.

»Was hast du vor, mein Sohn? Ich kenne dich, du willst doch nicht einsam dort oben die Aussicht genießen.«

»Nein.«

»Diese Frau, mit der du gehen willst?«

Er nickte.

Der Alte stieß einen Pfiff aus und legte ihm die Hand auf die Schulter. »Was bekomme ich dafür?«

»Gottes Lohn. Oder irgendwann ein Visum nach Amerika.«

»Ich hasse Amerika.«

»Dann Europa.«

»Europa?« Rafik lachte. Ob das ein Witz sein solle? Keiner wolle sie dort haben. Schon gar nicht so einen Alten wie ihn. Morgen Abend nach Anbruch der Dämmerung solle er zum Turm kommen.

Der Gefechtslärm schien an diesem Abend abgeflaut, als wollte der Krieg noch einmal Kraft sammeln. Die israelischen Truppen hatten oben in den Hügeln von Beirut den Stadtrand erreicht, aber sie hatten aufgehört zu schießen, all die Panzer und Haubitzen, ihre Rohre auf den Westteil der Stadt gerichtet, als ob sie auf irgendetwas warteten.

Er dachte, eine Katze sei an ihm vorbeigehuscht, aber es war Sahira, sie war tatsächlich gekommen. Im Schein des Mondes sah er sie an, selbst ihre Silhouette ließ ihn erschauern.

»Was ist das?«, sagte er. Sie rieb sich mit der Hand über die Stirn, aber sie schien nicht zu verstehen, was er ihr sagen wollte.

»Da«, sagte er und wies auf einen roten Strich unterhalb des Haaransatzes.

»Ach, nichts«, sagte sie.

»Ist das Blut, Sahira?«

»Nein, Farbe.«

Er zog ein Taschentuch heraus und rieb damit über ihre Stirn.

»Ich habe gemalt, aber so wird es nicht gehen«, sagte sie und nahm seine Hand.

Er küsste die Stelle, die er für eine Wunde gehalten hatte. Sie rührte sich nicht, er spürte die Wärme ihres Körpers, roch den frischen Duft ihrer Haare.

»Wir hatten Wasser, für eine Stunde«, sagte sie.

Rafik schloss ihnen die Tür zum Leuchtturm auf, wagte es nicht, die junge, hübsche Frau anzusprechen. Sie dankten ihm und begannen, die Stufen hinaufzuklettern. Er hörte Sahira hinter sich, ihr Atem war trotz der Anstrengung gleichmäßig und ruhig. Immer höher stiegen sie. Würde in dieser Nacht der Angriff der Israelis beginnen, wären sie verloren.

Sie erreichten die Plattform. Er berührte das Glas der Fresnellinsen, ein dünner Film aus Feuchtigkeit lag darauf. »Durch dieses Glas gingen die Lichtsignale in die Ferne«, sagte er. »Im Frieden.«

Drahtseile führten nach unten, die, mit Gewichten behängt, ein Zahnrad antrieben, um das Licht durch die Prismen zu drehen. Aber es gab kein Licht mehr. Das Meer lag wie ein dunkles Tuch unter ihnen, die Stadt fast schwarz, in der Ferne aufflackernde Lichter von Geschützen in den Hügeln.

»Als seien wir schon ganz weit weg, in einem anderen Land«, sagte sie und lehnte sich an ihn.

Er spürte ihren Atem an seinem Ohr. Sie blickten über das Meer nach Westen, als suchten sie auf der anderen Seite das Land, das sie retten könnte.

Noch in derselben Nacht wolle er aufbrechen und seine Eltern im Süden des Landes aufsuchen. Sie würden ihm Geld geben. Sahira sah ihn ungläubig an. In seinen Jahren im Casino du Liban habe er ihnen immer wieder Geld zukommen lassen, erklärte er. So wie er seine Eltern kannte, hatten sie es nicht ausgegeben, heute würde er ihnen versprechen, ihnen das, was er ihnen einst geschenkt hatte, zurückzugeben, sobald sie in Sicherheit wären und neue Arbeit gefunden hätten.

»Du willst die belagerte Stadt verlassen? Das ist zu gefährlich!«

»Ich kenne den Weg hinaus und wieder hinein, niemand wird mich sehen. Vertrau mir.«

»Ich habe Angst um dich.«

»Wir müssen es versuchen!«

»Wann wirst du zurück sein?«

»Sehr bald, in zwei, drei Tagen, nicht mehr.«

»Und wenn du nicht wiederkommst?«

»Das werde ich. Kaum bist du zweimal aufgewacht, werde ich dich wieder in meinen Armen halten. Ich verspreche es dir, beim Leben meiner Mutter.«

Sie blickten auf das Meer, ein Schimmer von Blau im hellen Mondlicht, das sich zwischen den Wolken zu zeigen begann. Sie schwiegen und küssten sich.

Er hob die Hand und wies in Richtung Süden. »Allmächtiger«, sagte er und ließ die Arme sinken.

Noch waren es konturlose Schatten am Horizont. Im Morgenlicht würde man die Aufbauten der Schiffe sehen, ihre Geschütze, die Radarantennen, und dahinter die flachen Landungsboote, die irgendwann mit reptilienhafter Schnelligkeit auf das Ufer zusteuern würden.

»Lass uns gehen«, sagte sie, nahm seine Hand und suchte das Dunkel der Turmtreppe.

Rafik stand am Eingang und verneigte sich, als er sie sah. »Sie ist hübsch«, raunte er ihm zu, »und eigensinnig, ich kann so etwas sehen. Halte sie fest, mein Sohn.«

8

Ein paar Stunden später brach er auf. Als die Stadt hinter ihm lag, sah er das Rot der hinter den Bergen über Beirut aufgehenden Sonne. Dieses Rot würde er nur noch wenige Male wiedersehen, wenn sein Vorhaben gelänge.

Er würde seine Eltern besuchen, was sollte er ihnen sagen? Dass er sie verlassen würde, für immer. Dass er mit einer jungen Frau aus Schatila, den Lagern, fliehen wollte, in ein fernes Land, das Deutschland hieß. Dass sie dafür Geld bräuchten, um das er sie als ihr Sohn bitten würde. Sie, die mit Mühen ihr Erspartes auf die Seite gelegt hatten. Dass er sich dafür schämt. Dass er in Deutschland sicher wäre, denn die Menschen dort, das hatte er irgendwo gelesen, wollten nie wieder Krieg. Dass er sie später nachholen würde. Er sei ihr Sohn, er würde sie nicht vergessen.

»Eine junge Frau aus den Lagern? In Jeans und leichter, kurzärmeliger Bluse?«, würden sie wohl sagen. Sahiras Lebenshunger würden sie nicht verstehen.

Er wusste, sie würden ihm niemals folgen, auf seinem Weg in die Fremde, aber sie würden ihm alles geben, was sie hatten. Auch sie kannten die Sehnsucht, nur war ihre eine andere. Sie blickten mit trauernden Augen zurück, er auf das, was vor ihm lag.

Nur wenige Stunden blieb er im Haus seiner Eltern. Die Zeit drängte. Sahira war allein. Der Gürtel um die Stadt zog sich immer enger zusammen, der Beschuss West-Beiruts konnte jeden Tag aufs Neue beginnen. Bald würde er keine Möglichkeit mehr haben, die Blockade zu umgehen und sicher zurück in die Stadt zu gelangen.

»Geh nicht, bitte. Sie werden dich töten.« Seine Mutter berührte seine Wange, legte die Hände an ihre Schläfen. Sein Vater sah ihn mit versteinertem Gesicht an.

»Danke, Abu«, sagte er, wandte sich ab, wischte mit dem Ärmel die Tränen aus den Augen, ohne dass sie es sahen, und ging, einen Rucksack mit Proviant auf dem Rücken und ein Bündel abgegriffener Scheine in die Gesäßtaschen eingenäht, davon.

Er kam gut voran, nur hin und wieder hörte er in der Ferne eine Explosion oder Schüsse. Den Truppen der Christen oder Israels wich er geschickt aus. Die Gegend war hügelig, in Gedanken versunken und den Blick auf den Boden gerichtet, ging er zügig einen von Maultieren und Eseln ausgetretenen, schattigen Weg zwischen zwei Baumgruppen entlang.

Die sich nähernden Kämpfer hörte er nicht. Die ersten Schüsse kamen vom Hügel, hinter einem Felsvorsprung über sich sah er es blitzen. Die Antwort aus dem Tal ließ nicht auf sich warten, AK-47 und ein leichtes MG. Er war zwischen die feindlichen Truppen geraten, warf sich zu Boden, legte die Hände über den Kopf. Plötzlich ein brennender Schmerz, wie der Biss einer Schlange oder ein Peitschenhieb. Sein Bein flog hoch, wie von einer fremden Kraft in die Höhe geschleudert. Eine Kugel musste seine Wade getroffen haben. Er blickte sich um, immer noch am Boden, hob vorsichtig den Kopf, die kleine Höhle war kaum zehn Meter entfernt. Als das Knattern kurz aussetzte, robbte er vorwärts, rollte sich im Schutz der Felsen zusammen, zog das Hemd aus und band den Oberschenkel ab. Wieder waren Schüsse zu hören, auch Schreie. Wenige Meter vom Eingang der Höhle entfernt tauchte ein Kämpfer auf, stürzte zu Boden, er sah ihn im Halbschatten eines Busches liegen, sein silbernes Brustkreuz glänzte in der Sonne. Ein christlicher Kämpfer der Falange, ein Verbündeter Israels. Noch einmal wälzte er sich hin und her und erschlaffte. Die palästinensischen Fatah-Kämpfer riefen sich Befehle zu und zogen ab, den toten Mann ließen sie in der Sonne liegen.

Er wagte nicht, sich aus seinem Versteck zu rühren, obwohl es seine Leute waren, die er da gehört hatte. Er wusste, sie schossen auf alles, was sich bewegte.

Wenn ihn die bald anrückenden Christen fänden, würden sie kurzen Prozess mit ihm machen. Bei Anbruch der Dämmerung tastete er nach dem Geld, das seine Mutter unter den Gesäßtaschen eingenäht hatte, schleppte sich aus dem Versteck, nahm dem toten Kämpfer das Kreuz ab und hängte es sich um. Auf einen Stock gestützt, brach er auf, die Wunde schmerzte, er spürte, wie mit jedem Schritt seine Kraft nachließ. Plötzlich wurde alles schwarz, und er merkte nur noch, wie er fiel.

Als er zu sich kam, saß er auf der Rückbank eines alten Mercedes. Neben ihm zwei weitere Männer, der eine stöhnte und hielt sich den Bauch. Immer wieder reichte der Fahrer Verbandstoff nach hinten und fluchte. Sein Bein war mit einem festen Tuch abgebunden, sein blutdurchtränktes Hemd lag vor ihm auf dem Boden, er spürte keinen Schmerz. Der Wagen fuhr durch Wälder eine Serpentinenstraße hinauf. Sie wollte nicht enden. An einer Wegkreuzung entdeckte er Straßenschilder. Alles in ihm krampfte sich zusammen. Die Schilder trugen hebräische Schriftzeichen.

Sie passierten ein Tor neben einem Wachturm, hielten kurz, ein Mann in einer sauberen, olivgrünen Uniform, mit ordentlich gestutztem Bart und einer spiegelnden amerikanischen Sonnenbrille, ein M-16-Gewehr quer über dem Rücken, blickte herein, winkte sie durch. Erst jetzt bemerkte er, dass sich vor und hinter ihnen weitere Wagen befanden, Kleintransporter, Privatwagen, ein kleiner Konvoi, keines der Fahrzeuge mit militärischen Abzeichen oder als Lazarettwagen kenntlich gemacht. Auf einem großen, gesäuberten Platz hielten sie. Männer und Frauen standen dort und erwarteten sie. Sie halfen den Verwundeten aus dem Wagen. Keiner fragte nach Papieren.

In der kleinen Krankenstation des Kibbuz herrschte Hochbetrieb. Alles dort war sauber und wirkte strukturiert, aufgeräumt, es schien an keinem Material zu fehlen, die wenigen Menschen arbeiteten schnell und ohne viele Worte. Eine junge Schwester reinigte seine Wunde, legte einen Verband an und sagte in erstaunlich gutem Arabisch, glatter Durchschuss, in wenigen Tagen könne er wieder laufen und zu seinen Truppen zurückkehren. Wenige Tage? Nein. Ob er nicht heute wieder gehen könne? Sie lachte, sagte, gern, und forderte ihn auf, den Fuß aufzusetzen, ließ ihn los. Er schwankte, ein stechender Schmerz erfasste ihn, bevor er stürzte, stützte sie ihn ab. Wenige Tage, habe ich gesagt. Er las das Namensschild, das an ihrem Kittel befestigt war. *Talia Aloni* – in hebräischen und lateinischen Buchstaben. Sie musste eine starke Frau sein, dachte er. Noch einmal prüfte sie seinen Verband, ein junger Mann kam herein, groß und schlank und von der Sonne gebräunt. Er sah aus wie ein Deutscher. Sie schienen ein Paar zu sein, aber als sie miteinander sprachen, klang es nahezu, als würden sie streiten. Sie bat ihn zu gehen, und er lächelte ihm zu, fast verlegen, weil er ihre kleine Auseinandersetzung oder was immer es gewesen war, mitbekommen hatte. Die Schwester wandte sich wieder ihm zu, schien darauf zu warten, dass er das silberne Kreuz, das er noch immer trug, in die Hand nahm und es küsste. Aber das tat er nicht.

Sie brachten ihn in ein provisorisches Quartier am Rande des Kibbuz. Sahira war nun allein in der Stadt. Er musste zurück zu ihr. In der Nacht sprach er laut mit sich selbst. »Was hast du vor, Sahira? Bitte sag es!« Er bekam keine Antwort.

Einmal kam der junge Mann aus Deutschland an sein Bett, um nach der Wunde am Bein zu sehen, die Schwester habe ihn darum gebeten. Sie redeten miteinander, während der Mann ihm den Verband abnahm und einen neuen anlegte, konzentriert, gewissenhaft. Er erfuhr, dass der andere Medizin studierte, bat ihn ihm mehr von sich zu erzählen, von seinem Land, alles, was ihm einfalle. Wie kalt es dort im Winter war und ob es auf den Straßen nur deutsche Autos gab, ob sie eine gute Regierung hatten, und was man, wenn man dort ankam, als Erstes essen sollte. Warum es zwei Deutschland gab und warum er hier sei, in diesem Land, das keiner seiner Nachbarn wollte. Der junge Mann wirkte schüchtern, aber klug, er beantwortete alle seine Fragen, genau in der Reihenfolge, wie er sie gestellt hatte. Das Französisch des jungen Mediziners war sicher, nicht so rau wie seines, das er im Casino gelernt und auf der Straße erprobt hatte. Eigentlich hätte er ihn hassen müssen, weil er ein Freund Israels war, einer dieser jungen, unbeschwerten, verführten Europäer, die als freiwillige Helfer hierherkamen und keine Ahnung hatten von Leuten wie ihm, davon, was es hieß, in einem besetzten Land zu leben oder geflüchtet zu sein. Aber er mochte ihn, jeden Tag mehr. Als er die ersten Schritte gehen konnte, suchte er ihn auf, klopfte an das Fenster seiner Unterkunft. Er wolle noch mehr erfahren über Deutschland. Alles. Der junge Mann bat ihn herein und erzählte. Fast zwei Wochen blieb er im Kibbuz, die Wunde wollte nicht heilen.

Es war eine ruhige, mondlose Nacht. Es sollte die Nacht seiner heimlichen Rückkehr sein. Er fühlte sich noch immer nicht stark genug, das Bein pochte, aber er hielt es nicht länger aus. Er musste zurück nach Beirut. Die Sorge um Sahira war schlimmer als jeder Schmerz. Plötzlich hörte er eine Explosion, wie aus dem Nichts. Er wusste nur zu genau, was das bedeutete, der nächste Einschlag würde gleich folgen und viel näher sein. Im Dunkeln sah er eine Gestalt vor sich, es war der junge Deutsche. Er wusste, warum auch dieser in der Nacht unterwegs war. Er machte einen großen Satz, das Bein wollte ihm zerreißen, packte den Deutschen, riss ihn zu Boden, warf sich ohne nachzudenken auf ihn, da hörte er das Zischen der zweiten Rakete, dicht hinter ihm. Dann war alles still.

Als Soldaten ihm aufhelfen wollten, sah er im Licht der Taschenlampen kurz das Gesicht des jungen Mannes. Er schien unverletzt zu sein und blickte ihn aus leeren Augen an. Dann spürte er, wie die Soldaten ihn unterfassten, anhoben und behutsam auf eine Trage legten. Mit einem Krankenwagen brachten sie ihn den Berg hinunter ins Tal und von dort aus in die Stadt.

Er erwachte in einem Bett mit weißem, gestärktem Stoff, schlief wieder ein, wachte auf, wieder fielen ihm die Augen zu, man gab ihm noch eine Spritze, sie machte ihn träge und dumpf, für wenige Minuten fast heiter. Manchmal ruderte er mit den Armen, suchte den Griff über dem Bett, um sich hochzuziehen. »Weg!«, rief er. »Weg!«, wie in das Echo seiner Verzweiflung hinein. Wenn er bei Bewusstsein war, versuchte er die Tage zu zählen, wie durch ein Sieb tropften sie, er konnte sie nicht einfangen. Schloss wieder die Augen. Lautlos verrann im Rücken seiner Träume die Zeit.

Nach drei Wochen brachten sie ihm seine Sachen, er solle sich anziehen. Er befühlte die Hose, sie hatten sie geflickt, aber nicht gewaschen, das Geld hatten sie nicht gefunden. Zusammen mit ein paar anderen würden sie ihn über die Grenze bringen, zu ihren Leuten. An einem Sammelpunkt wurden sie abgesetzt und sollten auf die Wagen der Christen von der mit Israel verbündeten Südlibanesischen Armee warten, um wieder in ihren Reihen zu kämpfen.

Kaum waren die Israelis außer Sicht, richtete er sich auf, suchte die Wasserflasche, die man ihm mitgegeben hatte, und begann zu laufen. Erst schwankend, dann mit stetig sicherer werdendem Tritt. Er hörte ein schwaches Rufen hinter sich und bald auch das nicht mehr. Das Kreuz nahm er ab, spuckte darauf und schleuderte es in ein Gebüsch. Er versuchte die Orte an der Küste zu meiden, suchte östlich des Libanon-Gebirges und des Schuf seinen Weg, blieb den Straßen und Checkpoints fern. Er schleppte sich über Höhenpfade und durch Waldschneisen, fand bei drusischen Bauern, die ihn schnell wieder weiterschickten, Nahrung und Wasser. Drei Tage und drei Nächte später erreichte er die Stadtgrenze Beiruts, müde, mit schmerzendem Körper und fast verdurstet. Hatte Sahira auf ihn gewartet? Oder hielt sie ihn, was wahrscheinlicher war, längst für tot? Erschossen auf dem ersten Streckenabschnitt des Weges in ihre Freiheit?

Es war still in der Stadt. Still wie nie zuvor. Als ginge man zwischen Gräbern umher. Fremde Soldaten patrouillierten in den Straßen, an ihren sauberen Fahrzeugen und Uniformen entdeckte er die Abzeichen Frankreichs, Englands, Italiens und Amerikas. Sie bewegten sich tastend durch die Stadt, hatten Straßensperren errichtet und am Rande der Stadt ein Zeltlager aufgebaut. Kriegsschiffe lagen im Hafen, der Rauch ihrer Schornsteine zog über das Meer.

Die Kämpfer der PLO hätten die Stadt verlassen, seien auf dem Weg nach Tunis, erzählte man ihm. Auch Arafat sei in Sicherheit, die Niederlage bedeutete für ihn zugleich einen großen internationalen Triumph. Der Besiegte als Sieger.

Immer wieder Checkpoints. Nördlich von al-Dahiye, das zerstörte Stadion nahe Sabra und Schatila schon in Sicht, hielt ein Jeep neben ihm. Ein ausländischer Soldat sprach ihn an. Wo er hinwolle?

Zu ihr, wollte er sagen, aber er wies nur in Richtung der Lager. Der Soldat kletterte aus dem Jeep, schien ihn mit seinen Blicken nach Waffen abzusuchen, der Beifahrer hielt sein Gewehr im Anschlag.

Schatila? Better not, sagte er und hielt sich mit beiden Fingern die Nase zu.

Ein Konvoi aus weißen Autos näherte sich ihnen, er war aus Richtung der Lager gekommen, auf ihrer Höhe hielt er an,

PRESS stand in großen Lettern auf den Türen der Wagen. Er sah die Kameras hinter den heruntergelassenen Fenstern, bleiche Gesichter mit Mundschutz. Sie sollten weiterfahren, sagte der Soldat und wedelte mit den Armen wie ein Verkehrspolizist.

Der Konvoi setzte sich wieder in Bewegung. In der Ferne entdeckte er eine Planierraupe, an der Forke ihrer Schaufel Reste von Kleidungsstücken.

All dead, sagte der Soldat. *All of them*.

Nach und nach begriff er, was geschehen war. Das Wort Massaker hallte durch seinen Kopf. Er würde Sahira suchen und finden. Und wenn er sie aus dem Reich, das Menschen nicht zugänglich ist, wieder herausholen musste, mit Bitten, mit Singen oder Betteln. Mit Gewalt.

Der Jeep fuhr davon, und er setzte seinen Weg fort. Seinen Weg zu ihr. Wie an einer unsichtbaren Schnur gezogen. Am Eingang traf er auf eine Gruppe internationaler Helfer, überredete einen Dänen mit rotem Bart, der ihn freundlich ansah, ihn hineinzulassen. Ob er ihn begleiten könne? Stumm zogen sie los, Jeeps und Lkws fuhren herein und wieder hinaus, Planierraupen schoben Mauerreste zusammen, hoben Gruben aus, Männer und Frauen unterschiedlicher Hilfsorganisationen hatten sich eingefunden, die staatliche libanesische Armee war angerückt, und die Israelis sahen, über ihre Waffen gebeugt, aus der Ferne zu.

»Sie haben drei Tage lang zugesehen«, sagte der Däne auf Englisch, »und sie sehen immer noch zu.«

Journalisten der internationalen Presse streiften durch die engen Gassen, hielten die Fototaschen über ihre Köpfe, wenn sie sich aneinander vorbeischoben. Er hörte das Klicken ihrer Kameras, sah, wie sie, ihre Mikrofone in der Hand, die Helfer und Soldaten befragten. In Tel Aviv würden in den kommenden Tagen Hunderttausende Menschen auf die Straße gehen, aus Protest gegen ihre Regierung und die Schande der Mittäterschaft, hörte er sie sagen, es werde die größte Demonstration sein, die es in Israel je gegeben habe.

Es fiel ihm schwer, sich in den Trümmern zu orientieren. Obwohl er den Weg zu Sahiras Elternhaus unzählige Male gegangen war, lief er im Kreis, den dänischen Helfer an seiner Seite. In den Gassen immer wieder Leichen und Schutt, er stieg über den Körper eines kleinen Mädchens, aus einem Haus trugen Männer in Tücher gewickelte Körperteile. Ein Imam wurde durch die Straßen geführt, er sollte den Namenlosen eine islamische Bestattung ermöglichen, am Massengrab protestierte er, nicht gegen den Tod, sondern weil in der Grube Männer und Frauen nebeneinanderlagen. Es wurde eine Mauer aus Sand errichtet, die Frauenleichen wurden herausgehoben und umgebettet.

Zum Abu-Hasan-Salameh-Platz sollten sie sich durchschlagen, sagte der Däne, und sie pressten die Tücher noch fester auf den Mund.

Dort lagen sie, mindestens zwanzig Tote, ihre blaugrauen, aufgedunsenen Füße schauten unter den Decken hervor. Er wollte die Toten abschreiten, sie sehen. Er wollte Gewissheit. Ein libanesischer Helfer hob nach einigem Überreden und einem Hilfe suchenden Blick zu dem Dänen der Reihe nach die von Blut und Kot steif gewordenen Decken an.

Er erkannte sie, ihren Vater Fahd, ihre Mutter Zainab und Chaled, den Mund geöffnet, als wollte er etwas rufen; Sahiras jüngeren Bruder Kayed, einen Strick um den Hals, das Gesicht zerschunden, als habe man ihn durch die Straße geschleift. Er begann zu zittern, der Däne musste ihn stützen. Noch eine Decke, bitte, die noch und die, ja, die dahinten auch.

»Hab ich die hier schon gesehen?«

»Sie haben alle gesehen«, sagte der Libanese.

»Alle?«

»Ja, alle.«

All of them.

Sahira war nicht dabei. War sie nicht im Lager gewesen, als die christlichen Falangisten mit ihren M-16-Gewehren, Pistolen, Messern und Äxten kamen?

»Wäre es möglich, dass sie fliehen konnte?«, fragte er.

»Keiner konnte fliehen.« Einige wenige lägen in den Krankenhäusern, andere seien bereits irgendwo in der Stadt beerdigt. Viele seien in ihren Betten gestorben, weil sie die Schüsse drei Häuser weiter nicht gehört hatten. Bunker, Gänge, Schüsse, Gräber, Sahira war in keinem Bunker oder Gang, in keinem Grab.

Er riss sich los, rannte durch die Gassen, fand im Süden den Ausgang des Lagers, bahnte sich den Weg zu den dort gelegenen Krankenhäusern, dem Akka- und dem Gaza-Krankenhaus. Er drängte sich an den Menschen vorbei, die vor den Eingängen standen, hörte das Klagen der Frauen, ihr Jammern, lief durch Zimmer und Flure, eine junge Ärztin wollte ihn aufhalten. Niemand würde ihn aufhalten, nie wieder – solange er lebte.

Überall Tote, notdürftig zugedeckt. Kaum Verwundete. Eine beklemmende Stille in den Gängen, nur von draußen das Klagen, unwirklich, nicht wie von menschlichen Wesen.

Er rannte zurück ins Lager, schrie, man wollte ihn wegschicken, aber er lief weiter, grub mit bloßen Händen Steine aus der staubigen Erde, stellte sich den Planierraupen in den Weg. Eine alte Frau gab ihm Wasser und hielt seinen Kopf. Er lag am Boden, griff in den Sand und rieb ihn sich ins Gesicht, so heftig, dass Striemen von Blut über seine Stirn und seine Wangen liefen.

»Warum?«, schrie er. »Warum war ich nicht bei ihr!«

Er fühlte wieder den stechenden Schmerz der Wunde in seinem Bein, die Splitter der Katjuscha hatten sie ihm herausgezogen, in dem Krankenhaus im Tal. Er hatte Sahira zurückgelassen, allein, schutzlos. Auf der Brust hatte er das Kreuz der Mörder getragen, von ihren Schergen mit den geputzten Waffen hatte er sich retten lassen, von denen, die seinen Eltern die Heimat geraubt hatten.

Er begann, die Friedhöfe der Stadt abzusuchen, Rawdat al-Shahidein, al-Shuhada, al-Bashoura, niemand wollte für ihn die Gräber öffnen, keiner wusste oder wollte wissen, wen er dort auf die Schnelle verscharrt hatte. Sahira? Vielleicht war auch eine Sahira unter den Toten, vielleicht auch fünf oder zehn oder hundert?

»Geh nach Hause, junger Mann. Es gibt nichts mehr, was du tun kannst.«

Nach einer Woche, von einem auf den anderen Tag, hörte er auf zu suchen, schlug sich durch die noch immer belagerte Stadt zu Rafik durch. Rafik saß stumm vor dem Eingang des Leuchtturms, die Augen leer. Er sah an ihm hoch. Erkannte er ihn nicht? In der zerschossenen Scheibe eines Schaufensters auf dem Weg hierher hatte er sich betrachtet. Die Haare verklebt, das Hemd voll Blut, die Hände aufgeschürft, die Hose zerfetzt, das Gesicht schwarz vor Trauer und offener Wunden.

»Bist du es? Kommst du von den Lebenden oder von den Toten?«, sagte Rafik. »Mein Sohn.«

»Ich bin nicht dein Sohn, Rafik, sondern der Mann, der dir am Turm zur Hand gegangen ist.«

»Nenn mich nicht mehr Rafik, ich bin Abu, dein Vater. Du bist jetzt mein Sohn.«

»Abu«, sagte er und biss sich auf die Lippen.

»Wo ist die junge Frau, die dich auf den Turm begleitet hat? Sie war sehr schön ... sehr schön ... Du wolltest auf sie achtgeben, hast du gesagt. Wo ist sie, meine Tochter?« Er zündete sich eine halb gerauchte Zigarette an, warf sie nach einem Zug wieder weg.

»Ich sehe es dir an, sie ist tot. Ich trauere mit dir. Wir alle trauern. Vielleicht schaffst du es nun allein, mein Sohn, und wirst dein fernes Land finden.« Rafik blickte am Turm vorbei auf das Meer. »Du wirst etwas hierlassen, das du nicht mitnehmen kannst und das in den Nächten nach dir rufen wird.«

»Was, Abu? Sag es mir.«

Er kniete vor Rafik nieder, der legte ihm die Hand auf die Schulter.

»Ihre Seele. Sie liegt unter Trümmern und Staub, aber sie lebt. Sie wird dich rufen, in den Nächten und bei Tag. Und wenn du irgendwann, in vielen Jahren, glaubst, sie vergessen zu haben, sei gewiss: Sie wird dich nicht loslassen, niemals, solange du lebst.«

9

Tamimi schloss die Augen und schwieg. Kein Laut im Büro, alle sind gegangen, dachte Robert Landauer, die Computer ausgeschaltet, der Wasserspender stumm, der Parkplatz hinter dem Haus leer. Bald würde Herr Wernicke vom Sicherheitsdienst mit seinem Generalschlüssel zu seinem ersten Kontrollgang eintreffen, an den Fenstern rütteln, die Stahlschränke mit den Dokumenten kontrollieren und in sein Tourenbuch den Vermerk *Objekt ordnungsgemäß gesichert* schreiben, dazu eine Uhrzeit, die *unbestimmt* lauten würde. Irgendwann im zeitlosen Nichts Jahrzehnte umspannender Gegenwart.

Nur der Atem Tamimis lag über der Stille, als streiche ein leichter Wind über eine leere Flasche.

»Ich habe lange auf diesen Moment gewartet«, sagte Tamimi. »Als Sie in mein Haus kamen, wusste ich, es hat ein Ende.«

»Sie haben mir damals das Leben gerettet.«

»Das ist meine Geschichte. Aber es ist auch Ihre.«

»Ich hatte von Ihrer Geschichte keine Ahnung. Aber ich habe mich oft gefragt, was aus Ihnen geworden ist.« Er hielt inne, betrachtete Tamimi, und langsam tauchten Konturen seines jüngeren Ichs vor Landauers innerem Auge auf. »Es ist gewiss unangemessen, jetzt, nach so langer Zeit, wo alles so lange her ist, aber ich möchte Ihnen danken. Aufrichtig danken, auch wenn das sicher viel zu wenig ist.«

Tamimi starrte auf seinen Hut, als hätte er ihn nicht gehört.

Fast wie zu sich selbst sagte er: »Vielleicht haben Sie auch mir das Leben gerettet.«

»Wie meinen Sie das?«

»Durch Ihren Leichtsinn, durch Ahnungslosigkeit, Unachtsamkeit. Ihre Jugend. Wir beide waren sehr jung. Als das Morden in Beirut begann, war ich nicht in der Stadt. Deshalb habe ich überlebt. Ich habe nie in Erfahrung bringen können, was damals wirklich mit Sahira geschehen ist.«

»Sie haben sie sehr geliebt.«

»Mehr als das. Mein Leben nach diesen Ereignissen war und ist nur ein Nachleben, ein langer Aufschub, und irgendwann geht auch der zu Ende. Aber noch nicht jetzt. Seitdem Sie vor mir gesessen haben, weiß ich, dass ich noch eine Antwort brauche.«

»Sie können sich bis heute nicht vergeben?«

»Es hängt von dieser Antwort ab.«

Er zögerte, dann sagte er es. »Und von mir?«

Tamimi schien nicht zu reagieren. Dann, als spräche er nicht zu Landauer, auch nicht zu sich selbst, sondern als gäbe es noch jemand Drittes im Raum: »Bei uns sagt man *Das Leben gleicht dem Feuer: Es beginnt mit Rauch und endet mit Asche; doch wie groß die Flamme ist, entscheidest du.* Ich möchte diese Flamme noch einmal sehen, riechen, schmecken, fühlen. Sie ist noch da, ich weiß es.«

Landauer sah zu Boden. »Damals. Ich war leichtsinnig, ohne Frage, fahrlässig.«

»Sie waren verliebt in diese junge Schwester. Und wer liebt, ist leichtsinnig. Aber das allein war es nicht.«

Landauer blickte zum Fenster, hinter dessen Vorhang Zweige wie feingliedrige Schatten im Wind schwankten, Vögel sangen, und das tiefe Summen der Stadt schien aus der Ferne näher zu kommen. Bilder stiegen auf, wurden zu einem Ganzen, zerfielen wieder, er meinte den Wind auf den Hügeln Galiläas zu spüren.

Wie so oft war er auch an jenem Abend lautlos die von stählernen Zwischentüren unterbrochene Treppe des Schutzbunkers nach oben gestiegen. Er hatte die schwere Tür hinter sich geschlossen, die Nachtluft eingesogen und den Zikaden gelauscht. Die freiwilligen Helfer aus Europa und Übersee durften nach Anbruch der Dunkelheit die Schutzräume nicht verlassen, die Nachtpatrouille des Kibbuz würde irgendwann ihre Eingänge kontrollieren, während ihre Jeeps mit schweifenden Scheinwerfern den Grenzzaun abfuhren. Beschuss aus dem Norden durch versprengte Truppen der palästinensischen Fatah, die sich von den vorrückenden Einheiten Israels hatten überrollen lassen. Truppen der PLO, so hieß es auch an diesem Abend. Die Panzer Israels hatten schon lange das Tal verlassen, über die Grenze in Richtung Norden, tief hinein in das fremde Land. Beirut war ihr Ziel, aber niemand sagte es. Das Wummern ihrer Geschütze und der Artillerie in manchen Nächten noch ein fernes Pochen, weit jenseits des Gebirgskammes. Die Israelis würden von Süden kommen, Sidon passieren, immer die Küste hinauf, die doch so sehr der Küste Israels glich, um sich dort mit ihren zwei weiteren, in die Mitte des Landes vorstoßenden Keilen zu treffen. Bruderland, Feindesland. Die Panzer, Jeeps und Begleitfahrzeuge waren mit pinkfarbenen Tüchern behängt, damit sie aus der Luft von den eigenen Leuten als Teile der israelischen Armee zu erkennen waren. Die Fahrer und Schützen trugen Schutzbrillen und Halstücher, das Haar voll Sand und Staub. Zu Beginn der Operation *Frieden für Galiläa* hatte die Artillerie Tag und Nacht über den kleinen Gebirgskamm hinweg, auf dem der Kibbuz lag, in den Libanon geschossen. Nach der Arbeit hatten er und andere Freiwillige von der Kuppe des Bunkers aus ins Tal geblickt und den Rauch der Geschütze bereits gesehen, noch bevor sie den Knall hörten.

Er stand mit dem Rücken zur Bunkertür, atmete tief durch und wartete, bis sich seine vom kalten Licht des Schutzraumes geblendeten Augen an die Dunkelheit gewöhnt hatten. In den

Palmen ein leiser Wind. Stille. Die Fenster der Häuser waren verhängt, der Speisesaal des Kibbuz ein mächtiger, konturloser Schatten.

Er war hierhergekommen wie schon so viele Male, weil er an dieses Land glaubte, an sein Recht zu existieren, sich zu verteidigen, weil es ein Stück unvollendeter Geschichte abzuschließen schien, die auch die seine war. Nun hatte er zum ersten Mal Zweifel gespürt, ob dieser Krieg ein notwendiger, unvermeidbarer und gerechter war, sofern Kriege überhaupt gerecht sein konnten. Als hörte er im Murmeln und Grollen der Geschütze plötzlich auch das Raunen der Opfer jenseits der Grenze im besetzten Land. *Das ist unser Krieg, vergiss das nicht. Nie.* Das war Talias Antwort gewesen, als er ihr am Tag zuvor von seinen Zweifeln erzählt hatte. *Wir haben keine andere Wahl.*

Trotz der Dunkelheit fand er den Weg. Er wollte zur Krankenstation, mit ihr sprechen, ohne zu wissen, was er ihr sagen sollte. Er liebte sie und spürte zugleich, dass sich ihre Wege zu trennen begannen. Wenn nicht dieser, dann würde der nächste Krieg sie auseinanderreißen. War er dabei, sie zu verraten, und das Land, das er liebte? Und auch sich selbst und seine Träume und Hoffnungen? Er bekam plötzlich Angst vor dem, was er dachte und was ihm eine innere Stimme zurief.

Er sah seinen Großvater vor sich, Jochanaan Landauer, der sich von seinen Freunden seit der Schulzeit Jochen nennen ließ. Er hatte irgendwann gewusst, dass es mit ihm zu Ende gehen würde, und seinen Enkel Robert zu sich ans Bett gezogen. Der damals Zwölfjährige hatte nicht verstanden, was sein Großvater ihm sagen wollte.

»Wir schaffen es nicht. Und manche wollen es nicht. Wir Juden. Bis ich so alt war wie du, habe ich nur jüdische Kinder gekannt. Meine Eltern, deine Urgroßeltern, haben nur in jüdischen Kreisen verkehrt. Erst als ich aufs Realgymnasium kam, lernte ich die Welt da draußen kennen. Wir waren nicht religiös, wir feierten Pessach mit der gleichen erlernten Inbrunst, mit der so viele Christen das Weihnachtsfest feiern. Aber wir waren Juden und wollten am Judentum festhalten. Wir glaubten, es sei das Einzige, was uns retten kann. Und da dort draußen die Feinde wechselten und stets ein neues Gesicht zeigten, blieb uns nur, zu bleiben, wer wir sind. Wir hatten nur uns und unseren Gott. Und unser heiliges Buch, die Thora. Bis es dieses Land gab, das unser Land sein sollte. Israel. Vielleicht hätte ich als junger Mann dorthin gehen sollen, wo wir alle herkommen. Jetzt heiße ich Jochen und sterbe in einem fremden Land.«

Robert hatte nach der Hand seines Großvaters gesucht, die schließlich wie ein kleines Tier unter der Decke hervorkam.

»Was sollst du jetzt mit all dem anfangen, Robert Jacob Landauer? Du bist so jung.« Er tätschelte leicht seine Hand. »Nu, wir werden sehen.«

Erst später hatte er begriffen, dass sein Großvater etwas bei ihm hinterlegen wollte, über eine Generation hinweg. Etwas einsetzen und anpflanzen in ihm, seinem ältesten Enkel. Als er 1978 das erste Mal, den Kopf voller Ideale und die Schriften Achad Haams auf dem Schoß, nach Israel reiste, sein Großvater war längst gestorben, hatte er diese Episode vergessen. Jetzt kehrte sie zurück. Talia würde dem Mann, seinem Großvater, den sie nie kennengelernt hatte, recht geben.

Es war nicht mehr weit zur Krankenstation, sie lag hinter einer Gruppe von Pinien, deren Umrisse er bereits ausmachen konnte. Dann passierte es. Kein Sirren. Keine Sirene vorab als Warnung vom Dach des Hauptgebäudes.

Jemand musste ihn gepackt haben, er spürte den Griff, wenig später den Aufprall auf den Boden. Er war sich nicht sicher, was er danach zuerst wahrnahm, das Gewicht auf seinem Körper oder das warme Rinnsal, das sein Hemd am Oberarm durchnässte und über seinen Hals lief. Alles war dumpf und still. Er spürte keinen Schmerz.

Soldaten tauchten aus dem Dunkel auf, er verstand nicht, warum sie hier waren. Sie hoben den Mann, der sich über ihn geworfen hatte, behutsam von ihm herunter, richteten ihn auf, stützten ihn. Das Licht einer Taschenlampe glitt über seinen Körper. Sein Hemd war nass von Blut. Robert sah ihm ins Gesicht. Zeit genug, um zu begreifen, dass *er* es war. Der junge Kämpfer der Christen, der ihn immer wieder aufgesucht und dessen verzweifelte Rufe er in der Nacht gehört hatte. Ihre Blicke trafen sich, dann trugen die Soldaten ihn fort. Warum war auch er hier gewesen, mitten in der Nacht? Was war geschehen?

»Irgendwann kommt die Erinnerung zurück«, hatte sie ihm wenige Tage später gesagt. Es hatte lange gedauert, bis zu diesem Moment. Trotzdem war er sich noch immer nicht sicher, ob es nicht noch einen anderen Grund gegeben hatte, dass er sich in jener Nacht aus dem Bunker heraus auf den Weg zur Krankenstation gemacht hatte. Er horchte noch für einen Moment in sich hinein. Da war etwas, doch er bekam es nicht zu fassen. Dann sah er auf. Tamimi saß regungslos vor ihm.

»Es ist eigenartig, ich habe jetzt alles wieder genau vor Augen, auch Sie, damals, als jungen Mann. Und das, was ich gedacht und empfunden habe. Aber was unmittelbar davor geschah – wie weggewischt«, sagte er.

»Sie wollten zur Krankenstation.«

»Daran erinnere ich mich.«

»Und nun sitzen wir hier«, sagte Tamimi.

»Eigenartig, ja.«

»Auch wir sind andere geworden. Und doch sind und bleiben wir immer auch noch die, die wir einmal waren. Auch wenn wir das manchmal vergessen.«

Landauer richtete sich auf und sah Tamimi in die Augen. »Sie wollen wissen, was damals mit Sahira passiert ist?«

»Vor vielen Jahren habe ich die Suche aufgegeben, dachte, ich muss mich endlich damit abfinden, dass sie tot ist, ermordet –

von wem auch immer. Aber jetzt, nachdem ich Ihnen begegnet bin … Ja, ich will wissen, was in diesem September in Beirut geschehen ist.«

Tamimi hob eine Hand an die Brust. »Alleine schaffe ich das nicht mehr. Ich kann meinen Alltag bewältigen, kaum mehr, unmöglich, dass ich auf Reisen gehe.« Er ließ den Arm sinken und fixierte Landauer. »Wollen Sie mir helfen, die Antwort zu finden?«

10

Landauer zog die Jalousie hoch, griff nach der Lesebrille, stellte das linke Bein auf, schob die Pyjamahose hoch und betrachtete das marmorierte Elend. Einstiegskante trifft Knie, *Contusio taxiensis*, ein Fachausdruck für den kleinen Zusammenprall vor wenigen Tagen war längst erfunden. Der Schmerz wurde davon nicht schwächer. Er würde trotzdem die Schwimmsachen zusammensuchen, sein Trainer Paolo war auf das Geld angewiesen und er auf Bewegung. Und er musste nach der Begegnung am gestrigen Tag irgendetwas tun, das zum vertrauten Rhythmus seines Lebens gehörte, etwas Selbstverständliches, Alltägliches, als müsse er zwischen Tamimis Geschichte und seinem neuen Leben in Berlin, das ihm Halt und Zukunft geben sollte, eine schützende Mauer ziehen. Nach der Trainerstunde würde er seinen Sohn Johannes in dessen Büro in Schöneberg aufsuchen.

Er zog im Flur seine braunen Slipper an und ließ die Wohnungstür hinter sich ins Schloss fallen, den Rucksack mit den Schwimmsachen über der Schulter.

Auf dem Olympischen Platz, der großen Fläche vor dem Haupttor, parkte er den Wagen. Das Stadion lag da wie eine Festung, die Morgensonne kletterte an seinen römischen Mauern hinauf. Fahrschüler auf Motorrädern steuerten in grünen Westen um Hütchen herum. Lastwagenfahrer übten das Parken, Starten, Stoppen, die Anhänger in imaginäre Lücken bugsierend. Auf den Fliesen der großen Freifläche waren schwarze Reifenspuren zu sehen, am Rand lagen zerknautschte Hütchen. Eine Weile sah er dem Treiben zu, ein Blick auf die Uhr, und er ging weiter.

Durch einen langen Gang erreichte er das Innere des Schwimmstadions. Über dem Becken spannte sich ein blauer, wolkenloser Himmel, das Echo von Stimmen tanzte zwischen den steil aufragenden, durch rostige Ketten abgesperrten Tribünen links und rechts vom Beckenrand. Es war acht Uhr.

Er begrüßte Paolo, seinen Trainer, der etwa in seinem Alter war, aber einen guten Kopf kleiner, und glitt, die Schwimmbrille in der Hand, einer zwischen ihnen stumm ausgehandelten Routine folgend, ins Wasser. Nach wenigen Bahnen bereits steuerte er auf den Seitenrand zu, tauchte auf, bekam ihn zu fassen und warf die Brille auf die Fliesen.

»Spasmus!«, sagte er, spuckte Wasser aus und stemmte sich hoch.

Sein Trainer stand am Beckenrand, die Arme vor der Brust verschränkt, und wartete, bis er herausgeklettert war. Er reichte ihm das Handtuch. »Was haben Sie da gemacht? Schlägerei?« Er wies auf den blau-gelben Fleck unterhalb des Knies und lachte.

»Nichts von Bedeutung«, sagte Robert Landauer, biss die Zähne zusammen und verlagerte das Gewicht auf die Fußspitzen, anschließend wieder auf die Fersen, als wollte er die Festigkeit des Bodens erkunden. Um seine Füße herum hatte sich eine Pfütze gebildet. Noch immer spürte er den Krampf.

Paolo rollte auf der Fläche unterhalb der Tribüne seine Matte aus und wies auf den Boden. »Kommen Sie, Professore«, sagte er, während er eine Flasche Massageöl aus seiner Sporttasche hervorkramte.

Landauer legte sich bäuchlings auf die Matte, atmete den Duft des Mandelöls ein, spürte die Sonne auf seinem Rücken, schloss die Augen und versuchte sich zu entspannen. Die Stimmen der Kinder wurden leiser, obwohl sie jetzt neben ihm im Wasser waren. Er ahnte den Geruch von Kaugummi und Weichspüler, das erste Gel im Haar der etwa vierzehnjährigen Jungen, stellte sich die Mädchen vor, die ihre Arme schützend vor ihren jungen Brüsten kreuzten, bevor sie ins Wasser sprangen. Er dachte daran, wie Johannes von einem Tag auf den anderen im Country Club von Chestnut Hill nicht mehr an seiner Hand hatte gehen wollen, am liebsten weit vor oder hinter ihm, seinem Vater, gelaufen wäre. Das war wenige Wochen nach Claras Tod. Er wollte die Hand ausstrecken, ihn berühren, etwas zu seinem Sohn sagen, aber er hatte es nicht getan.

Paolo kniete nun über ihm, er hörte ihn atmen. Obwohl er stets jeden Muskel, jeden Knochen, jede Zellgruppe und Nervenverbindung, die Paolos Finger gerade bearbeiteten, hätte benennen können, auch auf Lateinisch, entspannte ihn dieses Ritual nach jedem Training. Und ließ ihn vergessen. Vielleicht kam er nur deswegen hierher, war das Schwimmen auf Zeit nur das Präludium für diese Minuten danach, ein Mini-Sabbatical für die Seele. Heute wollte es nicht gelingen. Er spürte Wut in sich hochsteigen. Wut auf Tamimi. Er würde ihm absagen, am besten gleich, höflich, aber unmissverständlich. Manchmal hilft nur Deutlichkeit, hatte Tamimi gesagt, recht hatte er. Also Schluss für heute; er müsse sich auf den Weg machen, sein Sohn, die Arbeit, es sei alles recht viel in diesen Tagen, sagte er zu Paolo, stand auf, dankte ihm mit einem Handschlag, nahm sein Handtuch und ging in die Umkleidekabine.

Die Leute vom Film saßen meist in Berlin-Mitte oder Charlottenburg. Nicht hier, abseits des Trails in Schöneberg. Sein Markt sei der Globus, nicht die Stadt, hatte Johannes gesagt, als er nach passenden Büroräumen in Berlin suchte. Ein bürgerliches Wohngebiet, Läden und Kleingewerbe, ein österreichisches Restaurant mit Gartenbetrieb. Hier schien die Stadt tatsächlich noch zu schlafen. Oder nie zu erwachen.

Hier hatte er schließlich ein etwa sechzig Quadratmeter großes Büro angemietet, das Landauer liebevoll und nicht ohne Stolz auf seinen Sohn »das Firmenimperium« nannte. Gleich nach dem College in Berkeley war Johannes gegen den Widerstand Kristins – Robert, bitte sprich du noch einmal mit ihm – nach Berlin gezogen, um dort an der Hochschule seinen Abschluss in Filmproduktion zu machen. Als Johannes ihm irgendwann, er selbst war noch in Philadelphia, an Bord eines sinkenden Schiffes, über Skype erklärte, dass er in Berlin bleiben und eine Firma für internationale Filmsets gründen wolle, den Namen *loco motion* habe er schon gefunden, war bei Landauer, im Nebel seiner Krise, lediglich der Ausdruck *Filmfirma* hängen geblieben. Heute ging ihm der Begriff Location-Scout ebenso leicht über die Lippen wie Benzodiazepine, Neurotransmitter oder Myasthenia gravis.

Die Müllcontainer im Innenhof stanken schon jetzt, wie würde es erst heute Mittag sein. An einem verrosteten Ständer waren mit schweren Ketten Fahrräder angeschlossen und ein Jogging-Buggy mit ausgebleichtem Verdeck, dem ein Rad fehlte. Hinterhaus, dritter Stock. Treppe war Pflicht, das angeschlagene Knie würde es mitmachen, an guten Tagen nahm er zwei Stufen auf einmal, obwohl es einen Außenfahrstuhl gab. Sein Hemd war nass, als er oben ankam. Oxford-Twill, hellblau, Button-down. Sichtbarer Beleg für das, was er Johannes gegenüber bei einem ihrer Vater-Sohn-Abende einmal als Grundausstattung für das angemessene Altern bezeichnet hatte. Zehn Stück hatte er davon im Schrank, Größe 41, Slim Line. Aufrecht sitzen, dann ging es.

Er verschnaufte, holte Luft und drückte auf die Klingel. Der Öffner summte, er schob die Tür mit dem Schild *loco motion GmbH* auf. Zu einer guten Hälfte war er stiller Gesellschafter dieses Imperiums. Er hatte Geld, noch immer genug, um Johannes bei seinem Start-up unter die Arme greifen zu können.

Johannes telefonierte bei offener Tür. Die Kaffeemaschine

blubberte. Alle Fenster standen offen, er war offenbar noch allein. Im Flur zog es, er entdeckte eine hellblaue Espadrille, die zwischen Rahmen und Fenster geklemmt war.

»Dad?«

Johannes hatte aufgelegt und lugte in den Flur, Landauer hätte ihn fast gefragt, warum er nur einen Schuh trug. Die blonden Haare zottelig und noch oder schon wieder feucht, sein Lächeln entwaffnend. Ein weißes, kragenloses Leinenhemd, als komme er vom Strand. Meine Statur, aber die Augen seiner Mutter, dachte er und spürte einen Stich.

»Die Holländer haben doch nicht mehr alle Latten am Zaun. Wir sollen hier von Berlin aus tatsächlich einer holländischen Filmfirma Sets in Holland verticken, sie stellen sich vor allem die Universität Leiden vor.«

Landauer zog die Augenbrauen zusammen. »Du weißt, dass ich dieses Wort nicht mag. Du bist kein Immobilienmakler.«

»Na super. Du hast das Geschäftsmodell verstanden.« Johannes lachte.

»Ich versuche, es zu verstehen. Ich finde, du könntest das etwas mehr würdigen.«

»Klar, Dad, wenn du so weitermachst, liegt deine Zukunft zwischen diesen Wänden.«

»Schön, dass du mir noch eine zutraust. Die Universität Leiden wurde übrigens 1575 gegründet, ihr wichtigstes Gebäude ist der …«

»Warst du schon mal dort?«

»Mehrfach.«

Er hatte in Leiden Vorträge gehalten, stets im größten Hörsaal. Das Leiden University Medical Center sei ein modernistischer Funktionsbau und wolle so gar nicht in diese schöne Stadt passen. Für einen Film über Campusflirts also eher ungeeignet. »Für die Polizei- oder Geheimdienstzentrale eines instabilen Landes hingegen wie geschaffen«, sagte er.

Johannes seufzte. »Nun komm erst mal rein. In dem Film geht es um ein lebensbedrohlich erkranktes Kind, die Eltern sind Mennoniten. Ihr Glaube verbietet es, dass die Ärzte das Kind mit ihren Mitteln und Möglichkeiten retten«, sagte er.

»Der liebe Gott soll die Sache also richten. Weißer Bart statt weißer Kittel.«

»So in etwa«, sagte Johannes und blickte zu Boden.

Auch wenn Johannes nur schattenhafte Erinnerungen an seine Schwester hatte, er wusste, dass Kristin und er nie über den Tod von Clara hinweggekommen waren, dass die Trauer, ihre je eigene, sie als Familie auseinandergerissen hatte. Und dennoch, er hatte aus dem Munde seines Sohnes nie einen Vorwurf gehört. Er hätte irgendwann, spätestens seit er selbst ein Mann war, sagen können: Daddy, wo warst du damals? Wo, als wir dich brauchten wie nie zuvor? Im Labor? Im Flugzeug? Zu Hause und doch nicht da? Und du hast Mom ziehen lassen, vielleicht wollte sie gar nicht gehen? In den vergangenen Wochen hatte er manchmal gehofft, Johannes würde ihm tief in die Augen schauen und Antworten von ihm verlangen. Hätte er den Mut gehabt, sie ihm zu geben?

Im *Cabinet War Room,* so hatte Landauer den Besprechungsraum des Imperiums nach seinem ersten Besuch getauft, hingen bereits die Trophäen der ersten internationalen Erfolge. Fotos von den Dreharbeiten am Torre de Belém in Lissabon, in der Spanischen Hofreitschule in Wien, am Potsdamer Platz und in den Tunneln der Berliner Unterwelt. Sie setzten sich an den Tisch, und er erzählte Johannes, was er über die Universität Leiden wusste, beschrieb ihm Stadt und Campus: die Alte Sternwarte, das Akademiegebäude, die Rapenburg, die Straßen und Grünanlagen. Auf einem vor ihm liegenden Block zeichnete er eine Karte der Stadt auf.

»Sieht aus wie die Formel für ein neues Medikament.«

Er ließ sich nicht beirren und hielt Johannes die Zeichnung hin.

»Danke, Dad«, sagte Johannes, nachdem er noch einmal auf die Skizze geblickt hatte. »Deine Expertise wird vollumfänglich in die Beurteilung der Location einfließen.«

»Das hoffe ich eher nicht. Schließlich sollst du den Auftrag auch bekommen.«

»Keep you posted, Dad.«

»Dann sehen wir uns am Sonntag um halb acht bei mir wieder, John?«

»Klar, wie immer.«

Ihr wöchentlicher Jour fixe, gemeinsames Essen in einem neuen, noch nicht angesagten Restaurant, oder gemeinsames Kochen in seiner Wohnung. Mehrmals hatte er Johannes angeboten, den er wie in seiner Kindheit immer noch John nannte, die Sache auszusetzen, man bekomme sich ja auch so oft genug zu Gesicht. Sie könnten auch einen anderen, lockereren Rhythmus wählen. Stets hatte sein Sohn abgelehnt. Landauer vermutete irgendwann, Johannes halte eher aus Fürsorglichkeit als aus ehrlichem Interesse an dem gewachsenen Ritus fest. Das war das Letzte, was er wollte.

Johannes streckte über den Tisch die Hand nach der seines Vaters aus. »Dad, ist irgendwas mit dir?«

»Irgendwas ist immer.«

»Come on, Dad. Du bist heute so anders. Nicht ganz bei der Sache. Ich sehe es dir an. Eigentlich nimmst du mich zur Begrüßung als Erstes in den Arm. Und jetzt könntest du es auch tun.« Johannes versuchte zu lächeln.

Landauer zog ein Taschentuch heraus, wischte sich über Stirn und Nacken, faltete es wieder zusammen.

»Habe nicht allzu gut geschlafen. Und das große Projekt bei Leclair wird weit mehr Zeit in Anspruch nehmen als geplant. Wir werden einen völlig neuen Zeitplan machen und in den kommenden Wochen auf eine wichtige Zuarbeit warten müssen. Warten, du weißt, wie ich diesen Zustand liebe.«

»Willkommen in der Welt des Films, Dad!« Johannes wurde wieder ernst. »Oder ist in deinem Projekt ein neuer Kollege aufgetaucht, mit dem du in Amerika, wie soll ich sagen … zu tun hattest?«

»Aufgetaucht, von früher? Nein. Aber ich will dich mit meinem Kram nicht langweilen.«

»Hallo, Dad, ich bin es, dein Sohn! Also los, was ist passiert?«

Landauer spürte ganz plötzlich so etwas wie Angst, zugleich aber auch einen unwiderstehlichen Reiz. »Mich hat vor ein paar Tagen ein Mann in sein Haus eingeladen. Wir haben über etwas gesprochen, das sehr lange zurückliegt.«

»Was für ein Mann?«

»Er heißt Fouad Tamimi. Wir haben über etwas gesprochen, das geschehen ist, weit bevor deine Mutter und ich uns kennengelernt haben.«

»Du hast nie von dieser Zeit erzählt.«

Johannes beugte sich vor, er konnte seine frisch gewaschenen Haare riechen.

»Dad, über was habt ihr gesprochen? Warum guckst du so betreten?«

»Eher ratlos.«

»Nun, spann mich nicht länger auf die Folter.«

Wo sollte er anfangen, wo enden?

»Als ich etwas jünger war als du«, sagte er, »da war ich ein paarmal als freiwilliger Helfer in einem Kibbuz, in Israel, unmittelbar an der Grenze zum Libanon. Auch auf der Suche nach meinen Wurzeln, die doch schon Tausende von Jahren dort im Wüstensand verdorrt lagen. Wir arbeiteten auf den Feldern, in den Ställen und früh am Morgen als Träger für die Bananenplantagen unten im Tal. Unser Chef dort hieß Avner, ein starker Mann, er hatte immer ein Kofferradio dabei. Nachrichten, Nachrichten, er hörte kaum etwas anderes. Bei meinem letzten Einsatz herrschte Krieg im Libanon, schon viele Jahre lang. Ähnlich wie heute in Syrien, nur mit anderen Allianzen. Ein schrecklicher Krieg. Aber ich, Robert Jacob Landauer, wollte Teil des Landes Israel sein, es mit aufbauen. Wollte als Jude unter Juden leben und von alldem nichts wissen. Ich überlegte sogar, für immer zu bleiben. Für mich war dieser Krieg fern, ein hässlicher arabischer Krieg. Obwohl in dem Jahr Israel eingegriffen und die syrische Luftwaffe zerstört hatte und nun auf Beirut vorrückte, allen internationalen Zusagen zum Trotz.«

»Was hatten sie vor?«

»Die Palästinenser besiegen, vertreiben, sie mithilfe der christlichen Verbündeten aus dem Land drängen. Der Krieg kam näher, auch zu uns in den Kibbuz. Wir mussten nachts in Bunkern schlafen und tagsüber bei Alarm auf den Feldern Schutz suchen.«

»Bist du verletzt worden?«

»Nein, ich nicht, aber ich war dumm und verantwortungslos. Obwohl wir immer wieder beschossen wurden, lief ich nachts durch den Kibbuz, als wäre nichts. Dann passierte es. Ein Einschlag, direkt hinter mir.«

Johannes sah ihn mit aufgerissenen Augen an.

»Seit einigen Tagen weiß ich nun, dass der Mann, der sich ohne zu zögern über mich geworfen und mir damals das Leben gerettet hat, hier in unserer Stadt lebt. Ich hatte ihn nach diesem Ereignis nie wiedergesehen.«

»Krass. Wieso, was ist passiert?«

»Er war nach dem Vorfall verschwunden, und niemand wollte mir sagen, wo er sich aufhielt. Nur dass er die Sache verwundet überlebt hatte. Irgendwann habe ich aufgehört, das zu glauben.«

»Und nun hast du ihn völlig überraschend wiedergetroffen?«

»Er lebt seit vielen Jahren in Berlin. Ein Geschäftsmann. Ich hatte seiner Tochter geholfen. Er wollte mir danken. Er sagt, er habe mich sofort wiedererkannt.«

»Und du?«

»Für mich war er ein Fremder.«

»Bist du sicher, dass er dir die Wahrheit erzählt hat? Dass er wirklich der Mann ist?«

»Ohne Zweifel. Er hat mich wenig später noch einmal in meinem Büro aufgesucht, ich bin sicher, dass er es ist.«

»Dad, was will er von dir?«

»Er scheint krank zu sein, kann nicht mehr reisen. Und möchte wissen, was damals in Beirut geschehen ist.«

»In Beirut?«

»Dort hat er gelebt. Und dort hat er damals die Frau verloren, die er heiraten wollte. Meinetwegen verloren.«

»Deinetwegen?«

»Ja. So ist es wohl. Meinetwegen hat er sie in den Wirren des Krieges und des Mordens nicht wiedergefunden, konnte nicht zurück nach Hause, nach Beirut.«

Johannes schenkte ihnen beiden Wasser ein, das bislang unberührt in einer Karaffe vor ihnen gestanden hatte, die Minzeblätter darin wie zwei kleine, am Boden schlafende Fische. Sie tranken.

»Aber wie kannst ausgerechnet du ihm heute dabei noch helfen? Das ist doch viel zu lange her.«

Lange her? Was heißt das schon, dachte er. Die Dinge suchen sich ihren Ort in der Zeitspanne des Lebens, und von dort aus rufen sie einen. Du weißt nicht, wann und mit welcher Kraft.

»Weil ich diesem Mann etwas schuldig bin«, sagte er, »und wohl auch mir selbst. Es gibt in unserem Leben Momente, in denen wir noch einmal so etwas wie eine letzte Gewissheit brauchen. Fast um jeden Preis.«

»Sagt der Wissenschaftler.«

»Die Erfahrung, John.«

»Und du sollst ihm diese Gewissheit verschaffen?«

»Das ist seine Hoffnung.«

»Was hast du ihm geantwortet? Wirst du ihm zusagen?«

»Nur das, was ich leisten kann. Nicht mehr.«

»Stopp, Dad! Verrenn dich nicht. Das ist nicht deine Geschichte.«

»Doch, irgendwie ist es auch meine Geschichte.«

»Wie meinst du das?«

»Manchmal rührt man unversehens am Geheimnis eines Lebens. Und wenn man genauer hinguckt, taucht hinter diesem das eigene auf. Auch wenn es einem nicht gefällt. Oder schlimmer, du bekommst Angst, denn was du siehst, ist der Schatten deines Lebens.«

»Muss ich mir Sorgen machen, Dad? Versprich mir, noch einmal über die Sache nachzudenken. Und nimm die Dinge nicht so schwer.«

Sie erhoben sich, und Johannes brachte seinen Vater zur Tür. Bevor Landauer sie hinter sich zuzog, hörte er durch ihren Spalt das Tappen von Johannes' nacktem Fuß auf dem Parkett, wie die Schritte eines kleinen Kindes.

2

Tauchen

1

Beirut, August 2015

An den Bäumen summten große Außenventilatoren, über die niedrigen Kronen waren grüne Tarnnetze gespannt, um die Vögel abzuhalten. Hin und wieder strich der Wind aus den Propellern über die Tische, tastete nach Bierdeckeln und Servietten, trug den Rauch der Shishas fort. Die WLAN-Verbindung im Café Hamra war schwach, aber für seine Zwecke ausreichend. An einem der Tische tief im Garten, und doch mitten in der Stadt, hatte er einen freien Platz gefunden.

»Sie suchen hier etwas, habe ich recht?«, hatte al-Soury mit dem untrüglichen Gespür des Forschers irgendwann gesagt und ihn mit zusammengekniffenen Augen und einem wissenden Lächeln angesehen.

Sie hatten nach dem Essen in den weich gepolsterten Sesseln der Sitzgruppe Platz genommen, eine leichte Brise zog über die Loggia. Landauer ging nicht weiter auf die Frage ein, sondern nippte an seinem zweiten oder dritten, mit Wasser verdünnten Arrak und erzählte von seinen Jahren in Amerika, von Aufstieg und Fall, seinem Entschluss, nach Berlin zu gehen und noch einmal neu zu beginnen.

Ja, er habe es geahnt und befürchtet, so al-Soury. Wenn man in der Forschung so hoch hinauswolle, gebe es Leute, die einem dies neideten. Dazu kämen Niedertracht, Gewinnsucht, Macht und, ja, eben auch das große Geld. Für Geld seien die Menschen alles zu tun bereit, das zeigten auch die Entwicklungen in seinem Land. Wenn es sein müsse, Verrat. Er blickte versonnen in seinen Arrak und sagte dann übergangslos, er kenne sein Land. Auch wenn es so aussehe, als hätte es sich verändert, sei es in seinem Kern immer noch dasselbe und folge einem Kanon aus Regeln und Gesetzen, die nirgendwo geschrieben stünden und dennoch eine ungebrochene Macht hätten. Familie, Geld und Einfluss, darum drehe sich nahezu alles.

Als Landauer schließlich aufbrach, lud al-Soury ihn noch in sein Haus in den Bergen von Douma ein. Übermorgen Mittag erwarte er ein paar Freunde, politische und echte, auch von den Forces Libanaises und anderen Parteien, dazu Nachbarn, Journalisten, vielleicht auch Vertreter politischer Stiftungen; er werde dort eine kleine Rede über sein politisches Vorhaben halten. Er und seine Freunde hätten Großes vor in ihrem Land, diesem stumpfen Juwel. Sie wollten es schleifen und wieder neu erstrahlen lassen, sagte er und drückte Landauers Schulter, sodass seine Worte fast wie eine Warnung wirkten.

Er solle sich für die Fahrt einen Wagen mieten und auf dem Weg in Byblos haltmachen, sich die Ruinen, Stadt und Hafen anschauen. Gerne dürfe er auch in Begleitung kommen. Diese Äußerung erstaunte Landauer, denn er konnte sich nicht vorstellen, wie al-Soury darauf kam, dass er in diesem Land irgendwen kannte, den er gern dabeihaben wollte.

»Danke«, sagte er.

Al-Soury selbst würde bereits am nächsten Tag in aller Frühe abreisen, in Begleitung von vier wachsamen Augen und starken Händen.

»Ein lästiges Erbe«, sagte er, »das von Generation zu Generation weitergegeben wird, seit es die al-Sourys in dieser Stadt und diesem Land gibt.«

Landauer blickte in die Getränkekarte, von den Nachbartischen zog der Duft von frischem Kaffee und der fruchtig-süße Rauch der Shishas herüber. Männer und Frauen, die meisten von ihnen jung, mit und ohne Hidschab oder Kopftuch, sogen an den Mundstücken ihrer blubbernden Pfeifen. Shisha-Kellner, oft noch im Schüleralter, gingen mit kleinen portablen Öfen, die sie mit der einen Hand hin und her schwenkten, von Tisch zu Tisch, während sie mit der anderen Hand Kohlezangen hielten, frische Mundstücke für die neuen Gäste auf die Pfeifen setzten, glühende Kohlestücke nachlegten und im Vorbeigehen kleine Trinkgelder entgegennahmen.

Die Mails aus Berlin verkündeten den bekannten und somit unbefriedigenden Status quo. Der Reporting-Mitarbeiter aus dem Büro bat um eine Information, die ihm bei der Protokollierung entgangen war. Leclair hatte, ohne ihn zu informieren, eine Rundmail an das Team geschrieben, *sein* Team, hatte darin den nun deutlich längeren Zeitkorridor ausgerollt und zugleich mit dem schäumenden Schwung einer Ansprache wie bei einer Schiffstaufe die weiterhin als gesichert geltende, große Zukunft des Projektes an den Horizont gezeichnet. Eigentlich wäre dieser Newsletter Roberts Aufgabe gewesen, nur sein Ton ein gänzlich anderer. Aber er hatte ihn nicht geschrieben.

Nur über die kurze WhatsApp-Nachricht von Johannes freute er sich: *Alles o.k., Dad? Die Holländer haben zugesagt, sind ganz aus dem Häuschen. Hug J.*

Miss you, John, war seine Antwort. Landauer spürte einen Kloß im Hals.

In der Mitte des Gartens, halb von Bäumen verdeckt, befanden sich Ausschank und Kasse. Die Kellner, junge Frauen und Männer im Alter der Gäste, standen dort im Kreis und redeten. Er streckte den Arm hoch weil er zahlen wollte, und ließ ihn gleich wieder sinken.

Die blonden kurzen Haare, wenige Tische entfernt, waren

nicht zu übersehen. Ein Mann und die junge Frau saßen einander gegenüber, beide über den Tisch gebeugt, halb von einem Strauch verdeckt. Er, etwa ihr Alter, schien ihr irgendetwas zu zeigen. Er hielt eine Kamera in der Hand. Sie lehnte sich zurück, blickte ernst. Der Mann redete weiter auf sie ein. Sie hörte zu, wirkte aber abwesend. Der Fotograf, von dem sie gesprochen hatte.

Der Mann stand auf, Jeans, ein gut sitzendes weißes Hemd. Er beugte sich zu ihr herunter. Ein Kuss? Oder doch zwei oder drei auf die Wange? Er nahm die Kamera und eine Umhängetasche, ging rasch, angespannt, ohne sich umzusehen, davon. Landauer kannte diesen Gang. Männerabgang, nach fruchtloser, nervenzehrender Diskussion. Wenn man nicht aufpasste, würde es irgendwann der Letzte sein.

Die junge Frau aus dem Taxi stand auf und blickte zu ihm herüber. Er zögerte, winkte ihr zu, eine lachhafte Altherrengeste, dachte er. Sie winkte zurück, als imitierte sie ihn, und kam an seinen Tisch.

»Na klar«, sagte sie, »das Café Hamra ist kein Geheimtipp. Schon lange nicht mehr.«

»Ich habe es eher durch Zufall entdeckt.«

»Wie alle.« Sie setzte sich zu ihm. »Sie haben es mit Zufällen, oder?«, sagte sie und neigte den Kopf zur Seite.

»Wenn Sie es Koinzidenz nennen wollen, können wir über die Sache reden.«

»Ihre Koinzidenz führt uns nun schon zum zweiten Mal zusammen.«

»Erst jetzt könnte es sich um eine handeln.«

Sie sah ihn fragend an.

»Hätten wir uns nicht am Flughafen getroffen, hätten wir uns auch hier nicht wiedergetroffen. Obwohl wir beide gleichzeitig an diesem Ort gewesen wären.«

»Ist mir zu hoch«, sagte sie, holte ihre Packung Marlboro

heraus und hielt sie ihm hin. »Irgendwann einmal, früher ... ich weiß nicht mehr, wann ...«, fügte sie hinzu und lachte. »Bleiben Sie dabei? Oder hat Sie die Kraft der Koinzidenz wieder zum Raucher gemacht?«

Er schüttelte den Kopf. »Danke, nein.«

»Ich rauche im Übrigen auch nur in Gesellschaft, reduziert den Konsum.«

»Sie sind in Gesellschaft.«

»Ein Glück!« Sie schmunzelte, zündete sich eine Zigarette an und blies den Rauch hoch ins Tarnnetz. Einer der jungen Kellner kam an den Tisch. Sie bestellte einen Kaffee und eine Flasche Wasser.

Vielleicht sei es an der Zeit, sich einmal vorzustellen, sagte Landauer.

»Mila van Heijden«, sagte sie. »Aufgewachsen in der sterbenslangweiligen Stadt Hilversum, Studium in Leiden, vierunddreißig Jahre alt. Jetzt Sie.«

Er nannte seinen Namen und ein paar biografische Eckdaten, solche, die auf Ankündigungsblättern von Kongressrednern hätten stehen können. Das umfängliche, akademische Lametta ließ er weg, es war ohnehin stumpf geworden.

»Das haben Sie schön aufgesagt, den Text kannte ich schon.« Sie habe seinen Namen auf dem Anhänger seiner Reisetasche gesehen, das Netz sei recht ergiebig, was ihn betreffe. Es gebe einfach keine Geheimnisse mehr in dieser Welt.

»Und jetzt Berlin?«, fragte sie.

»Ja.«

Sie habe im Flugzeug einmal einen Mann aus der Raumfahrttechnik kennengelernt, nun wisse sie alles über Antriebe, Feststoff, Flüssigbrennstoff, Steiggeschwindigkeit, die verschiedenen Raketentypen und Umlaufbahnen. Er wollte entgegnen, dass sie sich für die Ödnis seiner Formelwüste kaum interessieren dürfte, er mit Weltraum und Flugbahnen nicht aufwarten könne.

»Wenn Sie Fragen haben, werde ich antworten«, sagte er stattdessen und schämte sich sogleich dafür. Wie unbeholfen er wieder einmal war.

Sie habe vorgehabt, nach der Arbeitsbesprechung mit Jamal den Campus der AUB, der American University, zu besuchen, sagte sie und drückte die Zigarette aus. Dieser Gang sei für sie so etwas wie ein Ankunftsritual für Beirut. Ob er sie begleiten wolle? Landauer willigte ein.

Der Parlamentsabgeordnete der rechtsgerichteten Forces Libanaises, den sie morgen für ein Interview hätte treffen sollen, habe abgesagt. Auch als sie angeboten habe, ohne Fotograf und Tonband zu kommen, sei sein Büro nicht umzustimmen gewesen. Nun heiße es wieder warten. Dass sie auf seine Begleitung verzichtet hätte, um an das Interview zu kommen, habe Jamal echt persönlich genommen, der sei jetzt mal wieder sauer. Profi!

»Wie lange arbeiten Sie schon mit ihm?«, fragte er.

»Gut zwei Jahre.« Jamal wohne in Amsterdam, aber eigentlich aus seinem Koffer. Libanesische Mutter, holländischer Vater. Und eine große Begabung. Er sei nicht nur ein hervorragender Fotograf, auch ein bemerkenswerter Musiker, Schlagzeuger bei einer Band namens Pieces. Die Gruppe covere ausschließlich Rage Against the Machine. Rough, aber gut. Dass sie Jamal allerdings ausgerechnet in seinem Heimatland ausgeladen habe, nur um ihren Interviewtermin zu retten, sei vielleicht nicht die beste Idee gewesen.

Der Weg zur American University of Beirut war kurz. Ein Wachmann am Portal sah kurz auf und ließ sie passieren. Landauer spürte einen Stich, als er das Grün des Rasens, die Palmen, die gefegten Wege, die Gebäude im akademisch-neugotischen Stil amerikanischer Ivy League Colleges sah. Die Sonne goss ihr kalifornisches Licht über diesen Garten voller Hügel, Pfade, Wiesen und Treppen. Studenten in Sneakers, kurzen Hosen, wenige

Frauen mit Hidschab oder Kopftuch, strömten aus den Hörsälen, eine Flasche Wasser oder einen Kaffeebecher in der Hand. Über die Sportanlagen hinweg, die sich unterhalb der Seminarräume befanden, blickten sie auf das Meer. Eine der Campuskatzen, ein Ohr kupiert mit einer AUB-Kennung, strich um Milas Beine.

Er solle ihr folgen, sagte sie, hier gebe es ein Monument der Neuzeit, das sie jedes Mal anbete, wenn sie hier sei. Auf einem von Pinien gesäumten Weg gingen sie links einen Hügel hinunter wie durch einen Park, bis heller Beton, roh und unverputzt, zwischen den Bäumen sichtbar wurde. Ein Bauwerk, das Landauer für einen Moment an ein Gefängnis denken ließ.

»Sie müssen das Gebäude von vorn sehen. Das einzige, das Zaha Hadid in der gesamten arabischen Welt gebaut hat oder bauen durfte. Radikal, oder?«

»Ja«, sagte er.

Über eine Wiese, auf der Stehtische und Rechauds für einen Empfang aufgestellt waren, näherten sie sich dem Komplex.

»Frauenpower aus Beton.«

»Beeindruckend. Tatsächlich.«

Sie seufzte. »Sie müssen es nicht gleich lieben. Aber Sie könnten es wenigstens bewundern. Ein klein bisschen zumindest.«

Auf dem Weg zurück zum Ausgang wollte sie wissen, was er in Beirut treibe. Er wolle hier Urlaub machen und Freunde besuchen, sagte er.

Mila sah ihn von der Seite an. »Sie müssen mir nicht erzählen, warum Sie hier sind. Aber wenn Sie hergekommen sind, um in diesem Land Urlaub zu machen, sollten Sie bei der Fremdenverkehrsbehörde vorstellig werden und sich die Goldene Zeder anstecken lassen. *First European Tourist 2015*. Glückwunsch.«

Es gehe ihm auch ein wenig um Politik, fügte er hinzu, wenngleich eher Privatpolitik. Am morgigen Tag sei er zu einer Art Konferenz eingeladen, im Norden, in Douma. Sein Kollege al-Soury habe ihn dazu eingeladen. Eine Zusammenkunft in den Bergen mit Freunden und Mitstreitern.

Mila blieb stehen. »Stéphane al-Soury?«

Landauer war überrascht, dass sie ihn kannte.

»Wenn man sich mit dem heutigen Libanon befasst, stößt man früher oder später immer auf seinen Namen. Ob man will oder nicht. Die meisten wollen eher nicht«, sagte sie.

»Wie meinen Sie das?«

»Verbrechen und Wohltaten liegen in diesem Land nah beieinander, auch wenn Jahrzehnte sie trennen. Auf allen Seiten. Die Frage ist nur, wer bereit ist, neue Wege einzuschlagen, und wer weiterhin bloß am Nationalismus als politischem Konzept festhält und all das, was geschehen ist, all die Gewalt, noch immer für den richtigen Weg ausgibt.«

Er brauchte die Frage nicht zu stellen, ob sie zu Letzteren seinen Kollegen al-Soury rechne. Sie las seinen Blick und nickte. Landauer erzählte von seiner Arbeit mit al-Soury und dessen Problemen mit den US-Behörden vor elf Jahren. Sie sah ihn abwartend an, als wollte sie sagen, vielleicht hatten die Amerikaner bei aller Hysterie einen Grund.

»Verständlich, dass Sie empört waren über die plötzliche Hexenjagd in den USA auf Muslime und Menschen aus dem arabischen Raum. Wer war das nicht. Aber im Fall von al-Soury hätte es ausnahmsweise mal den Richtigen getroffen.«

»Das kann ich nicht beurteilen. Bisher habe ich den Eindruck, er freue sich, einen alten Kollegen wiederzusehen. Und vice versa. Und dabei würde ich es gern belassen.«

Sie hatten den Ausgang an der Bliss Street erreicht. Bevor sie in die dicht befahrene Straße einbogen, blieb sie noch einmal kurz stehen. Ob bei dieser Zusammenkunft auch Gasthörer zugelassen seien oder gar Vertreter der Weltpresse? In diesem Fall würde sie um Akkreditierung bitten, sagte sie, ernster als zuvor.

»Was interessiert Sie so an dieser Sache?«, fragte Landauer.

»Wenn Stéphane al-Soury einlädt, sitzt dort gewiss die halbe Falange am Tisch und ihr neuer politischer Rechtsaußenableger im Parlament, der politische Arm der einstigen christlichen Kämpfer.«

Landauer dachte an das, was Tamimi ihm über die Massaker erzählt hatte, und an die Berichte und Fotos, die er später selbst im Internet recherchiert hatte. Trümmer, schreiende Frauen, notdürftig zugedeckte Leichen, Ruinen. Fassungslose Helfer aus aller Welt, israelische Soldaten, die sich schockiert zeigten über die Grausamkeit ihrer libanesischen Verbündeten. Und die Menschen zu Hause, die empört waren über ihren Verteidigungsminister Ariel Scharon, der zugelassen hatte, was in Sabra und in Schatila geschehen war.

Im Gehen redete Mila weiter. »Al-Soury stammt aus einer alteingesessenen Familie, die schon seit Jahrhunderten ihre Fäden zieht. Da strebt er natürlich auch noch mal eine politische Karriere an, und das sind die Leute, die ihn dazu ermuntern.«

Sie blieb wieder stehen und sah ihn an. »Vielleicht ergibt sich bei dieser gewichtigen Zusammenkunft für mich die Möglichkeit, mit einem der anwesenden Politiker zu sprechen, wenn ich schon das geplante Interview nicht bekommen habe.«

Landauer musste sich eingestehen, dass er froh wäre, nicht allein nach Douma fahren zu müssen. »Begleiten Sie mich gern, ich werde Sie bei meinem Kollegen annoncieren. Aber als was?«

»Als das, was ich bin. Eine Journalistin. Ohne Fotograf und Tonband. Versprochen.«

Er würde morgen um 8.30 Uhr an der Sixt-Station Corniche al-Maazra den Wagen abholen. Zwischenstopp in Byblos. Eine Empfehlung von al-Soury.

»Gute Empfehlung. Werde pünktlich sein«, sagte sie.

»Bringen Sie Ihren Führerschein mit.«

»Wenn ich ihn finde, gern. Aber Sie wissen nicht, worauf Sie sich da einlassen.«

Mila ließ sich gleich an der Sixt-Station als Fahrerin eintragen. Sie könnten sich die Strecke teilen, wenn er sich traue, hatte sie gesagt und sich, ohne seine Antwort abzuwarten, dem Mann am Counter zugewandt. *Additional driver*. Der Ausdruck hatte ihm auf Anhieb gefallen. Sie hatte Jeans und Hemd, die sie an den Tagen zuvor getragen hatte, gegen ein gelbes Sommerkleid getauscht und sich, um die Arme zu bedecken, eine lindgrüne Strickjacke über die Schultern gelegt.

Es sollte ein heißer Tag werden. Als er dem Angestellten auf seine Frage hin erzählte, es gehe nach Douma, beglückwünschte er sie. *Mountains. Wind. Much cooler.* In Richtung Norden gebe es nur eine Ausfallstraße, hinter Jounieh würde es besser werden. *Until then: chaos, Mister*.

Auf der Corniche fuhren sie in Richtung Stadtgrenze.

»Hariri. Hier ist es passiert.« Mila wies durch die Frontscheibe nach vorne, am Straßenrand stand eine riesige Skulptur. Landauer kannte den Mondkrater, den die Bombe 2005 hier in den Boden gerissen hatte, von Fotos und Fernsehbildern. Rafic Hariri, sunnitischer Ministerpräsident, Geschäftsmann, Baulöwe, hatte die nach dem Bürgerkrieg zerstörte Stadt ganz wesentlich mit aufgebaut. Mit seinen Milliarden und vor allem nach seinen Vorstellungen. Unter den Sunniten war er ein Held. Der Mord an ihm hatte das Land verändert und die Syrer, denen das Attentat angelastet wurde, aus dem Land gedrängt. Die Hisbollah war geblieben. Geschichte war nicht, Geschichte ist, dachte Landauer und beschleunigte wieder.

Man könne mit einem Touristenführer inzwischen die wichtigsten Attentatsorte in Beirut besuchen, sagte Mila, sie habe im vergangenen Jahr zusammen mit Jamal eine Fotostrecke zu diesem Thema gemacht. Das hier, sie wies noch einmal hinter sich auf das Hariri-Mahnmal, sei der Hotspot, das *MoMA der Morde*.

Er versuchte, sich auf den Verkehr zu konzentrieren. Drei Spuren aus der Stadt hinaus, drei hinein. Wie die orientalische

Musik mit den Halb- und Vierteltönen hielten es die Fahrer mit den auf dem Straßenbelag kaum leserlichen Markierungen. Der beste Ort war *somewhere in between.*

MoMA. Sie konnte nicht wissen, dass er wegen eines ganz anderen Ortes und der Ereignisse dort nach Beirut gekommen war. Lange her und in keinem Beiruter Attentatsführer als Highlight verzeichnet. Dabei hätte man die Lager von Sabra und Schatila vielleicht weit eher als eine Art *MoMA* bezeichnen können, wenn das nicht zu zynisch gewesen wäre. Sie war Journalistin, jung, voller Wut und von betörender Unbefangenheit, er dagegen Wissenschaftler und in einem Alter, das Wut längst in Grübeleien und innere Beschwernis umgegossen hatte. Er beneidete die junge Frau um das, was sie war. Und war zugleich froh, dass sie hier neben ihm saß.

Byblos, heute Jebeill. Zwei Stunden hätten sie dort Zeit, sagte er, als die Stadt an der Küste, angeschmiegt an die Berge, vor ihnen auftauchte. Die Sonne bemalte die Mauern der Ruinen mit der Farbe flüssigen Honigs.

Sie waren allein, als sie das Ruinenfeld links der Altstadt betraten. Byblos, das für sich den Titel »Älteste Stadt der Welt« in Anspruch nahm. Im Schatten von Pinien und ausladenden Aleppokiefern saßen sie wenig später auf heißen Steinquadern nahe der Küste und blickten aufs Meer. In der Ferne erkannte man Beirut, wo ein Containerschiff aus dem Hafen auf die offene See hinauszog. Beide blickten ihm nach.

Was er sich von der Konferenz in den Bergen erhoffe, wollte sie wissen. Ob er dort mit weiteren namhaften Medizinern rechne oder sich tatsächlich für die Politik des Landes interessiere? Einfach nur neugierig sei oder seinem alten Freund gegenüber nicht unhöflich sein wolle? Milas Stimme war sanft, sie stocherte mit einem abgebrochenen Zweig im Sand.

»Oder hat es damit zu tun, was Ihnen in Amerika passiert ist? David gegen Goliath?«

»Die endlosen Weiten des Web«, sagte er. Nichts mehr bliebe der Welt verborgen. Nur warum er im Libanon sei, würde sie dort nicht finden.

»Noch nicht«, sagte sie.

Beide lachten.

»Es ist gegen alle Vernunft, was ich vorhabe«, sagte er.

»Dann bin ich gespannt.«

»Journalistin.«

Sie sah ihn ein wenig kokett an. »Und brennend interessiert an den Widersprüchen der menschlichen Psyche.«

Er hielt inne. Das Containerschiff war nun am Horizont kaum mehr auszumachen. Sollte er ihr die ganze Geschichte erzählen? Oder nur das, was ihm Tamimi berichtet hatte?

»Ein Anzug«, sagte er, »damit hat es angefangen. Ein reiner Zufall.«

Mila sah ihn abwartend an.

Die Hitze in Berlin, die Begegnung mit der jungen Frau, die in ihrem Wagen einen Schwächeanfall erlitten hatte, die Einladung in Tamimis Haus, die er nicht hätte annehmen müssen.

»Ich bin Wissenschaftler, ich sollte nicht an Hokuspokus glauben. Kausalität, Koinzidenz und Korrelation verbinden die Dinge miteinander, sonst nichts.«

»Sie haben gerade von Zufall gesprochen.«

»Sie haben recht, und ich wundere mich über mich selbst.«

»Zufall, nennen wir ihn doch einfach den kleinen, unberechenbaren Bruder Gottes. Den mit mehr Fantasie. Für ihn ist das Leben eine große Arena, für Gott der staubige Vorhof der Ewigkeit.«

»Sie glauben an Gott?«, sagte er.

»Ich würde es anders nennen. Vielleicht spüre ich manchmal einen leichten Schatten über all unseren Gewissheiten, der oft und genauso gut auch Chaostheorie heißen könnte. Oder einfach nur Unverfügbarkeit des Lebens.«

»Woher haben Sie das?«

»Ich bin damit aufgewachsen. Mein Vater ist evangelischer Pastor in Hilversum. Hoc est corpus meum. Dies ist mein Leib. Hokuspokus. Gottesdienst war Pflicht, jeden Sonntag. Und einmal in der Woche abends Bibelstunde: Mila liest heute aus dem Buch Jesaja, ich bitte die Gemeinde, sich zu erheben. Die erotisch-orientalischen Verse des Buches Salomon, hebräisch *Schir ha-Schirim*, wörtlich *Das Lied der Lieder* – die kannte ich schon, bevor ich Brüste hatte.«

Landauer war überrascht. »Dennoch sind Sie Journalistin geworden?«

»Vielleicht gerade deswegen. Ein Umgehungstatbestand zur Rettung der Welt. Schreien und Schreiben liegen nah beieinander, im Deutschen sogar sprachlich.« Sie stieß ihn leicht mit dem Ellbogen an. »Aber jetzt erzählen Sie weiter.«

Er wiederholte, was Tamimi ihm erzählt hatte. Die Geschichte habe ihn nicht mehr losgelassen. Jedes Wort von Tamimi habe er behalten.

Sie blickten eine Weile schweigend auf das Wasser.

»Was hat er damals unternommen?«

»Er hat sie gesucht, verzweifelt, eine Woche lang. Es war immer noch Krieg, die Stadt war besetzt. Die Gewalt ging weiter. Niemand konnte ihm sagen, wer und wie viele in Sabra und Schatila ermordet worden waren. Keine Liste mit den Namen der Toten, nur Massengräber, sonst nichts.«

Nur die Täter seien bekannt, Falangisten der christlichen Forces Libanaises. Und ihre Handlanger, die Besatzer, Israel und seine Truppen.

»Sie haben dabei zugeschaut, von ihren Stellungen nahe den Lagern aus. Und in den Nächten haben ihre Leuchtraketen den Mördern die Gassen erhellt«, sagte er.

»Ich habe darüber gelesen. Ein tiefer, dunkler Fleck auf der Seele derer, die dabei waren, und die ihn schnellstmöglich loswerden wollten. Manche der Täter von damals sind später im Libanon in hohe politische Ämter gekommen. Amnestie, Vergessen, nach dem Motto: Auch die Täter sind unsere Leute, wir halten die Hand über sie.«

»Frieden um jeden Preis«, sagte er.

»Tamimi will, dass Sie die Wahrheit für ihn herausfinden? Wäre es nicht klüger gewesen, Sie als Arzt zu engagieren und andere auf die Suche nach dieser Frau zu schicken? Ich meine, so etwas wie Profis.«

»Manchmal denke ich, die Dinge überlagern sich bei ihm. Er sucht Heilung, aber eine, die er für seinen Körper nicht mehr erhoffen kann. Er hat Sahira Hatoum über alles geliebt.«

»Und Sie haben diese Frau nicht einmal gekannt.«

Er blickte aufs Meer, als suchte er einen Punkt am Horizont. »Vielleicht gibt es so etwas wie einen hippokratischen Eid auf Wiedergutmachung, Buße, Sühne. Ich weiß, alles große Worte. Vielleicht will ich auch nur noch einmal selber an einen Punkt zurück, an dem mein Leben eine große Wendung nahm.«

»... dreh dich um, Sulamith! Dreh dich um, dreh dich um, dass wir dich anschauen ... Wie schön sind deine Schritte in den Sandalen, du Tochter eines Edlen! Die Biegungen deiner Hüften sind wie Halsgeschmeide ... Dein Schoß ist eine runde Schale ... Deine beiden Brüste sind wie zwei Kitze ... deine Nase wie der Libanon-Turm, der nach Damaskus hinschaut.«

»Die Bibel?«

»Das Hohelied Salomon«, sagte sie. »Wenn jemand so spricht wie Sie gerade, geht es in den meisten Fällen um eine Frau. Und damit meine ich nicht die, nach der Sie suchen.« Bevor er antworten konnte, sagte sie:

»Jedenfalls sind Sie, wenn ich es richtig verstanden habe, nicht als Wissenschaftler hier, sondern als Mensch. Als Mann. Als Forscher in eigener Sache.«

»So in etwa.«

Sie schwiegen und lauschten dem Wind.

»Ihre Geschichte ist noch nicht zu Ende, oder?«

Landauer überlegte einen Moment. »Ein wütender Jude war ich plötzlich, nach all dem, was ich von diesem Krieg damals gehört hatte, obwohl meine Herkunft viel zu verwässert war, als dass ich jemals gänzlich einer gewesen wäre. Mein Großvater hatte sich in den Zwanzigerjahren in der christlichen Mehrheitsgesellschaft aufgelöst. Christlich geheiratet. Aber wir blieben in unserem Denken und Fühlen immer Juden. Also las ich Bücher über das Judentum, den Roman *Exodus* gleich zweimal, und fuhr, kaum hatte ich die Schule hinter mir, als guter Jude zum ersten Mal nach Israel.«

»Aber deswegen sind Sie jetzt nicht hier?«

Talia Aloni. Auch diesen Namen hatte er aus Tamimis Mund gehört, in einem Nebensatz. Hatte Tamimi ihn mit Absicht erwähnt, hatte er einen Köder auswerfen wollen?

Er nannte ihn jedoch nicht, sondern erzählte Mila von der wechselvollen Geschichte seiner Familie, die ihr Judentum unter Kaiser und Reich wie viele andere Glaubensgenossen hatte abgeben wollen. Das Böse lag schließlich hinter ihnen, hatten sie damals gedacht.

»Klingt spannend«, sagte sie. »Vor allem aber würde mich die Frau interessieren, die Sie mir bisher vorenthalten haben. Aber jetzt sollten wir aufbrechen.«

Nach einem kurzen Gang durch die Altstadt und einem Kaffee im Stehen in einer der vielen Gassen gab er ihr, am Wagen angekommen, den Schlüssel.

Sie nahm ihn in die Hand und betrachtete ihn.

»Rechtsverkehr«, sagte er, »und von hier aus nur noch bergauf. Ist alles, was man wissen muss.«

2

Sie waren die Ersten, die in Douma eintrafen, obwohl sie eine Viertelstunde zu spät waren. Al-Soury, die Haare noch feucht und in den frischen Duft eines altmodischen französischen Rasierwassers gehüllt, lächelte, als er sie in der Eingangshalle begrüßte.

»Bienvenu à Douma, cher Robert!«, sagte er und gab Mila einen Handkuss. Wenig später erschien seine Frau Claudette. Landauer hatte sie wenige Male bei offiziellen Anlässen in Philadelphia gesehen, aber kaum ein Wort mit ihr gewechselt. Al-Soury hatte ihm bei ihrem Treffen erzählt, dass sie die meiste Zeit hier in den Bergen verbringe, um der Hitze und dem Lärm der Stadt zu entkommen. Sie trug ein weißes Kleid mit einem breiten roten Gürtel, an beiden Händen jeweils einen großen goldenen Ring.

Al-Soury nahm Milas Arm, sie ließ es geschehen, und führte sie durch das weitläufige Haus hinaus auf eine große, von Blumenbeeten gesäumte Terrasse, ein Monet-Garten hoch in der Levante. Landauer folgte ihnen, nachdem Claudette ihn begrüßt hatte und wieder im Haus verschwunden war, um nach der Köchin zu sehen. Ein leichter Wind kam auf. Reben und Ranken spendeten einem Teil der Terrasse Schatten, unter prallen roten Weintrauben führte er sie an das schmiedeeiserne Geländer, hinter dem der Berg steil abfiel. Das Haus, eine aus hellem Sandstein gebaute Villa, hatte etwas von einem fürstlich ausgekleideten Hochsitz, so kam es Landauer vor.

Stéphane al-Soury wies auf die Berge ringsum, begann sogleich, nun ganz der Politiker, zu erzählen. Alle Volksgruppen im Libanon, ob Christen, Muslime oder Drusen, hätten in früheren Zeiten in Clans und Familienverbänden in den Tälern und an den Hängen des Libanon-Gebirges gelebt, jede Gemeinschaft für sich, einander stets belauernd und doch friedvoll. So auch seine Familie, über viele Jahrhunderte.

»Die Sünde und die Zwietracht kamen mit den Städten«, sagte er. »Als die Menschen die Berge verließen und sich an der Küste ansiedelten, lebten sie mit einem Mal aneinandergedrängt, wurden Nachbarn, waren nicht mehr durch Täler und Wälder getrennt und wussten nicht, wie man auf so engem Raum am besten zusammenlebt.«

So habe alles angefangen. Und es sei noch einmal schlimmer geworden, als zu seiner Jugendzeit, in den Siebzigern, Hunderttausende aus Palästina über die Grenze kamen, Flüchtlinge mit Trauer, Wut und neuen politischen, sehr weitreichenden Ideen im Gepäck. Ideen, die sie nun hier in diesem Land verwirklichen wollten. Mithilfe des mächtigen Syrien und anderer Unterstützer.

»Seitdem sehe ich es als meinen Auftrag an, zusammen mit Gleichgesinnten mein Land zu schützen, ja dafür Sorge zu tragen, dass dieses ein christliches Land bleibt und keiner der Fremden zu mächtig wird.« Nach den glücklichen Jahren in Amerika kehre er nun zu dieser Berufung zurück.

»Ist so etwa auch der lange Bürgerkrieg zu erklären, der erst 1990 sein vorläufiges Ende fand?«, fragte Mila.

»Das war kein Bürgerkrieg. Wir haben unser Land gegen das verteidigt, was von außen kam, gegen die Fremden aus Palästina, die Araber, das ist etwas gänzlich anderes.« Gewiss, dieser Weg habe viele Opfer gefordert. Aber nahezu alle, die sie heute treffen würde, seien durch diesen gemeinsamen Auftrag nach wie vor geeint. Er würde später in einem größeren Zusammenhang noch einmal darauf zu sprechen kommen.

»Und nun bitte ich um Entschuldigung«, sagte er und ging nach einer leichten Verneigung zurück ins Haus, aus dem Stimmen und Gelächter zu hören waren. Immer wieder vernahmen sie die Außenklingel, eine kleine, an einem Strick angebrachte Messingglocke. Auch die Unpünktlichkeit schien ihre eigenen Gesetze zu haben. Innerhalb kürzester Zeit füllte sich das Haus.

Nachdem sich alle an einem kalten Buffet bedient hatten, das in der angrenzenden Bibliothek aufgebaut war und mit allen Köstlichkeiten des Landes aufwartete, dazu gekühltem Wein und Bier, klopfte Stéphane al-Soury ans Glas. Nun würde seine politische Willenserklärung, als die er seine Rede angekündigt hatte, beginnen. Mila hatte er neben sich platziert, Landauer saß zwischen einem Ehepaar aus den benachbarten Bergen, er Arzt und Abgeordneter der Forces Libanaises im machtlosen Parlament, sie Leiterin des Parteibüros in seinem Wahlbezirk.

Die Rede war wohlformuliert, jedes Wort sorgfältig gewählt, klug und dennoch von einer unüberhörbaren Kompromisslosigkeit. Auch ein Seitenhieb auf Deutschland und seine Kanzlerin, die irgendwann für *die Muslime* die Tore komplett öffnen und so das ganze Elend des Islam mit seiner Unfähigkeit zur Moderne ins Land lassen würde, blieb nicht aus. Er und seine Partei wollten ein von christlichen Werten geeintes Land, das Menschen aller Glaubensrichtungen offen stehe, solange sie sich zu diesen Werten bekannten.

Beifall. Bravorufe.

Al-Soury hob noch einmal an: Gewalt könne immer nur ein letzter Schritt sein. Und niemand wolle ihn gehen. Ja, ein letzter, er wiederholte dieses Wort, als müsse er sich selbst noch einmal von seiner Richtigkeit überzeugen.

»Wir wollen Demokratie. Wir wollen Frieden. Wir wollen Koexistenz. Aber wir wollen als Christen keine Angst haben. Vor niemanden. Nicht vor der Vergangenheit und nicht vor der Zukunft.«

Erneut Beifall. Die Runde hob die Gläser, ein Moment des Schweigens. Die Gespräche setzten wieder ein. Von den Journalisten oder Vertretern politischer Stiftungen, die al-Soury angekündigt hatte, schien niemand nach Douma gekommen zu sein, stattdessen Abgeordnete, Nachbarn, Weggefährten, ehemalige Militärs und Mitglieder der Milizen.

Nachdem man sich zum Kaffee erhoben hatte, stellte al-Soury den Gästen seinen Freund und Kollegen Robert vor, und dessen *entzückende Begleitung*. Robert habe nun endlich sein Versprechen eingelöst, ihn zu besuchen. Es zeige sich wieder einmal, wie alt man doch werden müsse, bis die Dinge aus der Latenz ans Licht kämen. Aber ein Freund wie Robert sei ihm auch nach weiteren zwanzig Jahren noch willkommen.

Was er sich in ihrem Land anzusehen gedenke, fragte ihn ein Mann in al-Sourys Alter, der sich als Pierre Dabour und Mitglied des Vorstandes der neu gegründeten Zedern-Partei vorstellte. Er hatte auf der anderen Seite des Tisches neben Mila gesessen, und Landauer hatte mit einer gewissen Sorge registriert, dass sie sich gegen Ende des Essens mit ernster Miene, nahezu angespannt unterhielten, so als hätte Mila irgendein ungeschriebenes Gesetz verletzt. Landauer war auf diese touristische Frage seines Gegenübers nicht vorbereitet gewesen, er hatte den *Footprint Travel Guide* noch nicht wieder zur Hand genommen, aber Mila, die neben ihm stand, spulte ohne Zögern eine Reihe von Sehenswürdigkeiten herunter. Zum Glück vermied sie es, die Stätten der Attentate und das *MoMA der Morde* an der Ausfallstraße Richtung Norden zu erwähnen. Als sie Anlauf genommen hatte, war er nicht sicher gewesen, wo sie landen würde.

Noch vor Sonnenuntergang geleitete sie Stéphane al-Soury zurück zum Wagen, sein Leibwächter wenige Schritte hinter ihm. Er hatte sich eine Wolljacke um die Schultern gehängt, die

Abendkühle senkte sich von den Bergen herab. Die Sonne würde bald verschwinden, ihr Licht ein schweres Orange, das Meer wie in stiller Erwartung. Al-Soury wies noch einmal auf die Berge ringsum, die sich bereitmachten, ihr blaustichiges, monochromes Nachtgewand anzulegen, und von Politik und Zwietracht nichts wussten.

Landauer war nach all diesen Gesprächen erschöpft. Auf dem Rückweg wollte er versuchen, seine Eindrücke zu sortieren, auch mithilfe Milas, die al-Soury auf dem Weg zum Wagen wie schon den ganzen Nachmittag lang umgarnte und, wenn er sich unbeobachtet fühlte, doch mit fast kaltem Blick betrachtete. War es ein Fehler gewesen, eine Journalistin mitzubringen? Hatte sie etwas gesagt, was unangemessen war oder ihn und sein Vorhaben verraten hatte?

Mila schien sich gut unterhalten zu haben, immer wieder hatte er ihr Lachen gehört, und als wie von unsichtbarer Hand Arrak und Cognac serviert wurden, hatte sie nicht abgelehnt.

»Es war schön, dass Sie gekommen sind, Robert«, sagte al-Soury und legte ihm die Hand auf die Schulter. Dann drängte er sich näher an ihn heran und flüsterte: »Halten Sie mich auf dem Laufenden. Ich hoffe, ich kann Ihnen und Ihrer Begleiterin ein Ratgeber sein.« Er warf noch einmal einen Blick auf Mila und raunte ihm zu: »Und gehen Sie mit der Umsicht des Alters vor.« Ganz französisch gab er Mila zum Abschied Küsse auf beide Wangen und reichte Landauer die Hand.

Durch die Gassen von Douma, vorbei an Blumenkästen, Cafés und den Anwohnern, die vor den Häusern auf Stühlen in der letzten Abendsonne hockten, fuhren sie hinab ins Tal. Auf einem Plateau vor einer Kreuzung hielt er noch einmal an, um einen letzten Blick auf die Küste und das Meer zu genießen. Der Duft der Pinien, die in diesem Land die Zedern schon längst verdrängt hatten, lag in der Luft.

Mila zündete sich, ohne ihn zu fragen, eine Zigarette an und blies den Rauch durch das geöffnete Fenster. »Ich könnte kotzen«, sagte sie. »Auf der Stelle.«

»Sie haben offenbar mehr gehört als ich.«

»Lügen, Lügen, Selbstbetrug. Und Selbstgerechtigkeit.«

»Haben Sie anderes erwartet?«

»Nein. Genau das!«

Sie öffnete die Tür, warf die Zigarette auf den Boden, sprang aus dem Wagen, trat sie aus und begann zu laufen. Ihre Strickjacke verfing sich in einem Gestrüpp, sie riss sich los, lief zwischen den Büschen hindurch im langen Schatten der Bäume den Hang hinauf.

Durch das geöffnete Fenster rief er ihr nach. »Wo wollen Sie hin?«

»Nirgendwo!« Ihre Stimme war schon fern.

Er stieg aus, sah ihr über das Wagendach hinweg nach, unschlüssig, was er tun sollte. Er beschloss, ihr hinterherzugehen. Sie war schnell. Auch er begann zu laufen, nach kurzer Zeit hatte er sie aus dem Blick verloren.

»Was soll das, wo sind Sie, Mila?«, rief er.

Keine Antwort, nur weit oberhalb hörte er das Knacken von Ästen, Vögel flogen auf. Er fiel in den Schritt zurück, sein Atem wurde schwerer. Den Wagen hatte er offen gelassen, der Schlüssel steckte im Zündschloss. Vielleicht sollte er umkehren und dort auf sie warten? Irgendwann würde Mila schon wieder auftauchen. Und wenn nicht?

Er setzte sich auf einen Stein, wischte sich mit dem Taschentuch über die Stirn, faltete es wieder zusammen und schob es in die Tasche. Hände legten sich auf seine Augen, an seinem Rücken die Wärme eines Körpers, der sich über ihn beugte, der sanfte Druck zweier Brüste, er griff hinter sich, bekam ihre Arme zu fassen. Sie waren schlank, spielend konnte er sie umschließen.

»Was wollen Sie in unserem Land, Robért?« Mila imitierte

die Stimme von Stéphane al-Soury. »Ich bin unglücklich und suche das Glück.« Jetzt war es seine Stimme.

Er drehte sich zu ihr um. Sie nahm die Hände von seinem Gesicht, lachte, ließ sich auf den Boden sinken, zog ihn mit sich, er ließ es geschehen. Sie legte sich auf den Rücken, starrte in den nun glutroten Himmel und begann erneut zu lachen. Ganz dicht war ihr Gesicht an seinem, er setzte sich auf, betrachtete sie. Er spürte ein Brennen in seinem Körper.

»Kennen Sie das, Robert? Wenn man über Stunden gezwungen ist, eine Rolle zu spielen, ordentlich, sittsam, klug, höflich, erwachsen und verlogen? In solchen Situationen bin ich plötzlich wieder die Pastorentochter, die ich nie mehr sein wollte, und muss danach etwas Verrücktes tun. Mich wieder *spüren*.«

Er wusste nicht, was er antworten sollte.

»Sie sind wütend auf mich, seien Sie ehrlich!«

»Nein.«

»Was dann?«

»... der Wagen«, sagte er.

»Scheiß drauf. Vielleicht hat ihn jemand gestohlen, und wir müssen nach Beirut laufen. Ich liebe Abenteuer.«

Sie stand auf, klopfte sich Sand und Nadeln von Jacke und Kleid und bat ihn, ihr den Rücken zu säubern. Er strich über den Stoff, zog einzelne Nadeln mit den Fingerspitzen heraus, sie bewegte dabei wohlig die Schultern als gefalle ihr diese Prozedur, neigte den Kopf zur Seite.

»Nur das Gröbste«, sagte sie.

»Nur das Gröbste«, wiederholte er, betrachtete ihren Rücken. Sie habe mal einen Therapeuten gehabt, in Amsterdam, dessen Theorie sei es gewesen, dass nur das, was schwingt, auch lebt und gesund ist.

»Was wollen Sie damit sagen, Mila?«

»Atmen ist schwingen, Herzschlag, Lachen und Weinen, Schlafen und Wachen. Lieben.«

Er hielt inne, seine Hand auf ihrer Schulter.

»Deswegen darf man, ja muss man bei einer Beerdigung auch lachen. Das ist nicht falsch und unangemessen, das ist gesund, es ist das Leben.«

»Lachen?«, sagte er.

»Ja, genau. Was nicht schwingt, wird hart. Und bricht.«

Sie drückte noch einmal die Schultern durch.

»Mission accomplished«, sagte er. Er ließ seine Hand über ihren Rücken gleiten.

Sie löste sich von ihm und wandte sich dem Weg zu. Schweigend gingen sie den Hang hinab zum Wagen.

Neben ihrem Fahrzeug stand mit laufendem Motor der schwarze Mercedes. Ein Mann beugte sich in ihren Wagen hinein. Als er Robert und Mila sah, sagte er in holprigem Englisch: »Alles o.k.?«

Ja, durchaus, sie hätten nur noch einen kleinen Spaziergang machen wollen, *a little walk*. Der Mann, es war der Leibwächter, der al-Soury nach draußen begleitet hatte, blickte den Hang hinauf. Sein Chef habe nur sichergehen wollen, dass seine Gäste die richtige Abfahrt finden würden. Schon manch einer habe sich hier oben in den Bergen verfahren. Er wies auf die Straße ins Tal.

»Gute Reise«, sagte er und setzte sich in den Mercedes. Der Wagen verschwand in einer Staubwolke.

In engen Serpentinen führte sie die Straße ins Tal.

»Warum ist uns al-Sourys Mann gefolgt?«, fragte Mila.

»Nennen wir es Gastfreundschaft.«

»Diese Art von Freundschaft missfällt mir langsam.«

»Vergessen Sie's.«

»Immerhin, ich bekomme ein Interview. Ich habe so lange auf diesen Pierre Dabour eingeredet, bis er eingewilligt hat.«

»Was erwarten Sie sich von ihm?«

»Auch Dabour ist alt genug, um im Bürgerkrieg dabei gewesen

zu sein. Heute ist er wieder ein wichtiger Mann und will, wie Ihr Freund Stéphane, die alten politischen Grundsätze in neuem Gewand verkaufen. Sie reden von Koexistenz und meinen Dominanz. Christliche Leitkultur gegen den durchtriebenen, rückständigen, gewaltbereiten Orient, so in etwa könnte das subtile Credo lauten.«

»Haben Sie denen auch erzählt, warum ich hier bin?«

»Nur das Gröbste.« Mila wirkte zum ersten Mal verunsichert, als wolle sie seiner Frage ausweichen.

»Ich hätte Ihnen vorher sagen sollen, dass mir das nicht recht ist.«

»Wenn man keine Fragen stellt, erhält man keine Antworten. Wenn ich zu weit gegangen bin, tut es mir leid.« Jetzt blickte sie ihn herausfordernd an und fügte hinzu: »Ich dachte, Stéphane sei ein Freund von Ihnen.«

Er überhörte die Provokation. »Ein Kollege, kaum mehr. Sie glauben ernsthaft, Sie werden irgendetwas bei diesem Pierre Dabour erreichen?«

»Männer wie er können mit ihren Heldentaten, sie mögen noch so schrecklich sein, nicht hinter dem Berg halten. Ich habe Ihr Thema kurz berührt und die Zeit, die Ihrem Freund zufolge doch kein Bürgerkrieg war, sondern lediglich ein gerechter Kampf gegen alles Fremde. Diese alten Recken sind auf erstaunliche Weise modern.«

»Da ist doch noch etwas, oder?«

»Nur so ein Eindruck, den ich hatte.«

»Spannen Sie mich nicht länger auf die Folter.«

»Es könnte sein, dass Ihr Fall kein gewöhnlicher ist. Dass diese Frau, Sahira Hatoum, Tamimis große Liebe, mehr als nur eine der vielen Namenlosen gewesen ist.«

»Was meinen Sie damit?«

»Ein Gefühl, nicht mehr. Oder nennen wir es journalistischen Instinkt. Haben Sie das Nussknackergesicht von diesem

Dabour gesehen? Er hat nach meinen Andeutungen ständig den Blickkontakt zu al-Soury gesucht.«

»Nein, das muss mir entgangen sein.«

»Sorry for that«, sagte sie, stellte den Sitz schräg und schloss die Augen. »Wecken Sie mich bitte, bevor wir ins Meer stürzen.«

Kurz vor Jounieh, die Häuser am Küstenstreifen standen nun wieder dichter, entdeckte er am Straßenrand das Schild: *Casino du Liban*.

Er berührte Mila am Arm, und sie öffnete die Augen. Ob sie einverstanden sei, wenn sie sich die Spielbank anschauen würden. Ein Monument des alten Libanon. Hier habe Fouad Tamimi seine ersten Jahre in Beirut und die Gesetze des Geldes kennengelernt, sagte er. Mila streckte sich, klar, sie sei dabei, obwohl sie das Casino vor ein paar Jahren schon einmal besucht habe. Er dürfe dort auf keinen Fall die Fotoausstellung über die Geschichte des Ortes versäumen, oben auf der Galerie, die seit vielen Jahren im Halbschlaf vor sich hin dämmere.

Auf dem Parkplatz fanden sie eine Lücke zwischen zwei Limousinen aus Damaskus. Über eine von gestutzten Pinien gesäumte Promenade schlenderten sie auf das Casino zu, ein etwa einhundert Meter langes, weiß gestrichenes Gebäude. Inzwischen war es dunkel geworden, Tausende von Lichtern blinkten an der dicht besiedelten Küste wie gefallene Sterne, ein Flugzeug setzte über dem Meer zur Landung an. So war auch er vor wenigen Tagen hier gelandet, doch es kam ihm bereits wie eine Ewigkeit vor.

Am Eingang mussten sie eine provisorische Sicherheitsschleuse passieren, kaum mehr als ein Holzrahmen mit ein wenig Elektronik. Als Mila ihre Tasche öffnen, Handy und Fotoapparat auf einen Tisch neben den Detektor legen wollte, bedeutete ihr ein Wachmann, einfach durchzugehen, als hätte sie etwas Falsches oder Unsinniges getan. Es piepte, und der Mann winkte sie mit müder Hand weiter. Durch die prächtige, mit einem großen Teppich ausgelegte Eingangshalle schleppten Lieferanten Kisten mit Gläsern und Getränken in einen angrenzenden Festsaal, den Salle des Ambassadeurs, zwei Livrierte trugen ein Rednerpult in dieselbe Richtung, auf seiner Front stand in großen goldenen Lettern Casino du Liban. Eine Frau, enges Kleid, Schuhe mit hohen Absätzen, schien diese Pantomime zu dirigieren.

Ein ausgebleichtes Plakat kündigte die Fotoausstellung an, und eine aus Pappe ausgeschnittene Hand wies in Richtung Treppe. Kaum einer der Spieler und Spielsüchtigen würde den Weg nach oben suchen.

Sie nahmen die breite Treppe, trennten sich und gingen in entgegengesetzter Richtung um die Galerie herum. Die Ausstellung bestand aus großen, hinter Glas gerahmten Fotos aus der frühen Zeit des Casinos. Mogule, Scheichs, Schauspieler, Starlets und Musiker der Fünfziger-, Sechziger- und Siebzigerjahre, in Smokings und langen Kleidern, die Frauen mit turmartig toupierten Haaren, über den Spieltisch gebeugt oder beim Diner im großen, mit weißen Tüchern überspannten Festsaal.

Einige der Fotos waren vergilbt. Er meinte Omar Sharif zu entdecken, Prinz Rainier von Monaco, Schah Reza Pahlewi und König Hussein von Jordanien sowie Gestalten, die er für Rockstars hielt.

Als er den Blick auf das letzte Gruppenfoto warf, zögerte er. Er machte einen Schritt zurück, ging wieder näher an das Foto heran. Männer in Smokings und Frauen in seidener Abendgarderobe saßen um einen Spieltisch herum und blickten in die Kamera. Im Hintergrund stand ein Kellner mit schwarzem Anzug und Fliege, neigte sich über den Tisch, als wollte er etwas reichen oder eine Bestellung entgegennehmen. Er kannte den Mann, zu dem sich der Kellner, den Mund nahe an dessen Ohr, hinunterbeugte. Die vollen, dunklen Haare, die feingliedrigen Hände, es bestand kein Zweifel, dass er es war. Landauer begann zu frösteln, er wandte sich kurz ab, sah wieder hin. Auf den Kellner hinter ihm, der ihm etwas zuzuraunen schien.

Er versuchte, ruhig zu bleiben, betrachtete noch einmal das gesamte Bild. Vielleicht nur eine Zufallsbegegnung, wie es sie zu Tausenden in diesem Casino gegeben haben musste, festgehalten von einem namenlosen Fotografen. Oder erzählte das Bild noch eine andere Geschichte? Die von zwei Männern, die sich näher gekannt hatten? Und die auch er kannte.

Mila kam von der anderen Seite, sie habe genug gesehen, sie wolle langsam zurück ins Hotel. Er bat sie, sich das Bild anzusehen.

»Ich glaube, ich habe eine Entdeckung gemacht. Und zwar eine, die mir nicht gefällt«, sagte er.

Mila suchte das Bild ab. Dann legte sie den Finger auf den Mann am Spieltisch. »Kaum sind wir ihn losgeworden, materialisiert er sich schon wieder vor uns, diesmal als reicher junger Snob. Ihr Freund al-Soury in jungen Jahren, offenbar bevor der Bürgerkrieg auch das Casino erfasst hat.«

»Und der andere …?«

»Welchen meinen Sie?«

»Den hier.« Er wies auf den Kellner, der hinter al-Soury stand. »Fouad Tamimi. Kein Zweifel. Wenige Jahre bevor ich dem jungen Mann begegnet bin. Ich kann es kaum glauben.«

Mit dem iPhone machte er Fotos von den Bildern. Sie nahmen die große Treppe nach unten. »Könnte sein, dass dahinter eine Geschichte steckt, die sich irgendwann zu schreiben lohnt«, sagte Mila.

»Nehmen Sie es mir aber bitte nicht übel, wenn sie mir nicht gefällt.«

»Sie sind ja auch nicht meine Kernzielgruppe. So, ich sterbe vor Hunger, vielleicht können wir in Beirut das Angenehme mit dem Nützlichen verbinden und über einem Hummus erkunden, ob wir es mit Zufall, Koinzidenz, Gott oder was weiß ich zu tun haben, oder ob die beiden Männer aus Ihrem Vorleben sich tatsächlich kannten.«

»Und noch immer kennen, ohne dass mir Tamimi etwas davon erzählt hat«, sagte Landauer.

»Noch immer kennen? Finden Sie nicht, dass Sie mit dieser Hypothese ein bisschen weit gehen? Und nun lassen Sie uns aufbrechen.«

»Solange Sie hungrig sind, werden Sie mir wenigstens nicht wieder davonlaufen.«

»Sagen Sie das nicht, Professeur Poirot.«

3

Jamal war ein sicherer Fahrer. Mila saß auf dem Beifahrersitz, er selbst sah von der Rückbank aus, dass sie hin und wieder seine Hand suchte. Sie waren jung, sie taten das Richtige.

Wenige Minuten nachdem sie den mitten in der Stadt gelegenen Campus der Arab University passiert hatten, bogen sie ab. Sie kamen nur langsam voran. Stau, Hupen, hin und wieder steckte Jamal den Kopf aus dem Fenster und rief etwas oder sprach mit Leuten am Straßenrand. Ein Fußballstadion tauchte auf, von hohen Zäunen umgeben.

Noch am Abend nach ihrer Rückkehr aus Douma hatte Mila ihm in einem kleinen Restaurant in der Nähe seines Hotels den Vorschlag gemacht, sich über Jamal Zugang zum Lager zu verschaffen. Er kenne sich immer noch gut aus in dieser Stadt. Schatila sei exterritoriales Gebiet, keine libanesische Polizei und kein Militär würden das Lager betreten, das sei 1969 durch das Abkommen von Kairo festgelegt worden. Zudem erzähle man sich, dass mehr und mehr Kriminelle dort Unterschlupf suchten, weil keine staatliche Macht sie dort verfolgen könne oder dürfe. Jamal sei schon öfter dort gewesen, an seiner Seite seien sie sicher.

Sie hatten noch einmal die Fotos aus dem Casino du Liban betrachtet. Eine gewöhnliche Szene, wenngleich in ungewöhnlicher Umgebung. Eine Roulette spielende, ausgelassene, sich selbst feiernde Gesellschaft, dazu namenlose Bedienstete und Kellner im Hintergrund, Requisiten des Reichtums wie kostbare

Teller, Champagnerkelche und Silberbesteck. Aber einer dieser Namenlosen hatte Kontur angenommen, hatte ihn Jahrzehnte später in Berlin aufgesucht und ihm eine Geschichte erzählt, die mehr und mehr Teil seiner eigenen zu werden schien. Er wollte nicht wieder abreisen, ohne den Ort ihrer Handlung gesehen zu haben.

In einer ungepflasterten und von kleinen Hügelkämmen aus Sand gesäumten Seitenstraße voller Schlaglöcher, die zwischen drei- und vierstöckigen, oft in Schwarzarbeit errichteten Häusern verlief, fanden sie neben einem Lieferwagen einen Parkplatz. An dessen Rückseite war provisorisch ein Schild angebracht: *Are you ready to MEET Allah? Tel. 70/825890.*

Jamal legte Landauer die Hand auf die Schulter. *That's a nice guy*, sagte er. *You don't have to worry about bombs,* und lachte. Durch eine Art Tunnel zwischen den Häusern ging er voran und winkte ihnen, sie sollten folgen. Immer wieder grüßte Jamal Menschen, sprach mit ihnen ein paar Sätze, er wirkte vertraut mit ihnen, sicher, voller Kraft und Selbstbewusstsein. Landauer hatte Jamal bislang nicht Arabisch sprechen hören, und wie so oft hatte er das Gefühl, dass der Wechsel in eine andere Sprache der Stimme eine andere Tonlage, einen anderen Rhythmus gab, die Persönlichkeit eines Menschen veränderte. In Philadelphia hatte er mit einer jungen chinesischen Kollegin zusammengearbeitet, die lange in Japan gelebt hatte. Wenn sie Japanisch sprach, war sie ein junges Mädchen, wenn sie ins Chinesische wechselte, eine energische Frau, die auf jedem Wochenmarkt bestanden hätte, und auf Englisch klang ihre Stimme, als käme sie aus einem mit dünnem Metall ausgeschlagenen Hohlraum.

Unter einem Dach aus Kabeln gingen sie durch die Gassen, vorbei an kleinen Läden, rollenden Falafelständen, Jungen in FC-Barcelona-T-Shirts, die einen Ball kickten. An den Wänden und über dem Kabelmeer tauchten immer wieder überlebensgroße Bilder von Jassir Arafat auf, den Fouad Tamimi stets bei seinem Kampfnamen »Abu Ammar« genannt hatte, und anderen palästinensischen Anführern, die Israel im Lauf der Jahrzehnte auf geheime Listen gesetzt und zur Tötung freigegeben hatte.

Jamal wies auf das von einer christlichen Hilfsorganisation geführte Shatila Health Center. An dem Saftstand eines rollenden Händlers verweilten sie kurz. Der Besitzer lächelte Jamal an, und sie begannen zu plaudern. Ein Ladenbesitzer, der Devotionalien der Hamas, Palästinensertücher und Postkarten des befreiten Jerusalem anbot, winkte zu ihnen herüber. Mila schien neugierig geworden zu sein und verschwand im Dunkel des Ladens.

Jamal bestellte für sie beide frisch gepressten Orangensaft. Als Landauer zahlen wollte, legte er ihm die Hand auf den Arm.

»Willkommen in Schatila«, sagte er auf Englisch. »Und nun würde ich gerne wissen, warum wir wirklich hier sind?«

»Hat Mila Ihnen das nicht erzählt?«

»Sie wollte es, glaube ich, Ihnen überlassen.«

Jamal hatte sich eine Zigarette angezündet und sich auf einen am Straßenrand abgestellten, verbogenen Stuhl gesetzt, Landauer hockte auf einem Steinpfosten daneben. »Ein Freundschaftsdienst«, hörte er sich sagen. Er sei auf den Spuren einer Frau, die vor den Massakern im September 1982 hier gelebt habe. Er erzählte ihm Tamimis Geschichte. Jamal zeigte auf ein Haus wenige Meter entfernt, dessen unterer Teil wie ein Versammlungsraum oder eine kleine Moschee wirkte. Dort seien damals über achtzig Tote aufgebahrt worden, nach dem Massaker, das hätten ihm die Bewohner bei seinem ersten Besuch hier erzählt. Seitdem sei er immer wieder gekommen. Erst beim dritten Mal habe er es gewagt, die Kamera mitzunehmen. Auch wenn das Massaker lange her sei, es habe sich in diese Mauern eingeschrieben. Viele Namen kenne man inzwischen, aber bei Weitem noch nicht alle.

Jamal fragte, was Landauer über diese Frau wisse, und bot an, sich hier im Lager bei den Älteren nach ihr umzuhören. Sie heiße Sahira Hatoum, sagte Landauer, sei verschollen im Zuge des großen Tötens, ihre Familie habe hier gelebt, und sie sei als junge Frau in einem der Büros der PLO angestellt gewesen, als Buchhalterin. Seit dem Massaker fehle von ihr jede Spur. Ihre Familie sei ausgelöscht worden, das stehe fest. Einer der älteren Brüder habe Chaled geheißen. Der jüngere Kayed, der Vater Fahd. Tamimi habe gesagt, dass ihr Name auf keiner der Totenlisten zu finden sei.

Jamal hörte ihm aufmerksam zu. Es gebe keine offiziellen Listen, erwiderte er, alles sei mehr schlecht als recht dokumentiert, das Werk von Einzelnen.

»Sie wären bereit, mir zu helfen?«

»Bevor Mila mich dazu beauftragt, tue ich es lieber freiwillig.« Er lachte, warf die Zigarette weg und fragte, ob Landauer Fotos habe.

»Leider nein. Aber sie ist wohl außergewöhnlich hübsch gewesen.«

»Das sagen alle, die lieben. Vielleicht ist sie klein und dick gewesen, mit einer Warze an der Lippe.«

»Vielleicht finden Sie auch das heraus.«

Als sie durch die Gassen zurück zum Wagen gingen, fragte Landauer: »Warum tun Sie das für mich, Jamal?«

Er lachte auf, ohne stehen zu bleiben. »Wir Palästinenser haben ein eigenartiges Verhältnis zur Hoffnung. Wir glauben an sie, obwohl es für uns kaum eine gibt.«

Jamal ließ nichts von sich hören. Seit zwei Tagen schon. Am kommenden Tag würde Landauer zurück nach Berlin reisen. Hatte Jamal ihn vergessen oder hatten seine Nachforschungen nichts ergeben? Auch das wäre eine Nachricht.

Immer wieder betrachtete Landauer das Bild aus dem Casino du Liban. Am Morgen klappte er das iPad zu und suchte den Leuchtturm von Manara auf, ein Spaziergang von wenigen Minuten. Rafiks Leuchtturm, wo Tamimi noch einmal gewesen war, bevor er die Stadt für immer verließ. Heute war der Leuchtturm umgeben von Häusern, die längst über ihn hinausgewachsen waren. Am Ufer hatten sie einen neuen, größeren gebaut. Doch der alte Leuchtturm stand noch immer da und barg eine nie zu Ende erzählte Geschichte in sich.

Mila hatte ihm gesagt, er solle ab jetzt wachsamer sein. Sie war inzwischen fest davon überzeugt, dass die beiden Männer auf dem Bild mehr waren als nur Gast und Kellner, allzu vertraut schien der junge Tamimi mit al-Soury zu sein. Landauer würde Tamimi zur Rede stellen müssen. Vielleicht war da noch etwas anderes, das er ihm nicht erzählt hatte.

Landauer arbeitete den Tag über in seinem Hotelzimmer, beantwortete Mails, sah Expertisen durch, die im Labor eingegangen und nun zu analysieren waren, wertete neue Fachzeitschriften aus, prüfte den von seinem Büro aktualisierten Terminkalender für die kommende Woche und ging wie jeden Tag in das Schwimmbad im einundzwanzigsten Stockwerk.

Von Johannes gab es wenig Neues, in Berlin sei es heiß wie in Bagdad, schrieb er, und der Strom von Flüchtlingen nehme täglich zu.

Am Nachmittag rief er im Büro an und ließ sich zu Monique Kerner durchstellen. Er hätte das Handy nehmen, sie direkt erreichen können. Irgendetwas hielt ihn davon ab.

»Was für eine Überraschung«, sagte sie. »Aber wenn du im Büro anrufst, geht es bestimmt um das Projekt. Gibt es was Neues? Ich hoffe, es ist nichts Schlimmes.«

Nein, sagte er. Vielmehr sei er es, der ein kleines Update gebrauchen könne.

»Hinter den Kulissen rattert es, aber wir haben noch nichts gesehen. Sobald die ersten neuen Ergebnisse der Vortests eintrudeln, werde ich die Rohrpost anschmeißen.«

»Verstehe«, sagte er.

»Und, wie geht es dir?«

»Auch gut.«

»Wirklich?«

»Ja.«

Jetzt ja, hatte er sagen wollen. Nach einem kurzen Austausch musste sie auflegen, Leclair stehe in der Tür.

Er blickte von seinem Zimmer aus in Richtung Süden, dorthin, wo das Land des »südlichen Nachbarn« begann, das Israel hieß. So nah, zugleich für ihn in der Zeit so weit entfernt, und für die Menschen hier ohnehin unerreichbar. Das Land, mit dem er nun noch einmal neu und ungewollt verbunden war, durch Sahira und all das, was damals ohne sein Wissen geschehen war. Vielleicht lag die Antwort auf seine Fragen dort hinter der Grenze.

Tamimi hatte ihm nicht alles erzählt. Er hatte al-Soury gekannt. Ein Zufall? War al-Soury nur einer von vielen Sprösslingen reicher, mächtiger, christlicher Familien, die sich im Casino auf das Leben vorbereiteten und mit denen Tamimi zwangsläufig zu tun hatte? Oder verband ihn etwas mit diesem Mann, der politisch auf einer ganz anderen Seite stand?

Landauer merkte, dass er begann, Tamimi zu misstrauen, der ganzen Geschichte zu misstrauen. Je länger er darüber nachdachte, desto mehr lose Fäden und unbeantwortete Fragen tauchten auf: Hatten tatsächlich die Israelis Tamimi behandelt, in einem Krankenhaus im Tal? Wie konnte es sein, dass sie seine Identität als Kämpfer der Falange nicht hinterfragt hatten, spätestens, als sie ihn nackt gesehen hatten? Und er selbst? Immerhin hatte er Tamimi damals mehrfach die Verbände gewechselt. Hatte er nicht darüber nachdenken wollen, die Tatsache, dass sein Patient beschnitten war, wie ein Jude, aber auch wie ein Moslem, folglich wohl kaum ein Christ sein konnte, einfach verdrängt, weil ohnehin schon alles so kompliziert war und er langsam die Übersicht zu verlieren schien, darüber, was gut und was böse, was richtig und was falsch war, in der Politik und in der Liebe? Er wusste es nicht mehr.

Fest stand nur, Tamimi hatte es lebend zurück nach Beirut geschafft. Ob durch Glück, Beziehungen oder Flucht, würde Landauer ihn in Berlin fragen – und dann entscheiden, ob er weitermachen, ob er Tamimi noch immer helfen wollte.

4

Am Nachmittag war er noch einmal mit Mila verabredet, am Platz der Märtyrer vor der Blauen Moschee. Auf der Hamra Street winkte er sich ein Taxi heran. Der Wagen hatte kein Taxameter, aber es war üblich, einen Fixpreis auszuhandeln.

Er zahlte und öffnete die Tür des Taxis, die Scharniere waren schwergängig. Korrosion, dachte er. Lateinisch *corrodere*, zersetzen, zerfressen, zernagen. Eine messbare Veränderung des Werkstoffs, Beeinträchtigung der Funktion eines Bauteils oder Systems. Es gab Kontaktkorrosion, Lochfraßkorrosion, Muldenkorrosion, Spaltkorrosion, Unterwanderungskorrosion.

Sein Hirn spulte diesen Unsinn automatisch ab, ohne nachvollziehbaren Grund. Genug. Er blickte zur Blauen Moschee empor, deren Kuppel wie eine Imitation des Himmels über der Wüste aussah, in der Götter sich offenbaren oder schweigen. Daneben das Grab und Mahnmal Rafic Hariris.

Er hielt nach Mila Ausschau. Der Platz war eine Baustelle, die Häuserfassaden hinter Planen verborgen, nur der hohe Mast in der Mitte war geblieben, daran befestigt eine fast handballfeldgroße Fahne des Libanon, die auf die nächste Regung des Windes wartete. Der Verkehr schob sich schleppend um den Platz. Es war Geld in der Stadt, neues Geld. Ganz in der Nähe, wo einst der Souk gewesen war, glänzte bereits ein modernes Einkaufszentrum mit Edelboutiquen und einem Square in der Mitte, der zum Flanieren einlud. Auf einer bedruckten Bauplane hinter ihm die Ankündigung für einen neuen Virgin-Megastore. Mila musste sich verspätet haben, er sah auf die Uhr.

Ein schwarzer Van mit verdunkelten Scheiben näherte sich, hielt unmittelbar vor ihm. Auf der Beifahrerseite stieg ein kräftiger Mann mit kurz geschorenen Haaren aus. Lautlos öffnete sich die Schiebetür. Im Fond saß Mila, wie auf einen Fremden blickte sie zu ihm herüber. Der Mann drängte ihn zum Wagen, ein zweiter tauchte im Wageninneren auf, beugte sich vor, packte Landauer am Arm und zerrte ihn hinein. Zugleich ein leichter Stoß von hinten, *please, everything is o. k.*, hörte er den Mann sagen. Die Tür schloss sich, der Van fuhr sofort an und fädelte sich in den Verkehr ein.

Landauer wollte protestieren, doch der Mann, der ihn hereingezogen hatte und jetzt zwischen ihm und Mila saß, legte ihm beschwichtigend die Hand auf die Schulter. *No danger,* sagte er. Ihn umgab der süßliche Geruch einer Shisha und der herbe eines teuren Parfüms. Sie fuhren auf die Schnellstraße Richtung Süden, noch kannte er den Weg.

Würden sie ihnen, wie er es aus Filmen kannte, gleich die Augen verbinden, einen Sack über den Kopf ziehen, sie betäuben? Der Fremde wandte sich an Mila und wies auf den Hafen, die riesigen Jachten und Motorboote. *Marina,* sagte er, *big ships.*

Erst jetzt fielen ihm Druckstellen auf ihrem Unterarm auf. Hatte sie versucht, sich zu wehren? Mila rieb sich die Handgelenke und blickte stumm aus dem Fenster. Landauer spürte ihre Wut.

Sie fuhren weiter Richtung Süden, der Flughafen war bereits in Sicht. Kurz nachdem sie ihn passiert hatten, bog der Wagen in die östlich von Beirut gelegenen Hügel ab. Eine Straße, gesäumt von Büschen, Zäunen und Bäumen, dahinter große Villen, wand sich jetzt steiler bergauf. Der Wagen wurde langsamer, steuerte eine Einfahrt an und hielt vor einem großen metallenen Tor, das sich vor ihnen öffnete und den Blick auf ein Appartementhaus freigab, vor dem schwarze Limousinen parkten. In einem überdachten Pavillon sah Landauer Männer sitzen. Fahrer? Bodyguards? Killer? Das große metallene Tor schloss sich hinter ihnen.

Die Wohnung lag im obersten Stock. Der Fahrstuhl war klimatisiert und geräuschlos. An der Tür empfing sie der asiatisch aussehende Butler, der ihn und al-Soury bei ihrem gemeinsamen Abendessen in dessen Haus bedient hatte, Joachino. Auch heute trug er seine weiße Butleruniform. Er machte eine leichte Verbeugung, forderte sie auf, ihm zu folgen. Die Männer, die sie hergebracht hatten, blieben an der Eingangstür stehen. Durch ein großes Wohnzimmer, halb europäisch, halb orientalisch eingerichtet, führte Joachino sie in einen Raum mit einem großflächigen Panoramafenster, der sich über die ganze Länge des Appartements zu erstrecken schien. Wie beim Anflug auf die Stadt sah man von hier aus das Häusermeer von Beirut und die silbern glänzende Küste.

Der Butler bat sie, in den großen Sesseln Platz zu nehmen. Landauer versuchte, Milas Blick zu deuten, es lag inzwischen eher Neugier als Wut darin. Sie sagte etwas auf Holländisch, das er nicht verstand, ihrem Ton nach zu urteilen aber womöglich mit *Arschlöcher* übersetzt werden konnte.

Al-Soury musste weit vermögender sein, als er gedacht hatte. Auch diese Wohnung zeugte von Geschmack, Reichtum und Weltläufigkeit. Dass er viele Jahre als Wissenschaftler in den USA gearbeitet hatte, hatte ganz offensichtlich nichts mit dem ansehnlichen Gehalt zu tun, das für ihn kaum mehr als ein Zubrot gewesen sein konnte.

Ein älterer Herr betrat den Raum, schlank, aufrecht, das silbergraue Haar mit Pomade zurückgekämmt. Er trug einen maßgeschneiderten Anzug und an jeder Hand einen großen goldenen Ring. Es war Pierre Dabour, der ihn, betrachtete er sein Profil, an Charles de Gaulle erinnerte. Ihm folgte Stéphane al-Soury.

Beim erneuten Anblick seines Kollegen war Landauer sich nun vollkommen sicher, dass al-Soury der Mann auf dem Foto im Casino du Liban war. Der, zu dem sich der junge Fouad Tamimi hinunterbeugte. Al-Soury kam lächelnd auf ihn zu und breitete die Arme aus.

»Herzlich willkommen, Robert, ich bitte um Nachsicht für die eher improvisierte Zusammenkunft. Vieles in diesem Land braucht seine Zeit, anderes duldet keinen Aufschub«, sagte er. Er freue sich, dass sie beide sich so umstandslos, *sans résistance,* auf die kleine Unternehmung eingelassen hätten.

Jetzt ergriff Pierre Dabour das Wort. Er hatte eine auffallend dunkle Stimme, und sein Adamsapfel vollführte sprunghafte Bewegungen. »Professor Landauer, ich habe Sie und die junge Frau von der Zeitung herbringen lassen, um Ihnen ein paar Informationen, vor allem aber eine Empfehlung mit auf den Weg zu geben. Sie werden in Berlin, so hoffe ich, die Zeit finden, in aller Ruhe darüber nachzudenken.«

»Wenn Sie mir verraten wollen, welcher Art diese Empfehlung ist.«

»Wir sprechen über Sahira Hatoum, womit der Gegenstand unseres Gespräches, wie Sie als Wissenschaftler feststellen würden, notwendig, aber nicht hinreichend umrissen ist.«

Landauer lehnte sich im Sessel zurück und sah ihn abwartend an.

»Noch etwas.« Stéphane al-Soury sah zuerst ihn, dann Mila an. »Was wir hier verhandeln, gehört in keine Zeitung. Das ist gleichsam die bindende Voraussetzung unserer Mitteilung. Können wir das als akzeptiert betrachten?«

Landauer hätte ihm an den Kragen gehen mögen, für die Herablassung und Bevormundung, die in seinen Worten lag.

»Akzeptiert«, sagte Dabour, ohne Landauers oder Milas Reaktion abzuwarten, und ließ sich von einem der Männer aus dem Wagen, der nun hinter ihm stand, eine Mappe reichen. »Hier die Fakten.« Er öffnete die Mappe.

Eine Frau mit dem Namen Sahira Hatoum sei bei dem Vorfall

von Sabra und Schatila im September 1982, nach allem, was dokumentiert sei, nicht unter den Opfern gewesen. Gleichwohl ihre Familie, und das leider vollständig, aber das wisse Landauer ja schon. Allerdings sei ein paar Tage vor den genannten Ereignissen, präzise am achten September 1982, eine junge Palästinenserin unweit des Lagers vor einem israelischen Militärposten aufgefunden worden.

»Tot, versteht sich, und recht stark verstümmelt.« Er machte eine Pause, um sich zu vergewissern, ob Landauer und Mila dies registriert hatten. Die Worte *israelischen Militärposten* hatte er besonders betont.

Er wolle nicht zu weit vorgreifen, aber so gehe man unter den Palästinensern wohl gelegentlich mit Verrätern um. »Eine Botschaft. An die eigenen Leute. Und den Feind. Ob der Feind das verstanden hat? Ohne Frage, ja.« Aber die Israelis hätten die Neigung, nicht einmal über das zu sprechen, was sie verstanden hätten. Eine Art Volkssport, wenn man so wolle. Wie die Botschaft lauten sollte, nun, darauf hätten er wie auch sein Freund Stéphane keine abschließende oder auch nur halbwegs befriedigende Antwort.

»Was macht Sie so sicher, dass dies die Frau ist, die Professor Landauer sucht?«, fragte Mila.

»Wir haben uns mit Ihrem Fall beschäftigt, er enthält Elemente, die wir ungern thematisiert sehen. Er mag klein erscheinen, wie so vieles in der Geschichte unseres Landes, doch nur auf den ersten Blick.«

»Ich kann zwar wissenschaftliche Fachaufsätze lesen, aber was Sie mir sagen wollen, erschließt sich mir nicht«, sagte Landauer. Er wandte sich an al-Soury. »Stéphane, wir kennen uns gut genug, dass Sie einem alten Kollegen und Weggefährten vertrauen und ihm reinen Wein einschenken könnten. Was soll das mit den Implikationen? Woran rühren wir? Was soll diese ganze Rochade?«

Wieder hatte er das Foto vor Augen. Tamimi und al-Soury, der Kellner und der Snob. Oder zwei Komplizen? Er würde seine Entdeckung al-Soury gegenüber nicht erwähnen. Noch nicht.

»Es gab damals Gerüchte. Vielleicht hatten sie aber auch einen wahren Kern«, sagte al-Soury und setzte sich in einen Sessel ihm gegenüber. »Die Israelis standen im Land und man raunte, dass sie Arafat beseitigen wollten. Töten. Kein Häuserkampf in den engen und mörderischen Gassen West-Beiruts. Stattdessen: Enthauptung der PLO. Sobald sie Informationen über seinen Aufenthaltsort hätten, würden sie zuschlagen. Flugzeuge standen bereit, eine Bombe auf das entsprechende Haus. Aus. Im August 1982 wurde den Israelis diese überaus kostbare Information ganz überraschend angeboten. Leute aus Arafats Umfeld mussten dahinterstecken, jemand, der wusste, wo er sich aufhielt. Diese Leute mussten sich sicher gewesen sein, dass Israel ihn ein für alle Mal aus dem Weg schaffen wollte. Trotzdem haben Arafat und seine Gefolgschaft Beirut unversehrt verlassen können. Ein Triumphzug. Seine Kämpfer in sauberen Uniformen, die Gewehre in die Luft gereckt, auf dem Seeweg nach Tunis. Mehr wissen wir nicht.«

Al-Soury machte eine kurze Pause. »Wenige Tage später dann die tote junge Frau vor dem israelischen Posten, wie die Beute einer streunenden Katze.«

»Sie gehen davon aus, dass die Tote etwas mit dem Plan, Arafat zu verraten, zu tun hatte? Wollen Sie darauf hinaus?«, fragte Landauer.

»Könnte sein, ja.« Er sah Robert Landauer mit einem schiefen Lächeln an.

»Und worin besteht dieser Zusammenhang Ihrer Meinung nach, Stéphane?«

»Fememord. So sollte es jedenfalls aussehen. Vielleicht hat jemand von den palästinensischen Freunden seinerzeit Wind von der Sache bekommen. Und die junge Frau, nun, wer weiß ... Fragen Sie diese Dinge besser Ihre israelischen Freunde, nicht uns. Aber ich fürchte, da wird man noch weniger für ein Gespräch offen sein als hier.«

»Sie haben auch damals schon gewusst, was die Israelis vorhatten.«

»Wie viele andere auch. Und aller Wahrscheinlichkeit nach auch die junge Frau. Im Umfeld Arafats gab es immer wieder Verräter. Manche flogen auf, andere nicht. Wer entdeckt wurde, war tot. Ob die junge Palästinenserin allein gehandelt hat oder mit Komplizen, wir werden es nicht mehr herausbekommen. Und auch Sie nicht, Robert.«

»Deswegen haben Sie uns gezwungen hierherzukommen? Wegen dieses kleinen Misthaufens an Information? Das ist doch lächerlich.« Mila hatte sich eingeschaltet. Als Diplomatin eher ungeeignet, dachte er, aber Journalisten sind eben keine Unterhändler.

Al-Soury und Dabour sahen sie unbeeindruckt an.

Mila hielt ihrem Blick stand. »Was schlagen Sie jetzt vor?«

»Dass Sie sich noch ein wenig entspannen, die Berge und das Meer genießen und dann baldmöglichst nach Hause fahren und die Sache als erledigt betrachten.«

Landauer bemerkte, dass Mila große Mühe hatte, an sich zu halten.

Al-Soury ließ sich noch einmal die Mappe reichen und wandte sich an Landauer. »Vielleicht möchten Sie jetzt noch einen Blick in dieses Dossier werfen, Robért. Es enthält ein paar Dokumente, die Ihnen vertraut sein dürften.«

Al-Soury gab die Mappe an Landauer weiter. Sie enthielt Unterlagen zur Entwicklung und Erprobung von Tribalon, von denen er selbst nicht wusste, dass sie noch existierten und die damals auch die amerikanische Staatsanwaltschaft nicht gefunden hatte, als sie in seinem Büro Computer und Akten beschlagnahmte. Al-Soury musste die Daten kopiert und dann aus dem System gelöscht haben.

»Ich könnte mir gut vorstellen, dass diese Unterlagen für *Reports in Medicine* und die US-Behörden von großem Interesse sein könnten.«

»Wie sind Sie an diese Daten gekommen, Stéphane?«

»Sie waren vielen in dem Forscherteam an der Penn University zugänglich. Ich dachte damals, es könnte Sie entlasten, wenn sie nicht in die Finger der amerikanischen Justiz gerieten.«

»Heißt das, Sie wollten mich schützen? Oder mich einfach in der Hand haben, für alle Fälle?«

»Widerlich.« Mila legte den Kopf in den Nacken und blickte an die Decke.

Al-Soury legte Landauer die Hand auf den Arm und lächelte sanft. »Sie haben mich geschützt, ich habe Sie geschützt. Und das werde ich gern weiterhin tun, wenn Sie und Ihre reizende Begleitung meinen Rat beherzigen und sich von jetzt an wieder um Ihre eigenen Belange kümmern. Sie wissen, ich strebe eine politische Karriere an, ich habe Gegner und Neider. Wichtige, Unnachgiebige, wenn man so hoch hinauswill, ist das unvermeidlich. Mein Parteifreund Pierre und ich müssen dafür Sorge tragen, dass dieser Weg ins Amt keinerlei Störung erfährt. Sie mag auch noch so klein sein.«

Landauer erhob sich, als hätte er beschlossen, umgehend aufzubrechen. Al-Soury und Pierre Dabour sahen ihn erstaunt an. Mila warf ihm einen aufmunternden Blick zu.

»Meine Herren«, sagte er, in seiner Stimme lag keine Angst, nur so etwas wie schlecht zu verbergende Ungeduld. »Ich danke Ihnen für die Einweisung in die politische Lage Ihres gastfreundlichen Landes, seine Sitten und Gebräuche. Mir geht es allein darum, jemandem zu helfen. Zu Hause in Berlin. Wenn Sie mir und uns noch eine touristische Empfehlung mit auf den Weg geben wollen, nur zu. Ich muss mit meiner Zeit haushalten, denn morgen reise ich ab.«

»Ich bin mir sicher, Sie werden sich die Sache durch den Kopf gehen lassen, Robert«, sagte al-Soury. Landauer zog es vor, nicht weiter darauf einzugehen, und wandte sich zur Tür, auch Mila war jetzt aufgestanden. Nicht nur die Empörung stand ihr ins Gesicht geschrieben, auch der Triumph. Immerhin hatten sich ihre Vermutungen, was al-Soury betraf, bestätigt.

Dabour winkte einen der Männer zu sich und trug ihm auf, ihre Gäste mit dem Wagen nach Hamra zu bringen. Kühles Mineralwasser und einen kleinen Imbiss würden sie im Wagen vorfinden.

Er war es auch, der sie zur Tür begleitete. Dabour wandte sich noch einmal Landauer zu, die Stimme gesenkt. »Nehmen Sie die Sache nicht auf die leichte Schulter. Stéphane al-Soury würde nicht einen Moment zögern zu handeln, wenn es sein muss. Auch wenn es ihm das Herz brechen würde.«

Diesmal fuhr der Van weniger zügig. Am Pigeon Rock, hoch über dem schimmernden Meer und der Stadt, hielt er, die Schiebetür öffnete sich. Grußlos verließen sie den Wagen.

Auf das Geländer des Aussichtspunktes gelehnt, starrten sie auf das Wasser. Ein Paar in einem Ruderboot versuchte, durch die Öffnung eines der Felsen hindurchzumanövrieren. Möwen flogen auf das Boot zu. Passanten blieben stehen, machten ein Foto oder ein Selfie vor dem Wahrzeichen der Stadt. Mila holte ihre Zigarettenschachtel heraus, klappte sie auf und hielt sie ihm hin. Ohne nachzudenken, griff er zu.

»Halten Sie das für einen Zufall, Professor Landauer?«

»Was?«

»Sie reisen von Berlin nach Beirut, um Spuren einer Frau zu finden, die vor vielen Jahren in den Wirren des Bürgerkriegs ums Leben gekommen sein könnte, treffen dort einen alten Kollegen, und genau dem treten sie, ohne ihm überhaupt eine einzige belastende Frage gestellt zu haben, auf den Schlips.«

»Einstecktuch.«

»Was auch immer. Von mir aus auf den großen Zeh.«

»Zufall? Nein«, sagte er.

»Gottes unberechenbarer kleiner Bruder.«

»Ich werde in Berlin mit Tamimi reden, der offenbar genauso wenig an Zufälle glaubt wie ich. Eher an Kausalität, was man gelegentlich mit Schuld übersetzen muss. Ich denke, dass er mir mehr zu erzählen hat, als ihm gefällt.«

»Und Sie ihm auch.« Sie nahm einen tiefen Zug, blies langsam den Rauch aus. Dann sah sie ihn ernst an. Was an der Sache dran sei, mit der al-Soury ihn unter Druck setzen wolle. Sie müsse wissen, woran sie sei.

»Eine deutliche Warnung«, sagte er.

Ob er tatsächlich durch diese Unterlagen unter Druck geraten könne und ob es da etwas gebe, was auch sie wissen sollte.

Da man sich in einem Verfahren nicht selbst belasten müsse, habe er der Staatsanwaltschaft seinerzeit nur die Dokumente gegeben, die sie eingefordert habe, sagte er.

»Die Staatsanwaltschaft fordert nicht ein, sie kommt unangekündigt, durchsucht die Büroräume und nimmt alles mit, was sie in die Finger bekommt. So läuft das. Also, wie war es wirklich?«

»Genau so.«

»Aber es gab Material, das nicht auffindbar war.«

»Korrekt.«

»Und Sie haben sich nie gefragt, wo es hingekommen sein könnte?«

»Ich bin nicht der Einzige, der in den Tribalon-Skandal verwickelt ist, wenn auch der, der den Großteil der Verantwortung trägt. Schließlich war es mein Projekt. Dutzende von Kollegen und Kolleginnen hatten Zugang zu der Datenbank der Universität, und viele davon hätten ein Interesse daran haben können, das Material zu löschen, weil sie zu irgendeinem Zeitpunkt an dem Projekt beteiligt gewesen waren. So wie al-Soury. Vielleicht war sein ursprünglicher Gedanke auch, sich selbst zu schützen, als er das Material von der Datenbank löschte, und gar nicht mich. Allerdings ist er so früh von der Tribalon-Forschung abgezogen worden, dass er nicht mehr auf dem neuesten Stand ist. Was er mir gezeigt hat, war damals schon längst überholt.«

»Für eine Erpressung untauglich?«

»Ein lachhafter Versuch. Nicht mehr.«

»Aber er hat der Staatsanwaltschaft etwas vorenthalten und damit Sie entlastet? Korrekt?«

»Das Material hätte keine neuen Erkenntnisse gebracht. Es ist wertlos. Al-Soury blufft, lassen wir es dabei bewenden. Er ist nervös, wie es alle Politiker sind.«

»Gut.« Sie gingen stadteinwärts, zurück nach Hamra. Die Sonne stand hoch und brannte.

»Oder doch ein Taxi?«, sagte sie, als sie bemerkte, dass Landauer langsamer wurde und schwer zu atmen begann.

»Ein paar Schritte tun mir jetzt gut«, sagte er. Aber er wusste, dass es nicht stimmte. Und sie wusste es auch.

Die kurze Diskussion darüber, ob sie wegen der Entführung die Polizei einschalten sollten, war schnell beendet. Eine Anzeige würde zu nichts führen. Stattdessen, sagte er, würde er sie gern an seinem letzten Abend ins Restaurant Abu Naim einladen, einen wunderbaren Ort zum Entspannen. Schließlich seien sie vor ihrer kleinen Exkursion zu so etwas wie einem Rendezvous verabredet gewesen. Es sei denn, sie sei anderweitig gebunden.

»Ich bin frei. Und würde es auch gern bleiben. Einladung angenommen«, sagte sie.

5

Berlin, August 2015

Auf der Fahrt in den Grunewald hatte er eine Checkliste für das Gespräch mit Tamimi gemacht. Ganz oben stand der Name Stéphane al-Soury, gleich darunter das Casino du Liban.

Die Villa wirkte wie ausgestorben. Von der Eingangshalle aus, die dunkel und kühl dalag, die große Bodenvase mit dem ausladenden Blumenstrauß war verschwunden, geleitete ihn Ibrahim in den linken Flügel des Hauses. Ein leichter Schweißgeruch ging von ihm aus, als er sich umwandte und Landauer bat, einen Moment zu warten.

Hinter einer Tür am Ende des Flures hörte er die lauten Stimmen zweier Männer, schließlich wurde die Tür aufgerissen, und Abdullah Tamimi kam heraus. Er fixierte Landauer und blieb vor ihm stehen. »Ich weiß, dass mein Vater etwas mit Ihnen vorhat. Ich kenne ihn.«

Er senkte die Stimme, doch Landauer sah, wie aufgebracht er war. »Er will mir nicht sagen, was Sie besprochen haben. Aber ich denke, ich sollte es wissen.« Abdullah Tamimi machte noch einen Schritt auf Landauer zu. Er trug ein offenes weißes Hemd, in dessen Ausschnitt eine teure Persol-Sonnenbrille steckte. Der Bart war gestutzt und gepflegt, der herb-süße Zitrusduft seines Rasierwassers erinnerte Landauer an Diors Eau Sauvage, das er selber eine Zeit lang benutzt hatte.

»Abu hat Sie aufgesucht. Er ist zu Ihnen gefahren. So etwas würde er sonst nie und nimmer tun. Er ist es, der die Leute kommen, manchmal sogar lange vor verschlossener Tür warten lässt. Und oft weist er sie ab.«

Landauer war überrascht von der Heftigkeit des Auftritts. »Fragen Sie Ihren Vater, es ist seine Angelegenheit«, sagte er.

»Seine Angelegenheiten sind immer auch Familienangelegenheiten. Ich werde bald die Firma übernehmen, und ich habe keine Lust, für die unabgestimmten Geschäfte, die mein Vater eingefädelt hat, gradestehen zu müssen.«

Abdullah verstummte plötzlich, biss sich auf die Lippen. Er schien erschrocken zu sein, dass er sich diesem Fremden gegenüber so außer Kontrolle gezeigt hatte. Er atmete tief ein und schien sich wieder zu fangen. »Hören Sie«, sagte er ruhiger und nahm eine Visitenkarte aus einem dünnen silbernen Etui, das er aus der Gesäßtasche seiner Chino zog. »Ich denke, wir sollten miteinander reden. Auch um Ihretwillen.«

Landauer nahm die Karte, sagte aber vorerst nichts. Er spürte eine Art Loyalitätskonflikt, und er sträubte sich dagegen, sich in Familienstreitigkeiten verwickeln zu lassen –, er hatte mit seinen eigenen Problemen genug zu tun. Doch ebensosehr reizte ihn der Gedanke, von Abdullah etwas über dessen Vater zu hören, den er selbst immer schwerer einschätzen konnte.

»Überlegen Sie es sich«, sagte Abdullah und ging.

Ibrahim hatte dem Dialog stumm gelauscht, wies mit der Hand in Richtung Flur und führte ihn zum Arbeitszimmer. Unabgestimmte Geschäfte, hatte Abdullah gesagt. Was meinte er damit?

Layla saß im Sessel neben dem Schreibtisch. Sie wirkte ernst und las in irgendwelchen Dokumenten. Aus dem Garten war durch das halb geöffnete Fenster das Schimpfen von Vögeln zu hören. Fouad Tamimi saß auf einem großen, mit schwarzem Leder bezogenen Schreibtischsessel. Er trug trotz der Hitze ein seidenes Halstuch und wirkte kleiner als sonst, erschöpft. Er holte ein weißes Stofftaschentuch aus einer Schreibtischschublade und tupfte sich Schweißperlen von der Stirn. Tamimis Stimme war heiser, sein Atem klang, als würde man einen Blasebalg betätigen, als er Landauer begrüßte und aufforderte, ihm gegenüber Platz zu nehmen.

Layla erhob sich, schlug das Dokumentenkonvolut zusammen, gab ihrem Vater einen Kuss. »Ich lasse Sie jetzt mit ihm allein«, sagte sie zu Landauer und verließ an Ibrahim vorbei den Raum.

Bevor dieser die Tür hinter ihr schloss, hörte Landauer ihre Gummisohlen auf dem frisch gereinigten Boden im Flur, ein schwaches Schmatzen. Er kannte dieses Geräusch. Er hatte es im Krankenhaus gehört, vor allem in der einen Nacht. Jener, an deren Ende Clara gestorben war. Für einen Moment meinte er, wieder die Reinigungsmittel zu riechen. Orochemie oder Pro DP Sani Forte, so hießen sie. Nur in den ganz frühen Morgenstunden, wenn die Toten ins Untergeschoss transportiert werden, war der Boden in den Fluren des Krankenhauses still.

Er riss sich von dem Gedanken los und blickte sich um. Die Vorhänge in Tamimis Zimmer waren halb zugezogen, die Einrichtung gediegen, aber ohne Charakter. Hinter dem Schreibtisch hing das in Ocker gehaltene Bild des Tempels von Baalbek in der Bekaa-Ebene, die Kopie eines historischen Gemäldes, an der zur Tür hin gelegenen Seite eine Art Miniatur, die goldene Kuppel des Felsendoms in Jerusalem, al-Kuds, ein Bild, das ihn an die zahlreichen Kampfplakate in den Gassen Schatilas erinnerte. Auf dem Schreibtisch war kein Computer, stattdessen lag dort ein Block aus Büttenpapier und ein großer Montblanc-Füller auf einer ledernen Schreibtischunterlage.

»Ich habe Ihren Sohn getroffen, er war recht aufgebracht«, sagte Landauer, während er sich setzte.

»Wer ein Kamel liebt, muss sich mit seinen Höckern abfinden.« Tamimi schien das Thema nicht vertiefen zu wollen.

»Vielleicht sollten Sie einmal mit ihm sprechen. Über uns.«

»Wir hatten eine kleine Auseinandersetzung. Family-Business. Ich werde ihm Manieren beibringen, dazu ist es nie zu spät.«

»Es schien ihm um unser Projekt zu gehen.«

Tamimi lehnte sich in seinem Stuhl zurück. »Geht es Ihnen auch so?«, sagte er nach einer kurzen Pause. »Je weiter wir uns mit dem Alter von den Tagen der eigenen Jugend entfernen, desto näher rücken sie. Als bewegten wir uns nur scheinbar mit der Zeit in dieselbe Richtung, schließt die Vergangenheit immer dichter auf, je mehr wir voranschreiten.«

Landauer wusste mittlerweile, dass Tamimi selten direkt zur Sache kam, dass er jedes Gespräch mit einer Art Warm-up einleitete. Er wollte sich schon darauf einlassen, erwidern, dass lediglich das Kurzzeitgedächtnis mit dem Alter schwinde und sich so der Blick auf die Vergangenheit mehr und mehr lichte, als hätte jemand die Jahre weggewischt und die frühen Tage an den Horizont gestellt. Alle Erlebnisse und Ereignisse, ob schmerzhaft oder beglückend, seien aber immer da gewesen. Sie warteten gleichsam auf ihren Auftritt, auf den Tag, da die verstreichende Zeit sie freigab. Auf ihre Stunde.

Aber Tamimi schien mit seinen Gedanken bereits woanders, wies auf einen Beistelltisch. »Ich habe da etwas für Sie. Ein kleines Angebot, wenn Sie so wollen.«

Landauer nahm das Papier zur Hand, überflog es und legte es wortlos wieder an seinen Platz. Es war der Entwurf einer Vereinbarung mit einer Kanzlei am Kurfürstendamm und eine Vollmacht mit seinem Namen. Tamimi bot ihm offenbar an, ihn durch seine Anwälte vertreten zu lassen. Er reichte ihm seine schützende Hand, doch Landauer hatte längst verstanden, dass diese einen auch zerdrücken konnte.

Tamimi legte die Fingerspitzen aneinander und sah Landauer eindringlich an. »Sie vertrauen mir nicht.«

»Mich haben einige Begegnungen in den vergangenen Wochen überrascht. Unsere Welten sind sehr verschieden, und Ihre Vermutung, ich würde die Ihre verstehen, erscheint mir mehr und mehr verwegen. Je näher ich Ihrer Welt komme, desto fremder wird sie mir.«

»Sie mögen sie nicht.«

»Darum geht es nicht.«

Landauer ließ seinen Blick durch das Zimmer schweifen. »Ihr Geschäft und Ihr Geschäftsgebaren. Das ist das eine. Das weitaus größere Problem ist die Geschichte, die Sie mir erzählt haben und die mit so vielen Auslassungen und Ungereimtheiten versehen ist, dass ich der Auffassung bin, Sie sollten sie noch einmal überdenken. Oder besser: mir tatsächlich alles erzählen.«

»Und dann dieser ständige Bewacher.« Tamimi lächelte schief. »Gorillas sagte man, glaube ich, früher zu solchen Leuten, in diesen amerikanischen Filmen jedenfalls. Ibrahim fand es sehr komisch, als ich ihn einmal so genannt habe.«

Tamimi wiederholte das Wort, als wolle er es abtasten, bis es in einem Hustenanfall unterging. »Finden Sie das nicht komisch?«, sagte er, nachdem er sich wieder beruhigt hatte.

»Nein.«

»Also gut. Sie sprachen von Begegnungen. Erzählen Sie mir davon.«

Jetzt kam es darauf an, keinen Fehler zu machen. »Ich hatte in Beirut kurz vor meiner Abreise einen Gastgeber, der mich, obwohl er mich gerade getroffen hatte, noch einmal so dringend sehen wollte, dass er mir einen Wagen mit zwei solchen Gorillas geschickt hat. Eine kurze Fahrt in die Hügel südöstlich der Stadt, ein wirklich prächtiges Appartement, großartiger Blick über die Stadt, eine Kulisse wie in einem James-Bond-Film.«

»*Wer durchs Zwiebelfeld geht, riecht danach*«, sagte Tamimi und schien ihn genauer zu betrachten.

»Mag sein. Sein Name ist Stéphane al-Soury. In seinem Schlepptau ein Mann, der sich als Pierre Dabour vorgestellt hat.«

Tamimi begann mit dem Montblanc-Meisterstück zu spielen. »Die neue politische Rechte«, sagte er. »Al-Soury möchte Präsident werden. Nun klettert er die Treppe nach oben, seine Familie hatte immer Verbindungen und Einfluss, und Leute wie Dabour, Geld wie George Soros, international vernetzt, aber stets im Hintergrund, putzen ihm dabei die Stufen. Aus ihrer Sicht ein Investment, das sich bald rentieren soll. Politik und Businesspläne sprechen in unserem Land oft dieselbe Sprache.«

»Al-Soury wollte mit mir nicht über Politik sprechen. Weit mehr interessierte er sich für den Grund meines Aufenthalts. Man könnte auch sagen, er interessierte sich mehr für Sie als für mich. Obwohl Ihr Name nicht ein einziges Mal gefallen ist.«

»Sie haben ihm gesagt, warum Sie in den Libanon gekommen sind?«

»Al-Soury war so etwas wie ein Freund und Kollege. Wir haben in Amerika eng zusammengearbeitet.«

»Das ist keine Antwort auf meine Frage.«

»Er hat es irgendwann gewusst. Lassen wir es dabei bewenden.«

»Er kennt wie kaum ein anderer das Land. Und er ist alt genug, um selber in dem Krieg und all dem mitgemacht zu haben. Er stand auf der Seite der Christen. Mörderbanden, allesamt.«

Landauer schaltete sein Handy ein und öffnete die Foto-App. Mit den Fingern vergrößerte er das Bild und hielt es Tamimi hin. Der betrachtete es kurz und lehnte sich wieder zurück.

»Die Zunge ist die Hebamme allen Unheils«, sagte er. »Und manchmal sind es die Bilder auch.«

Landauer steckte das Handy wieder ein. »Lange her, ich weiß«, sagte er, »vielleicht auch nur ein zufälliges Zusammentreffen. Casino du Liban, irgendwann im vergangenen Jahrhundert. Vielleicht aber auch nicht.«

Tamimi lockerte das Halstuch, als bekomme er keine Luft mehr. »Al-Soury war einer unserer Gäste, stets großzügig, höflich, keiner, der die Münzen und Scheine zählte. Seine Freunde nannten ihn *die Gazelle,* das habe ich mir gemerkt, weil ich nicht verstanden habe, warum, mehr weiß ich nicht. Ein reicher junger Mann und ich ein armer junger Angestellter. Einmal hat er mir einen Jeton geschenkt, den er gewonnen hatte. Das war nicht erlaubt, und er wusste das. Als ich das Casino verlassen habe, haben wir uns aus den Augen verloren.«

Landauer ließ nicht locker. »Wissenschaftler haben eine lästige Eigenart, sie wollen alles genau wissen. Und wenn sie etwas rausbekommen haben, misstrauen sie dem. Und auch sich selbst, bevor es ein anderer für sie tut, und fangen wieder von vorne an. Alles, was wahr ist, hat eine Halbwertszeit. Wir kennen nur endliche Wahrheiten.«

»Das ist mir zu hoch, ich bin Kaufmann.«

»Sie haben mich sehr wohl verstanden.«

»Ich habe al-Sourys Weg nicht weiterverfolgt. Warum sollte ich? Sicher ist er, als der Krieg im Libanon immer heftiger wurde, wie fast alle diese Männer aus den reichen christlichen Familien, Offizier geworden, ohne je Soldat gewesen zu sein. Hat gekämpft und getötet, töten lassen, angeblich, um sein Land vor uns zu schützen, doch eigentlich nur, um ihren Familienbesitz, ererbt und ergaunert, zu retten und zu mehren.«

Landauer hatte den Eindruck, dass Tamimi ihm noch immer etwas verschwieg. »Und weiter?«

Tamimi zögerte. »Al-Soury muss noch als junger Mann das Land verlassen haben, vielleicht zur selben Zeit wie ich. Daran ist noch nichts Ungewöhnliches: Christliche Eltern mit Vermögen haben ihre Söhne oft ins Ausland zum Studium geschickt, um sie vor dem Krieg, der nicht enden wollte, zu schützen. Auffällig ist nur, dass er 1990, als der Krieg vorbei war, nicht zurückgekehrt, sondern in Amerika geblieben ist.«

»Aber nach seiner Emeritierung.«

»Das war sehr viel später. Zu einer Zeit, als dieser Krieg gegen uns längst vergessen war. Und Vergessen wird in diesem Land in Großbuchstaben geschrieben, solange es um die eigenen Taten geht. Nur die der anderen gehören in die große, helle Kammer der Erinnerung.«

Er würde dieses Land nie verstehen, dachte Robert Landauer. Und diesen Mann vor ihm wohl auch nicht. »Wie auch immer«, sagte er, »die genannten Herren haben mich und meine Begleitung eingeladen, um mir zu sagen, dass ich im Libanon, vor allem in ihrem politischen Umfeld, unerwünscht sei und mit meiner Suche nach der verschollenen Frau, wie sie sagten, eine hoffnungslose Mission eingegangen bin. Ich könne es ja auch einmal beim südlichen Nachbarn versuchen.«

Tamimis Hände lagen zu Fäusten geballt auf dem Tisch. »Der südliche Nachbar!«, sagte er. »Eine tote Spur. Tot. Vergessen Sie das. Lüge, sie haben immer gelogen, und sie tun es heute noch!«

»Wer?«

»Alle.«

»Alle?«

»Diese sogenannten Christen, die Sie getroffen haben. Damals haben sie mit Israel paktiert, haben sich unterworfen, um uns zu vertreiben und zu töten. Waffen, Ausbildung, Logistik, Kommunikation, dafür haben sie sich kaufen lassen. Sie wollten uns und unsere Führer töten, allen voran Abu Ammar. Sie haben paktiert. Mit dem Teufel.«

Er brach ab, richtete seinen Blick auf das Bild des Felsendoms in Jerusalem. »Hinter allem Unglück steckt Israel«, sagte er.

Und alles Unglück liegt hinter Israel, dachte Landauer und fixierte Tamimi erneut. Am achten September 1982, so seine

Gastgeber, habe man eine tote junge Palästinenserin aus Schatila, verstümmelt und entstellt, vor einem israelischen Militärposten gefunden. Irgendjemand habe sie dort abgelegt. »Ein Fememord, behauptet al-Soury, wegen Kollaboration mit dem Feind. Und ein Signal.«

»Die Behauptung, Sahira habe mit den Zionisten auch nur das Geringste zu tun gehabt, ist ein zweiter Mord an ihr. Anstatt ihr Angedenken zu retten, schänden wir sie allein schon mit dem Gedanken.«

Landauer war überrascht, wie aufgebracht Tamimi war. Aber hinter dieser Fassade der Wut verbarg sich etwas anderes, da war er sich sicher. In seinem tiefsten Inneren, so schien es, war Tamimi verletzt, bedrängt, schlug um sich wie ein Ertrinkender. Wollte er tatsächlich, dass er, Landauer, ihm dabei half, die Umstände von Sahiras Tod herauszufinden? Oder wollte er lediglich ein für alle Mal bestätigt finden, dass seine große Liebe schuldlos, frei und am Ende als namenloses Opfer vom großen Massaker verschlungen worden war? Und er als Liebender mit reiner Seele gehen und vor Allah treten könnte?

»Sie, der junge Robert Landauer, Sie haben damals auf derselben Seite gestanden, haben zugesehen bei all den Verbrechen, bei diesem mörderischen Krieg, haben diesen schmutzigen Heldenstaat verehrt. Kommen Sie mir nicht mit Israel!«

»Das ist allein meine Geschichte.«

»Auch das hier ist Ihre Geschichte. Wie Sie sehr wohl wissen.«

Landauer blieb ruhig. »Die Männer haben auch bestätigt, eine Sahira Hatoum sei nicht unter den Opfern von Sabra und Schatila gewesen. Ihre Familie, ja, das sei gewiss, aber ihr Name tauche nirgendwo auf. In keiner Liste.« Tamimi atmete schwer, auf seiner Stirn bildeten sich erneut Schweißperlen.

»Unter Stein wächst kein Gras«, sagte er.

»Ich werde den Verdacht nicht los, dass es zwischen Ihnen und al-Soury noch eine andere Geschichte gibt. Sie endet nicht mit dem Foto von den beiden jungen Männern, im Casino du Liban, die aus so unterschiedlichen Welten stammen. Sie beginnt dort. Es wäre besser, Sie würden sie mir erzählen.«

»Ich habe Ihnen alles gesagt, was ich weiß.«

Landauer versuchte vergeblich, Tamimis Blick zu lesen. Dann stand er auf. Ibrahim öffnete ihm die Tür, dort angekommen, wandte er sich noch einmal um.

»Ohne Offenheit und Ehrlichkeit geht es nicht. Ich muss alle Details kennen, um meiner Sicherheit willen, das hat meine Begegnung mit al-Soury gezeigt. Sonst endet unsere gemeinsame Geschichte hier.«

Er überlegte, ob er hinzufügen sollte, dass al-Soury ihn erpresste, um Tamimi klarzumachen, wie gefährlich diese Mission für ihn geworden war. Auch um Druck auf ihn auszuüben und ihn zum Sprechen zu bringen.

Ein Brief ohne Absender. Die Adresse handgeschrieben, aufgegeben in Brüssel. Am Abend nach seiner Rückkehr hatte er ihn vorgefunden. Er hatte eine plötzliche Kühle im Rücken gespürt, als er ihn in der Küche mit einem Messer öffnete. Aus Brüssel, nicht Beirut, hatte er noch gedacht, als er die Briefmarke betrachtete. In dem Umschlag lag ein zusammengefaltetes Blatt mit Zahlenkolonnen, darüber stand *Tribalon, Laborbericht 24/552 – confidential.* Das Datum war der 15. Juli 2004. Eine Kopie, ohne Frage, das Original befand sich in fremden Händen. Ein Auszug aus den Laborberichten, die damals nicht auffindbar gewesen waren. Der Brief bedurfte keines Absenders, sein Inhalt zeichnete das Porträt des Mannes, der den nächsten vielleicht in Honolulu oder Tunis aufgeben ließe.

Er hatte die Brille abgenommen, die Kopie wieder in den Umschlag geschoben und in einen Stapel Zeitungen gelegt, den er am Morgen nach unten bringen und entsorgen wollte. Dann hatte er ihn wieder herausgezogen, noch einmal das Datum auf dem Papier gelesen. 15. Juli 2004. Am 15. Mai 2004 war Clara gestorben. Diese kümmerlich wenigen Wochen später hatte er schon wieder Zahlenkolonnen geschrieben. Für die Wissenschaft, für den Ruhm, um selbst zu vergessen, während er andere eben davor bewahren wollte.

Fouad Tamimi betrachtete ihn mit zusammengekniffenen Augen, hob die Hand, winkte ihn heran und wies auf den Stuhl. Ibrahim machte die Tür wieder zu. Landauer setzte sich noch einmal. Ganz plötzlich fühlte er sich müde und abgeschlagen, warum tat er das alles?

»Sie wollen wissen, was geschehen ist«, sagte er, »und Sie wollen es nicht wissen. Weil es Ihnen Angst macht.«

»Krank«, sagte Tamimi, »diese Sache macht uns alle krank. Schon immer war es so. Solange wir diesen Konflikt haben, macht er alle krank, wirr und bitter. Er beschädigt uns. Immer wieder aufs Neue. Und doch müssen wir ihn führen.«

Landauer ignorierte Tamimis Ausweichmanöver und versuchte es noch einmal, direkter. »Stéphane al-Soury hat irgendein Interesse daran, mich davon abzuhalten, herauszufinden, was mit Sahira geschehen ist. Und Sie kennen ihn aus dem Casino du Liban. Sagen Sie mir, wo ist die Verbindung?«

»Es gibt keine.«

Landauer zuckte mit den Schultern, schlug mit den Händen auf die Armlehnen seines Stuhls und stand auf.

Tamimi erhob sich ebenfalls. »Ich danke Ihnen für diesen ersten Bericht, und dafür, dass Sie das alles für mich tun«, sagte er und streckte ihm die Hand hin. »Jetzt werden Sie herausfinden wollen, ob ich Ihnen die Wahrheit gesagt habe.« Er rang sich ein Lächeln ab. »Sie vertrauen mir nicht, aber ich vertraue Ihnen.«

Tamimi gab Ibrahim ein Zeichen, und der öffnete die Tür. Als Landauer schon fast draußen war, hörte er noch einmal Tamimis Stimme.

»Professor«, sagte er.

Landauer drehte sich um.

In Tamimis Augen lag Furcht. »Ich hoffe, Sie können mir bei Ihrem nächsten Besuch bestätigen, dass Sahira nicht die Tote vor dem israelischen Militärposten war. Sagen Sie mir, dass das nicht wahr ist. Bitte.«

»Um das herauszufinden, überlege ich nach Israel zu reisen.«

»Sie könnten es, ich nicht.«

Landauer wurde bewusst, dass er längst beschlossen hatte, die Reise anzutreten. Seine Reise.

6

Ich bin ein BERLINER. Ein Schild über dem Tresen, darunter ein Foto vom Schöneberger Rathaus, eine jubelnde Menge, hinter dem Präsidenten große Tücher in den Farben Amerikas wie erschlaffte Fesselballons, an seiner Seite Willy Brandt. Noch im selben Jahr würde er in Dallas sterben. Die erste Kugel verfehlt ihn, die zweite trifft ihn in den Hals, die dritte, da er ein Korsett trägt und aufrecht sitzen bleibt, in den Kopf. Landauer hatte wieder die Schwarz-Weiß-Bilder im Fernsehen vor Augen. In der Grundschule im Norden Hamburgs hingen am Morgen darauf Zeitungsausschnitte mit den Bildern aus Dallas an der Wand, und die Lehrerin versuchte das Unerklärliche zu erklären.

Abdullah Tamimi hatte das Café Kennedy in der Nähe des Rathauses Schöneberg vorgeschlagen, und Landauer hatte zugesagt.

Pünktlich um elf Uhr kam Abdullah herein, in einer olivfarbenen Chino aus gutem Stoff, die oberen Knöpfe seines weißen Hemdes waren geöffnet, die Ärmel hochgekrempelt, am Arm trug er eine Smart Watch. Er legte iPhone, Sonnenbrille und ein Buch auf den Tisch und setzte sich.

Landauer versuchte sich einen Reim auf diesen jungen Mann zu machen. Den Titel des Buches, das Abdullah mitgebracht hatte, konnte er auf dem Kopf lesen. *Interventionen* von Noam Chomsky.

»Sie lesen komplexe Bücher?«

»Die ganze Welt ist ein großer Komplex, oder hat einen, wenn nicht gar viele. Ich versuche in der knappen Zeit, die ich habe, etwas mehr davon zu verstehen, indem ich lese. Sie sind zum ersten Mal hier?«

»Ja. Eine Reise in die frühe Kindheit«, sagte Landauer und blickte zu den Fotos hinauf.

»Das Attentat auf Kennedy«, sagte Abdullah Tamimi. »Noch heute Anlass zu Spekulationen. Manche Morde werden nie aufgeklärt. Kennedy, Dag Hammarskjöld, Olof Palme, vielleicht auch Arafat, ich finde, das Rätselhafte daran hat einen gewissen Reiz und bringt manche Leute auf die ungewöhnlichsten Theorien.«

Der Wirt kam an den Tisch, sie bestellten Kaffee und eine Karaffe mit Leitungswasser.

Abdullah schaltete das Handy aus und legte es wieder auf den Tisch. »Ich bin Ihnen dankbar, dass wir reden können, nur wir beide. Abu hat in den vergangenen Wochen sehr viele Männer getroffen, die ich lieber nicht in seiner Nähe wüsste. Anwälte, Landsleute, neue Geschäftspartner.«

Landauer war gespannt, worauf Abdullah Tamimi hinauswollte.

»Nur Sie, Sie sind anders. Passen nicht ins Bild. Ich habe eine Weile überlegt, ob ich Sie einfach ignorieren soll oder ob nicht genau das Gegenteil der richtige Weg ist. Sie sind nicht irgendwer und bestimmt nicht als Arzt zu ihm gekommen. Und Sie haben Probleme, erhebliche, wenn ich richtig gelesen habe.«

»Und, was denken Sie?«

»Seitdem Sie das erste Mal bei uns aufgetaucht sind, ist Abu noch gereizter, noch unnahbarer. Er verschweigt mir etwas, und ich habe von seinen Arkanverabredungen die Nase voll. Schließlich soll ich das Geschäft übernehmen. Vater ist krank, und damit will er sich nicht abfinden, deswegen spricht er auch nicht darüber. Er hält sich für unsterblich. Nur: Wenn er sinnlos Geld in der Pharmaforschung verpulvern will, muss ich einschreiten. Und das tue ich gerade.«

Ein interessanter Gedanke, dachte Landauer. Er würde den jungen Tamimi, was das anging, beruhigen können. »Ich mache mit Ihrem Vater keine Geschäfte.«

»Das glaube ich Ihnen nicht. Ich kenne meinen Vater: Er denkt, mit Geld lässt sich alles kaufen, sogar das Leben. Und wenn er sich dabei mit unserem Geld auch noch ein Mahnmal der Erinnerung bauen lassen kann, umso besser. Leben retten durch medizinische Forschung, gesponsert vom großen Wohltäter Fouad Tamimi. Als Sie ihm durch Laylas Nachlässigkeit in die Arme gelaufen sind, war der Plan geboren. Aber das ist nicht unser Geschäftsmodell und darüber hinaus finanziell viel zu riskant. Ich bin hier, um Ihnen zu sagen, dass es kein Geschäft zwischen uns geben wird.«

»In Ordnung«, sagte Robert Landauer.

Abdullah Tamimi sah auf. »So einfach?«

»Wo es kein Geschäft gibt, müssen wir auch keines auflösen.«

Abdullah Tamimi rang sich ein Lächeln ab und lehnte sich zurück. Sein Blick schweifte durch den Raum.

»Ich habe diesen Ort nicht wegen jener berühmten sieben Sekunden in Dallas ausgesucht«, sagte Abdullah und wandte sich um. »Auch nicht wegen des Satzes, den Kennedy vor diesem Rathaus hier gesagt hat. Wenn ich oder mein Vater ihn sagen würden, würde niemand klatschen. Die Leute würden uns nicht einmal glauben. *Ich bin ein Berliner*. Sehen Sie sich doch an, junger Mann, sollten Sie nicht lieber sagen, was ohnehin jeder sieht: *Ich bin kein Berliner?* Aber die Leute irren sich. Und ich werde es Ihnen zeigen.«

Der gleiche Ehrgeiz wie der Vater, die gleiche Entschiedenheit, die gleiche Wut, dachte Landauer. Nur wollte Fouad Tamimi in dieser Gesellschaft geduldet, in Ruhe gelassen werden, damit er seinen Geschäften nachgehen konnte, die ihm die Erwirtschaftung einer Art gesicherter Aufenthaltspauschale in diesem Land möglich machten. Das Geld als Immunisierungsstrategie gegen die Integration, das Aufgehen in der Mehrheitsgesellschaft. Gegen den Verlust der Herkunft und kulturellen Mitgift. Abdullah Tamimi schien einen anderen Weg eingeschlagen zu haben.

»Was ist es dann, was Abu von Ihnen will?«, fragte er und sah ihn prüfend an.

»Er hat mich um etwas gebeten. Wohlbegründet«, sagte Landauer. »Ich habe mich entschlossen, ihm zu helfen. Frei und ohne jede Verpflichtung. Wir sind keine Geschäftspartner. Und Sie würden sich das Leben leichter machen, wenn Sie das so stehen lassen könnten.«

»Was dann?«

»Weggefährten. Lange her, aber was macht das schon.«

»Weggefährten? Er hat nie von Ihnen erzählt. Seit wann?«

»September 1982«, sagte Landauer.

Abdullah Tamimi schien innezuhalten. War es die Jahreszahl?

Sein Vater habe so gut wie nie etwas aus seinen letzten Jahren im Libanon erzählt, allenfalls Anekdoten aus seiner Kindheit, sagte er. Nur einmal, er wisse nicht mehr bei welcher Gelegenheit, habe er von seinen ersten Wochen in Berlin berichtet. Herbst 1982. Nur dieses eine Mal, er habe es nie vergessen, weil er dadurch plötzlich so viel mehr von seinem Vater verstanden habe, im Guten wie im Schlechten.

»Seine von einigen kritisierten Geschäftsmethoden? Habe darüber gelesen. Und kaum Belege gefunden.«

Abdullah Tamimi lächelte.

»Das ist Teil dieser, wie Sie sagen, Geschäftsmethoden, dass man sie nicht sieht. Abu war in diese Stadt gekommen, doch niemand wollte ihn. Er hockte wie die anderen wochenlang vor seiner Flüchtlingsunterkunft, Ausgang verboten, und schaute in den grauen Himmel Berlins. Zur Tatenlosigkeit verurteilt.«

Abdullah sah auf, wie um sicherzugehen, dass Landauer ihm zu folgen bereit war. »Ich weiß noch, er konnte sehr anschaulich erzählen, barfüßige Jungen kickten auf dem vom Regen matschigen Hof einen schlaff gewordenen Fußball, aus den Containern roch es nach angebranntem Essen, ein Kofferradio dudelte auf Kurzwelle heimische Musik, hinter dem Zaun lag die Stadt. Und er saß da und guckte zu. Der Ball flatterte und taumelte, so wie er selbst, könnte man sagen, prallte vom Dach eines Containers ab, aus dem Flüche drangen, eine Frauenstimme, der Abendhimmel war jetzt fast schwarz. Die Jungen fingen den Ball auf, säuberten ihn mit ihrem Hemd und trugen ihn davon. ›Wie ein kleines frierendes Tier‹, hat Abu gesagt.«

In diesen Wochen habe er das Gefühl für die Zeit verloren, habe sein Vater damals erzählt. Wie lange saß er schon hier? Eine Stunde, einen Tag, ein Leben lang? Er wusste es nicht und blickte voller Sehnsucht und Verzweiflung einem Flugzeug nach, das in Tempelhof zur Landung ansetzte.

»Er selber war an einem anderen Flughafen angekommen, mit einer russischen Maschine, im Osten, von dort hatte man ihn über die Grenze nach West-Berlin gebracht. Die Soldaten hatten in seinen Papieren geblättert und sie durchgewinkt. *Asyl. Ausländeramt*. Den Pass hatten sie ihm dann dort abgenommen.«

»Und dennoch hat er es geschafft«, sagte Landauer.

»Ich glaube, er wollte verhindern, dass in dieser Zeit ohne Zeit das Leben seine Konturen verlor, sich auflöste, in etwas hinüberglitt, das Nichts hätte heißen können. Nicht Ewigkeit, nicht sich dehnende Zeit, Nichts. Keine Vergangenheit, keine Zukunft.« An einem dieser Tage habe sein Vater beschlossen, dass er es allen zeigen werde. Im Libanon hatte er schließlich gelernt, mit Geld umzugehen. Warum nicht auch hier in Deutschland? Geld kennt keine Grenzen, und die Regeln sind überall gleich: Was man bekommt, muss man bezahlen. So einfach sei es für ihn gewesen. Auf diesem kurzen Satz ruhe im Grunde sein ganzes Geschäftsmodell. Bis heute.

»Hat er Ihnen jemals erzählt, wie er es damals geschafft hat, aus dem Libanon herauszukommen? Es war Krieg, der Libanon besetzt. Beirut eine belagerte und schließlich gefallene Stadt.«

»Ich habe den Eindruck, Sie kennen sich in unserer Geschichte besser aus als ich.« Ja, er habe seinen Vater einmal auf die Sache angesprochen, nur einmal und dann nie wieder. Bevor Robert Landauer fragen konnte, was bei diesem Gespräch passiert sei, sagte Abdullah Tamimi:

»Abu hat mir schnell deutlich gemacht, dass er das für allein seine Sache halte und es da nichts zu erzählen gebe. ›Was geschehen ist, ist geschehen, und ich will es ruhen lassen‹, hat er damals gesagt, ohne dass ich, ich muss um die fünfzehn gewesen sein, genau verstanden hätte, was er damit meinte.«

»Das war alles?«

»Ich habe nie wieder daran gerührt.«

»Und nun tue ich es«, sagte Robert Landauer.

»Viel Glück«, sagte Abdullah und erneut zeigte sich ein Lächeln in seinem Gesicht.

Beide schwiegen. Der Wirt schaute zu ihnen herüber.

»Er hat es weit gebracht«, sagte Landauer.

»Ja.«

»Sie werden die Firma übernehmen?«

»Und sie im gleichen Zuge reformieren.«

»Das heißt?«

»Uns von bestimmten Geschäftspartnern trennen, die eingehenden Aufträge genauer befragen, das Geschäft ins Netz verlegen. Ich könnte Ihnen jetzt einen Vortrag darüber halten, wie das Inkassogeschäft 4.0 aussieht. Anders, eleganter, transparenter, effizienter. Heutiger.«

Landauer leerte seine Tasse, stellte sie langsam ab. »Was wollen Sie anders machen? Signifikant anders?«

Abdullah Tamimi zögerte einen Moment. »Vielleicht sollte ich eher sagen, was ich nicht machen würde. Abu verstrickt das Geschäft mit seiner Geschichte. Mit Dingen, die er nicht vergessen und nicht vergeben kann. Aber das Business braucht Reinheit, Klarheit, es muss völlig interessenfrei laufen, nur ein Ziel im Blick, nämlich Geld zu erwirtschaften.«

Landauer wollte nachhaken, aber Abdullah Tamimi sprach weiter. »Abu verwechselt Erlös mit Erlösung. Und das wird auf die Dauer nicht gut gehen. Am Ende wird er weder das eine noch das andere in Händen halten.«

»Darf ich Sie etwas fragen, Abdullah? Etwas eher Persönliches?«

»Ja.«

»Wenn ich Sie richtig verstehe, versuchen Sie gerade, mich vor Ihrem Vater zu warnen?«

»Nein. Ich möchte lediglich, dass Sie ein wenig besser verstehen, wer er ist.«

»Sie sind sein Sohn, und die Familie steht über allem, ist es nicht so?«

»Folklore. Das hätte Abu auch sagen können. Manchmal trennen sich die Wege von Loyalität und Verantwortung. Und mir geht es um Letztere. Auch ich schütze damit meine Familie, die ihre Chance haben sollte, in diesem Land, in dieser Stadt, unbeschädigt und unhinterfragt ins einundzwanzigste Jahrhundert zu kommen. Als Teil dieser Gesellschaft.«

»Ihr Vater hat einmal zu mir gesagt, Sie würden denken und reden wie ein Deutscher.«

Abdullah Tamimi lachte. »Als wenn es das gäbe! Den Deutschen.« Er zeigte zum Fenster. »Sehen Sie hinaus, jeder, der hier vorbeiläuft, trägt eine Schleppe von Wandergeschichte, ferner Herkunftsgeschichte und sich wandelnden Werten mit sich herum. Deutsch ist nicht, wer am Samstag sein Auto wäscht, sondern wer sich den Werten von Pluralität und Rechtsstaatlichkeit verpflichtet weiß. Die Dschihadisten einer homogenen deutschen, von Fremden gereinigten Gesellschaft wollen aus Regensburg oder Radebeul eine Art germanisches Raqqa machen. Ist das unser Deutschland?«

»Ihr Vater sieht das anders?«

»All das interessiert ihn nicht. Politik? Sie soll ihn in Ruhe lassen, dann ist sie gut. Er will sein Geschäft schützen, es ausweiten, ohne sich dabei von der Vergangenheit zu lösen. Oft denke ich, er ist 1982 hängen geblieben und träumt von der Heimat seiner Eltern. Und so etwas wie Rückkehr. Verrückt.«

»Es würde mich nicht überraschen, wenn er von Palästina nicht nur träumt. Ich habe Ihren Vater als einen Mann der Tat kennengelernt.«

Abdullah Tamimi sah ihn an, als wolle er sagen: Worauf wollen Sie hinaus? Dann blickte er zum Fenster. Etwas schien seine Aufmerksamkeit erregt zu haben.

Ein schwarzer, wie neu aussehender VW-Bus hielt auf der gegenüberliegenden Straßenseite. Zwei Männer, dunkler Anzug, kurz rasierte Haare, kompakte Statur, gingen auf die Tür eines Mietshauses zu und klingelten. Sie sahen zu Boden und warteten.

»Sehen Sie sich das an«, sagte Abdullah Tamimi.

Der eine Mann drückte erneut auf den Klingelknopf, dieses Mal länger. Der andere hielt ein Papier in der Hand und fächelte sich damit Luft zu. Die Tür gab nach, und sie verschwanden im Hauseingang, nachdem einer der beiden sie arretiert hatte.

Landauer blickte am Haus hoch. Im zweiten Stock waren keine Vorhänge vor dem Fenster. Er kniff die Augen zusammen, konnte erkennen, dass zwei Männer, einer von ihnen trug ein weißes Hemd, der andere musste einer von denen sein, die soeben das Haus betreten hatten, dicht beieinanderstanden, als würden sie sich halten oder etwas gemeinsam betrachten. Plötzlich verschwand der Mann mit dem weißen Hemd, als wäre er zu

Boden gesunken oder hätte sich aus irgendeinem Grund hingehockt.

Der Wirt stand jetzt neben ihnen, den Blick ebenfalls auf das Haus gegenüber gerichtet, auch er musste die Szene beobachtet haben.

»Ab dreißig Grad dreh'n hier alle durch. Det is Berlin«, sagte er. »Is schon det dritte Mal, dass die Typen hier aufjetaucht sind. Die haben da irgendwat mit dem da oben am Loofen. Libanesen, schätz ick mal.«

Der Wirt blickte zu Abdullah Tamimi. »Nur so 'ne Vermutung, ick meen ja nur ...« Er ging zurück an seinen Tresen. Wenig später hielt ein Streifenwagen auf dem Fußweg. Die Beamten stiegen aus, setzten die Mützen auf und gingen ins Haus. Ein Rettungswagen fuhr vor. Ein Mann mit einem roten Rucksack kletterte heraus.

Der Wirt stand wieder neben Landauer. »Jetzt sind wir so wat wie Zeugen. Hoffe, es ist kein Mord oder so wat.« Er schien noch einmal nachzudenken. »Hat irgendwer wat jesehen? Wir nich, oder? Will keen Ärger. Nich mit denen«, sagte der Wirt und wies auf den schwarzen VW-Bus.

»Sie hatten doch eben gesagt, wir seien Zeugen«, sagte Abdullah Tamimi.

»Aber nich hier in die raue Wirklichkeit von diese arabische Stadt.«

Der Wirt ging zur offenen Eingangstür und beobachtete von dort aus die Szene.

»Das sind Ihre Leute?«, fragte Landauer Tamimi.

»Ja. Ich kenne das, was jetzt abgeht. Ich komme dazu, die Polizei begrüßt mich wie einen alten Bekannten und sagt: Um wie viel ging es diesmal, Herr Tamimi? Schönen Gruß an Ihren Herrn Vater, die gerichtliche Vorladung für die beiden Herren geht Ihnen zu. Und wenn die Presse was schreibt, von uns hat sie das nicht ...«

»Gehen Sie rüber?«

»Nein.«

»Aber es sind Ihre Leute?«

»Ich werde zu Vater gehen. Wieder einmal. Und er wird mir erklären, dass dort, wo das Recht des Staates nicht greift, er selbst Recht herstellen muss. Aber anstatt Rechtslücken zu schließen, höhlt er es weiter aus. Das will er einfach nicht verstehen.«

»Was wollen Sie mir damit sagen?«

»Dass er Menschen benutzt. Sie für seine Zwecke einsetzt, dabei nur seine Sache, sein Anliegen, sein Geschäft im Blick hat. Dass er definiert, was Recht und Unrecht ist. So, nun wissen Sie es.«

Die Räume im Labor waren wie ausgestorben. Sommerferien, Sommerkongresse, alle ausgeflogen. Ein Kollege, Dr. Huysmans, habe die Sommergrippe, sagte seine Sekretärin. Nur Frau Dr. Kerner sei an Deck. Wie denn der Urlaub gewesen sei?

»Aufschlussreich«, sagte er.

»Na immerhin«, sagte sie.

Monique Kerner stand in der Tür, Landauer wandte sich um.

»Ich habe gerade eine vertraute Stimme gehört«, sagte sie und lächelte. Das Telefon klingelte. Die Sekretärin nahm ab, meldete sich freundlich, deckte mit der Hand die Muschel ab, blickte fragend Landauer an.

Er malte mit den Fingern ein Fragezeichen in die Luft.

Die Sekretärin drückte den Hörer fest an ihre Brust und senkte die Stimme. »Der Herr, der Sie vor einiger Zeit hier aufgesucht hat. Unangemeldet. Hat es vor einer Stunde schon mal probiert.«

Er schüttelte den Kopf, wandte sich Monique Kerner zu. Es war zu erwarten gewesen, dass Tamimi sich wieder melden würde. Hatte Abdullah ihm von ihrem Treffen erzählt? Wohl kaum. Dennoch kam sein Anruf viel schneller, als er vermutet hatte.

»Da hier sowieso nichts los ist, könnten wir auch einen Spaziergang machen. Noch geht es mit der Hitze«, hörte er sich sagen und sah statt Monique Kerner seine Sekretärin an.

»Könnten wir«, sagte Monique Kerner in seinem Rücken.

»Der Kalender lässt Ihnen freie Hand, Professor«, sagte seine Sekretärin.

»Kantinchen ist einverstanden, also bin ich es auch«, sagte Dr. Kerner.

Landauer sah beide fragend an. »Kan… Was?«

»Hat sie dir das nie erzählt?«

Die Sekretärin wurde rot. »Ein Spitzname«, sagte sie, »hab ich schon durch drei Arbeitnehmerleben geschleppt. Die lieben Kollegen. Nur weil ich so gern esse. Wird man einfach nicht mehr los.«

»Gefällt mir«, sagte er, »gefällt mir außerordentlich.«

»Nun ist aber gut«, sagte die Sekretärin und wandte sich wieder dem Bildschirm zu.

Sie beschlossen, das Auto zu nehmen und in den Tiergarten zu fahren. An der Straße des 17. Juni, auf Höhe des sowjetischen Ehrenmals, parkten sie. Die frisch lackierten T-34-Panzer brüteten in der Sonne, eine japanische Reisegruppe unter einem Dach von Knirpsen stand davor und hörte einem Stadtführer zu.

Sie gingen in den Tiergarten, liefen durch die Schatten hoher Bäume.

»Es ist schön, dass du wieder zurück bist, Robert.«

»Danke«, sagte er.

»Das war kein Kompliment. Es war ein Ausdruck des Wohlgefallens.«

»Ja, es ist schön wieder hier zu sein.«

Sie nahmen den Weg durch den Park in Richtung Potsdamer Platz, wollten die Hauptachse Richtung Westen laufen. Als Monique Kerner sich bei ihm unterhakte, ließ er es geschehen.

»Es war kein Urlaub, oder?«, sagte sie.

»Nein.«

Sie drückte seinen Arm, als wollte sie sagen, na los.

Wenig später hörte er sich erzählen, eine Geschichte, die so ähnlich klang wie die seiner Reise. Der Libanon, ein alter Freund aus den amerikanischen Jahren. Ein schon lange ersehntes Vorhaben. Abstand gewinnen. Alles war auf einmal ganz leicht. Mila erwähnte er nicht. Monique hörte zu, stellte Fragen nach Wetter, Sicherheit, dem Verkehr in Beirut, dem nahen Krieg in Syrien und ob die libanesische Küche tatsächlich so gut sei, wie man immer wieder höre.

»Besser«, sagte er, vor allem in Gesellschaft, dachte er und spürte sein Herz.

Reisen helfe gelegentlich auch, die Dinge des Lebens aus anderer Perspektive zu sehen, sagte er. Er würde, seitdem er zurück sei, ernsthaft erwägen, die Leitung des Labors abzugeben und sich ganz der Forschung zu widmen.

Er hielt kurz inne. Aber sie schien zu warten, ob er noch etwas hinzufügen wollte. Was sie davon hielte, wenn er Leclair vorschlagen würde, ab sofort sie mit der Leitung des Projektes zu beauftragen?

Sie habe vor seiner Abreise gespürt, dass er nicht ganz bei der Sache gewesen sei, sagte sie. Den Grund dafür habe sie allerdings in der Sache selbst gesehen – das schwebende Projekt, die Verzögerung, der ungewisse Zeitplan, der Druck, der weiterhin von Leclair, vor allem aber von den hinter ihm stehenden Geldgebern ausgehe. Und seine Geschichte in Amerika, die wohl noch immer auf ihm laste.

»Das ist es nicht. Ich habe gelernt, mit diesen Dingen umzugehen. Es ist etwas anderes: Ich kann mir einfach niemand Besseres vorstellen«, sagte er. Plötzlich wurde ihm klar, dass dieser Satz über seine Kollegin auch auf ganz andere Weise wahr sein könnte. Er betrachtete sie von der Seite, ohne dass sie es bemerkte, zog sie enger an sich und fragte, ob sie es sich überlegen wolle.

»Nur, wenn dein Entschluss unabänderlich ist, Robert. Und du im Team an meiner Seite bleibst. Außerdem muss Leclair zustimmen.«

»Wird er«, sagte er und begann, größere Schritte zu machen, als laufe er vor etwas davon oder auf etwas zu, das nur er sehen konnte und das sich ihm mit jedem Schritt weiter zu entziehen schien.

3
Gleiten

1

Tel Aviv, September 2015

Mr. Landauer?«

Die uniformierte Frau hinter der Glasscheibe der Passkontrolle des Ben-Gurion-Flughafens, kaum älter als Johannes, sah auf, schien, seine Reisedokumente in der Hand, mit ihren Blicken sein Gesicht zu vermessen. *Sichtdiagnose*. Bei einfachen Krankheitsbildern ausreichend, dachte er.

»Der Anlass für Ihre Reise nach Israel?«, fragte sie auf Englisch.

»Privat.«

»Wo werden Sie sich in Israel aufhalten?«

Was sollte er antworten?

»Sie haben eine Rundreise gebucht?«

»Man könnte es so nennen.«

Sie sah ihn ausdruckslos an.

»Veranstalter?«

»Keiner, ich meine, ich reise eigenständig.«

Sie zog seinen Pass durch ein Kontrollgerät und wartete, las wenig später den Monitor. Irgendetwas schien sie zu irritieren oder ihre Aufmerksamkeit zu erregen. Sie blätterte noch einmal durch seinen Pass, wendete ihn hin und her, sah auf und fixierte Landauer erneut. Dann gab sie ihm das Dokument zurück.

»Willkommen in Israel«, sagte sie, aber ihre Stimme hatte

einen anderen Ton angenommen. Er steckte den Pass in die Innentasche des Sakkos und ging in Richtung Gepäckausgabe. Als er sich noch einmal umwandte, sah er, dass die Grenzbeamtin etwas in ihren Computer tippte.

Mila hatte ihm vor zwei Tagen geschrieben, sie wisse nicht, wie lange sie noch in Tel Aviv bleiben könne. Ihre Redaktion in Amsterdam werde ungeduldig und erwarte ihr Material. Und sie wolle endlich schreiben. Auf seine Antwort, Airline, Tag und Ankunftszeit am Ben Gurion Airport, hatte sie bislang nicht reagiert.

Das Cinema-Hotel am Dizengoff-Platz im Zentrum der Stadt war einst ein Bauhaus-Kino gewesen, er checkte neben einem historischen, für die Ewigkeit restaurierten 35-mm-Projektor ein, brachte seine Tasche ins Zimmer, fuhr mit dem Fahrstuhl zur Dachterrasse. Zwischen aufgespannten Sonnenschirmen sah er auf den Platz hinunter, betrachtete die Menschen, den Verkehr, die weißen Häuser aus der Bauhaus-Zeit, den blauen, makellosen Himmel. Er kannte diesen Himmel, blickte in Richtung Norden. Aber dort, wo früher die Stadt ins Umland übergegangen war, standen jetzt dicht an dicht Hochhäuser. Er wollte sie wegschieben, in das Grün blicken, die Ebenen, die Hügel, die Bananenfelder sehen.

Hanita. 1978 war er das erste Mal in dem Kibbuz an der Grenze zum Libanon gewesen. Danach immer wieder. Das letzte Mal im September 1982. Jetzt war alles wieder da. Er erinnerte sich an das undurchdringliche Blattwerk, unter dem sie arbeiteten, daran, wie die Sonne mit goldenen Fingern durch die Stauden nach ihren Köpfen griff. Hoch oben kreiste ein Raubvogel. Noch war es kühl. Auf den Blättern lag Tau. Avner stand hinter ihm, den er nun schon einige Jahre kannte, seit seinem ersten Aufenthalt. Sein Oberkörper nackt, in der erhobenen Hand die Machete. Sobald er den Einschlag hörte, musste er rücklings die fallende Staude packen, auf die Schulter ziehen, sie mit festem

Griff ins Gleichgewicht bringen und durch die Plantage zum Anhänger tragen. Avner hatte das Kofferradio an einen der Bäume gehängt. Sobald Nachrichten kamen, horchte er auf, und sie hockten sich auf den Boden, um zuzuhören und erneut Kraft zu sammeln. Würde es Krieg geben? Vielleicht, sagte Avner, als hätte ihn jemand gefragt, ob es Regen geben würde.

Im Libanon sei Bürgerkrieg, schon lange, sagte er. Vor wenigen Tagen habe es in Paris ein Attentat auf den israelischen Botschafter gegeben, nachdem im Frühjahr auf die israelische Botschaft und einen weiteren Diplomaten geschossen worden war. Eine Gruppe um Abu Nidal habe damals die Verantwortung übernommen. Diesmal tat es keiner. Kein Grund also für einen Krieg, auch nicht in Israel. Vergeltung, Luftangriffe, eine begrenzte Intervention, kaum mehr.

Die Gerüchte besagten jedoch anderes, und es gab den Verteidigungsminister Ariel Scharon. Würde er die Zwischenfälle als Vorwand für seine Zwecke zu nutzen wissen? Um zum tödlichen Schlag gegen die PLO und ihre Kämpfer auszuholen, allen voran Jassir Arafat und seine Fatah?

In dem Camp, das die Freiwilligen im Kibbuz bewohnten, konnte er von seinem Fenster aus den Grenzzaun zum Libanon, den Patrouillenweg sehen. Neben Jeeps fuhren jetzt auch gepanzerte Fahrzeuge die Strecke ab. Aber das Leben ging weiter. Avner hatte Kevin aus Schottland, die große Rivka, Tim und ihn für die Bananenernte eingeteilt. Schwerstarbeit. Auch Salomon hatten sie mitgenommen, lang und spindeldürr, über fünfzig, mit Krakenarmen, irgendwie immer etwas zapplig, als würde eine unsichtbare Hand ihn fortwährend kitzeln. Für die schwere Arbeit in den Feldern ungeeignet, aber er wurde geduldet, weil er ein Überlebender war, im Kibbuz zu Hause, doch innerlich in einem nicht beschreibbaren Nirgendwo.

Sie schleppten die Stauden zum Sammelplatz, luden sie auf den Anhänger des alten Ford-Treckers, der mit seinen viel zu schmalen Rädern und Aufbauten etwas von einem Mondfahrzeug hatte. Idan hatte Traktor und Anhänger in einem der Gänge mitten im Labyrinth der Bäume abgestellt, wartete dort auf die Träger. Nur wo war Idan? Jeder Baum flüsterte einem auf dem Weg dorthin etwas zu, da entlang, nein, da. Sich verlaufen kostete Zeit, wertvolle Kraft und brachte die ganze Gruppe, die wie der Löschtrupp eines Dorfes von einer Hand in die andere arbeitete, aus dem Rhythmus.

Idan richtete auf dem Anhänger die grünen Stauden aus, um zu sehen, wo noch Platz war. Ein letzter Gang. Robert sah Tim vor sich im Dickicht verschwinden. *Yalla,* sagte Avner, als er wieder mit gebeugtem Rücken vor ihm stand. Ein Schlag, die Last senkte sich. Er wankte davon, das Meer von grünen Blättern verschlang ihn. Stille.

Tack! Tack! Tack! Idan schien mit einem harten Gegenstand auf das Blech des Traktors zu schlagen. Ein Warnsignal. Er beschleunigte den Schritt.

Vor dem Anhänger saß Kevin aus Schottland, an eines der Räder gelehnt, das Hemd heruntergerissen. Er krümmte sich, schrie, während Idan mit einem Messer in der Hand vor ihm hockte, seine Schulter abtastete. Salomon lief vor den anderen auf und ab. Idan setzte das Messer an, dort, wo die zwei kleinen Punkte waren, drückte mit der Hand das Blut heraus. Kevin schrie erneut. Mit einem Tuch, das Avner ihm reichte, drückte Idan auf die Wunde.

Kevin stöhnte, Schweiß lief über seinen Oberkörper, er zitterte.

»Scheiße, scheiße. Ich hasse den Garten Eden, schickt mich wieder in den Kuhstall.«

»Da tritt dir eine Kuh auf den Fuß.«

»Aber daran stirbt man nicht.«

Alle lachten, bis auf Salomon, der sich im Schatten des Treckers auf den Boden gekauert hatte. Aus seinem Körper kam ein tiefes, unergründliches Wimmern.

»Ich gehe zu ihm«, sagte Rivka. Sie hockte sich vor ihn.

»Er wird es schaffen«, sagte sie. »Ganz sicher.« Mit beiden Händen zog sie ihn hoch. Salomon sah zu ihnen herüber. In seinem Gesicht lag etwas Unergründliches, Fernes, Fremdes, Unlösbares. Etwas, das er noch nie zuvor an einem Menschen gesehen hatte.

Idan und er nahmen Kevin auf die Schulter und trugen ihn zu dem VW-Bus, der außerhalb des Feldes in der Sonne stand. Idan gab Gas, Steine und Sand spritzten zur Seite, sie fuhren durch das Tal, die Straße führte an Pampelmusenhainen entlang, von denen ihnen Kibbuzniks, die Waffen über der Schulter, per Handzeichen etwas mitzuteilen versuchten.

Am Fuß des Hügelkamms begannen die Serpentinen. Sie mussten Kevin halten, weil er sonst vom Sitz gesunken wäre. Idan schaltete das Radio ein. Der Nachrichtensprecher sprach schnell, er konnte nur einzelne Worte verstehen. Abu Nidal, Zahal, Ariel Scharon. Und immer wieder Libanon und PLO. Beirut. Krieg.

War, sagte Idan und schlug mit der Faust aufs Lenkrad. *Our Army will go to Libanon.*

When?

Soon, very soon ...

Im Kibbuz angekommen, hoben sie Kevin aus dem VW-Bus und trugen ihn zur Krankenstation.

Er hatte Talia noch nie bei der Arbeit gesehen. Sie trug einen weißen Kittel und Turnschuhe und hatte die Haare hochgesteckt. An ihrem Nacken entdeckte er den kleinen Leberfleck, der sonst unter ihrem Haar verborgen war und den er so gern küsste.

»Damit er für immer bleibt. Für immer und für mich«, hatte er einmal geflüstert, als sie wie in so vielen Nächten nackt und erschöpft auf den Laken gelegen hatten.

Talia sah zu ihm auf, betrachtete Kevins Wunde, fragte Avner nach Art und Aussehen der Schlange. »Eine Zeva, Palästinaviper«, sagte er.

»Idiot, hast sinnvolle Zeit verstreichen lassen, weil du ihn unbedingt mit deinem Messer retten wolltest. Am Ende hast du ihn noch infiziert.«

Idan sah zu Boden.

»Kinder spielen Indianer«, sagte sie.

Er konnte genug Hebräisch, um zu verstehen, was sie sagte. »Nimm das hier, Robert, säubern, desinfizieren, aber vorsichtig.« Mit ihm sprach sie Englisch. Oft reichte es nicht aus, um all die Gefühle auszudrücken, die sie füreinander empfanden. Auch das war ein Problem.

Sie gab ihm Mull und eine Flasche mit gelber Flüssigkeit. »Kevin wird schreien, wenn du ihn berührst. Idan! Halte ihn fest.« Sie ging an den Kühlschrank und holte Serum heraus, las das Etikett und zog eine Spritze auf.

»In den kommenden Tagen kein Einsatz«, sagte sie.

Avner nickte und sah mit einem verschwörerischen Lächeln zu ihm herüber. *It's war, so a little break for our volunteers anyhow.*

Am Abend verließen Talia und er gemeinsam den Speisesaal. Eine nicht greifbare Spannung lag in der Luft. Es war noch nicht gänzlich dunkel, sie hörten Kinder auf dem Weg spielen, in der Nähe ihrer Eltern, die sie den ganzen Tag nicht gesehen hatten. Sie kletterten auf einen der Bunker und blickten ins Tal. Die Sonne tauchte das Land in ein warmes, sterbendes Licht, wie Wellen eines Meeres flimmerte und schwamm die Luft noch einmal über den Feldern. Dann entdeckten sie die Nester von Panzern, mit Netzen abgehängte Kanonen, Jeeps mit wippenden Antennen. Zelte.

»Ich werde gehen«, sagte sie.

»Weil du willst oder weil du musst, Talia?«

Sie stieß ihn an und lachte. »Du bist süß. Ich bin Soldatin.«

Er nahm sie in den Arm. »Ich will nicht, dass du gehst.«

Später lagen sie zusammen in Talias Bett. Sie löste sich von ihm, stand auf, griff langsam, fast schlafwandlerisch nach Hemd und Shorts, küsste ihn stumm auf die Stirn und ging in die Küche. Er folgte ihr.

Sie hatte den Bescheid bereits erhalten. Er starrte auf das Papier, das auf dem Tisch lag. Bis Ende August würde sie als Reservistin in ihrer Sanitätseinheit dienen.

»Was ist mit uns, Talia?«

Sie setzte sich auf seinen Schoß, er spürte ihr Gewicht, ihre warme, feuchte Haut auf seinen Beinen. Sie legte einen Arm um seinen Hals.

»Als wir uns vor vier Jahren das erste Mal gesehen haben und alles begann, hab ich gedacht, du bist es, der irgendwann geht und nicht wiederkommt. In Deutschland wirst du Arzt oder Wissenschaftler werden, und ich werde für dich eine schöne, vielleicht manchmal wehmütige Erinnerung sein, Teil eines Lebens, das du auch hättest haben können, aber doch nie wirklich wolltest.«

»Unsinn. Ich liebe dich, Talia.«

»Für dich ist das hier eine Art Feriencamp, eine Auszeit für deine Nischenidentität. Jude auf Zeit.« *Part-time jew.* »Für mich ist es das Leben, das ganze, volle und jeden Tag aufs Neue gefährdete Leben.«

Er wollte etwas sagen, aber sie sprach weiter. »Robert, hör mir zu. Das Leben ist hart in diesem Land. Wir werden wieder Krieg führen, diesen und den nächsten, und wer weiß, wie viele noch, bis uns unsere Nachbarn in Frieden leben lassen. Ich weiß, was du jetzt sagen willst: ›Der Frieden liegt genauso in eurer Hand wie in der der anderen. Und dieser Krieg, der jetzt bevorsteht, zeigt doch, ihr oder eure Regierung wollt keinen Frieden. Ihr wollt Land. Fremdes Land.‹ Ihr in Deutschland denkt, wenn man Frieden will, muss man es nur laut sagen oder kräftig singen, auf der Straße oder in den Kirchen, alle Menschen werden Brüder, mit Plakaten und Transparenten und dem Wissen um das richtige Leben.«

Sie stand auf, streifte das Hemd über, das auf dem Boden lag. »Frieden gibt es nur gegen Land. Ich wünschte, es wäre anders. Lass uns sehen, wohin es uns führt, wenn wir uns ein paar Wochen nicht sehen. Vielleicht bist du nicht mehr hier, wenn ich zurückkehre.«

»Ich werde hier sein.«

Er zog sich an, nahm den Kassettenrekorder, der neben ihrem Bett stand, drückte auf Play.

And in the naked light I saw
Ten thousand people, maybe more
People talking without speaking
People hearing without listening
People writing songs that voices never share
And no one dared
Disturb the sound of silence

Diesmal fiel sie nicht mit ein, sie küsste ihn auf die Wange und schob ihn von sich. »Schalom, Robert, morgen um fünf Uhr kommt der Bus. Gib mir noch etwas Zeit für mich allein.«

Er beschloss, zwischen den weißen Häusern an die Promenade zu gehen und später irgendwo etwas zu essen. In einem Café in Strandnähe bekam er eine WLAN-Verbindung und las seine Mails. Bei WhatsApp stand eine rote Eins. Eine Nachricht von Mila? Er tippte auf das Symbol.

Sie hatte das Profilbild geändert, ein Schnappschuss. Hinter ihrem hellen Schopf erkannte er die Ruinen von Byblos. Sie lachte, schien sich über den Fotografen lustig zu machen. Er zog die Brille heraus und las:

Mashya, 5 Mendeli Street, beste jüdisch-marokkanische Küche, Reservierung 20 Uhr auf den Namen no name.

Nicht erscheinen gibt es nicht. :)

2

Wann immer er nach einer Welle auftauchte, sah er die Lichter der Stadt. Mila schwamm hinter ihm, er wusste nicht, wo. Er fühlte sich schwerelos und schwer zugleich, das Wasser war warm, er versuchte den Platz am Strand zu fixieren, an dem sie ihre Sachen abgelegt hatten.

»Einfach so?«, hatte er sie gefragt, als sein Hemd bereits im Sand lag und er zur Herbert Samuel Street blickte, der großen, hinter dem weitläufigen Strand gelegenen, niemals schlafenden Promenade der Stadt. Taxis schossen in südlicher Richtung vorbei, Motorräder mit aufgebohrtem Auspuff, Nachtlinien der Busse nach Jaffa. Die Schatten von Fahrrädern mit lautlosem Elektromotor glitten vorbei wie auf einer Bühne. Nur das Meer und die sanften Wellen waren zu hören.

»Poseidon mag uns so, wie wir sind«, antwortete sie und öffnete ihren BH.

Vom Restaurant Mashya aus waren sie kreuz und quer durch die Straßen gelaufen, sie mussten im Kreis gegangen sein, irgendwann waren sie wieder in der Mendeli Street angekommen. Von der zum Ufer führenden Straße aus konnten sie zwischen den Häusern das Meer sehen. Dann spürte er Milas Hand in seiner, und sie zog ihn mit.

Das Essen war gut gewesen, aber irgendwann hatten die Speisen auf dem Tisch ihre Konturen verloren, begonnen zu verschwimmen, Tahina, Red Tuna, Pine Nuts, Labneh, Lamb, Spring

Peas, Mugrabia Risotto. Das Etikett der ersten Flasche hatte er noch abfotografiert. Ein roter Shoresh 2011, vom Weingut Tzora, westlich von Jerusalem. Die zweite war eine zu viel. Wer hatte sie kommen lassen, er oder sie? Plötzlich hatte sie auf dem Tisch gestanden, und beide hatten gelacht.

Er machte ein paar Züge in Richtung Strand, bald würde er wieder den Boden ertasten können. Da war er. Aber er schwankte. Es war eine Illusion, dass frische Luft und Bewegung die Ausnüchterung beschleunigten. Noch einmal hörte er sich auf dem Weg zum Strand dozieren: »Die Abbaurate, ausgedrückt in $g_{\text{Ethanol}}/(\text{h mal kg}_{\text{Körpergewicht}})$ durch die Alkoholdehydrogenase, beträgt bei Männern etwa 0,1 g_{Ethanol} pro Stunde und Kilogramm Körpergewicht, bei Frauen etwa 0,085 g_{Ethanol} pro Stunde und Kilogramm Körpergewicht.« Wie schwer sie sei?

»Leicht«, hatte sie gesagt, »sehr leicht.«

Hatte er Mila diesen Vortrag eben schon gehalten? Oder spulte er nur Formeln über das Leben ab, ohne über das Leben selbst zu sprechen?

Unter Wasser spürte er ihre Hand an seinem rechten Bein. Mila tauchte hinter ihm auf, legte die Arme über seine Schultern. Er stemmte die Beine in den Sandboden, um besseren Halt zu haben.

»Zwei Nackte und zwei Flaschen Wein schwimmen im namenlosen Meer«, sagte sie, umklammerte seine Hüften mit ihren Beinen. Er versuchte, sich zu ihr umzudrehen, doch sie gab nicht nach.

»Trag mich Robert, bitte«, sagte sie in der Stimmlage eines kleinen Mädchens.

»Ins Meer hinein oder ans dunkle Land?«

»Dorthin, wo der Sand warm ist.«

Er setzte einen Schritt vor den anderen, es war nicht einfach, das Gleichgewicht zu halten. Sheraton, Hilton, David Interconti, monströse Schachteln aus Beton, sie schienen vor ihm zurückzuweichen. Ein einmotoriges Militärflugzeug mit blinkenden Lichtern setzte am schwarzen Nachthimmel auf dem kleinen Dov Airport hinter dem Hilton zur Landung an.

Als das Wasser nur noch kniehoch war, ließ sie sich an ihm herabgleiten. Dann rannte sie los.

Ihre Kleidung lag unter einem der hölzernen Stranddächer, deren poröse Bretter bei gleißendem Licht mosaikartige Schatten auf den Sand warfen und unter denen bei Nacht Backpacker und junge Leute, die nach einer Party den Weg zurück nach Jerusalem scheuten, ihre Schlafsäcke ausrollten.

Mila nahm ihrer beider Hemden und breitete sie auf dem Sand aus. Sie waren allein. Die Straße wirkte fern, auch hier war das Meer zu hören, der leichte Wind wärmte.

Sie lagen auf den Hemden, seitlich auf die Arme gestützt. Ihre Hand griff nach seiner Brust, langsam begann sie, sich zu bewegen, als suchte sie etwas. »Du bist so weit weg, Robert.« Sie rückte näher an ihn heran. »Immer so weit weg.«

Er konnte an ihrer Stimme hören, dass sie noch ein wenig betrunken war.

»Zu kalt?« Sie wollte die Hand wegziehen.

»Nein«, sagte er, nahm sie und führte sie wieder an seine Brust.

Dann ging alles wie von selbst, sie legte sich auf den Rücken, zog ihn auf sich, öffnete ihre Beine. Ihre Hand glitt an ihm herab, fand ihn, umschloss ihn, sein Atem wurde schwerer, ihr Griff samten, warm, fest, er spürte nichts außer einer makellosen Geborgenheit und tröstenden Bestimmtheit. Er begann, sich in ihr zu bewegen. Ihr Atem wurde schneller, tiefer. Sie nahm die dünne silberne Kette, die sie stets trug, in den Mund, als sei sie ein Beißholz, und hielt die Lippen aufeinandergepresst. Er hörte sie durch die Nase atmen, dann setzte er aus, ein Beben ging durch ihren Körper, er spürte die Kontraktion, die Bauchdecke oberhalb ihrer Scham bewegte sich auf und nieder. Mit dem Mund hielt sie noch immer die Kette.

Er schloss die Augen. *Komm,* hörte er sie sagen. *Ja,* sagte er. Alle Bilder, Gedanken wurden weggespült von einem hellen, mit seinem Auftakt schon auf ein Ersterben angelegten Fluten und Pulsieren. Dann war alles vorüber.

Er senkte den Kopf, um ihre Wangen zu küssen, sie waren nass.

Die Kette lag wieder auf ihrer Brust, er berührte sie mit seinen Lippen.

Er legte sich auf die Seite, Mila stützte sich mit einem Arm auf, zog seinen Pullover wie eine Decke über sich.

»Ja, das sind Tränen«, sagte sie.

Er wartete ab, ob sie weitersprechen wollte. Sie fuhr mit der freien Hand durch den Sand. Gus hätte ihr Mann werden sollen, im vergangenen Jahr sei er nach Südafrika gegangen, mit einer anderen Frau. Er, der alles für sie gewesen sei. Nach ihren ersten Wochen habe er ihr diese Kette geschenkt, sie habe gedacht, irgendwann schmieden wir die Kette zu einem Ring. Wie dumm! Bis heute habe sie nicht die Kraft gefunden, sie abzulegen. Obwohl sie wisse, dass er niemals zurückkehren werde.

Und Jamal, wollte er fragen. Als hätte sie diese Frage geahnt, sprach sie weiter. Jamal sei süß, gelegentlich etwas kompliziert, aber ein guter Mensch und ein großer Künstler. Doch Trost sei nicht Liebe und Freundschaft kein Begehren. So, wie sie jetzt sei, sei sie für Jamal eher eine Zumutung. Sie schmiegte sich an ihn. Er legte einen Arm um sie. »Du bist so stark«, sagte er.

»Aber nicht immer, manchmal …«

»Das eine schließt das andere nicht aus.«

Er küsste ihren Nacken, ihr Haar roch nach Mandelshampoo und Meer.

»Und wir?«, sagte sie und richtete sich auf.

»Wir?«

»Ich meine unsere Teambesprechung, wann ist die nächste? Wir sind nicht zum Vergnügen in diesem Land, obwohl dieser

Abend einen das vergessen lässt. Das, was du von Berlin erzählt hast, hat mich mehr als neugierig gemacht.«

»Morgen«, sagte er.

»Vielleicht in Jaffa, am späten Vormittag?«

Er nickte.

Sie streckte die Hand nach ihrem Slip und dem BH aus, bekam beides zu fassen und zog es heran.

Als sie beide angezogen waren und sich den Sand abgeklopft hatten, hockten sie sich im Schneidersitz in den Sand.

»Ich werde langsam wieder nüchtern«, sagte sie. »Wenn wir es beide sind, wird dies eine schöne Erinnerung sein.«

»Ja«, sagte er.

Dann sprach sie ihren Namen aus, *Talia,* ohne Zögern, ganz selbstverständlich. Im Restaurant Mashya hatte er von der Zeit im Kibbuz erzählt, die ihm jetzt wieder so nahe gerückt war, und von seiner Liebe zu Talia Aloni. Er habe sie nach seinem letzten Aufenthalt in Hanita nie wiedergesehen, es sei irgendwie und irgendwann auseinandergegangen.

»Sie wohnt mit ihrem Mann in Caesarea, einem namhaften Architekten. Eine knappe Stunde mit dem Auto. Die Adresse findest du im Netz«, sagte Mila.

»Wie hast du …?«

»Ein paar Klicks, während du im Restaurant verschwinden warst. Der Name hat mich aufhorchen lassen, ich war mir sicher, einmal etwas über sie gelesen zu haben. Kündige dich vorher bei ihr an, damit ihr Mann nicht zu Hause ist, wenn ihr euch seht.«

»Vielleicht will sie nicht …«

»Versuche es. Sollte sie einwilligen, dann nur so. Nur ihr. Allein. Und ich habe mich nicht getäuscht, sie ist in Israel inzwischen so etwas wie eine Berühmtheit. Geliebt und gehasst.«

»Wie meinst du das, Mila?«

»Wirst du sehen.« An der Frishman Street blieben sie noch

einmal stehen. »Glaubst du eigentlich, dass Sahira Hatoum noch lebt, irgendwo auf dieser Welt?«

»Darüber habe ich noch nicht nachgedacht.«

»Solltest du aber.«

Erst am Morgen wurde ihm klar, dass sein Pass tatsächlich verschwunden war. Bevor er sich spät in der Nacht ins Bett hatte fallen lassen, unruhig, erschöpft, hatte er noch angenommen, er hätte ihn irgendwo auf dem Schreibtisch abgelegt und würde ihn dort am nächsten Tag wiederfinden. Seine Reisetasche hatte er dreimal aus- und wieder eingepackt, war unter das Bett gekrochen, hatte die Hose, die er am gestrigen Abend getragen und am Strand abgestreift hatte, wieder und wieder durchsucht. Außer Sand, fein und hell, der im Hotelzimmer auf den Boden rieselte, war nichts in den Taschen.

Das Portemonnaie war da, Handy, Bargeld. Nur der Pass fehlte. Hatte er ihn an der Rezeption abgegeben und es nur vergessen? Ein kurzer Anruf in der Lobby, nein, Reisenden würde niemals der Pass abgenommen. Ob er im Zimmersafe nachgesehen habe, rechts im Kleiderschrank?

Die metallene Tür stand offen, der Safe war leer.

Wieder und wieder ging er den gestrigen Tag durch, dann den Abend, die Nacht. Er fühlte Scham und neue Lust, als er sich daran erinnerte. Der Strand, das hölzerne Dach, das Profil von Milas Brüsten, ihr knabenhaftes Becken, der Geruch von Mandelshampoo und Meer. Die verwirrende Selbstverständlichkeit und Zwanglosigkeit, mit der alles geschah. Und dann das Erwachen, als sie mit einem Mal den Namen *Talia* aussprach.

Hatte jemand, während sie im Meer schwammen, seine Sachen durchsucht? War er zu leichtsinnig gewesen? Oder hatte Mila den Ausweis, nachdem er aus seiner Tasche gefallen war, aufgehoben und nur vergessen, es ihm zu sagen?

Er sah auf die Uhr. 7.20 Uhr. Noch in der Nacht hatte er beschlossen, ihr gleich am Morgen zu schreiben, dass er ihr für diesen schönen, ungewöhnlichen Abend danken wolle und auch für den Rat. Die Frage nach einem verlorenen Pass war da wie ein Fremdkörper, eine Antiklimax, eine allzu frühe Erdung.

Mehrere Male formulierte er den WhatsApp-Text um. Dann schickte er ihn ab.

Boher tov, Mila, dankbar blicke ich an diesem Morgen aufs Meer, und das, was es über uns zu erzählen wüsste. Robert. PS: Großes Glück und kleines Unglück, ich vermisse meinen Pass. Gehe jetzt an den Strand, um ihn zu suchen: Hast Du ihn irgendwo gesehen?

Die Antwort war kurz und kam unmittelbar:

Aus den Tiefen von Traum und Schlaf: kein Pass, nirgends. Viel Glück. Sorry!

Mila

Er nahm den Fahrstuhl in die Lobby, lief vom Dizengoff-Platz zurück zur Frishman Street. Von da aus war er schnell am Meer. Unter einem der drei hölzernen Sonnendächer hatten sie gestern Nacht ihre Sachen abgelegt. Ein afrikanisch aussehender Mann in kurzer, ausgeblichener Hose und gelbem Hemd, auf dem Rücken seines T-Shirts stand STAFF, wuchtete Liegen von einem hohen Stapel herunter, fegte mit einer kleinen Bürste den Sand ab, stellte sie am Strand in Reih und Glied auf. Die Kette, mit der sie über Nacht gesichert waren, rasselte jedes Mal, wenn er eine Liege herunterhob. Noch waren sie allein am Strand, die Jogger liefen oben die Promenade entlang, ihre MP3-Player an den Oberarm geschnallt.

Sorry, Sir. I think I lost my passport, sagte Landauer und wies auf den Platz unter den Stranddächern. *Last night.* Der Mann folgte ihm dorthin, kniete sich auf den Boden und begann mit gleichmäßigen, kreisenden Bewegungen die Hände durch den Sand zu ziehen. Eine Zahnspange, ein Löffel, ein Kamm, eine ungeöffnete Packung Fromm-Kondome, zwei Fünf-Yuan-Scheine mit dem Abbild Maos in Uniform kamen zutage, der Mann warf die Sachen, bis auf das Geld, in einen nahe gelegenen Mülleimer. Vom Pass keine Spur.

Police, sagte er, nachdem er sich wieder erhoben hatte. *Better you go to the police.*

Es würde ihm nichts anderes übrig bleiben, als den Verlust zu melden. Schon sah er sich im Warteraum der Konsulatsabteilung der deutschen Botschaft, Formulare, Schlangestehen, Verlust oder Diebstahl, haben Sie eine polizeiliche Anzeigenbestätigung? Bitte beibringen. Er gab dem Mann zwanzig Schekel, der verbeugte sich und sagte: *Good luck, Mister.*

An der Hotelrezeption erkundigte er sich nach der nächstgelegenen Polizeistation. Dizengoff Street Nr. 221, gleich hinter der Jabotinsky Street. Vom Hotel aus ein Weg von fünf Minuten.

Das Haus war nicht zu übersehen. Der rechte Teil, kürzlich im Tel Aviver Weiß gestrichen, wie ein gepflegtes, Wohnhaus, daran angrenzend ein Flachbau mit breitem Stahltor. Auf dem Dach Antennen, die Fenster vergittert, nur die Kästen der Klimaanlagen ragten heraus. In den Haltebuchten zwei Polizeiwagen, Toyota Camry. Zwischen ihnen ein kleiner, silberner, von der Sonne ausgebleichter und fast grau gewordener Kleinwagen, der ebenfalls auf einer der markierten Flächen stand.

Eine junge Polizistin hinter einer Glasscheibe sah zu ihm auf. In der nüchtern gehaltenen Lobby war es kühl. An der Decke Videokameras, die ihn mit der Undurchdringlichkeit von Katzenaugen anzublicken schienen.

Er nannte seinen Namen, sein Anliegen, zur Sicherheit wiederholte er beides noch einmal, eine Verlustmeldung für seinen Pass, das Konsulat werde nach irgendeinem Papier dieser Art fragen. Die Polizistin drückte, ohne zu antworten, einen Knopf. Er hörte links neben sich ein Surren, dann klackte es. An der Seitenwand wurde eine mit Panzerglas versehene Tür aufgedrückt, und ein kleiner Mann, wohl über sechzig, graue Hose, graues kurzärmeliges Hemd, lugte heraus. Die Polizistin bedeutete ihm, er solle zu dem Mann gehen. Den Fuß in der Tür, erwartete der ihn.

»Kommen Sie«, sagte er auf Deutsch.

Sie gingen durch einen kurzen Gang, an einer der Türen blieb er stehen, bat Landauer einzutreten. »Unser Besprechungszimmer. Kein Verhörzimmer. Nur manchmal, wenn uns äußere Umstände zwingen, führen wir hier Interviews. Sie wissen, was ein Interview ist? Der eine fragt, der andere antwortet. Auch wenn es immer wieder Menschen gibt, die nicht antworten wollen. Es ist ihr Recht, aber klug ist es nicht.«

Landauer sah sich um, ein heller Holztisch, sechs Stühle, das Fenster nach hinten raus und vergittert. An der Wand ein Bild des Staatspräsidenten Reuven Rivlin und des Premiers Benjamin Netanjahu.

»Bibi lügt und betrügt«, sagte der Mann, als er bemerkte, dass Landauer die Bilder betrachtete. »Inzwischen schon wieder fünf Jahre älter und auf dem Kopf ganz grau. Die neuen offiziellen Fotos bekommen wir erst in den kommenden Wochen. Wir haben zusammen gedient, damals. Für eine gewisse Zeit.«

Er bat Landauer, Platz zu nehmen. Auf dem Tisch lag ein verschlossenes Kuvert mit einem Behördenwappen.

Der Mann stellte sich als Shimon Steinfeld vor, aus Regensburg. Genauer, seine Eltern seien aus Regensburg, und dennoch passiere es ihm immer wieder, dass er sage, er stamme dorther.

»Wir Älteren werden dieses Deutschland nicht los. Und unsere jungen Leute rennen ihm in die Arme. Mein Sohn war schon dreimal in Berlin und einmal in Wuppertal. Er ist Wissenschaftler, am Technion in Haifa, er wollte diese hängende Schwebebahn sehen.«

Landauer wurde unruhig, er wollte sein Anliegen vortragen, ein Papier mit der Anzeigenbestätigung mitnehmen und dann das Konsulat aufsuchen. Jetzt hatte er das Gefühl, der Mann mit

Namen Steinfeld interessiere sich wenig für das, was ihn hierhergebracht hatte, sondern hatte seine eigene Agenda.

Steinfeld zog das Kuvert dichter an sich heran und klopfte mit einem Finger darauf. »Da ist er«, sagte er und schob das Kuvert zu Landauer hinüber.

Steinfeld beobachtete, wie er den Umschlag aufriss, den Pass herausnahm.

»Ich danke Ihnen«, sagte Landauer. »Wo haben Sie ihn gefunden?«

»Sie waren im Meer. Es war dunkel. Und Sie waren unachtsam«, sagte Steinfeld.

Hatten er oder vielmehr einer seiner Leute ihn und Mila, nachdem sie aus dem Meer zurück an den Strand gekommen waren, beobachtet? Auch bei dem, was dann geschehen war?

»Sie haben ihn mir, auf welche Weise auch immer, abgenommen, weil Sie wollten, dass ich hierherkomme? In diese Polizeistation?«

Steinfeld lächelte. »Sie hätten auch in die Omets Street gehen können, aber warum den weiten Weg nach Jaffa? Selbst wenn, irgendwann wären Sie sowieso hier gelandet«, sagte Steinfeld.

»Sie sind kein Polizist, vermute ich?«

»Eine Frage der Perspektive. Wir schützen genau wie unsere Kollegen auf der Straße diesen kleinen Staat, der, kaum hat er die evolutionären Eierschalen abgelegt, sich ganz schön anstrengen musste, um zu überleben.«

»Das wird er.«

»Unbedingt. Dafür stehen wir. Und bevor aus einem Vielleicht oder Möglicherweise heraus lauter kleine Fragezeichen an dieses Unbedingt geheftet werden, sind wir da.«

»Dann allerdings reden Sie mit dem Falschen, aber ich danke Ihnen für Ihre Umsicht«, sagte Landauer und machte Anstalten, sich zu erheben.

»Lassen Sie uns offen miteinander reden, Professor. Sie und ich, wir sind alt genug, um uns Pirouetten sparen zu können.«

Er bedeutete ihm, sitzen zu bleiben. »Wir haben uns beim Dienst mit Ihrer Biografie, der frühen und der späteren als Wissenschaftler, vertraut gemacht. Große Höhen, große Tiefen. Das Leben mit all seinen Unwägbarkeiten. Jetzt aber sind Sie hier, in dem Land, dem Sie einst sehr gewogen waren, mit einem Auftrag, wenn man es so nennen möchte, der so gar nicht in dieses Bild passt. In Berlin haben Sie eine Verabredung mit einem namhaften und beruflich fraglos erfolgreichen Palästinenser getroffen, der einst für die PLO gearbeitet hat. Einem Mann, den wir zu kennen glauben und der immer wieder Dinge tut, die uns nicht gefallen. Daraufhin sind Sie mit einem neuen Pass nach Beirut gereist und kommen anschließend über Berlin nach Tel Aviv. Zu uns. Dann ist da noch die junge holländische Journalistin. Eine politische Journalistin, wenn wir richtig gelesen haben. Sie war zunächst in Kairo, ist anschließend über Istanbul in unser Land gekommen. Nun sind Sie beide hier, und wir fragen uns, was der Anlass für den Besuch in unserem kleinen Land ist.«

Er machte eine Pause, und doch hatte Landauer nicht den Eindruck, als erwartete er eine Bestätigung von ihm oder sonst irgendeine Reaktion. Jetzt fiel ihm auch die junge Beamtin bei der Einreise am Flughafen Tel Aviv wieder ein. Sie hatte seinen Pass in das Lesegerät geschoben und ihn dann länger als gewöhnlich fixiert.

»In Beirut sprechen Sie mit einem hohen Vertreter der Falange, Vertretern der christlichen Milizen in Zivil, die einst unsere Verbündeten waren und heute die erklärten Feinde unseres Landes sind. Dies zudem an einem verborgenen Ort mit der szenisch durchaus gelungenen Ouvertüre einer vorgetäuschten Entführung. Ganz und gar orientalisch. Mozart hätte daran seine Freude gehabt und Bassa Selim mit Ihrem Gastgeber eine ebenbürtige Figur an die Seite gestellt. Nur dass dieser Gastgeber Sie wenig später wieder mit Kaltgetränken und in Ledersitzen von einem Chauffeur in die Stadt kutschieren lässt.«

»Oft liegt auch die Wahrheit im Auge des Betrachters.«

Steinfeld ließ sich nicht aus der Ruhe bringen. »Ich nehme an, Sie wissen, dass Fouad Tamimi, Ihr Partner oder was immer er ist, im Laufe seines Lebens viel Geld an die Sache der Palästinenser gespendet hat? Für Brunnen, Schulen, Krankenhäuser. Also für Waffen. Hier, in diesem Land, ein Straftatbestand. In Ihrem Land kaum mehr als ein wenig Charity oder, wie sagt man heute: zivilgesellschaftliches Engagement. Geld für die gute Sache. Was mit dem Geld geschieht, entzieht sich unserer Kenntnis. Ich gehe davon aus, dass Sie das nicht wussten. Oder doch?«

Landauer machte sich nicht die Mühe zu fragen, woher Steinfeld all diese Erkenntnisse hatte. Er hatte vor langer Zeit schon begriffen, dass die Israelis stets wussten, was sie wissen mussten. Für dieses *Niemals wieder*.

»Ja, wir haben Tamimi schon lange im Blick, ohne ihn wirklich festnageln zu können. Wir kennen seine Geschichte und auch die seiner Beziehung zu der jungen Frau, Sahira Hatoum. 1982 verschwindet sie vom Radar. Vielleicht eine von vielen Geschichten, von bitterer Gewöhnlichkeit, vielleicht auch nicht. Beide haben damals für die PLO gearbeitet. Sie werden verstehen, dass wir das nicht gänzlich ignorieren können. Und dann ist da noch die tote junge Frau, ebenfalls eine Palästinenserin. Vor unserem Posten in Beirut abgelegt, unmittelbar vor den Lagern von Sabra und Schatila. Sie sollten sich mit der Tatsache vertraut machen, dass dies die von Ihnen gesuchte Frau sein könnte. Es spricht einiges dafür. Und ja, Sie haben natürlich recht, das ist noch keine Gewissheit. Aber es riecht nach einer solchen, finden Sie nicht?«

Kurz erwog Landauer, die Sache herunterzuspielen, al-Soury, lediglich ein Forschungskollege aus seinen amerikanischen Jahren, ein Wiedersehen nach der gemeinsamen Zeit in Philadelphia, die Begegnung mit Mila van Heijden Zufall, die ungeplante

Einladung in die Hügel der Stadt ein Ärgernis, kaum mehr als das.

Aber Tamimi? Wenn es tatsächlich stimmte, was Steinfeld behauptete und er ein Unterstützer der palästinensischen Sache war, der Radikalen, Unbeugsamen, und Geld für Waffen spendete, hatte er einen Fehler gemacht. Er ärgerte sich, dass Steinfeld ihn auf diesen Umstand hinweisen musste. Warum hatte er sich die Frage nicht selber gestellt? War er zu leichtgläubig gewesen? Dass Tamimi, nach all dem, was er ihm erzählt hatte, kein Freund dieses Staates war, lag so lachhaft nahe, dass er sich für seine mentale Nachlässigkeit hätte ohrfeigen können. Und dann erneut der Hinweis auf die tote junge Frau.

»Ich erwarte keine Antwort von Ihnen«, sagte Steinfeld, zudem sei Israel ein Rechtsstaat, und er habe nichts Unrechtes getan. Für Steinfeld schien das Gespräch damit beendet zu sein. Er erhob sich.

Als Landauer wenig später auf die Straße trat, hielt er einen Moment inne und beobachtete das Treiben. Menschen schlenderten vorbei, ein Baustellenfahrzeug stand mit dröhnendem Motor in einer Seitenstraße, Lieferwagen mit offenen Türen versperrten den Weg, Touristen in Latschen, Handtücher über der Schulter, gingen in Richtung Meer, ein Pizzalieferant auf einem Roller schlängelte sich an den parkenden Wagen vorbei.

Was hatte Steinfeld ihm in seiner Welt hinter kugelsicherem Glas sagen wollen? Auf jeden Fall das: Wir wissen, wer du bist und was du tust. Und wenn uns etwas nicht gefällt, melden wir uns wieder.

Oder war es mehr als das?

3

Er wartete auf Mila, blickte von der Aussichtsplattform aus auf das Meer, die Silhouette von Tel Aviv, den Strand, die Kette der Hochhäuser. Unter ihm lagen die Gassen der Altstadt von Jaffa, einst ein wichtiger Ort des Handels, der im Mittelalter an Bedeutung verlor, unter den Osmanen noch einmal als Pilgerhafen zur Blüte gebracht, 1948 im Unabhängigkeitskrieg von den Israelis erobert und später der Stadt Tel Aviv einverleibt wurde. Heute war er Treffpunkt der jungen Leute und Touristen, in den Gassen des Marktes herrschte neues Leben; Restaurants, Luxuswohnungen in osmanischem Stein, Neubauten im Jaffa-Stil, das arabische Flair nur noch Kulisse, die Wiederkehr des Verdrängten zeigte sich als Modeboutique und Gault-Millau-Falafel.

Gleich nach seiner Rückkehr ins Hotel hatte er sie angerufen und um ein Treffen gebeten, nur nicht in einem Hotelzimmer, einem Restaurant oder einem anderen geschlossenen Raum. Warum so geheimnisvoll?, wollte sie wissen. Zur Sicherheit, sagte er. Ob er tatsächlich meine, sie würden bei ihren Gesprächen ab sofort abgehört werden? »Nur weil wir gestern am Strand das getan haben, was Menschen, die sich mögen, gelegentlich tun?« Sie lachte. Es sei vielleicht unvernünftig gewesen, aber noch lange keine Straftat. Außerdem sei es beschämend unprofessionell, ihm dies am Telefon zu erzählen. Da könne er es auch gleich aus dem Fenster des Hotels rufen. Aber die Aussichtsplattform sei natürlich o. k.

Er würde ihr berichten, dass Shimon Steinfeld und die Seinen überall sein konnten. Denn er hatte wenig Lust, ihn wiederzusehen. Jedenfalls nicht in der erprobten Konstellation, er wie ein Angeklagter ohne Anklage, Steinfeld ihm gegenüber in einem Raum, der zur Kulisse eines Kafka-Romans getaugt hätte. Und dennoch: Er hatte den über seiner Arbeit im Verborgenen gealterten Mann irgendwie gemocht. Mit seinem grauen Halbarmhemd, der etwas zu weiten Hose, der sonnengegerbten Haut, seinem ordentlichen Deutsch. All das erinnerte ihn an das alte Israel, wie er es gekannt hatte, den sozialistischen Staat, die Vision eines weltlichen Hafens für die Juden, der nicht ausschließlich ein jüdischer Hafen sein sollte. Der Gott, an den diese Menschen glaubten, trug eine Schaufel, ein Gewehr und ein Buch, war ein Gott der Arbeit und der Freiheit und nicht einer, der die national-religiös verbrämte Landnahme subventionierte, ein Groß-Israel ohne Araber. Shimon Steinfeld hatte vielleicht selbst bemerkt, dass der Staat, den er vor vielen Jahren zu schützen begonnen hatte, ein anderer geworden war. Aus melancholischen, fast traurigen Augen hatte er ihn angesehen, trotz fester Stimme und eingespielt souveränem Auftreten. Zugleich spürte Landauer eine leichte Enttäuschung darüber, dass dieser starke Staat für ihn nicht einen schneidigen jungen Israeli abgestellt hatte. Zumindest Mila hätte jemanden verdient gehabt, der ihr ebenbürtig war.

Er blickte den Weg hinunter und sah, wie sie den Berg heraufkam. Ihr Haar leuchtete in der Sonne, sie trug eine kurze blaue Hose, Espadrilles und ein blau-weiß gestreiftes Hemd. Er mochte ihren Gang, zum ersten Mal bemerkte er, dass sie auf beiden Seiten leicht über den großen Zeh abrollte. Ein Gang, der in seiner mädchenhaften Unbeherztheit so gar nicht zu ihr passen wollte. Für einen Augenblick sah er in ihr die Tochter des puritanischen Predigers in Hilversum. Zöpfe, weiße Socken, Sandalen, ein leichter Pes valgus, Fehlstellung der Füße, der innere, mediale

Rand des Fußes abgesenkt, der äußere, laterale, kaum sichtbar angehoben.

»Guten Morgen, Robert.« Mila lachte. »Du hast mich beobachtet?«

»Ich habe dich bewundert.«

»Wofür?«

»Dafür, dass du du bist. Und ich freue mich, dass du hier bist … mit mir.«

»An diesem geheimen Ort, wo uns niemand sehen wird. Oder alle, was manchmal auf dasselbe hinausläuft.« Sie zog ihn an den Rand der Aussichtsplattform und wies auf den Horizont. »Wenn man in Tel Aviv ist, muss man einmal hier gewesen sein.«

»Ja«, sagte er. Wie sich die Stadt verändert hat, dachte er. Sie blickten auf die Küste Richtung Norden, der Himmel klar, kaum eine Wolke. Eine Gruppe französischer Schüler kam den Berg herauf, ohne Interesse an dem historischen Ort, seiner Geschichte. Lachen, Handyfotos, Selfies, Coladosen, ein junger Lehrer, der versuchte, sie für einen kurzen Vortrag um sich zu versammeln.

Patrique!, rief er. Patrique wollte nicht hören, der Lehrer drängte sich durch die Gruppe der Schüler und baute sich vor ihm auf. Der Junge, einen Kopf größer als er, sah sich um, schien zu taxieren, ob er auf die Solidarität der Gruppe bauen konnte. Keiner interessierte sich für ihn, das Kammerspiel der Erziehung zwischen ihm und seinem Lehrer blieb unbeachtet.

Sie verließen die Anhöhe und schlenderten den Berg hinab. Wenige Schritte unterhalb der Plattform fanden sie eine Bank, auf die ein Baum seine ausladenden Schatten warf. Sie setzen sich. Mila blickte sich noch einmal um. Niemand war zu sehen.

»Jetzt erzähl. Was ist so geheim, dass du es mir nicht am Telefon oder in einem geschlossenen Raum sagen kannst?«

Er berichtete von der vergeblichen Suche nach seinem Pass, dem Weg zurück an den Strand, dem Gang zur Polizeistation, seinem Gespräch mit Shimon Steinfeld.

»Tamimi finanziert offenbar nach wie vor die PLO und einige andere nicht uninteressante Organisationen, weit radikalere, deswegen hat uns nun auch noch der Schin Bet, oder wer immer das war, im Visier.«

Sie stieß einen Pfiff aus. »Deine Geschichte nimmt ja richtig Fahrt auf. Waffen für die palästinensische Sache, eine Entführung in Beirut, ein Massaker, eine verschollene Frau, der israelische Geheimdienst, Intrige, Liebe, Trauer und täglich mehr dubiose Leute, die sich für all das interessieren, was keiner wirklich zu kennen scheint. Nun auch noch die *affaire d'amour* mit einer jüngeren Frau. Es wird eine richtige Story, wenn wir so weitermachen.«

»Die du dann schreiben könntest?«

»Ich dachte eher an einen Film«, sagte sie.

Er lachte. »Auf keinen Fall.«

»Johannes und seine Firma, das wär doch was.«

»Die Geschichte gefällt ihm nicht, und ich fürchte, dass sich das auch nicht mehr ändern wird.« Er blickte zu Boden, sah zwei Spatzen, die vor ihnen herumhüpften.

»Vielleicht solltest du noch einmal an den Anfang deiner Geschichte mit Tamimi zurückgehen.«

Er horchte in sich hinein. Sah hinter dem beschlagenen Fenster der Gemeinschaftswaschräume wieder die Silhouette des jungen Tamimi. Er stellte die Dusche aus, rieb sich kurz ab und ging mit dem Handtuch um die Hüfte zur Tür. Der junge Kämpfer aus dem Libanon kam in das Haus der freiwilligen Helfer. Er humpelte, noch immer, sah zu Boden. Er komme mit einer Bitte. Er müsse und wolle zurück in sein Land. Ohne weiteren Aufschub. Keinen einzigen Tag könne er mehr warten. Er fühle sich nun stark genug.

Ob er das mit der Krankenstation abgestimmt habe? Nein. Es sei sein Entschluss, und er brauche dazu nicht fremder Leute Rat. In seiner Stimme lag eine Entschiedenheit, die Robert vorher an ihm nicht wahrgenommen hatte. Er benötige dafür Verbandszeug und ein Schmerzmittel. Den Weg über die Grenze werde er finden. Er zögerte. Dann fuhr er fort: Er, der junge Deutsche, habe doch Zugang zur Station und auch den Schränken dort. Die Schwester vertraue ihm. Ihm sei es möglich, ohne Aufsehen zu erregen, dort hineinzugehen.

Die Schwester. Sie würde niemals billigen, wenn er das täte, was der Kämpfer verlangte. Es sei Diebstahl, sagte er. Er würde die betrügen, die ihn gerettet und geholfen hätten. Der junge Mann sah auf, sein Blick war leer. Er habe Eltern, um die er sich Sorgen mache, er könne nicht länger bleiben. Es sei Krieg, und es sei seine Pflicht als Sohn, bei seiner Familie zu sein. Nachts, wenn sie in den Schutzräumen seien, sei niemand im Kibbuz unterwegs. Ein kurzer Gang, er könne ihm präzise beschreiben, wo er die benötigten Dinge finden würde.

In derselben Nacht noch hatte er tatsächlich den Schutzraum verlassen und war auf lichtlosen Wegen zur Krankenstation gegangen. Dann die Schritte hinter ihm. Der harte, rettende Griff eines Fremden, die nahe Detonation, der Sturz. Stille und Vergessen. Als Talia ihn fragte, warum er in dieser Nacht den Schutzraum verlassen hatte, wusste er keine Antwort. Später war er sicher gewesen, ihretwegen den Bunker verlassen zu haben, und Tamimi hatte ihn in diesem Glauben gelassen.

Mila tippte ihn an. »Hallo!«

Er blinzelte. »Dieser Shimon Steinfeld hat Tamimis späteres Sündenregister vor mir aufgeblättert. Und er weiß von Sahira Hatoum«, sagte er.

»Und nun weiß er auch von dir. Glückwunsch. Was hat er über sie erzählt?«

»Er hat mir, wie al-Soury, die junge tote Palästinenserin vor dem israelischen Militärposten serviert. Fast meinte ich meinen Kollegen Stéphane zu hören. Auch die Botschaft dahinter habe ich verstanden.«

»Haken Sie die Sache ab. Mehr ist da nicht zu finden. Wenden

Sie sich wieder Ihren eigenen Dingen zu. Ist es das, was er dir sagen wollte?«

»Genau das. Ende der Geschichte. Und tragen Sie das bitte jetzt nach Berlin.«

Landauer hielt einen Moment inne. Ein leichter Wind war aufgekommen und bewegte das Blätterwerk über ihnen. »Ich habe übrigens Tamimi in Berlin auf al-Soury angesprochen.«

»Und er hat natürlich geleugnet, ihn zu kennen.«

»Nein. Eine Zufallsbekanntschaft im Casino.«

»Hast du ihm das abgenommen?«

»Nicht wirklich.« Er schüttelte den Kopf, stieß ein kurzes Lachen aus. »Was kann ich diesem Mann noch glauben? Vielleicht ist er gar nicht so krank, wie er zu sein vorgibt, und der wahre Grund, warum er nicht selbst durch die Welt reist, um diese Frau zu finden, ist, dass er als Unterstützer einer terroristischen Organisation in vielen Ländern auf der schwarzen Liste steht.« Er sah Mila an. »Jedenfalls bin ich sicher, dass er mir in Bezug auf al-Soury etwas verschweigt.«

»Aber das hat er geleugnet.«

»Nicht mit der Vehemenz, die ich erwartet hatte.«

»Du bleibst da dran?«

Landauer lächelte, das war Antwort genug.

»Und was ist mit Sahira Hatoum? Meinst du, sie und die Tote vor dem israelischen Militärposten könnten tatsächlich identisch sein? Vielleicht hat sie Tamimis Plan ausgeführt, als jede Spur von ihm fehlte, hat den Israelis einen falschen Tipp gegeben, den Vorschuss kassiert und ist dann von ihren eigenen Leuten geschnappt worden?«, sagte Mila.

»Schon möglich. Vor allem frage ich mich, warum stoßen uns beide mit der Nase auf diese Tote vor dem Militärposten? Erst al-Soury, dann Steinfeld? Wäre es nicht geschickter, uns im Dunkeln tappen zu lassen? Oder eine falsche Fährte zu legen?«

Mila sah sich um. »Vielleicht haben sie das längst getan.«

»Oder sie sagen uns nur das, was wir ohnehin rausbekommen hätten. Und der Rest …«

»Der große dunkle, schlammige Rest? Unser Job. Ich habe verstanden«, sagte Mila. »Fasse also zusammen: Al-Soury will in Beirut um jeden Preis verhindern, dass du für Tamimi die wahre Geschichte herausfindest, und ist bereit, dich dafür zu erpressen. Steinfeld in Tel Aviv wiederum denunziert Tamimi, erklärt ihn zum Staatsfeind und dich gleich mit. Und Tamimi und al-Soury haben sich gekannt. Wie gut tatsächlich, das wissen wir noch nicht. Und sowohl in Tel Aviv wie in Beirut scheint man sich in einem einig zu sein: Sahira Hatoum ist tot. Von den eigenen Leuten ermordet und dies bereits Tage vor dem Massaker der Christen in Sabra und Schatila, dem dann ihre ganze Familie zum Opfer gefallen ist.«

»Ja, beide zeigen mit dem Finger in die gleiche Richtung. Das sollte uns skeptisch machen, oder?«

»Auf eine Frau, die zudem im Verborgenen eine Künstlerin gewesen sein könnte.«

Landauer war überrascht. »Wie kommst du darauf?«

»Tamimi hat dir erzählt, dass Sahira Farbe an der Stirn hatte, als er sie zum letzten Mal sah. Dass sie gemalt hat. Jamal hat sich bei mir gemeldet. Er hat entsprechende Hinweise bei seinen Nachfragen in Schatila erhalten, ein paar Leute sprachen sogar von einem Atelier.«

»Worauf willst du hinaus?«

»Vielleicht ist dieses kleine Detail der ganzen Geschichte wichtiger, als wir bisher gedacht hatten.«

Sie erhoben sich und gingen den Weg hinunter in die Stadt. Nach einer Weile fragte Mila, ob er zu Hause in Berlin tatsächlich die Projektleitung bei Leclair abgegeben habe.

Ja, an seine Kollegin, und es fühle sich richtig an, sagte er. Ganz und gar richtig. Wieder wurde ihm bewusst, dass dieses Gefühl auch in einer anderen Hinsicht wahr sein könnte.

Mila schien es zu bemerken. Sie sah ihn von der Seite an. »Anfühlen?«

»Ja.«

»Diese Frau macht anscheinend einen richtigen Menschen aus dir«, sagte Mila und nahm seine Hand. »Wirst du mir irgendwann von ihr erzählen?«

»Ich möchte nicht, dass sich die Dinge vermischen. Erst recht nicht nach der gestrigen Nacht.«

»Gestern war wunderschön. Aber alles hängt mit allem zusammen. Manchmal denke ich, je größer die Anstrengung, die man macht, um die Dinge für sich zu betrachten, sie auseinanderzuhalten, zu sortieren und zu katalogisieren, desto mehr Verbindungen werden deutlich. Das Leben ist eine große Entropie, und wenn wir die ganzen politischen Unwägbarkeiten und Schweinereien aufgedeckt haben, bleibt immer noch dein Leben. Ich bin bei uns für die Politik zuständig und du ab jetzt für alles andere. Einverstanden?« Sie lachte.

»Ich werde in mich gehen.«

»Und hoffentlich irgendwann wieder aus dir heraus. Und wer weiß, wer dann am Ausgang auf dich wartet.«

4

Die bis zum Anschlag heruntergedrehte Klimaanlage zeichnete Eisblumen an den unteren Rand der Windschutzscheibe, er beugte sich vor und wischte mit der Hand über das Glas. Auf der Autobahn in Richtung Norden war Feierabendverkehr, für diese eine Stunde war das ganze Land auf Rädern. Sein Hemd war nass, in seinem Rücken spürte er ein Rinnsal, als hätte er dort ein Leck. Im Rückspiegel die Hochhäuser Tel Avivs, das glitzernde, irisierende Relief eines nicht enden wollenden Aufbruchs. Hinter Herzliya begann der Verkehr zu fließen.

Caesarea. Seit Mai 1978 hatte er die alte römische Stadt nie wiedergesehen. Der staubbedeckte VW-Bus hatte die Freiwilligen aus dem Kibbuz hierhergebracht. *One day off.* Im Schatten einer biblisch ausladenden Pinie wartete der Fahrer, ein rothaariger, irisch aussehender Kibbuznik, auf einem Stein, ließ seine 9-mm-Beretta von einer Hand in die andere gleiten, die er sonst unter dem weiten Hemd in einem Gürtelholster trug, löste das Magazin heraus, zog den Schlitten, hielt die Pistole Richtung Boden, zielte auf eine vorbeihuschende Eidechse und drückte ab. Klick. Dann sah er wieder auf und blickte den jungen Helfern in ihren kurzen Hosen und verwaschenen Hemden nach.

Damals fand er sich eingebettet in ein ahnungsloses, rauschhaftes Glück. Auf dem Weg zum Strand zwischen den flachen Dünen saharahelles Licht, unter den dünnen Sohlen seiner Turnschuhe ein Brennen, als ginge er über glühende Kohlen. Ein römisches Amphitheater am Meer, junge arabische Männer, die am Strand und unter den Bögen des antiken Aquädukts hockten und Getränke anboten. *Please try, very cold, good price.*

Er kletterte auf die steinerne Empore des römischen Theaters, rief die Tribünen hinauf, hinein in sein eigenes Echo, laut, befreit, Vokale und Konsonanten, die keinen Sinn ergaben, ein Esperanto des Überschwangs. Talia hatte ihm wenige Tage zuvor den ersten Kuss gegeben. Ja, ich liebe dich, Robert.

Kastenförmige Lastwagen rollten auf das Gelände, Lautsprecher, Lichtmaste, Kabel, Scheinwerfer, Instrumente in ihrem Bauch. Sie schaukelten wie Dromedare. Paul Simon würde in den kommenden Tagen ein Open-Air-Konzert geben, überall im Land hingen die Plakate. An einem zur Kasse umgebauten Holzverschlag wollte er zwei Karten kaufen. Der Mann hinter dem Tisch lachte.

»Das Konzert ist in zwei Tagen, und Sie kommen jetzt erst. Das nenne ich Begeisterung«, sagte er auf Englisch, zwinkerte ihm zu und zog eine Schublade auf. »Glück muss man haben, die letzten beiden. Gehören Ihnen.«

Ohne dass sie es bemerkte, legte er am Abend nach seiner Rückkehr die Karten auf Talias Kopfkissen.

Im Speisesaal umarmte sie ihn von hinten, gab ihm einen Kuss auf den Nacken. Am kommenden Tag saßen sie in einem EGGED-Bus, es waren mehr Soldaten als sonst unterwegs, das M-16-Gewehr oder die Uzi auf dem Schoß. Das Radio spielte Musik, »Jive Talking«, »Lay Down Sally«, »Baker Street«, die Menschen redeten laut, nur als die Nachrichten kamen und ein Ende der im Libanon stattfindenden Operation Litani ankündigte, wurde es still. Ja, es war Krieg, wieder einmal, und keiner wollte wahrhaben, dass dieser Einmarsch in den Norden des Libanons nur der Auftakt zu einem weit größeren Krieg war, der wenige Jahre später beginnen sollte.

Paul Simon kam mit einer Gitarre auf die viele Tausend Jahre alte Bühne, hinter ihm das Meer. Die Steine, auf denen sie im großen Rund des Amphitheaters saßen, hatten die Wärme des Tages gespeichert, das letzte Abendlicht war wie eine Verheißung. Talia drückte seinen Arm und sagte *toda,* danke. Er neigte sich zu ihr, küsste ihre Wange.

»Me and Julio down by the Schoolyard«, so begann das Konzert, »You Are Kind, Bluesette«, sie warteten auf seine großen Songs. Und endlich die vertrauten Melodien: »The Boxer«, »Mrs. Robinson«, »The Sound of Silence«. Alle standen auf, begannen sich im Takt zu wiegen, zu singen. Talia zog auch ihn hoch. »Sein Großvater ist als Jude in Galizien geboren«, rief sie ihm zu. Sie strahlte, und er fühlte etwas, das er, fern aller wissenschaftlichen Expertise, Glück genannt hätte. Es gab zwar keine Formel für das Glück, aber das Glück selbst gab es.

Er suchte nach der Ausfahrt. Caesarea hatte sich über die Jahre verändert, heute war es ein Ort der Reichen, Golfplatz, Privatschule, Shoppingmall, Sicherheitsschranken. All das wollte nicht zu seiner Vorstellung von Talia und dem Leben, das sie führte, passen. Sein Bild von ihr war das einer sonnengebräunten Frau in einem weißen Arztkittel, das angegraute Haar achtlos zusammengebunden, die im Besprechungszimmer eines Krankenhauses stand, mit müden Augen auf Monitore und Tabellen blickte, Anweisungen gab, mit energischem Schritt im OP verschwand. Oder die in Jerusalem am Schreibtisch einer Lobbyorganisation saß, die Lesebrille auf der Nasenspitze, Reden verfasste, Interventionen, Petitionen, Druck auf Abgeordnete und Bürgermeister ausübte, auf die Presse, ein nimmermüder Kampf für ein starkes Israel, für dieses *Niemals wieder,* Talia, eine geachtete, erfolgreiche, von vielen vielleicht auch gefürchtete Kämpferin für die Sache der Juden.

Milas Zettel lag neben ihm auf dem Sitz. Talia.Aloni@silence.il. Er hatte sein Herz gespürt, als er die Mail-Adresse sah.

Mila hatte ihm ihr iPad hingehalten. »Lies«, hatte sie gesagt.

Ein Artikel aus der englischsprachigen *Haaretz,* nur wenige Wochen alt. *Die verwundete Heldin. Vor zehn Jahren gründete die Aktivistin Talia Aloni ihre Bewegung – Eine kritische Rückschau.*

Er überflog den Artikel, die Zeilen schienen zu verschwimmen, er gab ihr das iPad zurück. »Später«, sagte er.

»Hast du ihr Foto gesehen, weiter unten?«

»Nein.«

»Feigling!«, sagte sie und lachte.

Am Glockenturm auf dem Markt von Jaffa blieb Mila unvermittelt stehen.

»Wirst du zu ihr fahren, Robert?«, fragte sie.

Er spürte, wie er errötete. »Ich weiß es nicht.«

Spät am Abend beschloss er, Talia zu schreiben. Mit jedem Versuch wurde der Text länger, unerträglicher, lachhafter. Er löschte schließlich auch die letzte Version, lehnte sich zurück und schloss die Augen. Er sei ein paar Tage im Lande und hätte die Zeit und Möglichkeit, sie zu sehen. Talia, ich möchte dich sehen. Talia, ich muss es wissen. Talia, ich bin es, Robert ... Vergib mir, Talia, bitte ... sag NEIN. Der Text, den er schließlich abschickte, war von formelhafter Kürze: *Bin für ein paar Tage in Tel Aviv. Ein Wiedersehen? Ich würde mich freuen. Robert.*

Sie hatte umgehend geantwortet. *Wenn Du die Fahrt auf Dich nehmen magst, zum Lunch bei uns in Caesarea? Übermorgen? Wegbeschreibung folgt. Talia*

Fast war er enttäuscht, sie hatte ohne Zögern zugesagt.

Er verließ die Autobahn, bog in eine Landstraße ein, die in Richtung Meer führte, sah an der Küste das Kraftwerk von Hadera, seine hohen, weithin sichtbaren Schornsteine, dahinter die Pier für die Schiffe, Steinkohle, Energiezentrum der Nation, Strom für das Land und Asche für den Straßenbau.

»Eine Wolkenfabrik!«, hatte Clara einmal gerufen, als sie bei einer Fahrt in die Ferien vom Highway aus in der Ferne die riesigen Kühltürme des Kraftwerks von Three Mile Island entdeckt hatte. Johannes hatte sie ausgelacht, Clara hatte zu weinen begonnen. Er hatte vom Fahrersitz aus mit dem rechten Arm nach hinten gegriffen und ihre Hand gesucht. Er hatte sie gefunden und auf ihr die von Johannes.

An einer Tankstelle hielt er, fragte nach einem WC, seine Hände wollten ihm nicht recht gehorchen, als er den Reißverschluss der Hose zu öffnen versuchte.

Im Oktober 1982, wenige Wochen nach ihrer Trennung und wieder zu Hause in Hamburg, hatte er in sein Schweigen hinein einen Brief erhalten. Er las ihn, ging mit dem Papier in der Hand auf und ab, versuchte, sich zu erinnern, zu rechnen, zu verwerfen. Und entschied, nichts zu entscheiden. Ja, sie sei sich nahezu sicher, hatte sie geschrieben. Sie sei Wochen über die Regel. Und dann der Satz, den er als Demütigung und Befreiung zugleich zu lesen bereit war. *Alles, was ich Dir geschrieben habe, ist ab jetzt allein meine Sache.* So hatte ihre Nachricht geendet.

Er unternahm nichts. Seine Schamlosigkeit hielt er für den Preis der neuen Freiheit, den an einer Weggabelung des Lebens zu entrichtenden Zoll. Wochen später begann der Brief in sein Unterbewusstsein abzusinken wie ein nasses Blatt im Meer. Er warf sich wieder in sein Studium, mehr denn je, vergrub sich in seinem Zimmer oder im Universitätslabor. Vier Wochen später kam erneut ein Brief. Er hatte ihn nicht einmal geöffnet. Die Jahre seines Zölibates für die Wissenschaft hatten begonnen, bis er im Herbst 1989 blass, menschenscheu und mit tausend grandiosen Formeln im Kopf in seinen blauen Polo gestiegen und für ein paar Tage nach Berlin gefahren war.

Er setzte sich wieder in den Wagen. Die Landschaft war jetzt steinig und karg, hin und wieder eine Plantage, dann wieder Ödnis, in der Ferne flimmernd das Meer.

An einem Kreisel sah er die Schilder, er schwenkte ein, alles war jetzt grün, als führe er in eine Oase. Satter Rasen, eine Reihe

Palmen, schlank und hoch wie ein Gardespalier, die Straße neu und eben. An einem Checkpoint hielt er. Der Wachmann einer privaten Sicherheitsfirma winkte ihn durch, links der Eingang zu einem Golfklub, auf der rechten Seite eine Schule, dann eine Shoppingmall, als hätte es ihn nach Amerika versetzt. Er suchte die Schilder ab. Cluster 9. Ein großes Holzschild wies nach links.

Hinter einer sandsteinfarbenen Mauer lagen Bungalow und Doppelgarage. Es war ein weitläufiges Grundstück, der Bungalow neusachlich. Philip Johnson, Renzo Piano, I.M. Pei als Paten.

Er parkte den Wagen, stieg aus, ging auf das Haus zu. Ein Hund bellte, er hörte ihn hinter dem Tor. Das Tor sprang auf, bevor er die Klingel gefunden hatte.

Da stand sie, breitete die Arme aus, ließ sie wieder sinken. »Robert«, sagte sie. »Du bist es wirklich.«

Er wollte seine Hand zum Gruß ausstrecken, aber sie ging auf ihn zu, nahm ihn in den Arm. »Wie schön. Lass dich betrachten.« Sie löste sich wieder von ihm, hielt mit ausgestreckten Armen seine Schultern und sah ihn an.

Sie trug ein knöchellanges, indisch anmutendes, ärmelloses Kleid. In ihr Haar, ohne jegliches Grau und hochgesteckt, war ein weißes Tuch eingewirkt. An ihren Füßen keine Schuhe. Sie roch nach Sandelholz. Noch immer die Grübchen in den Mundwinkeln, das Haar voll und fest, im Gesicht kaum eine Falte, als hätte es sich der Vereinnahmung durch das Alter zu erwehren gewusst. Nur in den Augen ein Schleier, etwas Unergründliches, wie die Spiegelung einer nicht erzählten oder nicht erzählbaren Geschichte.

»Komm, lass uns reingehen.«

Der Hund, ein recht großer rot-weißer Irish Setter, trottete ihnen hinterher.

»Wie machen wir das?«, sagte sie und wandte sich um. »Zwei Leben, und wir haben nur diese wenigen Stunden.«

»Wir könnten die Jahre der Reihe nach abschreiten«, sagte er.

»Wir geben ihnen Nummern und rufen sie der Reihe nach auf.« Sie lachte. »Ein echter Robert-Vorschlag! Du hast dich nicht verändert. Vielleicht beginnen wir mit einem Rundgang durch das Haus, damit du weißt, wo in diesem großen Land du dich genau befindest. Das hier ist nicht Israel. Das ist Eyal Grossmann. Mein Mann. Architekten haben ein großes Ego. Ich hätte mir dieses Haus niemals ausgesucht, aber es bietet mir eine Rückzugsmöglichkeit, wenn ich von den Schlachten des Lebens müde bin. Eyal ist ein guter Mensch.«

An den hohen Wänden Originale von Damien Hirst, Lucian Freud und Yoram Kaniuk, daneben Bilder, Zeichnungen, Skizzen und Entwürfe berühmter Architektenkollegen. In den Regalen Bücher, Romane, Kunstbände, Kochbücher und politische Werke. Das Esszimmer, mit einer von Glasfenstern durchsetzten Decke, grenzte an eine offene Küche. Er roch Basilikum, Koriander.

Eyal sei in London, das Büro dort habe er vor zwei Jahren eröffnet, eines zu viel, wie sie finde, aber er wolle einfach nicht auf sie hören. Landauers Hoffnung, dass sie allein sein würden, schien sich zu erfüllen.

»Ich habe immer gewusst, dass du deinen Weg machen würdest. Oft war ich sogar stolz auf dich, du wirst es nicht glauben. Auch als in Amerika alles anders lief, als du es dir vorgestellt hattest. So ganz und gar anders.«

»Du hast mich nicht vergessen?«, fragte er.

Sie sah ihn an, ohne zu antworten, zog ihn weiter in das angrenzende Wohnzimmer. Vor einem Regal mit Fotos und Urkunden blieb sie stehen. Er versuchte, einen Blick auf die Bilder zu erhaschen, suchte nach Bildern ihrer Kinder. Aber sie ging weiter, und es blieb ihm nichts anderes übrig, als ihr zu folgen.

»Wir beide sind einen langen Weg gegangen. Sehr lang. Vielleicht konnten wir es nur so. Ohneeinander.«

Wieder im Esszimmer angekommen, bat sie ihn, Platz zu nehmen. Ein bunter Salat mit Kräutern stand auf dem Tisch, eine Karaffe mit Wasser, Brot, Hummus, Olivenöl. Zwei weiße Stoffservietten.

»Du wirst Hunger haben.«

Sie setzten sich. Talia schenkte ihm Wasser ein, legte die Hände auf den Tisch und betrachtete ihn. »Warum bist du gekommen, Robert, nach so langer Zeit?« In ihrer Stimme keine Bitterkeit, kein Unterton. Fast so etwas wie vorbehaltlose Neugierde.

Du hast dich verändert, Talia, wollte er sagen. *Damals, dein Brief, ich wollte zu dir fliegen, sofort ... ich war verzweifelt ... aber ich habe mich verkrochen, versteckt, war feige, und nun ist es ein ganzes Menschenleben später. Ich habe Angst, Talia, Angst vor dem, was du gleich sagen wirst ...*

Sie schenkte ihm Wasser ein. »Ich nehme an, dass du aus beruflichen Gründen nach Israel gekommen bist.«

»Eine private Sache.«

Sie sah ihn an, als überlegte sie. »Ich habe zwei Kinder. Yael und Amos. Warte, ich zeige dir Bilder.«

Sie stand auf, ging an eines der Regale, kam mit zwei Alben zurück.

»Welches zuerst?«

UNSER Kind. Welches ist es? Das, nur das will ich sehen.

»Das ist Amos«, sagte sie und gab ihm eines der beiden Alben.

»Dein Sohn?«

»Unser Sohn, Eyals und meiner«, sagte sie.

Er öffnete das Album, ein Junge mit dunklem Schopf in einem Kinderwagen, wenige Jahre später auf einer Schaukel, hinter ihm seine Mutter, Familienausflüge ans Meer und nach Galiläa, Amos am Strand mit Schwimmflügeln, mit weit aufgerissenen Augen hinter dem viel zu großen Steuer des väterlichen Wagens, bei der

Bar-Mizwa, die Haare jetzt kurz, Amos in der Uniform einer Jugendorganisation, auf dem Fußballplatz, in der Uniform eines jungen Rekruten. Stolz und doch auch verlegen blickt er in die Kamera. 2004 steht darunter. Noch einmal in Uniform, jetzt mit Schulterabzeichen, die Wangen ein wenig eingefallen, darüber wissende, traurige Augen, die der Kamera ausweichen.

Dann eine leere Seite. Auf der nächsten fand sich kein Foto, aber eine Urkunde, oben das Abzeichen einer Armeeeinheit. Ein hebräischer Text, geschwungene Unterschrift. Ein Siegel.

Er sah auf.

»Sie haben ihn nachträglich zum Hauptmann befördert.«

Sie nahm die Serviette in die Hand, zerknüllte sie in der Faust. »2005 in Gaza. Er hatte noch drei Tage. Dann wäre er nach Hause gekommen. Drei Tage!« Talia schluckte und rang sich ein Lächeln ab. »Er war ein fantastischer Junge. Sein Tod hat unser Leben verändert. Meines, das von Eyal und auch das von Yael. Nichts ist mehr, wie es einmal war.« Sie senkte den Blick und hielt sich die Serviette vor das Gesicht. Dann sah sie ihn wieder an, lächelte. »Manchmal denke ich, Yael ist auch deine Tochter«, sagte sie.

Sie schob ihm das zweite Album herüber. Vorsichtig öffnete er es, in Sorge, seine Finger könnten es beschmutzen. Er blätterte. Yael war schön, ein Mädchen mit wilden schwarzen Haaren, im Kreise von Freundinnen bei der Feier zum Highschool-Abschluss. Sie glich ihrer Mutter in jungen Jahren, der wohlgeformte Mund, die Augen, der ernste Blick; auf den nächsten Seiten sah er sie in einem fremden Land, sie stand in einem Kreis von Kindern vor einem sandgrauen Zelt, daneben eine provisorische Wasserpumpe, Kanister, einige der Kinder trugen Verbände. Auf den Zelten der Aufdruck UNHCR. Yael war groß, fast so groß wie er. Oder wie Johannes.

Er spürte Tränen, versuchte, sie hinunterzuschlucken.

»Du wirst wissen wollen, was damals nach unserer Trennung geschehen ist?«, sagte sie.

»Ja.«

»Es ist dein gutes Recht, und es war immer dein Recht.«

»Nein, Talia, war es nicht.«

Sie richtete sich auf. »Eine Fehlgeburt, im zweiten Monat … Ein Mädchen. Ich hatte es dir untersagt, mit mir Kontakt aufzunehmen … Mein Brief. Als ich wusste, dass ich schwanger war, musste ich eine Entscheidung treffen. Natürlich hatte ich gehofft, dass du dich melden würdest, habe in manchen Nächten geweint vor Sehnsucht. Nach Worten von dir. Nicht dass du nach Israel kommst, das wollte ich nicht, aber dass du etwas tust, Robert, irgendetwas …«

»Ja«, sagte er.

»Nach dem Ende der Schwangerschaft habe ich dir noch einen Brief geschrieben. Irgendwann fing ich an mir einzureden, dass du ihn vielleicht nie gelesen hast.«

Er musste sich sammeln, das hier irgendwie überstehen. Aber warum überstehen? Warum es nicht lassen, wie es war? Lassen, lassen. Fallen. Weinen.

Sie sah seine Tränen, streckte ihre Hand aus. »Wir weinen beide«, sagte sie. »Über unsere Kinder, über uns.«

»Ja, Talia«, sagte er.

»Und nun erzähl deine Geschichte.«

Es fiel ihm schwer zu sprechen. Dann begann er von Clara zu erzählen. So wie er es noch niemals zuvor getan hatte. Von dem Tag, an dem er aus dem Mund seines Kollegen Walter Sinopoli erfuhr, dass sie es nicht schaffen würde. Von seiner Verzweiflung, der Angst vor dem Unaufhaltbaren, der Scham, dass er, der große Wissenschaftler und Lebensretter, bei seiner eigenen Tochter versagte. Von Claras ungläubigen Blicken, ihren Augen, zwei helle Murmeln auf einem großen weißen Kissen, von Kristins Hass auf ihn, der nichts anderes als geronnene Verzweiflung war und nur ihm galt, dem Mann, der dort, wo es wirklich einmal darauf ankam, wo es nicht um universitären Erfolg, die Industrie, die nächste große Veröffentlichung ging, sondern um das Leben in seiner Niedertracht und existenziellen Selbstbezogenheit, darum, sich diesem Selbstlauf eines gottverlassenen, ungerechten Sterbens in den Weg zu stellen – dass er in diesem Moment die Hände sinken ließ, dass er, der immer alles gewusst hatte, nicht mehr weiterwusste. All sein über die Jahre angehäuftes Wissen über Nacht nutzlos, keinen Pfifferling wert.

Er erzählte von seiner nie enden wollenden Sehnsucht nach diesem verlorenen Kind, von der Frau und vielleicht Mutter, die es hätte werden können. Von Kristin, ihrem Ringen miteinander, ihrer Ehe, nach wenigen Wochen zermahlen von der Trauer und all ihren Schatten und Verwandlungen.

Noch immer lag das Album vor ihm aufgeschlagen, Yael stand mit ausgestreckten Armen vor dem UNHCR-Zelt in einem fernen Land.

»Sie sieht wunderschön aus«, sagte er.

»Ich habe mir oft vorgestellt, wie unsere Tochter wohl ausgesehen hätte«, sagte Talia. »Ich hätte damals sicher etwas von dir fordern können. Aber ich wollte es nicht.«

Sie nahm ihre Serviette, legte sie sich auf den Schoß und strich sie glatt. »Der Tod unserer Kinder ist nicht unsere Schuld, auch wenn wir uns das einreden. Wir wollen das nur glauben, um eine Erklärung für das Unerklärliche zu haben, weil wir Verantwortung für unsere Kinder empfinden, weil wir sie in die Welt geholt haben. Musste Amos etwa sterben, weil ich oder Eyal etwas falsch gemacht hatten? Vielleicht haben wir vieles falsch gemacht, so wie auch du, aber Schuld? Oder gar Strafe? Nein. Das wäre zu einfach. Das Geheimnis des Lebens liegt tiefer, Robert.«

»Ja«, sagte er.

Sie lächelte. »Guck, den Salat haben wir noch immer nicht angerührt. Unsere Kinder hätten uns längst ermahnt, etwas zu essen.«

Obwohl er bislang keinen Hunger verspürt hatte, begann er hastig, mit fast kindlicher Gier zu essen.

»Es scheint dir zu schmecken.«

»Und wie.«

»Nach dem Essen zeig ich dir Yaels Zimmer. Sie wird nichts dagegen haben.«

»Ich würde sie gern kennenlernen. Du hast mich neugierig gemacht.«

»Dann wirst du reisen müssen, sie arbeitet mit Nadav auf Chios. Beide sind Ärzte. Sie nutzen ihren Urlaub, um in Griechenland zu helfen, jetzt, wo die Not der Flüchtlinge so unübersehbar geworden ist.«

Noch einmal betrachtete er das Bild. Dann sah er auf. *Und du, Talia, wie geht es dir?*, wollte er fragen.

Sie schien diese Frage gespürt zu haben. Nach dem Tod von Amos habe sie endgültig einen neuen Weg beschritten, sagte sie. »Ich war dumm damals, von einem glühenden Gerechtigkeitswahn besessen. Gerechtigkeit hieß vor allem Gerechtigkeit für die Juden. Jetzt waren wir dran, nach all der Drangsal der Vergangenheit. Die nächsten dreihundert Jahre nur wir.« Sie hielt inne, als koste es sie Kraft, weiterzusprechen. »Auch uns und unsere Liebe habe ich dieser Überzeugung geopfert. Viel später erst habe ich verstanden, dass es Gerechtigkeit niemals nur für einen geben kann. Dann ist es keine, sondern etwas gänzlich anderes, Nationalismus, Rassismus, die Ummäntelung einseitiger Interessen. Ich war jung und verblendet.«

»Ja, wir waren jung, vielleicht jeder auf seine Weise naiv.«

»Ich würde es anders nennen, Robert. Ich habe geglaubt, mit Krieg löst man politische Probleme, sie sind ein manchmal unausweichlicher Schritt zum Frieden. Wir fühlten uns bedroht damals, vom Libanon und den bis an die Zähne bewaffneten, gut ausgebildeten Palästinensern. Wir waren es weit weniger, als uns glauben gemacht wurde. Es war ein falscher Krieg. Als du das einmal gesagt hast, hatte ich Angst, dass du recht haben könntest. Außerdem stand es dir, dem weichgespülten Juden aus Deutschland, nicht zu, das Richtige zu denken. Es konnte und durfte nicht sein, dass es so war, wie du sagtest. Ich wusste, wenn wir zusammenbleiben und heiraten würden, würde ich auch dieses schlechte, mich bedrohende Gewissen heiraten. Ich würde mit ihm zu Bett gehen und mit ihm erwachen. Verrückt, ich weiß! Heute schäme ich mich deswegen. Ich war so etwas wie eine Dschihadistin der jüdischen Gerechtigkeit.« Sie lachte.

»Und ich wollte ein Teil dieses Landes sein und war es doch nie. Das wusste ich immer. Aber du warst für mich so etwas wie eine Brücke, ein Weg, das Versprechen eines Ankommens, einer Heimkehr. Dann hast du es gebrochen.«

»Und du hast es zugelassen. Damals war ich dir auch dankbar dafür. Für deine Schwäche, deine Korrektheit, deine langsam in Schweigen versinkende Aufrichtigkeit. Und schließlich dein endgültiges Schweigen.«

Und heute, Talia, wie ist es heute?

Sie sah ihn an. »Ich bin dankbar für mein Leben und habe längst aufgehört, mir auszumalen, wie ein anderes ausgesehen haben könnte. Mit dir, Robert.«

Sie schwiegen. Dann hörte er sie lachen, leicht, fast unbeschwert. »Wir hätten uns furchtbar gestritten. Dein Sinn für Struktur und Ordnung hätte mich wahnsinnig gemacht. Die Welt ist logisch, und eins geht aus dem anderen hervor. Dein Credo. Ich wäre gegen Wände gelaufen.«

So hätte es Kristin auch sagen können, dachte er.

»Heute kämpfe ich immer noch für den Frieden. Aber mit meinen Mitteln. Ganz anders. Gegen die Regierung, das Militär, die ganze Hartherzigkeit dieses *Niemals wieder*. Gegen den Egoismus, den Nationalismus, das Recht nur der einen Seite. Wenn wir uns mit unseren Nachbarn nicht verständigen, nicht endlich verstehen, dass die Palästinenser ein Recht auf Selbstbestimmung, einen Staat, Unabhängigkeit, Anerkennung haben wie wir, werden wir noch viele unserer Kinder zu betrauern haben. Und wenn wir den Mut aufbringen, nur tief genug in unsere Seele hineinzuhorchen, werden wir auch um die trauern, die Hassan, Ibrahim oder Chaled heißen. Sie liegen neben unseren Kindern, irgendwann werden wir das begreifen und erwachen.«

»Du hast eine Bewegung gegründet?«

»Sie wächst. Heute schreiben sogar die Zeitungen darüber, und Netanjahu und Lieberman und all die anderen schäumen. Ich bin eine Abtrünnige, eine Verwirrte, vom Ausland gesteuert. Aber das stimmt nicht. Ich bin eine Mutter, und ich fühle wie alle Mütter dieser Welt. Ich werde Amos nicht zurückbekommen, aber ich muss dieser großen Sinnlosigkeit einen Sinn geben. Ich habe eine Weile gebraucht, ihn zu finden. Nun kämpfe ich für den Frieden und viele andere mit mir.«

»Und Yael?«

»Sie tut es auf ihre Weise. Ihr würdet euch verstehen, würdet sofort anfangen zu fachsimpeln. Sie ist eine hervorragende Medizinerin. Wenn sie aus Griechenland zurück sind, werden Nadav und sie heiraten. Sie hofft auf eine Stelle im Hadassah-Krankenhaus. Nadav ist schon jetzt wie ein Sohn für uns.«

Sie nahm die Teller und stand auf, er folgte ihr in die Küche, Talia bereitete Kaffee zu. »Du hast gesagt, du bist wegen einer privaten Angelegenheit nach Israel gekommen?«

»Es ist eine verrückte Geschichte«, sagte er.

»Gut«, sagte sie und nahm ihn unvermittelt in den Arm. »Erzähl. Aber vorher muss ich dich einmal drücken. Ich finde es wunderbar, dass du mich gesucht hast und zu mir gekommen bist. Mir ist jetzt um so vieles leichter.«

Sie ließ ihn wieder los, und er begann zu erzählen, von seinem zufälligen Wiedersehen mit Tamimi, von Sahira Hatoum, Tamimis Bitte, der Reise nach Beirut und all dem, was dann folgte.

»Ich erinnere mich an den Zwischenfall, den jungen Libanesen, der dich gerettet hat. Unter Einsatz seines Lebens. Ich war damals wütend auf dich. Wegen deines Leichtsinns. Habe auch nicht verstanden, warum du in dieser gefährlichen Nacht den Schutzraum verlassen hast. Natürlich habe auch ich deinen Retter für einen christlichen Kämpfer gehalten. Eine ungewöhnliche, sehr bewegende Geschichte.«

»Sie scheint mehr Menschen zu bewegen, als ich gedacht habe.« Er erzählte von al-Soury, der Entführung und Shimon Steinfeld.

Sie sah ihn mit großem Ernst an. »Es kann sein, dass du Hilfe benötigen wirst. Ich kenne unser Land. Bei uns fallen Vergangenheit, Gegenwart und Zukunft immer wieder zusammen, und oft gibt es dabei einen großen Rums. Dann sollte man nicht in der Nähe sein. Ich könnte versuchen, dich mit Leuten zusammenzubringen, die damals in Beirut dabei waren, vielleicht etwas wissen oder mitbekommen haben, und die zu sprechen bereit sind. Nur nicht hier, besser in Berlin. Gib mir ein paar Tage Zeit, und ich werde sehen, was ich tun kann.«

»Was sind das für Leute?«

»Ich kenne ein paar ehemalige Offiziere, Soldaten, die schon lange nicht mehr schweigen wollen. Viele haben sich zusammengetan, vor vielen Jahren schon. Sie glauben an Gerechtigkeit. Aber nicht in dem Sinn, wie ich sie damals definierte. Einige haben später das Land verlassen.«

»Glaubst du, dass irgendeiner von ihnen mit mir sprechen wird?«

»Sie gehen noch immer ein großes Risiko ein. Dennoch, ja. Der, den ich im Auge habe, hat keine Angst mehr. Schon lange nicht mehr. Lass mich ein wenig für dich arbeiten, vielleicht macht er mit.«

»Danke, Talia.«

»Wie lange wirst du bleiben?«

»Ein paar Tage.«

»Dann treffen wir uns übermorgen in Tel Aviv im Café Meersand an der Frishman Street. Ich werde dir einen Zettel geben, mit einem Namen darauf. Wenn wir Glück haben.«

Sie brachte ihn zum Wagen. Der Hund lief neben ihnen her, als wollte er nicht eine Minute ihres Zusammenseins versäumen. Als er Talia im Rückspiegel seines Wagens betrachtete, glaubte Landauer Tränen in ihren Augen zu sehen. Der Hund sprang an ihr hoch, sie streichelte ihn, griff nach dem Halsband und führte ihn zurück aufs Grundstück. Hinter ihr glitt das metallene Tor ins Schloss.

5

Stimmen, das Klirren von Gläsern, der Barmann hob den Shaker, schüttelte ihn, Landauer spürte das Aneinanderstoßen und Brechen des Eises, als passierte es in seinem Inneren. Aus unsichtbaren Lautsprechern senkte sich »Narrow Daylight« herab, er hatte die Stimme Diana Kralls lange nicht mehr gehört. Oder war es Nora Jones? Madeleine Peyroux? Was spielte es für eine Rolle.

Die Bar des American Colony Hotel in Ost-Jerusalem lag in einem schwach erleuchteten Kellergewölbe wie in einer Muschel der Zeitlosigkeit. Mit dem Ruf des Muezzins zum Abendgebet hatte er das Hotel betreten. Hinter den Fenstern ahnte er den Garten, den Pool, die polsterlosen, verwaisten Liegen. Landauer hielt sein Glas Arrak mit beiden Händen und starrte hinein. Es war sein dritter Drink.

Talia hatte ihm bei ihrem Treffen in Tel Aviv gesagt, er solle sich Jerusalem ansehen, bevor er abreise. Mila wollte dort zu ihm stoßen. Ein Gang durch die Altstadt. Vom Damaskus-Tor aus war er die Via Dolorosa hinunterspaziert, tief hinein in den arabischen Teil, hatte Händler abgewimmelt, den Duft nach Leder und Gewürzen eingesogen, nach den fliegenden Händlern Ausschau gehalten, die auf Stangen gestapelte Sesambrotringe feilboten. Von israelischen Soldaten beobachtet, hatte er schließlich an der unscheinbaren Tür des Österreichischen Hospizes geklingelt, tief im Herzen des Souk, war, von einer kleinen Kamera beobachtet, die Treppen hinaufgestiegen. Im Garten des noch immer von katholischen Nonnen geführten Hauses hatte er sich nach Mila umgesehen.

Sie winkte ihm zu, und als er sich ihrem Platz näherte, lachte sie und wies auf die Wiener Melange, die vor ihr stand. »Die Sachertorte habe ich ausgelassen, obwohl sie hier besonders gut sein soll.«

Er gab ihr einen Kuss auf die Wange, trotz der Hitze war sie kühl.

Gemeinsam stiegen sie auf die Dachterrasse, blickten von dort aus über die Altstadt und ihre Dächer, betrachteten den Felsendom mit seiner goldenen Kuppel, die al-Aqsa-Moschee auf dem Tempelberg in der Ferne.

Mila wirkte angespannt, unkonzentriert, *unfocussed,* wie sie vielleicht gesagt hätte. »Lass uns noch einmal über Tamimi sprechen«, sagte sie, »es gibt da noch etwas, das du wissen solltest.«

»Er hat der PLO und anderen Organisationen Geld zukommen lassen. Das weiß ich. Wen hat er noch unterstützt?«

»Die Hamas.«

»Geld für Gaza?«

»Und weit mehr. Über Tarnorganisationen, von denen einige international immer mal wieder als Terrorhelfer eingestuft werden.«

»Bist du dir sicher?«

»Spenden an das Comité de Bienfaisance et de Secours aux Palestiniens, die Association de Secours Palestinien in der Schweiz, den Palestinian Relief and Development Fund in Großbritannien, vor allem aber den al-Aqsa-Verein in Deutschland, bis zu seinem endgültigen Verbot 2004. Zudem fast regelmäßig Beträge an den Muslim Aid und die World Assembly for Muslim Youth. Wir haben nur noch nicht rausbekommen, wie er das genau macht. Sein Name steht hinter keiner Spende. Fest steht nur, dass immer wieder Geld aus Berlin kommt.«

»Es wäre besser, du würdest mir alles sagen, was du weißt. Und wer dir das gesteckt hat.«

»Keine Auskunft, Quellenschutz. Tut mir leid, Robert. Meine Aufgabe als Journalistin ist es, unabhängig zu bleiben. Egal ob ich die Leute mag oder zum Kotzen finde.«

»Und wenn Tamimi tatsächlich Erlösung von der Ungewissheit sucht und hinter den Berliner Zahlungen ganz andere Leute stecken?«

»Dann irre ich mich. Aber ich kann nicht außer Acht lassen, was ich weiß.«

Gemeinsam gingen sie eine Runde durch die Altstadt zum Damaskus-Tor. Er wolle noch eine Nacht in der Stadt bleiben, sagte er. Sie fasziniere ihn ebenso, wie sie ihn irritiere.

»Zu viel Glauben an einem Ort«, sagte Mila. »Wenn alle recht haben, hat es am Ende keiner, meine Devise.«

»Werde das mal überprüfen«, sagte er.

Sie umarmten sich. Morgen würde er abreisen und sie wenig später auch. Beide wollten keinen großen Abschied.

Mila ging, wandte sich noch einmal um. »Hast du sie gesehen, Robert?«

»Ja.«

»Und?«

Er hatte die Arme ausgebreitet und gelächelt.

Noch immer starrte er ins Glas. »The Girl Next Door«. Die Sängerin mit den drei Namen, ein anderer Song. Er blickte aufs Handy, das vor ihm auf der Theke lag. Wahlwiederholung drücken, und er hätte Milas Stimme hören können. Er ließ das Handy in die Hosentasche gleiten.

Ein Lufthauch, ganz nah. »Ich habe Sie falsch eingeschätzt. Vielleicht sind Sie doch ein Romantiker?«

Er war zu müde, um aufzublicken.

»Darf ich mich setzen?«

Der Unbekannte nahm, ohne seine Antwort abzuwarten, auf dem Barhocker neben ihm Platz, seine Beine baumelten aus einer grauen Hose wie die eines Kindes, das auf einem zu großen Friseurstuhl saß.

»Diana Krall, eine große Stimme, lange nicht mehr gehört«, sagte er. »Wussten Sie, dass dieser Ort schon immer ein Treffpunkt der Spione und Geheimdienste gewesen ist?«

Mit überraschender Eleganz vollzog Shimon Steinfeld eine Drehung mit dem Stuhlteller und wies in den Raum. »Sehen Sie, da hinten, die beiden, CIA. Der andere Tisch BND und zwei »norwegische Firmenvertreter«. Und Engländer in allen Facetten, sie sind seit den Dreißigerjahren auf dieses Hotel abonniert. So kommen Friedensverträge zustande. So entsteht Krieg.«

»So bleibt alles, wie es ist«, sagte Landauer und leerte sein Glas.

Steinfeld hatte sich wieder der Bar zugewandt, hob die Hand und wies, zwei Finger ausgestreckt, auf Landauers Glas.

»Two arrack, yes, Sir«, sagte der Kellner, Araber wie alle hier.

»Vielleicht haben Sie recht. Am Ende ist genau das unsere Aufgabe. Keine Veränderung. Jeder Status quo ist besser als das, was kommen könnte und immer ungewiss ist. Vielleicht sind die Mitarbeiter der Dienste die konservativsten Menschen, die Sie sich denken können. Denn am unvorhersehbarsten ist der Frieden. Jeder versteht etwas anderes darunter, und auch wir haben irgendwann unsere eigene Definition gefunden.«

»Und zwar?«

»Frieden in gesicherten Grenzen. Das ist alles, was wir wollen.«

»Und diese Grenzen definieren all die Friedliebenden in *Ihrem* Land.«

»Die sind durch die Geschichte und ein paar politische Ungeschicklichkeiten der anderen Seite definiert. Wir können gut damit leben, auch wenn Sie einen anderen Eindruck haben mögen.«

»Habe ich.«

»Womit der Pflichtteil touristischer Gespräche abgehandelt wäre, das böse Israel, Libanon-Krieg, Gaza, Westbank, Siedlungen, der neue Nationalismus, dabei eigentlich doch so ein tolles Land und so wunderbare Menschen.«

Landauer wandte sich Steinfeld zu. »Manche sagen, und damit meine ich nicht die Orthodoxen, die Staatsgründung sei auch eine Art Sündenfall gewesen. Nicht nur, dass Israel nun ein Staat wie jeder andere ist und sich so verhält, noch schlimmer, er wird seinen Nachbarn immer ähnlicher.«

»Wir sind ein Staat wie jeder andere. Mit der gleichen Legitimität. Nur dass viele das noch immer anders sehen. Und wir sind eine Demokratie.«

»Eine Demokratie für Juden.«

»Armeen agieren, wenn sie in den Krieg ziehen müssen, nicht nach demokratischen Prinzipien, sondern nach den Parametern von Strategie und Erfolg.«

»Und zur Not politischem Mord. Aufklärung, Verrat, Bomben, Drohnen, Tötung aus der Luft.«

»Bestimmte Länder neigen zu diesen Handlungsweisen. Wollen wir uns darüber gegenseitig belehren? Sie haben lange genug in Amerika gelebt, um das undemokratische Töten in fernen Ländern, das aller Administrationen, auch Obamas, aus der Nähe beobachten zu können. Wir selber hatten damals keine Drohnen, wir mussten sie erst noch erfinden.«

Der Kellner legte zwei Servietten auf die Theke, stellte behutsam die Gläser darauf und schob ihnen eine Schale mit Pistazienkernen zu.

»Shukraan«, sagte Steinfeld. Der Kellner antwortete arabisch, und Steinfeld entgegnete etwas. Beide lachten, dann wurde er wieder ernst.

»Sie haben meine Nachricht gelesen?«, sagte er.

»Sonst wäre ich nicht hier.«

»Sie mögen das, was wir machen, für unappetitlich, degoutant, stillos halten, unsere ständige Fragerei oder gar Schnüffelei, aber …«

»Sie nehmen die Stellenbeschreibung ernst, auf die Sie sich einst beworben haben. Daran ist im Grundsatz nichts falsch.«

»Nur dass ich mich irre, das wollen Sie doch sagen.«

»Oder Sie nutzen Ihr Wissen und Ihre Zeit für die falschen Zwecke. Klartext: Mila van Heijden hat weiterhin mein uneingeschränktes Vertrauen. Sie ist wegen ihrer Arbeit in diesem Land. Für den touristischen Teil bin ich zuständig.«

»Gehören auch Sie und Ihr Projekt zu dieser Arbeit?«

»Wir werden uns am Ende unseres Weges verständigen, wie wir mit der Verarbeitung unserer Ergebnisse umgehen.«

Steinfeld nahm einen Schluck und setzte das Glas langsam wieder ab. »Die Redaktion Ihrer Reisebekanntschaft arbeitet in Amsterdam auf Hochtouren. Sie erstellt eine Liste der palästinanahen Organisationen, die Fouad Tamimi, wohnhaft in Berlin, im Laufe seines Lebens mit Geld, sehr viel Geld unterstützt hat. Und dies, so viel wissen wir, auf verschlungenen Pfaden. Nichts, was Sie erregen sollte, allenfalls uns. Aber: In dem Dossier steht vielleicht auch Ihr Name. Mit einem großen Kringel und einem Fragezeichen daneben.«

»Sie ist Journalistin, sie sammelt Informationen; dazu gehört auch meine Identität. Sie hat mich über alles ins Bild gesetzt.«

Steinfeld verzog keine Miene. »Da ist noch jemand. Ihr Freund, Stéphane al-Soury.«

»Ein Kollege, kein Freund.«

»Wie auch immer. Sehen Sie zu, dass er Ihnen wohlgesinnt bleibt. Das Gegenteil davon könnte Ihnen schlecht bekommen.«

»Zu spät.«

»Wir können über den Krieg gegen den Libanon von 1982 lange streiten, wie auch über den von 2006. Wir haben damals in Beirut Fehler gemacht, gewaltige. Hunderttausende sind damals in Tel Aviv auf den Platz der Könige, heute Rabin-Platz, gegangen und haben gegen unsere Regierung demonstriert. Zu Recht. Auch meine Frau war dabei. Ich habe sie nicht abgehalten. Wir hätten das Morden nicht zulassen dürfen, hat sie gesagt. Ja, wir haben diesen Krieg gewonnen und doch alles verloren. Gesiegt haben Arafat, die PLO und ihre sogenannten Märtyrer.«

»Alle haben verloren, wie letztlich bei allen Kriegen.«

»Ich würde Ihnen diese friedenspolitische Binse nicht durchgehen lassen, wenn ich nicht der Meinung wäre, sie enthalte eine particula veri.«

»Mehr als das.«

»Können wir uns darauf einigen, dass die Konflikte unserer Region, die man aufgrund ihrer Dauer und Zähigkeit bald auf die Liste des UN-Weltkulturerbes setzen sollte, am Ende alle krank machen? Beschädigen? Alle, egal auf welcher Seite wir stehen. Und doch kann bis heute keiner auf jene goldene Tür zeigen, durch die wir gehen könnten. Solange das nicht alle verstanden haben, müssen wir kämpfen, weiterkämpfen. Opfer fordern und erbringen, sie beweinen und in unsere Planspiele einbeziehen.«

»Zu diesen Opfern gehört auch Sahira Hatoum?«

Steinfeld schwieg.

»Was wissen Sie über sie?«

»Nichts, was Sie nicht auch wissen.«

»Aber Sie mögen diese Frage nicht.«

»Für mich ist sie beantwortet. Wir mögen nur weiterhin den nicht, der Sie zu fragen beauftragt hat. Vorsichtig ausgedrückt. Sie wandeln seitdem im Schlagschatten unseres Verdachts.«

»Ich beginne, mich an diesen Zustand zu gewöhnen.«

Steinfeld legte Geld für die Getränke auf den Tresen, drehte seinen Hocker noch einmal zu Landauer, sodass sich fast ihre Knie berührten. »Sie sind Wissenschaftler, Sie haben gelernt, mit Achtsamkeit und nicht mit Übermut vorzugehen. Wenn Sie das beherzigen, werden wir uns nie wiedersehen.«

4
Steigen

1

Berlin, einen Tag später

Außenparkplatz, weißer Toyota. Warte dort auf Dich. Die Reisetasche über der Schulter, drängte er sich hinter der Sicherheitsschranke durch die Wartenden, schob das Handy mit Johannes' Nachricht in die Tasche, sah Blumensträuße, Taschentücher. Zwei nahezu identisch aussehende Jungen hielten ein handgemaltes Plakat mit der Aufschrift WILLKOMMEN ZU HAUSE, MONA, flankiert von der amerikanischen und der deutschen Flagge, in die Höhe; hinter ihnen eine rundliche Frau mit etwas zu rot gefärbten Haaren und einem Blumenstrauß, vielleicht die Mutter dieser Mona, und der pickelgesichtige Doppelschlag der Natur, ihre Brüder. Gleich würde Mona, einst dünn, jetzt mit Pausbacken und dem für eine Highschool-Absolventin adäquaten Übergewicht zurückgekehrt von ihrem Auslandsschuljahr in Wisconsin, wieder in die Arme ihrer Familie sinken. Vater würde heute früher aus dem Büro kommen, und für den Abend hatten sich die Großeltern aus Soltau angesagt. In Monas Zimmer stand ein neues Bett, neue Vorhänge waren angebracht, von der Mutter genäht, ein Farbenspiel des amerikanischen Banners.

Er ging in Richtung Ausgang, wollte diese Szene hinter sich lassen, die Barmherzigkeit des kleinen Glücks, setzte die Reisetasche ab, hörte ein Flugzeug landen. Er holte die Sonnenbrille heraus und suchte auf dem gleißenden, von einer afrikanischen Sonne überstrahlten Parkplatz nach seinem Sohn.

Da stand er, nur wenige Meter entfernt, an die Tür des Wagens gelehnt, sein Körper ein großes Fragezeichen. Er schob sich die blonden Haare aus der Stirn, löste sich, wuchs, sein Gang gelassen, bestimmt, gereift, das leicht schiefe Lächeln wie ein großes buntes Schild: WILLKOMMEN ZU HAUSE, DAD.

»Haben Sie dich wieder rausgelassen?«

»Gegen Kaution.«

»Wie hoch?«

»Unverschämt hoch«, sagte er und setzte die Reisetasche ab. Johannes nahm ihn in den Arm, wollte ihn nach kurzer Zeit wieder loslassen. Seine eigenen Arme wurden schwer, hielten seinen Sohn fest.

»Danke, dass du gekommen bist, John.«

»Du siehst müde aus, Dad.«

»Seit wann hast du ein Auto?«

»Firmenwagen«, sagte er und ließ die Arme sinken. »Ein neues Projekt. Der Lausitzer Tagebau als Endzeitkulisse, spielt alles in der Wüste, so eine Art deutsche *Mad-Max*-Parodie. Die Produktionsfirma ist wild entschlossen, das zu machen, und wir suchen die Sets.«

Sie stiegen ein, er sank in den Sitz, dessen durchgesessene Sprungfedern dem Polster die Festigkeit eines nassen Schwamms gaben. Er wollte Johannes fragen, warum er ein so altes Auto gekauft hatte, das er nicht mehr abschreiben konnte, und ob ein Mietwagen für die Zeit des *Projektes,* oder wenigstens Leasing, nicht günstiger gewesen wäre, und überhaupt, ob das alles sinnvoll sei. *Sinnvoll.*

Aber er schwieg, sah aus dem Fenster, genoss das Dahinplätschern von Johannes' Stimme, bis sie etwas lauter wurde und er die Worte *Ja oder nein* hörte und dahinter ein Fragezeichen. Frühstück am Winterfeldtplatz?

»Europäische und orientalische Küche, um dir einen sanften Übergang zu verschaffen. Croissants oder Pita, das ist hier die Frage.«

Ja. Das war es. *Ja. Croissants.*

Die Post hatte er mit Nachsendeauftrag ins Büro schicken lassen, am Nachmittag würde er dort vorbeischauen. Ihm wurde bewusst, dass er sich nur wenige Male, wie nach einem plötzlichen Erwachen, die Frage gestellt hatte, wie es in der Zeit seiner Abwesenheit mit ihrem Projekt in Berlin weitergegangen war. Nun, wo es wieder präsenter wurde, kam es ihm fremd vor, unwirklich, ganz und gar die Sache anderer. Zugleich sah er die Gestalt Monique Kerners vor sich, hörte ihre sanfte Stimme. Würde er sie im Labor antreffen? Dieser Gedanke war wie eine jähe Berührung, und ihm wurde klar, dass er es hoffte.

Sie fanden einen Tisch am geöffneten Fenster, er schaute auf die Kirche am anderen Ende des Winterfeldtplatzes. Als sein Blick den Turm hinaufwanderte, wunderte er sich, aus der Höhe nicht den Ruf des Muezzin zu hören. Und neben sich, ganz nah, die Stimme Shimon Steinfelds. *Ich habe Sie falsch eingeschätzt, vielleicht sind Sie doch ein Romantiker.*

Nachdem sie bestellt hatten und eine junge Kellnerin zwei Milchkaffee gebracht hatte, lehnte Johannes sich zurück.

»Du hast Farbe bekommen, Dad.«

»Fast unvermeidlich, nachdem ich die Kühle des Laborlichtes gegen den Leuchtstoff der Levante eingetauscht habe.«

»War er erhellend?«

»Ja und nein.«

»Willst du erzählen?«

»Ich habe mehr in Erfahrung bringen können, als ich gedacht hatte. Mit anderen Worten, ich bin ein großes Stück weiter. Aber neue Erkenntnisse werfen neue Fragen auf ...«

»... *am Baum der Erkenntnis hängen tausend neue Fragezeichen,* hast du früher immer gesagt.«

Beide lachten. »Eltern sind Klugscheißer«, sagte er. »Nur weil sie vor dem Kleinkind einen kleinen Wissensvorsprung haben, meinen sie, sie müssten ihn ein Leben lang halten, verteidigen, gar noch ausbauen. Und merken nicht, wie lächerlich sie sich damit machen.«

»Das war jetzt sehr grundsätzlich, Dad.« Johannes sah ihn an, als warte er auf etwas.

Die Kellnerin brachte zwei Croissants und fragte, ob sie noch mehr Kaffee wollten.

»Ich habe eine Frau getroffen, John, in Israel, die mir einmal sehr viel bedeutet hat«, sagte er.

Johannes hob den Kopf. »Die, bevor Mom und du …?«

»Es ist mir nicht leichtgefallen. Aber am Ende war alles so selbstverständlich.«

»Wie heißt sie?«

»Talia Aloni. In Israel inzwischen eine Berühmtheit. Politische Aktivistin. Friedenskämpferin. Sie hat ihren Sohn in Gaza verloren.«

»Ich habe nach unserem letzten Treffen geahnt, dass so etwas dahinter steckte. Ihr wart damals jung, sie war dann wohl doch nicht die Richtige.«

»Doch«, sagte er und erschrak.

Johannes kniff die Augen zusammen.

»Vielleicht war ich nicht der Richtige, aber sie war es.« Wider besseres Wissen hatte er nachgelegt.

»Warum erzählst du mir das, Dad?«

»Weil ich mir nichts mehr vormachen möchte – und dir auch nicht.«

»Das alles ist hundert Jahre her. Du hast ein anderes Leben gewählt. Ups and downs, klar, gehören dazu. Aber dieses Gebuddel im Damals macht dich nur schwermütig und bringt nichts.«

Er sah, wie auf Johannes' Stirn eine Ader hervortrat.

»Jetzt klingt es fast so, als bedauerst du deinen Lebensweg. Aber dazu gehört auch die Tatsache, dass ich, dein Sohn, jetzt vor dir sitze. Oder ist es wegen Clara?«

»Darum geht es nicht.«

»Mit dieser anderen Frau hätte es uns nicht gegeben. Uns beide nicht. Meinst du, das wäre besser gewesen, weil Clara nur drei Jahre Leben hatte?« Johannes hob die Stimme. »Wir hatten sie, und sie hatte uns. Alles, was dann geschehen ist, ist bitter, traurig, falsch. Ich weiß das. Und, ja, Dad, ich fühle es, mehr als du vielleicht je geahnt hast. Aber es ist unsinnig, die Uhr zurückdrehen zu wollen oder zu behaupten, man hätte nur eine andere Abfahrt nehmen müssen, und alles wäre besser geworden.«

»Nein, John, nein, nein.«

»Es ist gut so, wie es ist!« Johannes hatte Tränen in den Augen.

»Das weiß ich, John.« Landauer fand aus dem Labyrinth seiner Gedanken und Empfindungen keinen Ausweg. »Versteh es als eine Art Inventur, was ich gerade mache.«

Johannes lachte auf. »Dann schließ den Laden vorher ab und häng ein Schild an die Tür. Bei einer Inventur zählt man übrigens nicht nur das Soll, sondern auch das Haben.«

Wieso hatte er von alldem angefangen? »Es war dumm von mir, was ich gesagt habe. Entschuldige.«

»Es war nicht dumm, Dad, solange du es wirklich so gemeint hast. Vielleicht solltest darüber noch einmal nachdenken.«

Das Gespräch kam nicht mehr von der Stelle. Gleich nach dem letzten Bissen ließ Johannes, ohne seinen Vater zu fragen, die Rechnung kommen.

»Nach Hause oder ins Labor?«, sagte er.

»Ersteres, und danke.«

»Klar.«

Johannes fuhr schnell und unkonzentriert. Zum Abschied vor der Haustür nahm er seinen Vater in den Arm, steif, kurz und ungelenk. Ohne sich noch einmal umzusehen, fuhr er davon.

»Betrachten Sie es als eine Häutung. Wenn man die Haut nicht hin und wieder abstreift, wird sie hart, ein Panzer. Lassen wir es zu, auch wenn es schmerzt. Und nun Schalom, Salam, Adieu, wir sehen uns kommende Woche wieder.«

Durch den nur mit einem Vorhang versehenen Eingang kamen die Kursteilnehmer aus dem Saal, schweigend, auf flüsternden Sohlen. Es roch nach frischen Blüten. Die Wände waren weiß, die Möbel ebenfalls, oder aus Holz. Eine sichere Architektenhand hatte hier gewirkt und gestaltet, hell und klar. Raum ist Sein, Raum ist Seele.

Der Mann, der als Letzter herauskam, war groß und schlank, durchtrainiert, etwa in seinem Alter. Er trug ein offenes weißes Hemd, eine hellblaue Hose und ausgebleichte Turnschuhe. Er hatte eine wohlgeformte Nase, leuchtende, wallnussbraune Augen unter einem Dach aus kräftigen Augenbrauen. Das graue Haar war kurz geschnitten, er hätte auch für zehn Jahre jünger durchgehen können.

»Uri, schließt du ab?« Eine junge Frau, kaum dreißig, nahm den Mann kurz in den Arm und ging in Richtung der gläsernen Eingangstür, ließ sie sanft ins Schloss fallen und verschwand im Treppenhaus.

Der Mann blieb vor ihm stehen und taxierte ihn, in den Augen eine Klarheit und Entschiedenheit, die Landauer bis vor wenigen Monaten auch für sein Privileg gehalten hatte.

»Wollen wir uns setzen? Sehen eigenwillig aus, die Dinger, sind aber recht bequem.«

Uri Baum wies auf zwei weiße, kugelförmige Sessel, die in einen Weltraumfilm gepasst hätten, der 2055 spielte, und ihn zugleich an das skandinavische Avantgarde-Design der frühen Siebzigerjahre erinnerten. Wieder betrachtete Baum Landauer, beugte sich vor, legte die Hände aneinander.

»Sie müssen Talia viel bedeuten. Sehr viel. Sonst hätte sie es nicht gewagt, mich in dieser Sache um Unterstützung zu bitten.

Für mich ist das Leben von damals abgeschlossen, weit weg. Ein böser Traum, dem zu entkommen mir gelungen ist. Talia weiß das, und sie respektiert es. Dennoch hat sie mich angerufen und mir von Ihnen erzählt.«

Er machte eine Pause, erwartete offenbar keine Erklärung. Vielmehr schien es, als seien für diesen Mann Zeit und Zeitmaß individuell zu definierende Größen, ja als erwachse Souveränität aus dem Vermögen, die Zeit anzuhalten und ihr dann, die Hand am Zügel, wieder ihren Lauf zu lassen.

Das passte zu dem, was Talia von ihrem Freund berichtet hatte: israelisches Militär, Eliteeinheit, direkt dem Oberbefehlshaber unterstellt, Einsatz im Libanon-Krieg Anfang der Achtzigerjahre und bei militärischen Kommandoaktionen. In den frühen Nullerjahren dann Rebellion, zusammen mit anderen Offizieren, gegen die Besetzung palästinensischer Gebiete und die Regierung. Ein Manifest, öffentliche Kundgebungen, Uri Baum einer der Wortführer, für die einen ein Held, für die anderen ein Verräter, Nestbeschmutzer, ein Stück Dreck. Umzug nach Berlin, Mitbegründer eines Kabbala-Zentrums in Berlin, Spezialist für Lebenstechniken und angewandte Therapie. Die jüdische Kabbala-Weisheit als universale Methode des Friedens, und sei es nur des inneren Friedens.

Der Ex-Soldat hatte gleich auf Landauers Mail reagiert und ihm vorgeschlagen, in das in einem alten Postgebäude der Berliner Gründerzeit gelegene Kabbala-Zentrum in Schöneberg zu kommen. *Postamt* stand noch immer in goldenen Lettern an dem Haus, ein ferner Wink des vor fast hundert Jahren mit großem Getöse aus der Fassung gefallenen deutschen Kaiserreiches.

»Der Raum dort«, sagte er und wies am weißen Rezeptionstresen vorbei auf den Eingang zum großen Saal, aus dem die Kursteilnehmer gekommen waren, »war um 1900 der Vermittlungssaal des Telegrafenamtes. 1935 waren hier die ersten Fernsehstuben eingerichtet. Wir reinigen die Seele des Hauses. Ein Ort der Kommunikation, heute ist es wieder einer.«

Er wandte sich Landauer zu und bat ihn, sein Anliegen noch einmal mit seinen Worten, ohne Scheu und falsche Rücksicht, zu formulieren.

Er versuchte, es kurz zu machen. Sein Wiedersehen mit Tamimi in Berlin. Dessen Erzählung, die Bitte um Hilfe. 1982, Israel, Grenzgebiet. Schließlich Beirut im September, die Besatzung, das Morden, die Suche nach einer jungen Palästinenserin, der Plan, Arafat zu verraten, das Zusammenspiel von christlichen Falangisten und dem israelischen Militärgeheimdienst, eine tote junge Frau vor einem israelischen Militärposten kurz vor dem Massaker in Sabra und Schatila. Schließlich die Neugier oder besser Nervosität bestimmter Leute, die seine Suche sowohl im Libanon wie auch in Israel ausgelöst hatte. Seine Vermutung, dass hinter all dem eine Geschichte stecke, die nicht ans Tageslicht kommen solle. Selbst so viele Jahre später nicht.

Uri Baum sah ihn aufmerksam an. »Sie haben jemanden vergessen.«

»Talia. Aber sie ist nicht Teil dieser Geschichte.«

»Wenn Sie das wirklich glauben, warum sind Sie dann hier?«

»Die Dinge hängen nicht …«

»Doch«, unterbrach Uri Baum ihn sanft.

Er stand auf, ging an einen Kühlschrank hinter dem Tresen, kam mit zwei kleinen Flaschen Mineralwasser zurück und hielt ihm eine hin. »Ein Glas?«

Landauer verneinte.

Baum setzte sich wieder. »Und was erwarten Sie nun von mir?«

»Erkenntnisse, die ich allein nicht gewinnen kann, einen erhellenden Blick auf das Dickicht der Zusammenhänge, Fakten, kurzum, eine Annäherung an die Wahrheit über das, was damals in Beirut mit dieser jungen Frau geschehen ist oder geschehen sein könnte. Von jemandem, der, wenngleich als junger Mann, dabei gewesen ist.«

»Die Wahrheit?« Baum lächelte. »Da werde ich Sie enttäuschen müssen. Ich kenne nur die Suche danach.«

»Genau hierbei benötige ich Ihre Hilfe, Ihre Expertise.«

»Talia hatte recht. Sie sind tatsächlich hartnäckig und unbeirrbar, wenn Sie etwas wirklich wollen, und auf den ersten Blick schwer zu lesen.«

»Ich formuliere eine Bitte.«

»Die stärkste Form des Appells, ich habe das sehr wohl verstanden.«

Uri Baum sah ihn wieder abwartend an. »Ja, ich war in Beirut, im Libanon. Habe Dinge getan, die man als Soldat tun muss. Sie wollen die Wahrheit hören?« Er stellte die Wasserflasche ab. »Vielleicht einigen wir uns besser darauf, dass Sie nur das suchen, was gewesen sein *könnte*.«

»Anders können wir Wissenschaftler gar nicht arbeiten«, sagte Landauer.

Uri Baum lachte erneut. »*Die Wissenschaft ist stets auf dem heutigen Stand ihres Irrtums.* Es würde der Menschheit helfen, diesen Satz ernst zu nehmen.«

Landauer begann das Gespräch mit Uri Baum zu gefallen. »Sir Karl Popper. Ich verehre ihn, Sie offenbar auch«, sagte er.

»Allerdings. Nur dass all die Glaubenden, die Rechtmeinenden, die Glaubensanwälte und Glaubenskämpfer diese Haltung als Häresie bezeichnen. Da sie *glauben,* aber nicht *wissen,* wird ihr Glaube in Wissen umdefiniert und als unantastbar deklariert. Ein lächerliches, allzu menschliches Verfahren. Wir lehren hier hingegen statt Wahrheit den Tastsinn, statt Orthodoxie die Kunst des Fragens.«

Uri Baum sah ihn plötzlich mit kühlem Blick an, als wäre er in eine andere Rolle geschlüpft. Zunächst müsse Robert Landauer ihm sagen, wessen *Neugier,* wie er es genannt habe, seine Suche, seine Fragen in Israel und im Libanon ausgelöst hätten. Namen, Fakten, den präzisen Ablauf der Ereignisse ab der ersten Begegnung mit Tamimi. Anschließend würde er in sich gehen. Landauer erzählte im Protokollstil von den Geschehnissen der vergangenen Wochen. Baum hörte ihm regungslos zu. Al-Soury, Milas Recherche, das erneute Treffen mit Tamimi. Abdullah. Trotz Baums fast fakirhafter Unberührbarkeit meinte er jedoch ein winziges Zucken in seinem Gesicht wahrzunehmen, als er schließlich den Namen Shimon Steinfeld erwähnte. Falls Baum angebissen hatte, dann in diesem Moment.

Baum erhob sich. »Danke«, sagte er. Er werde nachdenken, möglicherweise das ein oder andere Gespräch führen. Meditieren, die Dinge sacken lassen. »Weder weiß ich, ob ich Ihnen helfen kann, noch, ob ich Ihnen helfen will. Zu viel Schlamm.«

Ob sie ihr Gespräch dennoch in eine Art von Verabredung gießen könnten, wollte Landauer wissen.

Uri Baum blickte auf. »Ich mag Ihre Stringenz«, sagte er. Bis Mitte der Woche werde er sich melden. »So oder so.«

Auf dem Weg hinaus nahm Landauer vom Tresen einen Flyer des Kabbala-Zentrums mit. *Learn, transform, connect* stand darauf. Vielleicht sollte er da einmal hineinschauen.

2

Layla öffnete ihm die Tür und bat ihn herein. »Abu ist nicht hier«, sagte sie, fast entschuldigend. »Er ist im Büro und lässt Ihnen ausrichten, dass es ihm leidtue, es ist etwas sehr Dringliches dazwischengekommen.« Sie nannte die Adresse der Litani GmbH, Joachim-Friedrich-Straße, mit dem Auto keine fünf Minuten entfernt.

Landauer bemerkte, wie heiß es in den sonst so kühlen Räumen war. Die Klimaanlage musste ausgefallen oder aus irgendeinem Grund ausgestellt worden sein. Durch die in die Decke eingelassenen Fenster brannte die Sonne, fast schmerzhaft hell war es im Raum. Landauer spürte, dass Layla die Gelegenheit nutzen wollte, um mit ihm zu sprechen.

»Eine Zeit lang habe ich gedacht, dass die Begegnung mit Ihnen etwas in ihm ausgelöst hat, das ihm nicht guttut«, sagte sie. Sie zögerte, und er konnte spüren, wie es in ihr arbeitete, ein leichtes Beben ihrer Oberlippe, es machte sie schön, verletzlich und, er verbat sich den Gedanken und doch war er da, begehrenswert.

Jetzt betrachte sie die Dinge anders, vielleicht sei das Wiedersehen zwischen ihm und ihrem Vater, von dem Abdullah ihr erzählt habe, eine Art Ratschluss Allahs, dem man sich nicht widersetzen sollte.

»Abdullah ist jedoch anderer Meinung und bedrängt Abu, dass er nicht an die alten Dinge rühren soll, wir seien in Deutschland, um hier zu leben, sagt er. Nur was vor uns liegt, zählt, sagt er, das, was wir hier schaffen.«

»Das hat Abdullah mir auch gesagt.«

»Aber verstehen Sie es auch? Wer hat recht, ich weiß es einfach nicht.«

»Es mag eigenartig klingen, aber ich denke, jeder auf seine Weise.«

Sie hob fragend eine Augenbraue und sah ihn eindringlich an.

»Ihr Vater stammt aus einer anderen Welt und hat, anders als Sie und Abdullah, eine sehr besondere Geschichte hinter sich. Schmerzhaft, voller Gewalt und Trauer. Es mag Zeiten gegeben haben, da war sie für ihn nicht so wichtig. Aber jetzt ist sie ihm ganz nahe.«

»Abdullah behauptet auch, Abu würde krumme Geschäfte machen, er traut ihm nicht. Meinen Sie, da ist was dran?«

»Auch darüber will ich mit ihm sprechen.«

»Es ist sein gutes Recht, zu erfahren, was damals geschehen ist, egal worum es bei dieser Geschichte geht. Es ist seine Geschichte. Nur seine. Unsere beginnt erst danach. Hätte es diese Geschichte nicht gegeben, würde es auch uns nicht geben, Abdullah und mich.«

Landauer lief ein Schauer über den Rücken. Was für ein Narr er doch gewesen war. Sie war die *Richtige,* hatte er zu Johannes über Talia gesagt.

Die Sonne, hell wie Weißblech, lauerte über den hohen Dächern. Am Straßenrand fand er einen Parkplatz im Schatten und blickte am Haus hinauf. Neben dem Eingang entdeckte er das Firmenschild. *Litani GmbH – Finanzdienstleistungen.*

Am Kurfürstendamm schoben sich Busse vorbei, ein Radfahrer schlug einem Mercedes aufs Dach, stumm und mit erprobter Wut, der Fahrer hatte ihn beim Abbiegen übersehen und fast zu Fall gebracht. Ein Schwarm weiterer Radfahrer, jung und mit

Rucksäcken oder Messenger-Taschen über der Schulter, sah sich kurz um, einige riefen etwas oder hoben den Zeigefinger.

Er zögerte, dann drückte er den Klingelknopf. Der Türöffner summte, Landauer trat in ein kühles, dämmriges Treppenhaus. Mit lautloser Effizienz trug ihn ein mit sargfarbenem Edelholz getäfelter Fahrstuhl in den dritten Stock.

Die Tür zur Litani GmbH war mit Kameras gesichert und aus schwerem Metall. Im Flur begrüßte ihn Ibrahim mit einem Nicken und bedeutete ihm, einen Moment zu warten.

Er hätte auch in einer Anwaltspraxis oder im Büro eines Steuerprüfers stehen können. Die Wände waren hoch und kalkweiß, der Stuck an der Decke mit Umsicht restauriert. An den Wänden keine Bilder. Neben dem Eingang stand eine Tür offen und gab den Blick in einen großen Raum voller Monitore und Computer frei, an denen zumeist junge Männer saßen. Die Luft, die herausströmte, war kalt.

Einer der Männer vor den Monitoren war Abdullah Tamimi. Er stand auf, als er Landauer sah, und kam auf ihn zu. »Kommen Sie, sehen Sie sich unser *flight deck* an. Abu streitet mit seinen Anwälten. Das kann dauern.«

Er folgte Tamimi in den Raum, der ihn mit seinen Kontrollmonitoren, Konsolen, und Leuchtdioden an das Cockpit einer Intensivstation erinnerte. Die kühle Luft, die Lichter und Schalter gaben dem Raum etwas Exterritoriales, fast Aseptisches.

Abdullah Tamimi setzte sich an einen der Arbeitsplätze und ließ seine Finger über das Trackpad gleiten. »4.0. Sie erinnern sich? Wir verweisen die Leute auf ihren guten Ruf, wenn sie säumig sind und die Zahlung deutlich überfällig. Hier verfassen wir das, was wir unsere Onlinepetitionen nennen. Sanft, aber mit Nachdruck.«

»Und wenn einer Ihrer Kunden diese Sprache nicht versteht?«

»Kunden? Es sind die Kunden unserer Kunden, und unter diesen die nachlässigen, die vergesslichen, manchmal auch die durchtriebenen oder verwahrlosten. Aber Letzteres eher selten, wir sprechen mit dem ganzen bunten Strauß des Bürgertums, das kauft und in der Regel auch bezahlt. Wir erinnern die Menschen gelegentlich an dieses *in der Regel.*«

Landauer blickte sich um, die jungen Leute an den Monitoren arbeiteten konzentriert und ohne aufzusehen.

»Wir agieren ausschließlich digital und können den virtuellen Druck skalieren. Wenn es sein muss. Am Ende hat noch jeder eingelenkt. Wer über kein Geld verfügt oder sich einmal übernommen hat, besitzt immer noch anderes Kapital, Anstand oder Angst vor dem sozialen Abstieg, vor gesellschaftlicher Ächtung, Gesichtsverlust, Sperrung der Onlinezugänge, Verlust des Arbeitsplatzes. Mit diesen Parametern beginnen wir zu arbeiten. Aber erst wenn alles andere ausgereizt ist.«

Abdullah Tamimi musste Landauers Blick gelesen haben.

»Animation, nennen wir es so. Damit beginnen wir zumeist. Wir agieren zudem legal und transparent. Alle unsere Vorgänge werden dokumentiert und regelmäßig von anerkannten Wirtschaftsprüfern überwacht. Außerdem dulden unsere Kunden, darunter große Firmen, keine Abweichungen. Der Handel und der Geldfluss finden heute im Netz statt. Also besuchen auch wir die Säumigen dort. Kein Nachbar sieht uns. Kein Klopfen und Klingeln in den frühen Morgenstunden. Nur das *Kling* einer eingegangenen E-Mail.«

Vor der Tür entstand Unruhe. Männer, Aktenordner in der Hand, kamen vorbei.

»Jetzt hat er Zeit für sie. Theoretisch. Praktisch gesehen, läuft sie ihm gerade davon.« Er bedeutete Landauer, ihm zu folgen, verließ den Raum und ging den Flur entlang. Vor einer halb geöffneten Tür blieb er stehen und steckte den Kopf durch den Spalt.

»Abu?«

»Ja?«

»Professor Landauer ist da.«

Tamimi stand am Fenster und stützte sich mit den Armen auf dem Bord in seinem Rücken ab. Er sah müde aus, die kräftigen Wangen erschlafft und grau wie Elefantenohren.

»Schön, dass Sie gekommen sind«, sagte Tamimi. »Ich bitte um Entschuldigung, dass ich Sie habe warten lassen. Meine Anwälte haben heute etwas mehr Zeit in Anspruch genommen als geplant.«

Landauer blieb hinter dem Stuhl stehen, auf den Tamimi mit einer ausholenden Geste gewiesen hatte. Er wollte verhindern, dass er saß und Tamimi auf ihn herunterblickte.

»Ob es eine Freude ist, mich zu sehen, werden Sie später entscheiden können.«

»Sie haben Neuigkeiten?«

»Wie man es nimmt.«

Tamimi löste sich vom Fenster, ließ sich hinter dem Schreibtisch in einen ledernen Stuhl sinken. Er begann, an seinem Ring zu drehen. Landauer hatte diese Geste schon ein paarmal an ihm beobachtet. Sein Gegenüber war weit angespannter, als er zu zeigen bereit war.

»Sie waren in Tel Aviv. Ich bin Ihnen sehr dankbar dafür, dass Sie auch diese Reise unternommen haben.« Tamimis Stimme hatte eine ungewohnte Rauheit. Er machte eine kurze Pause, als müsste er sich wappnen für das, was jetzt kommen könnte. »Nun, haben Sie etwas über die Tote vor dem israelischen Militärposten herausgefunden?«

»Ich will nicht um die Sache herumreden: Ist es vorstellbar, dass Sahira, als Sie nicht wieder auftauchten, auf eigene Faust und mit einer Falschinformation über den Aufenthaltsort von Arafat die Israelis an der Nase herumführte, um das Geld für die Flucht zu bekommen?«

Tamimi wurde bleich.

»Und schließlich gefasst wurde? Von Ihren eigenen Leuten?«

Tamimi holte tief Luft und hielt kurz inne. »Sahira hatte Mut und ihren eigenen Kopf. Möglich ist es. Leider. Aber ich würde das lieber ausschließen.«

»Ich habe die Erfahrung gemacht«, sagte Landauer, »dass wir nicht weiterkommen mit dem, was wir lieber nicht hätten. Wir müssen uns vielmehr dem stellen, was war, was tatsächlich geschehen ist.«

Tamimi sah ihn abwartend an.

»Sie sagten bei unserem ersten Treffen, Sahira hätte Farbe an der Stirn gehabt?«

Tamimi nickte.

»Einer meiner Kontaktleute hat sich in Schatila umgehört. Ein paar der älteren Bewohner vermuten, dass Sahira irgendwo im Lager ein Atelier hatte. Wissen Sie mehr darüber? Von Ausstellungen, Kontakten ins Ausland oder Ähnliches?«

Tamimi wandte sich zum Fenster, als würde er in den Straßen Berlins nach Sahira Ausschau halten. »Ich habe nie auch nur ein einziges Bild von ihr gesehen. Sie sprach nicht viel darüber. Bestimmt hätte es einigen Leuten, vor allem ihrem Vater, nicht gefallen, dass seine Tochter malt. Sie stammte aus einfachen Verhältnissen, unsere Eltern dachten sehr traditionell.«

Landauer wartete einen Moment und beschloss dann, auf den Punkt zu kommen. »Was mich aber noch mehr umtreibt: Ich habe erneut die Erfahrung gemacht, dass meine Suche bei gewissen Leuten Neugierde, wenn nicht gar Argwohn hervorruft. In Tel Aviv hat man mich auf recht bemerkenswerte Weise auf ein Polizeirevier bestellt und mir deutlich gemacht, dass Sie in den behördlichen Archiven dieses Landes kein Unbekannter sind. Vor allem in den geheimen.« Landauer legte mehr Nachdruck in seine Stimme. »Ich glaube langsam, Sie haben die Suche nach Sahira nicht selbst aufgenommen, weil Sie, von ein paar Scheindemokratien und korrupten Despotenstaaten abgesehen, nirgendwo auf der Welt gelitten sind. Wenn es stimmt, was ich gehört habe, finanzieren Sie seit Jahren den Terror. Oder das, was Sie einen Freiheitskampf nennen. Sie stehen in vielen Ländern auf der schwarzen Liste.«

Tamimi hob die Hand.

»Ich habe mir Ihr Engagement von unabhängiger Seite bestätigen lassen.«

»Unabhängig?« Tamimi stieß ein Lachen aus. »Ich wundere mich über Ihre Leichtgläubigkeit. In diesem Konflikt, in dem meine Leute seit so vielen Jahrzehnten gefangen sind, gibt es keine Unabhängigkeit. Jeder ist Partei, ob er will oder nicht, ob er es zugibt oder nicht. Weil die Sache selbst dich zwingt zu sagen, wo du stehst. Also kommen Sie mir nicht mit unabhängig. Jeder Satz, jede Information ist zugleich ein fliegender Stein, ein Projektil, ein Gummigeschoss. Mal trifft es den einen, mal den anderen. Aber am Ende immer uns.«

»Und Ihre Antwort? Terror? Bomben in Bussen und Cafés? Raketenangriffe, Verschleppungen, Folter? Mit Ihrem Geld auf den Weg gebracht.«

Tamimi hatte sichtlich Mühe, an sich zu halten. Er war aufgestanden, ging auf und ab und gestikulierte aufgebracht. »Es sind meine Leute, es ist mein Volk, ich kann nicht danebenstehen und zusehen, wie es unterdrückt, eingesperrt, von seinem Land getrennt und getötet wird. Ich bin Teil dieser Geschichte. Mein Geld fließt nicht in Waffen, sondern in Kindergärten, Nahrung, Sozialstationen, Schulen. Sie hätten genauer hinsehen sollen.«

»*Wer ein Ei stiehlt, stiehlt auch ein Kamel.* Sagt man das nicht bei Ihnen?«, erwiderte Landauer. »Mit anderen Worten, es fällt mir immer schwerer, Ihnen zu vertrauen. Sie halten Dinge zurück, Sie rücken nur mit dem raus, was ich längst herausbekommen habe.«

Die Tür öffnete sich, Abdullah schaute herein. Sein Blick traf sich mit dem von Landauer.

»Abu, Dr. Vossler«, sagte er.

Tamimi war jetzt wieder ruhiger. »Sag ihm, ich bin gleich bei ihm.«

Die Tür schloss sich wieder.

Er begann, in irgendwelchen Papieren zu suchen, bis er einen grauen Umschlag fand, wie ihn Gerichte bei Vorladungen verschicken. »Ein Anwalt, der schweigt, hat zumindest keine schlechten Nachrichten. Ein Anwalt, der nach kurzer Zeit in mein Büro zurückkehrt, verheißt nichts Gutes. Ich werde mit ihm reden müssen. Wo waren wir stehen geblieben?«

Landauer beschloss, noch eine andere Sache anzusprechen. Tamimis Undurchdringlichkeit machte ihn hilflos und wütend zugleich. Er stand auf, als wolle er aufbrechen. In seinem Berufsleben hatte er gelernt, dass es in bestimmten Situationen das Effektivste war, die größten und schwierigsten Fragen auf dem Weg zur Tür zu stellen, sie gleichsam beim Gehen zurückzulassen. Patienten taten das oft, Belastete, wenn auch unbewusst. Warum heute nicht auch er? Bewusst und mit Vorsatz?

»Die Israelis haben Sie auf dem Schirm, Tamimi. Und zwar seit vielen Jahren, vielleicht sogar schon seit 1982. Das hat mir dieser Mann auf dem Polizeirevier bestätigt. Und er hat Sahiras Namen genannt. Trotzdem sind Sie ihnen entkommen – und das, obwohl Sie nach Ihrer Verwundung bereits in der Falle saßen, damals, in dem Militärkrankenhaus. Wie erklären Sie mir die Tatsache, dass Sie nicht entdeckt wurden? Hoppla ... Wen haben wir denn da?«

»Ich habe das zu verhindern gewusst.«

»Wirklich? Und wenn nicht? Sie waren nicht immer bei Bewusstsein, haben starke Medikamente bekommen. Der Schnitt Ihrer Zugehörigkeit war nicht zu übersehen. Dieser Mann konnte kein Christ sein, und da er kein Jude war, war er Muslim. Ein Palästinenser. Ein Kämpfer aus dem Libanon? Ich habe es jedenfalls bemerkt, als ich Ihnen die Verbände wechselte.«

Landauer nahm ein Zucken in Tamimis Gesicht wahr.

»Ich selber habe diese Tatsache damals, in diesem für mich zunehmend unentwirrbaren Konflikt, verdrängt. Ich war Arzt, Helfer«, fuhr er fort. »Die Israelis dürften das anders gesehen haben. Wer hat Ihnen geholfen, Tamimi? Sie haben es geschafft, als Palästinenser Israel wieder zu verlassen, anstatt dort eingesperrt zu werden wie Tausende Ihrer Landsleute. Irgendwer hat Ihnen eine Tür geöffnet, die so fest verschlossen war wie die von drei Hochsicherheitsgefängnissen. Wer? Und warum? Oder haben Sie sich auf ein Geschäft mit ihnen eingelassen, Leben gegen Leben? Arafat?«

Tamimi funkelte ihn an, seine Stimme wurde lauter. »Niemals!«

Landauer sah Tamimi mit festem Blick an. »Sie müssen mir sagen, wie Sie da rausgekommen sind. Es könnte eine Spur zu Sahira sein.«

»Bestimmt nicht. Das hat damit nichts, aber auch gar nichts zu tun.« Tamimi atmete schwer.

Landauer griff nach der Türklinke, ein letztes Mal wandte er sich um.

»Vielleicht sollten wir unser Gespräch mit einer Vereinbarung beenden«, sagte er.

Tamimi hatte sich wieder an das Fensterbrett gelehnt und sah ihn abwartend an.

»Sie sagen mir alles, was ich wissen muss. Auch über Ihre Verbindung mit al-Soury. Alles. Ohne Rückhalt. Und Sie setzen Ihre Kinder ins Bild. Layla und Abdullah sind Erwachsene, sie können mit den Dingen umgehen. Dann und nur dann mache ich weiter.«

Tamimi richtete sich auf, in seinem Blick eine neue Klarheit. »Hören Sie auf, mir und sich selbst etwas vorzumachen. Sie fühlen sich viel zu sehr in meine Geschichte verwoben, Professor, Sie ist Ihnen zu einem Anliegen geworden, weil es auch die Ihre ist. Sonst hätten Sie sich schon längst verabschiedet. Ohne Wenn-dann-Szenario.«

»Unsinn!« Landauer war überrascht, wie laut er wurde. »Ich bin Arzt. Ein Arzt fragt nicht danach, was einer getan hat, wo er herkommt oder was er mit anderen Menschen vorhat. Er macht Menschen gesund. Aber das gelingt nur, wenn der ihm Anvertraute mitmacht.« Ohne Gruß verließ er das Zimmer und zog die Tür etwas zu fest hinter sich zu.

Erst als er im Auto saß, spürte er, wie aufgewühlt er war. Er schämte sich für seinen abrupten und wenig souveränen Abgang. Tamimi hatte recht: Er steckte tiefer in der Sache drin, als er es wahrhaben wollte. Und ob er weitermachte, war nicht davon abhängig, was Tamimi tat. Er wollte es wissen, alles. Er. Was mit Sahira passiert war, wie Tamimi es geschafft hatte zu entkommen, was al-Soury mit der ganzen Geschichte zu tun hatte. Sie war untrennbar verbunden mit seiner eigenen.

Er ließ die Fenster herunter und hielt das Gesicht in den lauen Wind, der durch den Wagen zog, ließ den Motor an, beschleunigte und merkte irgendwann, dass er mit den Fingern auf das Lenkrad trommelte, obwohl das Radio stumm war. Die Melodie in seinem Kopf war ihm wohlvertraut.

Because a vision softly creeping
Left its seeds while I was sleeping
And the vision that was planted in my brain
Still remains
Within the sound of silence

3

Früh am Morgen verließ er das Haus. Er bewegte den Wagen zügig, fand spielerisch die Lücken im unerwartet weitmaschigen Verkehr, er mochte die erwachende Stadt, das schrundige, ruppige, selbstverliebte Berlin, dem die noch immer heiße Septembersommer einen Hauch von Schönheit gab, eine schimmernde Aura auf Zeit. Er hielt auf den großen Stern zu, die goldene Viktoria schien sich für ihn geputzt zu haben, antwortete der Sonne mit pharaonenhafter Gelassenheit. Auf dem Dach von Schloss Bellevue wehte die Fahne, der hohe Herr mit dem norddeutschen Timbre war im Hause, ein Frühaufsteher wie er. Er sah ihn vor sich, in seinem Amtszimmer über ein Redemanuskript gebeugt, die Lesebrille auf der Nase, ein Herrscher, dessen Waffen Worte waren, Gedankenstriche, Satzzeichen. In Alt-Moabit staute sich der Verkehr in Richtung Hauptbahnhof, aber weit weniger als an anderen Tagen. In den Fenstern des Gefängnisses hingen Hemden und Handtücher zwischen den Gitterstäben, ein Tantalusbau, die Stadt und ihr Leben greifbar nah, und für seine Bewohner doch unerreichbar. Er zirkelte den Wagen in seinen Parkplatz, als folge er den präzisen Anweisungen eines Lademeisters auf einer Autofähre.

Er war überrascht, im Büro zu so früher Stunde nicht allein zu sein. Aus dem Büro von Monique Kerner hörte er das Klackern einer Tastatur, der von dort ausgehende Duft hätte ihn ohnehin wie ein schwebender Ariadnefaden zu ihr geführt.

Er klopfte an den Türrahmen. Sie hörte ihn nicht, und er konnte sie betrachten. Ihr von einer Spange gehaltenes, dunkles, leicht welliges Haar, ihren Hals, die Anmut, mit der sie selbst alltägliche Dinge wie das Tippen auf einer Computertastatur zu tun in der Lage war, die Maus in ihrer Rechten wie ein gezähmtes Tier.

Bevor er ein zweites Mal klopfen konnte, wandte sie sich um. Auf ihrem Gesicht eine Freude, die ihn in ihrer Bedingungslosigkeit und Offenheit überwältigte. »Ich muss noch etwas fertigmachen«, sagte sie. »Dann mit dem Morgenflieger nach Basel, in zwei Tagen bin ich zurück. Ich möchte alles von deiner Reise hören. Bevor wir in der kommenden Woche so schnöde Dinge wie die Geschäftsübergabe besprechen müssen, denn Leclair und ich könnten handelseinig werden. Aber so schnell lässt er dich nicht aus den Fängen. Der Lotse bleibt an Bord, hat er gesagt.«

Zwei Tage. Ein Nanomaß an Lebenszeit, dennoch wünschte er, sie würde nicht fahren. Er lächelte und sagte »Gern«. Sie verabredeten sich für den Mittwoch der kommenden Woche, die Wahl des Restaurants überlasse sie ihm, dem Weitgereisten. Er ging den Gang entlang zu seinem Büro, schaltete auf dem Weg den stummen Wasserspender an (warum war er nicht in Betrieb?), der meldete sich glucksend, fast klang es wie ein Lachen. Im Büro setzte er sich bei weit geöffnetem Fenster an seinen Schreibtisch.

Es waren Dinge zu regeln, zu erwägen, alle für die Übergabe des Projekts notwendigen Dokumente und Files wären zu identifizieren, der überarbeitete Vertrag mit LeclairSolutions, den er in einem verschlossenen Umschlag und der Aufschrift *persönlich/vertraulich* im Posteingangskorb gefunden hatte, wäre zu lesen. Er zog ihn heraus, blätterte auf die letzte Seite, suchte das Unterschriftsfeld, zeichnete beide Exemplare ab, ohne auch nur eine Zeile angeschaut zu haben, schob eines zurück in den Umschlag, schrieb den Empfänger darauf und legte ihn unverschlossen in den Korb mit Postausgang.

Erst jetzt sah er den Umschlag, der im Posteingangskorb ganz oben auf dem Stapel der ungeöffneten Briefe, Kongresseinladungen, Werbebroschüren der Pharmabranche, lag. Er kannte seine Form und Farbe, die Handschrift. Auch dieses Schreiben würde keinen Absender haben. Aufgegeben in Marokko, sagte die Marke. Es hätte auch Montevideo sein können. Es war der zweite Brief.

Er öffnete ihn. Wieder ein Laborauszug, *confidential,* doch diesmal enthielt er eine Notiz in derselben Schrift wie auf dem Umschlag. Wen immer al-Soury als Schreiber angeheuert hatte, er hörte seine Stimme, als er die Zeilen las.

Willkommen zurück. Passen Sie gut auf sich auf. Er legte ihn in die Schublade seines Schreibtisches, schloss sie ab, zog den Schlüssel heraus und ließ ihn in die Hosentasche gleiten.

Den Rest des Vormittags brachte er damit zu, Dinge zu ordnen, zu sortieren, bereitzulegen, er wusste um die fragile Konstruktion seines von Routine, Willen und Unbeirrbarkeit getragenen Tuns, *business as usual,* wo nichts mehr *usual* war. Irgendwann begann er sich zu wundern, dass er nach Stunden im Labor noch immer allein war. Er sah auf den Kalender, es war Sonntag.

Er schrieb eine Einkaufsliste für den morgigen Tag, am Abend würde Johannes zu ihm kommen, direkt nachdem seine Karawane durch die Brandenburger Wüste gezogen war, bestimmt ausgedörrt, halb verhungert und mit wunden Lippen, wie er ihm geschrieben hatte. Er wollte ihn laben. Und mit ihm sprechen, klar, ohne Umschweife, seinen Lapsus erklären und sich entschuldigen. Manchmal seien Väter so unbedacht, wie Söhne es nie sein könnten.

Er stand auf, um für ein paar Minuten vor die Tür zu gehen, sich zu strecken, die Dinge abzuschütteln. Das Handy summte, als hätte es jemand unter ein Kissen geschoben. Er blickte sich um, tastete seine Taschen ab, sah, dass der Umschlag im Postausgangskorb zitterte, fand das Gerät, das er in einem unbedachten Moment dort abgelegt haben musste.

Die Mailbox war bereits angesprungen, *van Heijden, Mila*, las er auf dem Display. Für einen Moment ärgerte er sich, dass sein Ordnungssinn ihn zu dieser Untat veranlasst hatte, nicht Mila ins Adressbuch einzutragen, unter M, ganz einfach, sondern sie wie einen Forscher im Schlagwortregister der Staats- und Universitätsbibliothek zu verbuchen.

Sie bat um Rückruf.

Was sie zu berichten hatte, war von Gewicht. Wie ein Team stiegen sie in die Sache ein, kein Prolog, keine Formeln, jeder Satz über den Fall Sahira Hatoum eine Art erprobter Zugewandtheit.

Eine neue Spur?

So sehe es wohl aus, sagte Mila. Sie habe im Hinblick auf Sahiras Tätigkeit als Künstlerin recherchiert und wisse jetzt, es habe wenige Jahre vor den Ereignissen in Beirut eine Ausstellung gegeben, die *Internationale Kunstausstellung für Palästina*. Auch viele noch unbekannte junge Künstler hätten dort ihre Arbeiten gezeigt, eine von der PLO und internationalen Institutionen unterstützte Solidaritätsaktion. Diese Ausstellung, so der Plan, hätte durch die verschiedensten Länder reisen und eines Tages im befreiten Palästina ihre Heimat finden sollen. Daraus sei nichts geworden, die Bestände seien 1982 in Beirut bei einem israelischen Luftangriff zerstört worden. Vollständig, vermutete man, sicher sei man nicht. Aber es halte sich das Gerücht, dass zumindest ein Bild gerettet worden sei, dessen Aufenthaltsort jedoch niemand kenne. Heute seien diese Ausstellung und dieses Ereignis nahezu vergessen.

Und nun aufgepasst: In Berlin-Kreuzberg gäbe es einen Mann, Rainer Weirich, so ihre Recherche, der damals als linker Aktivist in Beirut dabei gewesen sei und ihnen vielleicht mit seinem Wissen weiterhelfen könne. Er betreibe in einem Kreuzberger Hinterhof einen Laden mit Büchern über die noch immer ausstehende Weltrevolution, mit leninistischen Heiligenbildern und anderen linken Devotionalien. Robert solle sich nicht die Mühe machen, diesen Laden im Netz zu suchen, er würde dort nur eine Seite finden, auf der stehe in großen schwarzen Buchstaben VERWEIGERUNG.

»Was hältst du davon, wenn wir diesem Weirich mal einen Besuch abstatten?«

»Du willst wegen dieser kleinen Spur nach Berlin kommen? Ich kann da auch allein vorbeigehen.«

»Die Stadt ist immer eine Reise wert, vor allem wegen ihrer Bewohner.« Sie machte eine kurze Pause, Landauer erahnte ihr Lächeln. »Ende der Woche könnte ich einschweben.«

»Ich habe auch Neuigkeiten«, sagte er.

»Schon wieder eine neue Frau?«, fragte sie.

In gespielter Entrüstung wies er dies von sich und sog zugleich die Luft durch die Nase, als wolle er einen fernen Duft aufnehmen. »Ich habe Uri Baum getroffen. Er war sich nicht sicher, ob er mir helfen wolle und könne. Wir sehen uns heute noch mal.«

»Klingt gut«, sagte sie »Ich nehme wie immer das Circus Hotel in Mitte und werde noch heute buchen.«

»Mila?«

»Ja?«

»Ich freue mich auf dich.«

»Warte erst mal ab, bis ich da bin.«

Er nahm ein Zögern wahr, als überlegte sie, ob sie noch etwas hinzufügen sollte.

»Robert, ist irgendetwas mit dir?«

»Nein, wie kommst du drauf?« Natürlich, irgendetwas sei immer, aber es gehe ihm, er versuchte bei diesem Satz zu lächeln, den Umständen entsprechend gut. Er stehe bereit für eine Inspektion.

»Deine Stimme«, sagte sie, »sie klingt, als hättest du geweint.«

»Heute noch nicht.«

Sie gab einen Laut der Resignation von sich und flüsterte »Männer«.

Als wäre das Ganze ein synchroner Schaltvorgang, legten sie auf.

Learn, transform, connect. Er hatte den Prospekt mit ins Büro genommen, es war an der Zeit, einmal hineinzusehen. Sollte Uri Baum sich tatsächlich bereit erklären, ihm zu helfen, könnte er sich ihm gegenüber zumindest mit Rudimentärwissen ausweisen. Außerdem, er wusste auch nicht warum, reizte ihn die Sache.

Den Brief aus Marokko holte er wieder aus der Schublade, zerriss ihn, immer kleiner wurden die Teile, bis sie sich wie fleckige Schneeflocken aus seiner Hand lösten und in den Papierkorb fielen. Zurück in eine längst verjährte Vergangenheit. Er sah al-Soury vor sich, seinen Gazellenkörper, seinen verlogenen Blick, sein Haus, seine falsche Gastfreundschaft.

Gegen acht erwartete er Johannes in seiner Wohnung. Er duschte, zog sich frische Sachen an und ging in die Küche. Homemade Burger mit homemade Coleslaw stand auf der Speisekarte. Er schnitt Weißkohl und Möhren, rieb sie in eine Schüssel, schälte Zwiebeln und würfelte sie. Saure Sahne, Mayonnaise, Pfeffer, Salz und ein wenig Zucker waren schnell verrührt, er dippte mit einem Löffel hinein, schmeckte die Soße ab, kippte sie in die Schüssel. Für den Burger hatte er Biorind gekauft. Sein Rezeptrepertoire war kümmerlich, aber er hatte sich in den vergangenen Monaten ein paar Standards angeeignet. Für Johannes ging es nicht darum, dass die Gerichte perfekt waren, sondern dass sie so schmeckten wie früher, in Amerika. Allein das galt. Früher war perfekt.

Gleich zu Beginn seiner Zeit in Berlin hatten sie mit diesen Abenden angefangen, die Speisen wiederholten sich, aber das war in der Kindheit genauso gewesen: Truthahnsteaks, Süßkartoffelmus, Reuben-Sandwich, Clam Chowder, Salat mit handgerührter Blue-Cheese-Sauce, Pfannkuchen mit Ahornsirup, Kürbissuppe mit Ingwer. Burger. Zum Nachttisch einen Donut vom Bäcker.

Das Telefon summte auf dem Küchentisch. Er wischte sich an der Schürze die Hände ab. Johannes?

Dad, du weißt, wie das Filmgeschäft läuft. Ich komm hier nicht weg. Lass uns den Abend bald nachholen ... Der Gedanke ließ ihn erschauern. Ohne auf das Display zu blicken, wischte er nach rechts.

»Hallo«, sagte er.

»Mein Gott, da haben Sie mir eine schöne Nuss rübergerollt. Also ein letzter Versuch. So war das schließlich nicht verabredet. Nachdenken, Abstand gewinnen, ja, aber nicht das hier.« Ohne eine Antwort abzuwarten, sprach der Anrufer weiter. »Ich werde mir die Sache überlegen, aber nur unter einer Voraussetzung: Sie bleiben an Bord.«

»Mein Entschluss steht fest.«

»Ist irgendetwas, Ihre Stimme...?«

»Nein, ich bin gerade in der Küche.«

»Zwiebeln schneiden überlass ich meiner Frau. Also, ich mach mir keine Illusionen, ich kenne Sie, Sie sagen Ja oder Nein. Tatsächlich höre ich aus all dem auch eine gewisse Enttäuschung heraus, wohl meinetwegen. Volles Verständnis. Aber ich sagen Ihnen, wenn ich gewusst hätte, dass wir so viele Hindernisse zu gewärtigen haben, ich hätte damit nicht hinter dem Berg gehalten.«

»Es ist keine Enttäuschung.«

»Wir wollen den Weltmarkt für neurodegenerative Krankheiten von der Seite anbohren, Alzheimer, wir kommen! Das ist eine gigantische Aufgabe. Dafür brauche ich Sie, mehr denn je.«

»Frau Kerner kann die Leitung ohne große Einarbeitung und zeitraubenden Übergang übernehmen. Und ich bin als Kinetiker weiterhin dabei, ohne Einschränkung.«

»Sie mögen im Recht haben, ich bin mit ihr im Gespräch, wie Ihnen nicht entgangen sein dürfte, aber Sie sind mein Mann. Also, meine Antwort: im Grundsatz denkbar, aber nicht wünschenswert. Sollten wir uns in diese Richtung bewegen, wäre eine Protokollnotiz zum Vertrag erforderlich. Hab Ihnen da mal was vorbereiten lassen, müsste in der Post liegen.«

»Ich bin mit Ihrem Vorschlag einverstanden.«

»Mein Vorschlag? Wohl eher der Ihre. Sie haben das Papier gelesen?«

»Ist auf dem Weg zu Ihnen.«

»Mit Ihrem Kaiser-Wilhelm darauf? Verstanden. Dann dürfte sich das hier ja erledigt haben. Sie haben die Segel gesetzt, da komme ich mit meiner kleinen Barkasse nicht hinterher.«

Leclair legte auf.

Johannes war pünktlich, er stand in der Tür, den Fahrradhelm in der Hand. Landauer umarmte ihn und bat ihn herein.

»Was ist denn hier los?« Johannes blickte mit gespieltem Erstaunen vom Flur aus in die Küche, die zugleich Esszimmer war. Und neuerdings Arbeitszimmer, Rechercheraum und Geheimdienstzentrale, wie Johannes sie nach seinem letzten Besuch genannt hatte.

»Bombenangriff? Salafisten? Oder die Staatsanwaltschaft? Werden wir abgehört?«

»Das Leben neu ordnen als unvollendetes Projekt«, sagte er.

»Immer noch, Dad? Und dazu brauchst du weiterhin all diese Akten, Dossiers, Berichte und Bücher?«

Johannes nahm einen umfangreichen Ausdruck mit dem Titel *Report of the Commission of Inquiry into the events at the refugee camps in Beirut – Feb. 8th 1983* in die Hand. Darauf das Staatswappen Israels.

»Hat sie dir diesen Briefbeschwerer mitgegeben? Deine alte Flamme?«

»Aus dem Netz. War nicht einfach zu finden. Der Drucker hat bei der Seitenzahl einen Hustenanfall bekommen.«

»Teil deiner Inventur?« Johannes wog das Dokument in der Hand und legte es zurück auf den Küchentisch.

»Ist abgeschlossen. Laden wieder geöffnet. John, ich möchte mich bei dir ...«

»Schon gut.«

»Ist es nicht und war es nicht. Es war eine dumme Äußerung, ich kann sie mir nur mit meiner gegenwärtigen Lebenssituation erklären. Deine Mutter und ich waren viele Jahre ein glückliches Paar, und sie ist noch immer eine wunderbare Frau.«

»Soll dich von ihr grüßen. Sie wollte wissen, wie es dir geht. Hab am Telefon ein wenig rumgeeiert. Beim Skypen wäre es schwieriger geworden. Live und in Farbe. *No escape.* Sie wünscht dir alles Gute und freut sich, wenn du dich mal meldest. In San Francisco sind es zwanzig Grad. Der Sommer ist dort ein netter Winter.«

»Geht es ihr gut?«

»Hatte den Eindruck ja, vor allem Dan tut ihr gut.«

»Dan?«

»Du weißt schon, ihr Neuer, seit zwei Jahren. Der Architekt in Sausalito.«

»Klar, Dan. Natürlich.«

»Mann, hab ich einen Hunger«, sagte Johannes. »Seit dem Frühstück nichts mehr gegessen.« Landauer schnitt ein Stück Cheddar-Käse ab, der auf einem Holzbrett lag, und schob es seinem Sohn in den Mund.

Johannes bot an, das Fleisch zu braten. Landauer hatte einen Roten geöffnet, Coppola Zinfandel, zwei Gläser gefüllt, und hängte Johannes seine Schürze vom New Yorker Feinkostladen Zabar's an der Upper West Side um.

Das Essen erfüllte alle Erwartungen. Nach dem zweiten Burger streikten beide. Die zweite Flasche Coppola stand bereits auf dem Tisch. Johannes blickte ihn über den Rand des Glases an. Sein State-of-the-union-Blick, musste er denken, aber er war seinem Sohn tatsächlich ein paar Erklärungen schuldig.

»John, ich denke, ich bin einen großen Schritt weitergekommen.«

»Neue Erkenntnisse, neue Eindrücke. Nach dem Motto Reisen bildet? Auch wenn dein Projekt nicht gerade nach Urlaub klingt.«

»Die Erkenntnisse kommen nach und nach, suchen sich dabei aber nur ihren Platz in einer Struktur, einem Netz, in etwas, das sich mir erst langsam erschließt, das ich noch nicht ganz entschlüsselt habe.«

»Du meinst, sie ereignen sich zwar, um es in deinen Worten zu sagen, *konsekutiv*, fallen dann aber irgendwann an einen für sie vorbestimmten Platz in dieser Struktur? Ist das nicht etwas zu mystisch, magisch, jedenfalls unwissenschaftlich, Dad?«

Landauer wollte auf diesen Einwand nicht eingehen. »Einige Dinge lösen sich und fallen erst an ihren Platz, wenn ich sie berühre. Und da ich nun schon einmal damit angefangen habe ...«

»Dad, was willst du mir damit sagen? Dass du so etwas wie eine festgeschriebene Ordnung wiederherstellst? Oder warst du drei Tage in Dauermeditation und bist noch nicht bereit zum Touchdown in der Realität?«

Johannes zog seinen Stuhl näher heran und beugte sich über den Tisch. »Du hast mir irgendwann einmal gesagt, dass Wissenschaft die Kategorien von Moral und Metaphysik nahezu zwingend als Kriterium der Anwendung ihrer Erkenntnisse berücksichtigen muss, aber nicht als eine Kategorie des Forschens und Erprobens selbst betrachten darf. Jetzt klingst du, der große Forscher, sehr metaphysisch.«

»Erinnerst du dich, dass ich dir vor meiner Abreise gesagt habe, dass es bei all dem, was ich hier angefangen habe, auch um meine Geschichte geht?«

»Das war kaum zu überhören. Du hattest diese schrecklichen Bilder von dem Massaker in Beirut auf dem Laptop. Dazu Fotos, Bücher. Aber ich habe dich nicht wirklich verstanden.«

Johannes hatte bei ihrem Treffen vor wenigen Wochen den Blick nicht vom Bildschirm abwenden können. Über den Toten waren Decken ausgebreitet, sie waren in einer Reihe ausgelegt. Aus manchen ragten Beine hervor, aufgedunsen, die Haut graublau verfärbt.

Das Bild verschwand, und Spiralen bewegten sich langsam und gleichmäßig über den Monitor. Mit einem Tippen startete Johannes den Laptop und das Video erneut. Ein Mann in Uniform war zu sehen.

... es war sehr still, niemand im Lager schrie, kein Ton war zu hören, ich erinnere mich an den Geruch, ich erinnere mich daran, wie die Menschen wie in Haufen übereinanderlagen, manche von ihnen waren schon tot, andere atmeten noch ... Die Kamera suchte den Boden ab, während der Mann sprach, die Straße entlang, fand Tote, immer mehr waren es, Männer, Frauen, Kinder, ausgestreckt, gekrümmt, an Hauswände oder Türen gelehnt.

»Was ist das, Dad?«, hatte Johannes gefragt.

Er hatte den Laptop zugeklappt und seinen Sohn angesehen. »Ich werde es dir erzählen.«

Jetzt goss Johannes sich Wasser und ein weiteres Glas Wein ein.

»Du bist mit dem Fahrrad hier?«

»Die Karre ist unser Firmenwagen, Dad. Und das Rad kann ich schieben, falls ich nicht mehr in den Sattel komme.«

»Sorry für die Intervention.«

»Schon gut. Also, du warst in Israel. Willst du mir davon erzählen?«

»Wenn du magst.«

»Ohne Auslassungen?«

»Alles, John. Alles.«

4

Bevor er am kommenden Morgen ins Labor aufbrach, las er die Mail. *Uri@Sohar.de* lautete der Absender. Er musste schmunzeln. Sohar, das zentrale Buch der jüdischen Mystik, die ersten Exemplare waren im dreizehnten Jahrhundert aufgetaucht. Das Wesen Gottes, Ursprung und Struktur des Universums, die Natur der Seele, das Wechselspiel von Seele und dunkler Welt, Erlösung waren seine zentralen Themen. Uri Baum war keiner, der kleine Brötchen bäckt, musste er denken. Wichtiger jedoch: Talias Freund hatte sich gemeldet und war offenbar zu einem weiteren Gespräch bereit. Ob er ihn am Nachmittag zu einem Spaziergang in seiner Wohnung abholen wolle? Akazienstraße, Schöneberg, und die Hausnummer waren vermerkt. 17 Uhr? Landauer sagte ohne Zögern zu.

Ein Studio für Hobbyköche, eine Bar, die Felsenkeller hieß, und bereits bei der Gründung Berlins die Türen hätte geöffnet haben können, Restaurants unterschiedlichster Provenienz, mit achtzig Tellergerichten um die Welt, Läden für Mode, Heimtierbedarf, Reisen, Unterwäsche, ein Kinderhort und ganzheitlicher psychologischer Beratungsdienst, *petit* Berlin, die Weltstadt im Realvollzug. Hart über Bordsteinhöhe und eingehegt unter dem Blätterdach der namengebenden Bäume, die Akazienstraße. Je weiter er sich von dem Grundrauschen der viel befahrenen Hauptstraße entfernte, in der David Bowie zwischen *Heroes* und

Drogenabsturz seine Berliner Jahre verbracht hatte, desto mehr ließ die Stadt von ihm ab, entließ ihn sanft in ein Sommergewitter aus Vogelstimmen.

Die Tür zum Wohnhaus war unverschlossen, er schob sie auf und sah sich nach einem Fahrstuhl um. Fehlanzeige. Rotes Linoleum auf den Treppenstufen, dem Schild draußen hatte er entnehmen können, dass *U. Baum* in den oberen Etagen wohnen musste.

Oberhalb der letzten Etage begann die Dachschräge. Aber die Treppe, jetzt aus rohem Holz wie eine Stiege, führte weiter. Tatsächlich, noch eine Tür, wo keiner mehr eine erwartete. *U. Baum.* Da er keine Klingel fand, klopfte er.

Uri Baum füllte mit seinem athletischen Körper den Türrahmen aus, auch hier viel Weiß, die Wände, die Möbel, ein kleiner Tisch, auf dem eine gläserne Vase mit einer Rose stand. Landauer ging hinein und sah sich nach einer Tür zu weiteren Räumen um. Es schien keine zu geben.

»Meine Zelle«, sagte Uri Baum. »Heute nennt man das ganz hip Mikroappartement. Das Bad ist draußen im Flur.« Auf einer kleinen Galerie fand sich, ähnlich wie in einem Wohnmobil, ein Bett. Ein Kochfeld war gleich neben der Tür, alles war durchdacht, kompakt und mit sicherer Hand geplant. Jeder Gegenstand hatte seinen Platz, nichts lag herum. Uri Baum hatte die Selbstbeschränkung gewählt, die Reduktion von Raum und Zeit auf das Notwendigste oder, wie er später erklärte, das Wesentliche.

Anders als bei ihrer ersten Begegnung ging eine leichte Anspannung von ihm aus. »Ich wollte das nicht«, sagte er. »Und doch habe ich es getan. Ich bin in der Zeit zurückgegangen, obwohl ich geahnt habe, wie schmerzhaft es sein würde.«

Landauer lauschte.

»Ich hätte es nicht getan, wenn ich nicht der Überzeugung wäre, dass Sie sich in Gefahr begeben haben. Und die junge

Journalistin von *deVolkskrant* in Amsterdam auch. Wie war noch ihr Name?«

»Mila van Heijden.«

Uri Baum schien einen Moment nachzudenken. »Jetzt lassen Sie uns an die frische Luft gehen.« Er schlüpfte in dunkelblaue Espadrilles, griff nach seinem Wohnungsschlüssel, der in einer kleinen Holzschale auf einem Sideboard lag, und hielt Landauer die Tür auf. »Ich brauche Bewegung, und ich kann mich nicht von dem Gedanken lösen, dass Wände Ohren haben, so unsinnig das klingt. Ich habe alles dafür getan, dass sich keiner meiner Leute mehr für mich interessiert, und so soll es auch bleiben.«

Im Treppenhaus kam ihnen ein junges Paar entgegen, Studenten vielleicht. Sie grüßten ihren Nachbarn vertraut und zugewandt, fast ein wenig ehrfürchtig. Landauer und Baum gingen hinunter auf die Straße, suchten den Weg in Richtung Winterfeldtplatz.

Es sei eigenartig, dass sie heute durch diese Straßen liefen und doch über Dinge sprächen, die so weit zurücklägen und die im Schatten der vielen Weltereignisse doch eigentlich wie Miniaturen des Schreckens wirken müssten.

»Was einst auf der Nahtstelle zwischen zwei Systemblöcken gelegen hat, der Konflikt um unser Land mit denen, die es einst bewohnt haben, gehört heute zu einer Vielzahl von arabischen und iranischen Konflikten, die das multipolare Zentrum einer neuen Netzstruktur bilden, die inzwischen die ganze Welt umspannt. Wir dachten viele Jahre, wir sind das Epizentrum. Der ›Nahost-Konflikt‹, so hieß es viele Jahre. Irrtum. Komplett. Auch die Palästinenser haben in diesem Glauben gelebt. Und sich darin verstricken lassen. Dabei sind sie nur ein Jeton, ein kleiner. Nicht entscheidend für das Spiel um Gewinn und Verlust. Wissen Sie, was ich meine?«

Landauer nickte.

»Wechselnde Koalitionen, unerklärliche Bündnisse. Die USA, die Türkei, Iran, Europa, Russland, Saudi-Arabien, Ägypten, Katar, die Hamas, die Muslimbrüder, der IS, die Hisbollah, wer wem unter dem Tisch die Hand oder in dieser einen geladenen Revolver hält, wer vermag das noch zu sagen? Ich habe den Eindruck, dass die Regierung meines Landes recht gut damit leben kann. Die Welt um unser Land herum ist mit sich selbst beschäftigt. Im Schatten dieses Status quo lassen sich Fakten schaffen. Siedlungen, Enteignungen. Jerusalem als jüdische Festung, errichtet von staatlich finanzierten Wohnungsbaugesellschaften. Kann irgendeiner in dieser weltpolitischen Situation noch das Recht auf seiner Seite wissen? Es für sich beanspruchen? Was ist Recht? Hält es irgendwer noch für nötig, sein Handeln mit Recht zu begründen? Warum auch? Die Entwertung dieses Begriffes führt zu einer Entrechtlichung der Beziehung zwischen Staaten und Völkern. Und Amerika hält sich aus allem heraus. Würde mein Land heute noch eine Kahan-Kommission einsetzen wie damals nach den Massakern in Beirut, die eine mögliche Beteiligung der eigenen Regierung und des Militärs an Verbrechen im Nachbarland untersuchen sollte? Ich habe da Zweifel.«

»Ich auch«, sagte Landauer, »und alle vergessen, dass dabei Lebensentwürfe zerstört, Familien zerrissen, nachfolgende Generationen mit Hypotheken belastet werden, die sie nicht aufgenommen haben. Wer da nicht mehr durchblickt, und wer könnte das, besinnt sich auf das Eigene, das scheinbar Vertraute. Sucht Schutz in einer Identität, die sich aus Versatzstücken von Historie und Ideologie zusammensetzt. Weil ihm die gegenwärtige Weltlage das Gefühl vermittelt, schutzlos zu sein.«

Sie standen auf dem Winterfeldtplatz. Kinder fuhren mit ihren Puky-Rädern auf und ab, ihre Eltern saßen im Schatten der Bäume auf einer Bank. Am Nollendorfplatz, der von hier aus zu sehen war, schob sich die U-Bahn auf stählernen Stelzen wie eine gelbe Modelleisenbahn vorbei. Alle Restaurants hatten Stühle, Tische und Sonnenschirme herausgestellt. Flaschensammler griffen tief in die staatlichen Mülleimer, ein Bettler mit schwerem Mantel, Mütze und Krücke ging von Tisch zu Tisch.

Uri Baum blickte sich um. Niemand schien von ihnen Notiz zu nehmen. »Wir waren es, die Arafat töten sollten. Damals, 1982 in Beirut. Das war der Auftrag. Ariel Scharon war besessen von der Idee. So besessen, dass er sein Kabinett über den Krieg, seine Ziele und aktuelle Situation immer wieder belogen hat. Auch den Ministerpräsidenten Begin, der mit jeder Woche depressiver zu werden schien. Scharon hätte alles getan, um ihn zu finden. Wir jungen, hungrigen Soldaten von der Sajeret Matkal bekamen den Auftrag am Boden. Auf einem Flugfeld im Norden Israels warteten Tag und Nacht F-16-Kampfflugzeuge, mit Bomben, die Bunker in die Luft sprengen konnten. Wenn wir der PLO ihren Kopf abschlügen, würde der Körper ausbluten, das war die Theorie.«

Ein junges Paar mit einem Kinderwagen näherte sich ihnen, der Mann trug einen Holzroller über dem Arm, ein etwa dreijähriger Junge trottete hinter ihnen her, sie wichen zur Seite und ließen die Familie vorbei. Beide blieben stehen und blickten ihnen kurz nach.

»Wir waren Teil eines großen Planes, aber das ahnten wir damals nicht. Und der Herr und Erfinder dieses Plans war Arik. Was er ersonnen hatte, war ebenso perfide wie atemberaubend. In Kurzform: Wir finden Arafat und töten ihn, setzen danach mithilfe der christlichen Falangisten den Milizenführer Pierre Gemayel als Präsidenten des Libanon ein, schließen Frieden mit unserem Nachbarn und exportieren danach, zur Not mit Gewalt und durch die Hand der Christen, die Palästinenser nach Jordanien. Jordanien sollte nach diesem Plan, ehe König Hussein sich's versah, das neue Palästina werden, ihr Staat. Eine Zweistaatenlösung à la carte. Und kein Hahn kräht mehr nach der Westbank. Groß-Israel, vereinigt aus Judäa und Samaria, wäre geboren.«

Nur dass aus all dem, wie wir heute wüssten, nichts geworden sei.

»Stattdessen gab es für Israel ein moralisches, militärisches und politisches Desaster. Arafat konnte aufgrund des internationalen Drucks das Land ungeschoren verlassen. Die Palästinenser sind geblieben, und wir haben die stark gemacht, die uns heute am meisten Sorgen bereiten, die vom Iran aufgebaute und finanzierte Hisbollah. Besser organisiert und ausgestattet als jede frühere Miliz der Fatah oder der PLO.« Als ihm und einigen seiner Kameraden klar geworden sei, dass ihr Land den falschen Weg gewählt hatte, hätten sie begonnen, sich auszutauschen, zu organisieren. In Israel war so etwas nicht vorgesehen, galt nahezu als Verrat, etwas, das die Ächtung der Mehrheitsgesellschaft nach sich ziehen würde. Mitte der Neunziger sei er nach Berlin gekommen.

»Aber zurück nach Beirut: Arafat hat damals ständig und ohne System oder erkennbaren Plan den Ort gewechselt, es war ein unmögliches Unterfangen, ihn zu finden und zu neutralisieren.«

Uri Baum hielt erneut inne. Sie setzen sich wieder in Bewegung und nach ein paar Schritten sprach Baum weiter. »Es muss Anfang August 1982 gewesen sein, ein verdecktes Signal, dass die Falangisten, mit denen wir verbündet waren, jemanden aus dem palästinensischen Umfeld gefunden hatten, der bereit war, uns zu helfen. Nicht einer von den vielen korrupten PLO-Angestellten. Diesmal klang die Sache anders.«

»Was war anders?«

»Unsere Kommandeure hatten über Wochen keine Ergebnisse vorweisen können, Scharon übte mehr und mehr Druck aus, alle wollten den verlustreichen Häuserkampf in West-Beirut vermeiden, sie mussten etwas liefern. Schnell. Mitte August war es so weit, es gab das Signal zu handeln. Unsere Führung hat zugegriffen. Mit einer Anzahlung vorab. Einer erheblichen.«

»Wissen Sie Genaueres über diese Person? Ob Mann oder Frau, irgendetwas über ihren Hintergrund?«

»Nein, da muss ich passen. Wir waren Soldaten und folgten Befehlen. Alles, was ich Ihnen heute berichte, wusste ich damals nicht. Ich habe in den vergangenen Tagen, nachdem sich Talia bei mir gemeldet hatte, den Kontakt zu einigen meiner Kameraden gesucht, zu denen, die noch mit mir zu sprechen bereit sind. Was wir zusammengetragen haben, ist das, was ich Ihnen gerade erzähle.«

»Sie sagten, etwas sei anders gewesen.«

»Es gab immer wieder Verräter, Zuträger aus den Kreisen der PLO. Arafat wusste das, er kannte seine Leute. Es war eine hohe Kunst, zu verhindern, dass einer dieser Verräter in seinen engeren Kreis gelangte. Vor den eigenen Leuten hatte so einer mindestens so viel Angst wie vor uns. Und den Christen, den Falangisten.«

»Es war also dieses Mal jemand aus seinem engsten Kreis, der bereit war zu reden?«

»Vielleicht. Es könnte sich um eine Frau gehandelt haben. Aber hier betreten wir die dunstige Gerüchteküche. Also Vorsicht.«

»Um genau diese Möglichkeit geht es mir.«

»Das habe ich vermutet. Diese Kontaktperson, wer immer es war, erschien am verabredeten Tag nicht. Auch nicht am kommenden Tag. Unsere Leute hätten vielleicht ahnen können, dass es eine Falle war, aber unsere Kommandanten waren so versessen auf einen schnellen Erfolg, dass sie sich auf das Geschäft eingelassen haben. Es war Geld geflossen, aber es gab keine *Ware*.«

»Das Geld war weg.«

»Alle, die in dieser Kette standen, waren Betrogene.«

»Auch die Christen, weil sie den Kontakt hergestellt hatten?«

»Es war ein libanesischer Offizier, der die Sache damals vermittelt und eingefädelt hat. Als die Operation schiefging, muss der Mann von einem auf den anderen Tag das Vertrauen seiner

Leute verloren haben. Und das der israelischen Kommandeure. Und Vertrauen war damals so etwas wie eine Lebensversicherung. Auch sein Leben war von diesem Tag an keinen Pfifferling mehr wert. Es sei denn, er lieferte ihnen den Verräter.«

»Oder die Verräterin.«

»Auf einem Tablett und noch in der Lage zu sprechen.«

»Hat dieser Verbindungsmann den Verräter oder die Verräterin gefunden? Hat er geliefert?«

»Ich weiß es nicht.«

»In Beirut hat mir ein Mann erzählt, wenige Tage vor den Massakern habe man vor einem israelischen Militärposten eine junge Frau gefunden. Tot und verstümmelt.«

»Ja«, sagte Uri Baum. »Diese Dinge sind geschehen. Vergessen Sie das. Es hat mit Ihrer Sache nichts zu tun.«

»Sicher?«

»Ja.«

Zum ersten Mal kam Landauer der Gedanke, dass Sahira mit dieser Scharade tatsächlich die Flucht gelungen sein könnte. Dass sie nicht gefasst worden war.

»Wissen Sie, wer damals auf Ihrer Seite die Verhandlungen geführt hat?«

Uri Baum hob den Kopf, sah Landauer mit einem hintergründigen Lächeln an. »Ich könnte sagen: Nein, doch das wäre gelogen. Aber das, was ich weiß, kann und darf ich Ihnen nicht sagen. Ich habe zwar vor vielen Jahren mit allem gebrochen, bin dafür schwer bestraft worden, aber ich habe mir geschworen, ich werde nichts tun, was meinen Eid als Soldat verletzt, einen unserer Leute in Gefahr bringt oder ihm schadet. Ich bin gegen unsere Regierung, mehr denn je, aber ich will diesen Staat, und ich liebe unser Land, zu dem es keine Alternative gibt.«

Ohne auf ihren Weg zu achten, waren sie weitergegangen, passierten einen Gemüseladen, eine Fahrradwerkstatt, vor einer Taxizentrale standen Fahrer und rauchten, ein Mann am Straßenrand versuchte sein Motorrad zu starten. Bei einem arabischen Imbiss und Coffeeshop blieben sie stehen, Uri Baum bat ihn hinein.

»Salam, Mustafa«, sagte er. Der Besitzer, ein Mann um die fünfzig, sah ihn aus freundlichen Augen an.

»Sie waren lange nicht mehr hier, Habibi. Aber ich sehe Sie oft durch das Fenster, immer grübeln und denken und laufen. Kein Kaffee oder Tee. Keine Zeit. Sie vergessen, wo Sie herkommen.«

Uri Baum lachte, sagte etwas auf Arabisch.

Der Ladenbesitzer übersetzte es: *»Besuche deinen Freund, aber nur selten, sonst verlierst du ihn.«*

Sie ließen sich zwei Kaffee reichen, zahlten und wandten sich erneut zum Gehen. Der Ladenbesitzer beugte sich über die Theke, als wollte er Uri Baum noch etwas mit auf den Weg geben, was nur er hören sollte. Baum wirkte ernst, als auch er auf die Straße trat.

»Gefällt mir nicht. Aber so ist es«, sagte er. Bevor Landauer nachfragen konnte, fuhr er fort: »Ich hätte es mir denken können. Sobald man die Decke des Schweigens auch nur berührt, kommt Bewegung ins Haus. Es waren zwei Männer hier, sie wollten von Mustafa wissen, ob ich in der Stadt sei. Ohne diese Frage tatsächlich gestellt zu haben.«

»Ihre Leute?«

Er lachte. »Vielleicht. Oder die anderen, von jenseits der Grenze. Die, mit denen wir damals zusammengearbeitet haben. Ich denke nur, es ging denen weniger um mich als um Sie, Robert. Und Ihr ungewöhnliches Forschungsprojekt.«

Die dritte Postsendung. Abgeschickt in Amsterdam. Er hatte das Kuvert am Tag zuvor geöffnet, aber es war leer gewesen. Kein Auszug aus seinen amerikanischen Dokumenten. Keine Notiz. In den Tiefen des Umschlags ein dunkles Schweigen. Der Ort, von dem aus er verschickt worden war, war gut gewählt, er *war* die Botschaft. Eine bösartige Botschaft. Wie den ersten auch, hatte er ihn mit dem Altpapier entsorgt. Hätte er zur Polizei gehen sollen?

Er hatte, nachdem er den Brief weggeworfen hatte, eine große Leichtigkeit verspürt, als hätte diese kalkulierte Fahrlässigkeit ihn befreit, als hätte ein Boot ihn am anderen Ufer des Flusses abgesetzt und wäre für immer davongefahren.

Uri Baum sah die Straße hinunter, als suche er in der Ferne etwas. »Das ist alles, was ich Ihnen mit auf den Weg geben kann. Ich wäre Ihnen dankbar, wenn wir uns das nächste Mal im Center wiedersehen würden. Ich habe vor, die Vergangenheit wieder zu verlassen. Sie bekommt mir nicht. Denken auch Sie einmal darüber nach. Wir sind, was wir werden, nicht die, die wir waren.« Er kramte in seiner Umhängetasche und zog einen bunten Flyer hervor.

»Unser Kursprogramm, vielleicht wollen Sie einmal hineinschauen.«

Learn, transform, connect. Er hatte ihn längst gelesen. Als er wieder aufblickte, war Uri Baum schon außer Sicht.

5

Sie saß in der Lobby über einen Laptop gebeugt. Junge Leute aus den unterschiedlichsten Ländern gingen ein und aus, chatteten über den Rezeptionstisch gebeugt mit den Angestellten, starrten in ihre Smartphones, dösten, an Rucksäcke und Koffer gelehnt. Hinter den Panoramafenstern der Hotellobby bewegte sich der Verkehr wie in einer großen Pantomime, die Bühne Kreuzung Rosenthaler Straße, Torstraße, Brunnenstraße. Lastwagen, Fahrradfahrer, Taxis, Busse, Pkws, die Straßenbahn, für einen Moment kam es ihm vor, als hätte ein verspielter Gott sich eine Miniaturwelt erdacht und sie hier, in Berlin-Mitte, in einer Choreografie der ewigen Wiederholung, zum Leben erweckt.

Von einem grauen Sessel aus sah Mila auf, eine Brille auf der Nase. Als sie Landauer entdeckte, nahm sie die Brille ab und lächelte.

Der dritte Brief, Amsterdam, schoss es ihm durch den Kopf. Ihn schauderte. Sollte er Mila davon erzählen, musste er sie schützen? Oder besser nicht, sie nicht weiter beunruhigen? Als politische Journalistin musste sie sich einer solchen Bedrohung immer bewusst sein.

»Keine Fragen bitte.«

»Steht dir.«

»Ich habe eine Kontaktlinse verloren. Eigentlich bin ich blind. So, nun ist es raus.« Sie klappte den Laptop zu.

»Also, *let's go*.«

Sie umarmten sich, vor seinem inneren Auge zogen Bilder vorbei, Sand, das Meer, die Piniennadeln in ihrer Jacke, der Hummus bei Abu Naim, ihre Hüften, ihr Lächeln in so vielen Schattierungen, immer Mila, immer diese Frau, die er jetzt hielt und von der er gehalten wurde, als hätten sie eine Zäsur erreicht, diesen Teil ihrer Beziehung ausgeschöpft, um einen neuen, unbekannten zu beginnen.

Der Wagen sei nur wenige Straßen entfernt, sagte Landauer. Sie verließen das Hotel.

»Gegen Berlin im Sommer ist Beirut so etwas wie Oslo im Herbst«, sagte Mila und setzte eine rote, ausgebleichte Baseballkappe auf.

»Klimawandel«, sagte er. »Wir dachten, wir fangen hier schon mal damit an.«

Wenig später fädelte er sich in die Torstraße ein. Die Besprechung war kurz, präzise, routiniert.

»Ich frage mich, ob wir das überhaupt aushalten, was wir vielleicht irgendwann über Sahira Hatoum erfahren. Ihre letzten Tage in Beirut – sie hat, bevor oder nachdem sie wie vom Erdboden verschluckt war, alles verloren, was sie hatte. Alles.«

»Ich weiß«, sagte er. »Manchmal stelle ich mir diese Frage auch. Und, ob wir es Tamimi dann überhaupt erzählen sollen. Bei allem, was er vielleicht getan hat, er wird schwer an der Sache zu tragen haben. Was immer wir herausfinden.«

Er zögerte, dann sagte er es.

»Manchmal empfinde ich so etwas wie Mitleid für ihn. Und das ist stärker als mein Gefühl der Schuld. Dann ist es wieder Wut. Auf ihn, und vielleicht auch irgendwo auf mich selbst.«

»Das alles kostet dich eine Menge Kraft, mehr, als du vielleicht angenommen hast.«

»Soll ich weitermachen?«

»Natürlich«, sagte sie, »genau darum hat er dich gebeten. Und ich weiß, du kannst auch gar nicht anders.«

»Du hast wie immer recht, Mila.«

»Mein Lieblingssatz, danke dir.« Sie stieß ihn in die Seite, wie damals bei ihrer ersten Begegnung im Taxi, als sie ihn in das Hisbollah-Gebiet im Süden Beiruts entführt hatte.

Sie bogen in die Eisenbahnstraße ein, tiefstes Kreuzberg, und waren am Ziel. Landauer erinnerte sich noch gut, wie es hier nach dem Mauerfall ausgesehen hatte, als er und Kristin durch diese Straßen gezogen waren. Grenzland, der letzte Gruß des Westens, die Oberbaumbrücke lediglich ein Monument auf alten Fotos. Stattdessen ragten abgebrochene Stahlträger über die Spree, auf der anderen Seite die Mauer, Wachtürme, in der Mitte des Flusses Patrouillenboote, das Grau einer wieder erwachenden Stadt. Das linke Kreuzberg als Nachbar des linken Realprojektes DDR, das seinen historischen Zenit schon lange überschritten hatte und nun erschöpft in die Arme einer neuen, fremden Freiheit zu sinken begann.

Viele der Häuser waren längst saniert, frisch gestrichen, darin wohnten auch Altlinke, die vom Hausbesetzer zum Hausbesitzer und reich geworden waren durch die Parole »Wir sind das Volk!«, die mit Macht und Mut von jenseits der Mauer kam. Was bisher Grenzland gewesen war, wurde nun zur neuen Mitte der Stadt. Mit neuen Kindern und jungen Eltern, der Charme des Verfalls als cooler Chic, Esskultur in Ruinen und Werkhallen, am U-Bahnhof Schlesisches Tor der Burgertreff der jungen Israelis, die zu Tausenden in die Stadt gekommen waren, lange nachdem Uri Baum seinen Weg der Erlösung hier zu suchen begonnen hatte.

Rotes Kollektiv stand noch immer über dem schon lange nicht mehr geputzten Schaufenster, in der Auslage die blauen Bände der Marx-Engels-Ausgabe aus dem Dietz Verlag. Daneben Werke über den chinesischen Weg, die Revolutionsgeschichte Kubas und Nicaraguas, Titel über den Kampf des palästinensischen Volkes und eine Biografie über Gamal Abdel Nasser auf Englisch. Der Laden von Rainer Weirich, ein gallisches Dorf.

Sie hatten den Wagen in einiger Entfernung geparkt, damit er vom Laden aus nicht zu sehen war. Mila ging voran, sie öffnete die Tür, eine Glocke, die an einem zerschlissenen Bindfaden über dem Rahmen hing, schellte. Sie hatte vielleicht 1968 schon geschellt, 1977 und 1989, und auch 2001, als beim Klassenfeind die Türme fielen. Trotz der gleißenden Sonne, die die Luft über dem Asphalt zum Flimmern brachte, war es drinnen dämmrig, feucht, als seien die Bücher Organismen, die atmeten und über ihre Seiten das hölzerne Aroma der Erkenntnis von Gut und Böse ausdünsteten, von Klasse und Masse, von Volk und Partei. Sie lagen auf Tapeziertischen, standen in wandhohen Regalen, stapelten sich auf dem Boden. Bücher, die eine Zukunft beschrieben, die sich dann doch nicht an die in ihnen ausgebreiteten Erkenntnisse halten wollte, an den in ihnen beschriebenen Gang der Geschichte durch die dialektische Dreifaltigkeit zum Licht. Die wirkliche Zukunft war immer anders gewesen, hatte immer wieder den schwankenden Gang des realen Lebens gewählt, strauchelnd, stürzend, sich wieder aufrichtend, stets einen sich wandelnden Horizont im Visier.

An einem hölzernen Schreibtisch, verdeckt hinter Stapeln von Büchern, aus denen grüne Karteikarten ragten, saß der Mann, der Rainer Weirich sein musste. Randlose Brille, abgewetzte Lederweste, Pferdeschwanz, die Haare grau, die Kuppen der rechten Finger gelb vom Nikotin, Rot-Händle, Schwarzer Krauser, Javaanse Jongens. Landauer dachte an Kneipen und Keller unter schwerem Dunst, an Frauen in Batikhemden über bloßen Brüsten, die ein Hauch von Patschuli umgab.

Der Buchhändler sah auf. »Wat Bestimmtes?«

Mila ging auf den Schreibtisch zu, Landauer blieb in der Nähe des Eingangs stehen. »Sie sind Herr Weirich?«

»NEE! Raus mit euch!« Der Mann erhob sich und baute sich vor ihr auf, blickte zu Landauer hinüber, die Brust breit, als erwartete er den Strahl eines Wasserswerfers. »Mit mir nicht!

Auch wenn ihr jedes Mal andere Leute schickt. Das hier ist ein Buchladen. Der Kapitalismus findet da draußen statt, aber nicht hier in meiner Zelle. Da ist die Tür.«

Landauer wollte antworten, doch Mila kam ihm zuvor. »Herr Weirich, wir sind keine Investoren und haben mit diesem ganzen Gentrifizierungsscheiß nichts zu tun. Es geht uns nicht um das Haus und den Laden. Wir würden gern einmal mit Ihnen reden.«

»Astrein. Neue Masche. Reden. Lach mich tot.«

Eine Katze rekelte sich unter dem Schreibtisch, putzte sich und rollte sich wieder zusammen.

»Es geht uns um die *Internationale Kunstausstellung für Palästina*. Beirut, 1978. Soweit wir wissen, sind Sie damals dabei gewesen.« Mila ließ sich nicht beirren.

Rainer Weirich schien aufzuhorchen, nach Orientierung zu suchen. »Weggebombt von den Zionisten«, sagte er und blickte wieder zur Tür. »Und jetzt raus.« Er ging zur Ladentür, riss sie auf und wies auf die Straße.

Mila legte eine Karte ihrer Redaktion auf den Tisch, ohne dass Weirich, der Landauer nicht aus den Augen lassen wollte, es sah.

»Der Bürgersteig. Für Leute wie Sie gemacht«, sagte der Buchhändler, als die beiden bereits auf der Straße standen. Dann hörten sie hinter sich wieder die Glocke schellen.

Spät am Abend, er hatte die Balkontür weit geöffnet und war in Siddhartha Mukherjees Krebsbiografie *Der König aller Krankheiten* vertieft, ein vergessenes, halb volles Glas Rotwein vor sich, meldete sich Mila. Er blickte sich nach dem Telefon um, fand es direkt vor seiner Nase. Mila schien gut gelaunt zu sein.

»Die Audienz ist perfekt. Was sagt man da?«

Als er nicht gleich verstand, setzte sie nach.

»Na, die Audienz am Hof des roten Zaren.«

»Keine Verweigerung mehr? Was ist passiert?«, fragte er.

Das Foto an der Wand, ob er es gesehen habe, Amsterdam 1972, und ein paar lustige, ausgefranste Kerle im Bild. Und mittendrin unser Rainer. Ganz und gar heiter. Bester Dinge. Eine Zeitung unter dem Arm. Und welche?

»*deVolkskrant.*«

»Ganz genau. Er hat meine Visitenkarte entdeckt und angerufen.«

Weirich habe als Treffpunkt das Beograd vorgeschlagen, eine Kellerkneipe ganz in der Nähe seines Ladens.

»Wann?«

»Holst du mich um neun am Hotel ab?«

Das Beograd lag in der Wrangelstraße, nur wenige Minuten von Weirichs Geschäft entfernt. Das Haus war bunt, als hätten es Riesen mit Fingerfarben bemalt. Über einer Treppe ins Untergeschoss hing das Kneipenschild.

An der Tür der Hinweis: *Raucherbar. Zutritt ab 18 Jahre.* Die Eins hatte jemand durchgestrichen und stattdessen mit dickem Filzstift eine Sechs vor die Acht gesetzt. *68.*

Na dann, dachte Landauer. Am Tresen hockten Männer und Frauen, vor sich Bier, Schnaps, Rotwein. *Gitte, schreib noch mal zwei Schulle aufn Deckel,* sagte eine der Frauen. Das Lokal war nur halb besetzt. Aus den Lautsprechern hinter dem Tresen drang Golden Earrings »Buddy Joe«. Die Luft war noch erträglich. Ein vom Nikotin gezeichneter, in die Wand eingelassener Ventilator wimmerte. An einem der hinteren Tische saß Rainer Weirich und putzte seine Brille.

Er sah zu ihnen auf, als sie an seinen Tisch kamen, Landauer erkannte nun auch den jungen Mann aus dem Amsterdam-Foto wieder. Weirich klemmte die Brille aus Silberdraht hinter seine Ohren.

Mila und Landauer setzten sich.

»Gitte!«, rief Weirich in Richtung Tresen. Die Wirtin hielt

sich eine Hand ans Ohr und beugte sich vor. »Drei Bier. Große«, fügte er etwas lauter hinzu.

Mila bedankte sich für seine Bereitschaft, sich mit ihnen zu treffen. Ohne darauf einzugehen, öffnete Weirich ein verbeultes, silbernes Zigarettenetui und hielt es ihnen hin. »Heimarbeit«, sagte er. Mila griff zu, kramte in ihrer Handtasche nach ihrem Feuerzeug, hielt es Weirich hin und zündete sich selbst eine Zigarette an.

»Werden et nich globn, hab die Stadt nie wiederjesehen, Amsterdam meen ick. Is bestimmt janz schick jeworden. Nix für mich. Aber Ihre Zeitung, damals, det war wat. Nich dieser Springer-Scheiß.«

Woher er Holländisch könne, wollte Mila von ihm wissen. »Aktion Sühnezeichen«, sagte er. »Ein Jahr nach der Schule. Det war 'ne dolle Zeit.« Politisch sei er erst an der Freien Universität Berlin geworden. »Aber dann richtig.« Erst ein Büchertisch vor der Mensa. Kunst und Politik. Dann jahrelang Flohmärkte, Politikkongresse. »Seit 1979 der Laden. Kaum zu globen, mein Jott.«

Weirich hielt die filterlose Zigarette, bis die Glut seine Fingerkuppen erreicht hatte. Mit einer gelassenen Bewegung drückte er sie aus. »Beirut ham Sie jesagt? 1978? Sie interessieren sich für die *Internationale Kunstausstellung für Palästina*?«

Landauer hatte bislang geschwiegen. »Wir fragen uns, ob es vielleicht noch Bilder dieser Ausstellung gibt?«

Weirich wandte sich ihm zu und musterte ihn skeptisch. »Sie sind kein Kunsthändler oder so wat?«

»Nein. Arzt. Und Wissenschaftler. Betrachten Sie es als eine private Frage.«

Weirich schien ihm zu glauben. »Allet wegjebombt von den Zionisten, 1982. Kurz vor den Massakern. Hatte ich Ihnen schon jesagt. Wat interessiert Sie noch an der Sache?«

»Wir suchen nach einer Künstlerin, die damals in Beirut dabei gewesen sein könnte, vielleicht sogar selber ausgestellt hat.«

»Wat für 'ne Künstlerin?«

Jetzt antwortete Mila. »Eine junge Palästinenserin. Sie war aus Schatila und hat 1982 bei den Morden von Sabra und Schatila ihre Familie verloren. Ausnahmslos. Alle. Ihre Eltern und Geschwister.«

»Und sie selbst?«

»Verschollen, aber es ist recht wahrscheinlich, dass sie zur Zeit des Massakers nicht im Lager gewesen ist.«

»Wat noch?«

»Dass sowohl die Falange im Libanon als auch der Mossad ihre Identität kennt. Ansonsten nur Gerüchte.«

Unvermittelt wandte sich Weirich Landauer zu und fixierte ihn mit zusammengekniffenen Augen.

»Ich helfe bei der ganzen Sache einem Freund«, fügte Landauer hinzu, »jemandem, der diese Frau einmal sehr geliebt hat.«

»Jut«, sagte Weirich, als hätte er genug erfahren. »Wenn wir det hier ausjetrunken haben, gehen wir in den Laden. Gitte, zahlen!« Landauer sagte, er würde das übernehmen. »War bei mir mehr als det eene«, sagte Weirich und erhob sich.

Wenig später zog er, leicht schwankend, vor dem Roten Kollektiv ein dickes Schlüsselbund aus der Hosentasche, ertastete in der heraufziehenden Dunkelheit den richtigen Schlüssel und öffnete die Ladentür. Die Glocke blieb stumm.

Hinter der Tür fand er den Lichtschalter. Das Band der Glocke hatte er über einen Haken an der Wand gelegt und löste es, sodass sie wieder frei war. »Für mich selber muss ick ja nicht klingeln. Aber sonst, man weiß ja nie ...«, sagte er und ging in den hinteren Teil des Ladens, legte das Schlüsselbund auf den Schreibtisch und verschwand hinter einem dunklen Vorhang. Als er wieder herauskam, schnalzte er mit der Zunge und streckte einen Katalog in die Luft. Er pustete auf dessen Buchdeckel, Staub flog auf.

»Is wahrscheinlich der einzije, der noch existiert. Nur weil

Rainer so schlau war, ihn einzustecken. Sind nicht alle Teilnehmer drin, waren einfach zu viele. Name der großen Künstlerin?«

»Sahira Hatoum.«

»Schöner Name.«

Er blätterte, begann von vorn, dann sah er wieder auf. »Nüscht.«

»Was heißt das?«, wollte Mila wissen.

»Nüscht. Kann aber auch sein, dass sie dabei war, nur nich im Katalog verzeichnet ist.«

»Wissen Sie, ob damals, nach den Angriffen der Israelis, irgendeines der Bilder erhalten geblieben ist?«

Weirich schüttelte den Kopf. »Jerüchte.«

»Wie meinen Sie das?«

»Offiziell is allet bei draufjejangen. Aber es jibt Leute, die behaupten, es jibt noch ein Bild aus der Ausstellung, Privatbesitz, wie es so schön heißt.«

»Halten Sie das für möglich?«

»Lejende, wenn Sie mich fragen.«

»Und wenn nicht, wer könnte uns weiterhelfen?«

Er sah sie nachdenklich an, blätterte mit seinen gelben Fingern in dem Katalog und schlug ihn zu. »Icke«, sagte er.

Sie traten näher an den Schreibtisch heran.

»Und Kalle«, legte er nach. »Aber nennt ihn bloß nich so.« Weirich schmunzelte.

Mila und Landauer sahen ihn fragend an.

»War mal 'n janz Wilder, ML und so, noch härter als ich. Das Zimmer mit Postern von John Heartfield und Klaus Staeck zujepflastert. Dann der Turn, als sein Vater starb, so 1988 unjefähr. Kalle hatte plötzlich Jeld und dachte, dass die Kunst auch wat Schönes is. Und ab nach Paris. Aus Karl-Heinz Laumer wurde Charles Laumer. Is heute 'ne janz große Nummer. Kennt allet und jeden. Kunsthandel, Kokain und pipapo, allet wat da so abjeht. Hin und wieder ruft er an und sagt, Rainer, wat mach ick bloß? Wat is aus mir jeworden? Und ich: Aussteigen kannste immer noch, Kalle, jenug Kohle haste ja. Und ick trink hier weiterhin Schulle und wart auf dich. So is det.«

Mila und Landauer hörten aufmerksam zu. Weirich holte ein abgegriffenes Päckchen Schwarzer Krauser aus der Gesäßtasche, rollte sich eine dünne Zigarette, zündete sie an, nahm einen ersten Zug und redete weiter.

»Kalle kennt die janze Kunstwelt. Hört det Gras wachsen. War damals mit mir in Beirut. 1978. Wir waren so 'ne Art Komitee. Alle ham jesagt, ihr spinnt, da is Krieg, selbst unsere Brokdorf-hau-drauf-Aktivisten mit Helm und allem. Aber wenn der Schlöndorff da 'nen Film drehen kann, ham wir jesagt, mit Bruno Janz und der Schygulla, kann et ja nich so schlimm sein. War et aber doch. Mannomann.«

»Waren Sie oder Kalle jemals wieder da?«

»Nee, det mit der *Internationalen Kunstausstellung für Palästina* war 'n Schuss in den Ofen. Allet wegjeputzt. Und 1982 die Sache mit den Lagern, Sabra, Schatila, könnte heute noch kotzen.«

»Können wir Ihren Freund sprechen oder vielleicht sogar treffen?«

»Wenn ick ihn ankabel, vielleicht. Aber viel Zeit wird er nicht haben. Immer unterwegs. Mit Kunst hat det allet nüscht mehr zu tun, wenn Sie mich fragen. Mobilienhändler biste, hab ick zu ihm jesagt. Janz wat Feines. Kalle hat jelacht. Is allet nur ein großes Spiel, hat er jesagt. Ick mach noch 'ne Weile mit ... Also: Paris, zwei Personen, vielleicht nimmt er euch mit ... Oder bringt euch da hin, wo ihr hinwollt. Bin ja so wat wie sein schlechtes Jewissen.«

Wie er das meine, *mitnehmen* und *hinbringen,* wollte Mila wissen.

»Lebt in seiner weißen Kutsche, Büro und rollender Untersatz und allet ... werdet schon sehen ... nu fahrt doch erst mal los.«

Die Sonne hielt die Stadt weiterhin unter einer Glocke von Licht und Wärme, aber die große Hitze war gewichen, die Schatten zwischen den Häusern wurden länger, die Kronen der Bäume übten sich in leisen Bewegungen, als würden sie sich Luft zufächeln oder als machten sie zaghafte Dehn- und Streckübungen für den kommenden Herbst und seine Stürme. Es waren Tage des Stillstands. Und des Übergangs. Mila war nach Amsterdam zurückgeflogen, sie würden sich in Paris treffen, sobald Weirich den Kontakt zu seinem alten Weggefährten hergestellt hatte. Von Fouad Tamimi hatte er seit seinem letzten Besuch nichts gehört. Von Rainer Weirich ebenfalls nichts.

Und Talia? Mehrfach hatten sie telefoniert, ihre Stimme tat ihm gut, und so würde es wohl auch andersherum sein, dachte er. Immer wieder erkundigte sie sich nach der politischen Situation in Deutschland, der großen Grenzöffnung für all die geflüchteten Menschen, berichtete von Yael und Nadav, ihrer Arbeit als Ärzte auf Chios. Einmal hatte sie geweint, hatte gesagt, ihr fehle manchmal die Kraft für all das, was sie mit sich herumtrage, und für das, was sie sich zur Aufgabe gemacht habe.

Ob er eine Belastung für sie sei, wollte er wissen.

»Nein«, sagte sie, »es ist schön, dich wieder in meinem Leben zu wissen. Yael schwärmt bereits von dir, obwohl sie dich gar nicht kennt. Ich habe dir ein paar Fotos von ihr weitergeleitet, aus Griechenland. Die mit dem dichten dunklen Haar und dem Zopf, das ist sie.« Er hatte die Fotos betrachtet, Yaels Gesicht herangezoomt, ohne darüber nachzudenken, die Hand ausgestreckt und mit dem Finger ihre Wange berührt.

Im Labor hatte sich die neue Rollenverteilung eingependelt, Monique Kerner führte das Team mit Umsicht und Freundlichkeit, jetzt war er ihr Mitarbeiter. Oft suchte er sie in ihrem Büro auf, setzte sich auf die Kante ihres Schreibtisches und spann mit ihr den Faden des Gesprächs fort, den sie bei ihrem Abendessen wenige Tage zuvor aufgenommen hatten. Wenn er dann nicht wieder gehen wollte, nahm sie seine Hand und führte ihn mit einem Lachen zur Tür.

»Was für eine famose Frau«, hatte Leclair ins Telefon getönt, »bestes Material, wird noch mal eine ganz Große. Ihre Idee, Chapeau, Herr Kollege. Ihre Idee.«

Dann rief Rainer Weirich an. »Wenn's morgen passt, könnte es hinhauen. Flieger nach Paris gehen ja noch und nöcher.«

Er gab ihm die Kontaktdaten von Charles Laumer. »Ihr sollt euch melden, und dann wird da kurzfristig wat arrangiert.«

»Danke, Herr Weirich«, sagte Landauer.

»Der Kampf jeht weiter. So is det.« Er legte auf.

5
Schwimmen

1

Paris, September 2015

Sie lauschten der Ansage im Orly-Bus. Französisch, Englisch, Deutsch. Geschliffen, freundlich, makellos. Eine digitale Anzeige in der Mitte des Busses wies die Fahrzeit vom Flughafen bis zum Ziel aus, *17 minutes.* An der Place Saint-Sulpice, nicht weit von der Endstation des Busses entfernt, hatten sie in dem kleinen, versteckt gelegenen Hotel Récamier zwei Zimmer gebucht. Jeder Raum sei in einer anderen Farbe gehalten, so die Website, über dem Bett jeweils ein Spiegel mit flammenden Sonnenornamenten, ein kleiner Isis-Tempel mit französischem Flair.

Von dort nahmen sie, nachdem sie eingecheckt und ihre Taschen auf die Zimmer gebracht hatten, ein Taxi. Landauer war erstaunt, wie klein Paris innerhalb der Peripherique war.

An der Place de la Bastille sollten sie aussteigen. »Wir halten vor der Oper und gabeln Sie dort auf. Hop on, hop off«, hatte Kalle gesagt, der auf keinen Fall so genannt werden wollte, als Mila am Tag zuvor mit ihm telefoniert hatte. Das Taxi hielt, und sie sahen sich nach einer *weißen Kutsche* um, so hatte Weirichs Freund sein Auto ja beschrieben.

Es war ein Bentley Arnage, älteres Baujahr, weiß wie ein Schimmel. Am Steuer saß eine Frau, sie mochte Ende dreißig sein, mit langen, glatten roten Haaren, die sie leger mit einem Haargummi zusammengefasst hatte, und einer bunten Bluse, deren Ärmelenden wie Blüten aussahen und ihre feingliedrigen, blassen Hände umschlossen. Sie schob ihre große Sonnenbrille auf den Kopf und winkte ihnen zu. Landauer und Mila öffneten die hinteren Türen und stiegen ein. Der Wagen bewegte sich in den Kreisverkehr und bog von dort in die Rue Antoine.

Die Frau am Steuer sprach sie auf Französisch an. Im CD-Spieler lief »In a Gadda da Vida« von Iron Butterfly. Sie drehte den Song leiser. Charles sei noch in der Galerie, sie würden ihn dort abholen. Im Rückspiegel musste sie gesehen haben, dass Mila sie betrachtete.

»Ich fahre Charles«, sagte sie, »Tag und Nacht.« Wenig später verlangsamte sie, wies nach links in eine der Nebenstraßen. »Da, gleich rechts in dem Haus, ist Jim Morrison gestorben. Jedes Jahr am dritten Juli fahre ich Charles hierher. Dann halten wir kurz an. Und weiter geht's.«

Mila und Landauer beugten sich zum Fenster und spähten hinaus.

»Sänger der Doors«, raunte Landauer, Mila gab ein kurzes Schnauben von sich, verdrehte die Augen und stieß ihn in die Seite.

Sie bogen rechts in eine Seitenstraße ein und hielten vor einer Fensterfront in der zweiten Reihe. Die vordere Wagentür öffnete sich, der Geruch einer Zigarette und eines schweren Parfüms zog herein. Durch das hintere Fenster konnte Landauer sehen, wie der Mann die Zigarette aus einem bernsteinfarbenen Mundstück zog, in den Bordstein warf und dann auf dem Beifahrersitz Platz nahm. Er packte den Rückspiegel und drehte ihn so, dass er nach hinten blicken konnte. Mit einem kurzen Nicken begrüßte er Mila und Landauer, dann brachte er den Spiegel wieder zurück in die alte Stellung. Er bat die Fahrerin, die er Amelie nannte, loszufahren. Sie justierte noch einmal den Spiegel und fuhr erneut in Richtung Rue Antoine.

»Zwanzig Minuten«, sagte der Mann, der Kalle gewesen war, »denke, das sollte für heute reichen.« Er war blondiert, trug die gepflegten und welligen Haare schulterlang, sein weißer Anzug sicher maßgeschneidert. Er wandte den Kopf zur Seite.

»Alles, was Rainer mir erzählt hat, brauchen Sie nicht zu wiederholen. Was hatten Sie für einen Eindruck von ihm?«

»Er hat uns sehr geholfen«, sagte Landauer.

»Das mein ich nicht. Wie war er drauf? Fahne oder keine? Hat er Sie um Geld angeschnorrt?«

»Nein«, sagte Mila. »Er lebt zwar in seiner eigenen Welt, hat sich da aber recht ordentlich eingerichtet.«

»Am Telefon war er ganz schön aufgedreht. Sie haben ihn so mir nichts, dir nichts in die alten Zeiten geschubst.«

»Das mussten wir gar nicht. Er hat da nie rausgefunden«, sagte Mila.

Charles lachte auf. »Das gefällt mir.«

Sie gelangten von der Rue Antoine auf die Rue de Rivoli, der Verkehr wurde immer dichter, Stop-and-go. Auf der linken Seite sahen sie in der Ferne die Mauern des Louvre.

»Sie wissen, ich handle mit Kunst. Weil ich die Weltrevolution verpasst habe und mich sonst langweile. Ich hasse Langeweile! Gleichmaß ist Langeweile, immer dieselben Frauen ist …« Er blickte ein wenig kokett zu Amelie. Die war auf den Verkehr konzentriert und schien kein Wort zu verstehen. »Egal. Da ist eine Sache, die Sie interessieren könnte. Alles vage, aber wer weiß. Sagt Ihnen Jom Kippur etwas?«

»Durchaus«, sagte Landauer.

»Ist in diesem Jahr übermorgen. Gucken Sie mal nach, was Sie dazu im Netz finden. Und geben Sie »Tag der Schande« ein.«

Und noch etwas sollten sie googeln: *Fayence*.

Landauer hatte Mühe, diesem Charles zu folgen. »Was heißt das?«

»Es ist der schöne Name einer Kollegin von mir, hier in Paris.

Sie lebt ziemlich zurückgezogen, ich glaube, es gibt nicht einmal Fotos von ihr.«

Charles schaute aus dem Seitenfenster, draußen rauschten die Sehenswürdigkeiten von Paris vorbei. »Verglichen mit ihrem Vermögen bin ich Rainer Weirich«, sagte er. »Hin und wieder gibt sie nahezu ankündigungslos Kunstseminare. Öffentlich. Aber meist nur einmal im Jahr.« Er bedeutete Amelie, bei nächster Gelegenheit rechts ranzufahren. »So viel kann ich Ihnen schon mal mit auf den Weg geben, quasi als objets trouvés. Gucken Sie mal, was Sie daraus zusammenbauen können. Und ich gucke, was ich noch für Sie tun kann.«

Landauer hatte Schwierigkeiten mit Charles' dadaistischer Art, Informationen weiterzugeben. Er war angespannt und verwirrt. Milas Neugier und Entdeckergeist hingegen schienen aufs Neue angestachelt. Nachdem sie an der Place de la Concorde aus dem Bentley gestiegen waren und Charles mit seinem Schimmel und der beblumten Amelie weitergezogen war, sagte sie: »Er hat uns ein paar Puzzlesteine hingelegt. Wir setzen sie jetzt zusammen.«

»Und wenn sie nicht passen?«

»Werden sie, Robert, irgendwie schon.«

Zwei Stunden später, sie hatten bei ihrem Spaziergang das Marais erreicht, surrte Milas Telefon. Es war Charles. Landauer hörte, wie Mila sich am Ende des kurzen Gesprächs bedankte und eine E-Mail-Adresse wiederholte. Sie sah ihn mit einem triumphierenden Lächeln an. »Hatte recht«, sagte sie. »Morgen um elf wartet der Zwölf-Zylinder-Schimmel vor dem Hotel Récamier auf uns.«

»Und dann?«

»Bringt er uns zu der Legende Fayence. Allerdings müssen wir uns vorher bei der Grande Dame autorisieren.«

»Das heißt?«, fragte Landauer.

»Ich soll ihr eine Ankündigungs-Mail schicken, in der wir plausibel machen, warum wir sie sehen und sprechen wollen.«

»Wollen wir das überhaupt?«

»Natürlich wollen wir das. Und ich habe schon eine Idee für unser Entree.«

In der Nähe des Centre Pompidou kenne sie ein kleines libanesisches Restaurant, eher Streetfood, aber es gebe auch ein paar Tische. Ob er dabei sei?

»Autorisiert«, sagte er.

Spät am Abend, ihm waren über Siddhartha Mukherjees Krebsbuch die Augen zugefallen, rief Mila an und bat ihn zu sich ins Zimmer. Er solle keine Zeit verlieren. Sie hatte die Hotelzimmertür angelehnt und saß vor dem geöffneten Fenster an einem Tisch, den Laptop vor sich, ein Glas Rotwein daneben. Von der Place Saint-Sulpice drangen Stimmen herauf, das Plätschern des Brunnens, das ferne Geräusch von Autos. Die Glocken von Saint Germain schlugen elf Uhr.

Er zog sich einen Hocker heran.

»Ta-da!«, sagte sie und drehte den Laptop mit dem Bildschirm in seine Richtung. »Die hier könnte sie sein.«

Er beugte sich vor, sah das Bild einer Frau, einige Meter von dem Fotografen entfernt, aufgenommen über eine Vielzahl von Köpfen hinweg, offenbar Menschen in Stuhlreihen. Es war eine miserable Fotografie, wohl heimlich und in Hektik geschossen. Mila legte die Finger aufs Trackpad und zoomte das Gesicht heran. Aber es verschwamm, wurde unscharf, sie ging wieder ins Vollbild.

»Aufgenommen in Bordeaux, vor fünf Jahren. Eine dieser Veranstaltungen, von der unser Kalle erzählt hat. Vermute ich zumindest. Jamal hat es gefunden.«

»Wissen wir, wer das Bild gemacht hat?«

»Facebook, anonymes Profil. Der registrierte Name: *Solange*

Knowles. Fake, ohne Frage. Die echte Solange ist die Schwester der berühmten Sängerin Beyoncé, ebenfalls Knowles. Die dürfte es kaum gewesen sein.«

Bevor er weiterfragen konnte, wechselte Mila mit ein paar Klicks zu Facebook. »Dieser Text hat mich auf eine Spur gebracht«, sagte sie und deutete auf den Bildschirm. »Lies das mal. Ein Kunstbesessener mit deutlichem Hang zum DADA. Jeder Post endet mit den Worten *Schönheit und Wahrhaftigkeit*, in der Szene wohl so eine Art Pfadfindergruß. Oder ein Segen. Und hier das Foto.«

Wieder die Frau im Hintergrund, dunkle Haare, das Gesicht nicht zu erkennen. Er las die Legende: *Kunst ist Leben. Nur sie kennt* Schönheit und Wahrhaftigkeit. *Aufgenommen in Bordeaux am* Tag der Schande.

»Und jetzt kommt es«, sagte Mila. »Jamal ist aufgefallen, dass dieses Bild 2010 gepostet wurde. Am achtzehnten September.« Sie wartete auf seine Reaktion. Da nichts von ihnen kam, fuhr sie fort. »Das Morden von Sabra und Schatila hat an einem achtzehnten September begonnen.«

»Bevor ich sage, was ich denke, warte ich, bis du mit deiner Zeitreise zu Ende bist.«

»Das bin ich gleich, und sie endet, du wirst es nicht glauben, heute. Genau genommen übermorgen, in Paris.«

»Dieser Kalle-Charles hat das alles gewusst? Hat er das geschrieben?«

»Möglich. Aber warte ab.« Jamal und sie hätten weitergeforscht. Der Begriff *Tag der Schande* habe sie nicht losgelassen. Beim Stöbern in Dutzenden von Ewigen Kalendern seien sie auf eine Koinzidenz gestoßen. Der achtzehnte September sei im Jahr 2010 zugleich das Datum des jüdischen Versöhnungstages Jom Kippur gewesen. Das hatte sie stutzig gemacht. 1982 war der Versöhnungstag der fünfundzwanzigste September, an dem auch die große Demonstration und die Proteste auf dem

Platz der Könige in Tel Aviv stattfanden, wenige Tage nach dem Massaker.

»Und jetzt kommt es: In diesem Jahr ist der Versöhnungstag übermorgen, am zweiundzwanzigsten September«, sagte Mila. »Und nun sieh dir das hier an.«

Wieder drehte sie ihm den Laptop zu. Er scrollte weiter, beugte sich vor, entdeckte einen recht kryptischen Facebook-Eintrag. *Eine Reise in die Wahrhaftigkeit. Paris, 09222015, MHH 7 pm.*

Er sah Mila fragend an. Sie lachte. Es sei nicht schwierig gewesen, die Sache zu entschlüsseln. Eine Veranstaltung um sieben Uhr abends. Datum und Jahreszahl. MHH, das sei aller Wahrscheinlichkeit nach die Maison Heinrich Heine in Paris. Sie liege auf dem Campus der Internationalen Universität, dieser sei 1925 von einem Philanthropen gegründet worden, als Antwort auf das Schlachten des Ersten Weltkrieges. Ein Versöhnungsprojekt, wenn er so wolle.

Sie lehnte sich zurück und sah ihn gespannt an. Er fragte Mila nach dem, was er Plausibilitäten nannte. Eine geheimnisvolle Galeristin, die für eine wichtige Präsentation ausgerechnet den jüdischen Tag der Versöhnung wähle? Wenig wahrscheinlich. Dazu die schütteren Texte dieses Anonymus auf Facebook und ein unscharfes Foto, das so gut wie nichts besage. Valide Falsifikation sei immer der erste Schritt zur neuen Erkenntnis. Das sei sein Credo, nach dem Scheitern mit Tribalon umso mehr.

Mila ließ sich nicht beirren. »Verifikation auch«, sagte sie, »das scheinst du immer wieder zu vergessen. Aber so hast du begonnen. Ich sehe noch dein Gesicht, das Leuchten in deinen Augen, als wir in Byblos an der Küste saßen.«

Auf der Website der Maison Heinrich Heine sei zudem ein anspruchsvolles Kunstseminar für den zweiundzwanzigsten September angekündigt, kurzfristig ins Programm genommen.

Die Geschichte sei noch nicht zu Ende, sagte Mila, und ihr war anzusehen, dass sie darauf brannte, den Rest zu erzählen.

»Ich habe eine Mail an die Galerie Fayence geschickt, wie Kalle gesagt hat. Und ein Foto. Um unser Anliegen und unseren Besuch glaubhaft zu machen.«

Sie wechselte ins Mail-Programm und zeigte auf die Antwort, geschrieben auf Französisch. *Charles hat Sie bereits angekündigt. Wir erwarten Sie. Avenue L'Observatoire 155, 6. Arrondissement, am Tag der Präsentation.*

Landauer hielt den Atem an. Fast ging ihm das alles zu schnell.

Mila öffnete daraufhin die Mail, die sie an Fayence gesendet hatte. Das angehängte Foto zeigte den Leuchtturm von Manara.

»Jamal hat es gemacht. Eher zufällig.«

Landauer starrte immer noch auf den Bildschirm. »Ich bin beeindruckt.«

»Und ich bin total aufgeregt. Wahrscheinlich kann ich gar nicht schlafen heute Nacht.«

»Hast du ein zweites Glas?«

»Nimm meines, ich hab genug gehabt«, sagte Mila und reichte ihm den Wein.

»Auf morgen«, sagte er und trank das Glas aus.

2

Um kurz vor elf warteten sie vor dem Hotel. Bereits am Boulevard Saint-Michel entdeckten sie den weißen Bentley, der sich der Place Saint-Sulpice näherte.

Charles saß selbst am Steuer, das Wageninnere duftete nach Lavendel, Zitrus und frisch gewachstem Leder. Mila setzte sich neben ihn, Landauer nahm die hintere Wagentür. Auf der Rückbank lag ein Umschlag.

»Ich habe den Eindruck gewonnen, dass meine entrückte Kollegin es kaum erwarten kann, Sie zu sehen. Ihre Mail hat ja voll eingeschlagen. Bombe, würde unser Kreuzberger Partisan jetzt sagen. Kennen Sie übrigens das Gedicht von Matthias Beltz? *Parmesan und Partisan, wo sind sie geblieben? Parmesan und Partisan, beide sind zerrieben*. Findet unser Rainer gar nicht komisch.« Charles lachte und wies nach hinten. In dem Umschlag sei eine Einladung für den heutigen Abend. Er zeigte sich beeindruckt. Mila habe ganz offenbar sein kleines Haiku vom gestrigen Tag in einen logischen Satz auflösen können. Ihm Sinn einhauchen, westlichen Kausalsinn.

Sie fuhren an einem Park vorbei, wenig später bog Charles links ab. Die Avenue de l'Observatoire, eine ruhige, sich selbst genügende Straße, gelegen am Jardin du Luxembourg, war so etwas wie die aristokratische Verlängerung dieser schon vor langer Zeit den Bewohnern der Stadt überlassenen Oase aus Grünflächen, Kies, Châteaus und Wasserspielen.

Die Nummer einhundertfünfundfünfzig war ein großes Stadtpalais, eingefügt in die Häuserzeile, drei Stockwerke hoch. Es mochte im siebzehnten Jahrhundert gebaut worden sein, war in blütenreinem Weiß gestrichen und schien noch immer von einer Zeit zu zehren, als Pferde und Fuhrwerke das Leben bestimmten, Denis Diderot und Jean-Jacques Rousseau ins Gespräch vertieft daran vorbei gingen, auf die sonnenüberfluteten Spaliere des Jardin zu, die Lösung der Welträtsel auf den Lippen.

»Viel Glück«, sagte Charles. »Der Fährmann hat seine Schuldigkeit getan. Und wenn Sie Rainer in Berlin sehen, sagen Sie ihm, irgendwann hör ich hier auf mit dem Scheiß. Glob ick nich, wird er dann sagen. Der wird sich noch wundern. Können Sie ihm ausrichten.«

Als sie die Türen des Bentley öffneten, drang aus dem Park das Ploppen von Tennisbällen herüber. Charles legte die Automatik auf D und sagte »A bientôt«. Nur das Rollen der Räder war zu hören, als der Wagen davonzog.

Mila, ganz Journalistin, wirkte gefasst und konzentriert. Landauer war nervös. Hätte sie ihn hier vor dem Haus gefragt, wie es ihm gehe, er hätte eingeräumt, eine *gewisse Anspannung zu verspüren*. Sie brauchte nicht zu fragen. Sein Gesichtsausdruck verriet ihn, die Lesebrille hatte er, die Einladung in der Hand, in Charles' Kutsche andauernd auf- und wieder abgesetzt. Sollten sie tatsächlich die Frau gefunden haben, die Sahira Hatoum war? Es erschien ihm mit einem Mal so absurd, so fern und unwirklich. Er hatte keine Vorstellung, wie sie aussehen würde, das über die Stuhlreihen hinweg aufgenommene und auf Facebook veröffentlichte Bild schien eher einen Schleier über ihr Antlitz zu legen. Hatte Kalle Laumer ihnen tatsächlich die letzte Tür geöffnet?

Sie suchten nach einer Klingel, doch die schwere Eingangstür sprang wie von selbst auf. Eine Kamera und jemand, der sie dahinter erwartete, mussten sie entdeckt haben.

In der Eingangshalle wurden sie von einer jungen, dunkelhaarigen, sportlich-elegant gekleideten Frau und einem athletischen Mann, der einen elektronischen Scanner in der Hand hielt, begrüßt. Die junge Frau stellte sich als Nadya vor, die Assistentin von Fayence. Nach einer kurzen, leider unumgänglichen *Routine,* sagte sie, würde sie die Gäste nach oben begleiten. Sie würden erwartet. Der Mann ließ den Scanner über Landauers Körper gleiten, gab das Gerät der Frau, die dasselbe bei Mila machte, nahm ihn wieder entgegen und verschwand durch eine Tür, hinter der er auf einem seiner Monitore ihre Ankunft beobachtet haben musste.

Landauer fragte sich, wie die beiden in der Halle so sicher sein konnten, dass tatsächlich sie diejenigen seien, die angekündigt waren. Schnell wurde ihm klar, dass Porträts von ihnen, im Netz überall verfügbar, längst in der Kammer hinter der Tür abgespeichert waren, dass sie in diesem Haus lediglich so etwas wie die Realpräsenz zu ihrem elektronischen Profil darstellten.

Eine Marmortreppe führte nach oben, Nadya, die Assistentin, ging voraus. Ihre hohen Absätze schienen ihm mit jedem Klacken die Stufen zu zählen oder die Sekunden, die sie noch von der Gewissheit trennten.

Eine geöffnete Tür gab den Blick auf einen Salon frei, weiße Fauteuils, ein großer Mahagonisekretär, schwere, in Pastelltönen gehaltene Teppiche, nur an den Wänden die Boten einer anderen Zeit; Zeichnungen von Cy Twombly, Entwurfsskizzen von Zaha Hadid, ein Foto von Mervyn O'Gorman, ein Mädchen allein am Strand, blondes Haar, weltabgewandt, rote Kapuzenjacke. 1913 aufgenommen und von überwältigender Kraft und Heutigkeit. Und ein wandfüllendes Gemälde von Ellsworth Kelly. Ruhe in einer ruhelosen Zeit.

Die Frau in einem der Sessel vor dem Bild war klein, von zarter Statur, hatte große nussbraune Augen, eine fein geschnittene Nase. Ihre dunklen, kinnlangen Haare waren von altersloser Pracht. In den Ohren trug sie Perlen, der Lippenstift zeichnete behutsam ihren noch immer schönen Mund nach. Mit verhaltener Neugier, wohl von Erfahrung und Wissen gebändigt, blickte sie ihre Besucher an und wies auf die beiden Sessel ihr gegenüber. Landauer wartete, bis Mila sich gesetzt hatte. Sie verharrte auf der Sitzkante. Dann nahm auch er Platz.

»Es ist eine ungewöhnliche Nachricht, die Sie mir haben zukommen lassen«, sagte sie. Ihr Englisch war makellos, wenngleich es eine leichte, kaum bestimmbare Färbung hatte, die Stimme klang fast jugendlich. »Ich empfange eigentlich niemanden, schon gar nicht Fremde.« Sie blickte zu Mila, sah sie prüfend an. »Aber das, was Sie geschrieben haben, nun, das war etwas anderes. Nur jemand, der sehr viel von mir weiß, kann so etwas schreiben.« Sie hielt inne, als wartete sie auf irgendetwas, und sei es nur darauf, dass ihr die Antwort auf die darin verborgene Frage selbst einfiele, ohne dass die Fremden, die vor ihr saßen, sich noch weiter in ihre inneren Angelegenheiten einmischen würden.

Noch einmal werden wir zusammen das Meer sehen, der Leuchtturm von Manara wartet auf uns. Mila hatte den Satz gut gewählt, er war poetisch und präzise. Nur eine einzige Frau auf der Welt würde diese Botschaft lesen, sie deuten können. Saß diese Frau vor ihnen?

»Es hätte mir keine Ruhe gelassen, hätte ich Ihre Nachricht ignoriert. Wer hat Sie zu mir geschickt? Und was wollen Sie von mir?« Sie setzte sich auf, als machte sie sich auf eine ärztliche Prognose, ein Urteil, eine Todesnachricht gefasst.

Mit Mila hatte Landauer verabredet, dass er erzählen würde, warum sie nach Paris gekommen seien, in wessen Namen sie sich auf den Weg gemacht hätten. Und irgendwann, nein, bald, würde er den Namen Fouad Tamimi aussprechen müssen. In seiner medizinischen Praxis hatte er immer wieder fremden Menschen mitteilen müssen, dass Angehörige, Kinder, Eltern, Ehepartner, Geliebte gestorben seien. Wie aber erzählte man einer Ahnungslosen, dass ein so lange tot Geglaubter lebt? Jemand, den man womöglich geliebt hat wie keinen anderen?

Er antwortete auf Französisch und dankte ihr höflich, dass sie, die große Galeristin, so umstandslos zugesagt habe. Sie dürfe davon ausgehen, dass sie nicht leichtfertig an sie herangetreten seien. Dann wechselte er wieder ins Englische, in dem er sich nach den vielen Jahren in Amerika sicherer fühlte und das auch Mila verstehen würde, und begann zu berichten. Die Vorgeschichte an dem heißen Sommertag in Berlin war schnell zusammengefasst. Layla. Die Fahrt zur Villa, wenig später die Einladung ihres Vaters. Das erste Treffen. Dann der Besuch dieses Mannes in seinem Büro und seine Geschichte.

»Wessen Geschichte?«, unterbrach sie ihn.

Landauer zögerte einen Moment. »Ihre«, sagte er und senkte die Stimme. »Und die von Fouad Tamimi.«

Alle Farbe schien aus dem Gesicht der stolzen Frau zu weichen. »Fouad ist tot. Schon lange«, sagte sie.

»Wir wissen, dass Sie das vermuten. Vermuten mussten.«

»Vermuten?«, sagte sie. Es gebe keine andere Wahrheit. Sie habe lange gebraucht, sich ihr zu stellen, sie als das zu nehmen, was sie sei, das kalte, harte Fundament ihres neuen Lebens.

»Wir sind zu Ihnen gekommen, um Ihnen zu sagen, dass dies nicht die ganze Wahrheit ist«, sagte Mila.

»Unmöglich.«

Wieder ergriff Landauer das Wort. »Ich habe Fouad Tamimi getroffen. Es war ein Zufall. Wir kannten uns aus einem früheren Zusammenhang.«

Sahira Hatoums Augen füllten sich mit Tränen.

»Vielleicht glauben Sie uns, wenn wir Ihnen berichten, was Fouad Tamimi mir erzählt hat. Die Geschichte endet am Leuchtturm von Manara. Dem Ort, an dem Sie sich zum letzten Mal gesehen haben. Sie, die junge Frau, die damals, wenn wir uns nicht irren, Sahira Hatoum geheißen hat. Und die er seit diesen Tagen für tot halten musste.«

»Fahren Sie fort«, sagte Fayence, ohne ihre Haltung zu ändern.

Noch einmal setzte er an. Kaum hatte Landauer die Mitte der Geschichte erreicht, Tamimis Verwundung, die durch sein Verschulden ausgelöste späte Rückkehr aus Israel nach Beirut im September 1982, wurde er von einem lauten Schluchzen unterbrochen.

Die Tür flog auf, die Assistentin Nadya und der Sicherheitsmann stürmten herein.

Fayence wirkte beschämt und versuchte, die Contenance wiederzuerlangen. Sie hielt sich ein weißes Taschentuch vors Gesicht und machte eine beschwichtigende Geste in Richtung ihrer Mitarbeiter. Die beiden blieben abwartend stehen.

»Er lebt«, sagte sie zu Nadya. Ihre Stimme zitterte. Sie nickte dem Sicherheitsmann zu, der verließ das Zimmer.

Sie neigte den Kopf, wiegte den Oberkörper vor und zurück, gab sich ganz dieser sanften Bewegung hin. Dann sah sie wieder auf. Nadya hatte ihre Arme um sie gelegt. Fayence putzte sich die Nase, atmete tief durch, stand auf und griff nach ihrem Smartphone. »Kann ich ihn anrufen?«

Landauer sagte, es sei besser, wenn er den Kontakt herstelle. Er wählte Tamimis Nummer im Grunewald. Klingeln, viele Male, ohne Reaktion. Er wollte gerade auflegen, als Layla sich meldete.

»Layla«, sagte er, ein wenig im Überschwang, »Allah hat Ihren Vater erhört.«

»Wie meinen Sie das? Er lebt doch noch.«

»Das meine ich nicht. Holen Sie ihn bitte ans Telefon.«

»Einen Moment, bitte.«

Er hörte Schritte, erst klackend, dann dumpf. Sie musste Tamimis Arbeitszimmer erreicht haben.

»Abu«, hörte er sie sagen, »für dich. Es ist wichtig.«

Er reichte Fayence den Hörer, sie presste die Muschel fest an ihr Ohr, wandte sich ab, ging in das benachbarte Zimmer und schloss die Tür hinter sich.

Nadya hatte Getränke und ein paar Sandwiches kommen lassen. Nichts davon rührten sie an. Sowohl Mila als auch er hatten das Gefühl dafür verloren, wie viel Zeit vergangen war, als sie nebenan Schritte hörten. Die Tür zum Arbeitszimmer ging auf, heraus kam Fayence, verwandelt. Verjüngt, kraftvoll, die Augen klar.

Sie ging auf Mila zu, nahm sie in den Arm. Dann reichte sie Landauer die Hand und drückte sie, als wolle sie sie nicht wieder loslassen.

»Wer immer Sie geschickt hat, ich beuge die Knie vor ihm.«

Sie gab Nadya Anweisungen, für die kommenden Tage einen Flug nach Berlin zu buchen und für den heutigen Abend in der Maison Heinrich Heine die Presse einzuladen. Kurz schien es, als hätte ihre Assistentin sie nicht richtig verstanden oder wollte nicht glauben, was sie gehört hatte. *Oui, la presse!*, wiederholte Fayence mit Nachdruck.

Dann wandte sie sich Landauer und Mila zu. »Ich habe die Wahrheit über Fouad von Ihnen erfahren«, erklärte sie, »jetzt ist es an der Zeit, dass auch ich die Wahrheit erzähle, meine Geschichte. Das wird einigen Leuten nicht gefallen. Sie hatten mir mit dem Schlimmsten gedroht, wenn ich es jemals täte.«

Landauer erhob sich. Sollte er berichten, dass al-Soury schon seit einiger Zeit versuchte, ihn zu erpressen, dass Shimon Steinfeld ihn gewarnt hatte? Dass auch ihm, auf ganz andere Weise, gedroht wurde? Er tat es nicht.

»Wenn Sie mir ein Exklusivinterview geben, ist das so etwas wie eine Lebensversicherung«, sagte Mila, und Fayence lachte. Sie wolle nur hoffen, dass sie recht behalte, und das Interview bekomme sie. Nur sie.

3

Die Sicherheitskontrolle am Eingang des weitläufigen Campus der Cité Universitaire, auf der die vom deutschen Staat betriebene Maison Heinrich Heine lag, ließ sie ohne Zögern durch. Diverse Nationen hatten hier Häuser für die Studenten errichtet, namhafte Architekten wie Le Corbusier hatten für die Schweiz gebaut, das Deutsche Haus war spät, erst 1956, entstanden, ein aus Beton gefertigter Mittelbau, der als Studentenwohnheim und Verwaltungstrakt diente, gehalten von zwei Seitenflügeln mit der Bibliothek auf der einen und einem Veranstaltungssaal und Auditorium auf der anderen Seite. Hier waren die dunklen Vorhänge hinter den großen Fenstern bereits zugezogen.

Vor dem Eingang unter den großen Lettern *Maison Heinrich Heine* hatte sich eine Schlange gebildet, hin und wieder leuchtete der Blitz eines Fotoapparates auf, aber es lag eine fast greifbare Stille über den Gästen, als versammelten sie sich zu einer Prozession.

Seitlich der Maison standen zwei schwarze Limousinen, davor Männer, die die Szene beobachteten, einer von ihnen war der Sicherheitsbeauftragte mit dem Scanner aus der Avenue de l'Observatoire.

Landauer griff nach Milas Hand, sie war heiß. Langsam ging es voran. Vor sich hörten sie das Piepen der eigens für diese Veranstaltung aufgestellten Metalldetektoren, mit denen zwei der

Sicherheitsleute, eine Frau und ein Mann, die Eintreffenden absuchten.

Nachdem sie ihre Taschen geöffnet hatten und durchgewinkt worden waren, gingen sie ein paar wenige Stufen hinauf ins Foyer, wo der Tisch mit den Anmeldelisten stand. Eine Frau kam durch die Halle auf sie zu, als wären sie bei ihr angekündigt, offenbar die Direktorin des Hauses, und begrüßte sie mit Wärme und Freundlichkeit, wies fast entschuldigend auf *die besonderen Umstände* dieses Tages hin und beantwortete gewandt Fragen zum Bau, zur Geschichte der Maison, vergaß nicht zu betonen, dass der heutige Abend wohl auch für sie und die Maison eine Zäsur darstellen würde. Wusste sie, was Fayence vorhatte?

Das Auditorium war mit schweren Vorhängen abgedunkelt, es mochte an die hundertfünfzig Menschen fassen. Auf der Bühne stand eine große hölzerne Staffelei ohne Bild, von einem Deckenscheinwerfer angestrahlt. Viele Besucher hatten bereits Platz genommen, im hinteren Teil entdeckten sie zwei freie Stühle und setzten sich. Links und rechts der Bühne, von der Dunkelheit nahezu verdeckt, hatten zwei Männer in schwarzen Anzügen, die Hände vor dem Bauch verschränkt, Stellung bezogen.

Wenige Minuten später war der Saal gedrängt voll, selbst in den Gängen standen Reporter mit Kameras. Die Direktorin, die sie am Eingang begrüßt hatte, betrat die Bühne und hieß die Anwesenden willkommen. Auch wenn Kunst und Politik nach je eigenen Gesetzmäßigkeiten und Logiken arbeiteten, die Interdependenz der beiden Welten sei über die Jahrhunderte hinweg nicht zu leugnen. In dieser Kette stelle der heutige Abend etwas Außerordentliches dar, denn die gegenwärtig wohl größte Kennerin der Kunst und ihrer politischen und moralischen Implikationen sei heute ihr Gast, eine Ehre für das Haus wie auch für sie ganz persönlich. »Bitte begrüßen Sie mit mir die große Fayence!«

Fayence betrat von der Seite die Bühne. Sie trug ein schwarzes Kleid mit ungewöhnlich weiten Ärmeln, perfekt geschnitten, ein maßvolles Zitat ihrer arabischen Herkunft. Nachdem sie einen in Packpapier gehüllten quadratischen Gegenstand auf die Staffelei gestellt hatte, wartete sie, bis vollkommene Ruhe eingekehrt war. Landauers Blick schweifte durch den Saal. Er bemerkte exzentrisch aussehende Leute und ordnete sie im Geiste der Kunstszene zu, aber auch junge Frauen und Männer, die er aufgrund ihrer Kleidung – Kapuzenpullis und Palästinensertücher –, eher für Anhänger der politischen Linken hielt, dazwischen viele Gäste mit orientalischem Aussehen, vielleicht Exilanten wie Fayence oder Tamimi.

Dann fiel ihm wenige Reihen vor sich, ganz am Rand, ein Profil auf, das ihm bekannt vorkam. Vorsichtig stieß er Mila an und wies in dessen Richtung. »Ich glaube, da vorn sitzt Shimon Steinfeld.«

Mila sah ihn mit großen Augen an und hob gerade an, etwas dazu zu sagen, als Fayence zu sprechen begann.

Dieses werde eine andere Art von Vortrag sein, als sie ihn sonst in unregelmäßigen Abständen an wechselnden Orten gehalten habe. Zudem der letzte, denn diesmal gehe es nicht um Kunst, um das Verständnis von Werk und Wirkung, sondern um eine junge Frau, als die sie heute noch einmal vor ihnen stehe. Und um eine Geschichte, die sie noch nie und niemandem erzählt habe. All das, was sie jetzt hören würden, komme nicht aus Trauer oder Wut, gar Hass zu ihnen, sondern aus einem neuen, ungeahnten Gefühl des Glücks. Und der Freiheit, auch wenn sie von Hass berichte und auf neuen Hass stoßen werde, denn es gebe Menschen, die ihre Wahrheit nicht hören wollten.

»Wo immer ihr seid, ich sehe euch«, sagte sie.

Im Anschluss werde sie ein Bild enthüllen. Es sei ein altes, gemalt von ihr selbst im Jahre 1978, Teil einer Ausstellung in Beirut, verloren gegangen, wiedergefunden, geborgen und gerettet. Am Herzen getragen bis zum heutigen Tag.

Auf seiner Rückseite finde sich eine Liste von Namen, gesammelt über lange Zeit. Namen derer, die ihre Familie ermordet hätten und Tausende andere auch, 1982 in Sabra und Schatila, inmitten der Stadt Beirut. Die zugesehen und weggesehen hätten, die sie, die Überlebende, die junge Frau Sahira Hatoum, trotz alledem geschunden und gequält hätten und heute im Schatten ihrer Taten lebten, unbehelligt und mit ruhigem Schlaf. Nicht um Schuld und Aufrechnung gehe es ihr, sondern um Versöhnung. Sie habe damals den Weg aus dem Land geschafft, allein. Habe ihren eigenen Weg gefunden, in der Fremde ihren Geburtsnamen abgelegt, doch nie ihre Herkunft vergessen können. Jeder, der es ihr in der Not gleichtue, verdiene Hilfe, Unterstützung und Schutz.

Stille senkte sich über den Saal. Tastend, suchend, begann sie ihre Geschichte zu erzählen. Die Geschichte Sahiras. Das Ende eines alten und den Beginn eines neuen Lebens.

Beirut, 25. September 1982

Ganz in der Nähe waren Schreie zu hören, ein Flehen. Wie viele mochten mit ihr im Keller sein? Über ihr, draußen vor der Tür auf Höhe der Gasse, fiel ein Schuss, kurz und trocken, abgegeben auf einen der Ihren, wie auf ein Tier. Für einen Moment sehnte sie sich nach diesem Geräusch, das sie nicht mehr hören würde, sobald das kalte, erlösende Metall auch ihre Stirn oder Schläfe durchbohrt hatte. Danach würde eine Stille um sie sein, die nie mehr verging. Aber sie wusste, die Männer würden nicht kommen und sie holen. Noch nicht. Vorher wollten sie noch mit Zangen aus ihr herausziehen, was nur sie wusste.

Sie würde widerstehen, sie hatte keine Angst mehr, nicht vor dem Schmerz, nicht vor der Demütigung und Erniedrigung, vor nichts. Nur Angst vor der Angst, diesem lauernden Reptil, davor, dass es sich am Ende doch ihrer bemächtigen könnte. Sie hatte geliebt und war geliebt worden, das war ihr Halt, bis zum Ende.

Der Raum, nicht weit von ihrer Zelle entfernt, in den die Soldaten sie am Tag zuvor gezerrt hatten, war kahl. Ein Stuhl, auf dem nackten Boden Kabel, eine Batterie. Und ein Feldbett, die Matratze hart und fleckig. Der Winkel des Hauses, aus dem die Schreie der Frauen kamen. Sie hatte sie selbst jede Nacht gehört.

Niemand außer ihnen, den Mitgefangenen, hatte sich bei diesen Schreien die Ohren zugehalten. Nicht die Männer in ihren blutbespritzten Uniformen, auch nicht die fremden Soldaten, die jetzt durch ihre Stadt zogen, ahnungslos, in gebügelten Hosen und mit geputzten Waffen über der Schulter. Kurz bevor man sie gepackt und in das Auto gezerrt hatte, das sie nicht hatte kommen hören, hatte sie diese fremden Soldaten mit ihren suchenden Blicken bemerkt: Wo waren sie hergekommen, was machten sie hier? Nun konnte sie von ihrem Platz aus manchmal ihre Stimmen hören und das Mahlen ihrer Kettenfahrzeuge oben auf der Straße. Sie waren so nah und würden doch niemals zu ihr gelangen, ihr helfen können.

Jetzt war sie wieder in einem Raum mit den anderen. Hin und wieder ging die Tür auf, ein Spalt Licht, neue Gefangene wurden zu ihnen hereingestoßen oder jemand wurde gepackt und mitgenommen.

Gestern, oder war es heute, sicher war sie sich nicht, war eine junge Frau dazugekommen, in ihrem Alter. Sie flüsterte, ihre gesprungenen Lippen vermochten nicht zu fassen, was sie zu erzählen hatte. Die Worte stürzten haltlos, in freiem Fall, aus ihrem Mund. Sie hörte »Sabra und Schatila«, wurde unruhig, aber der Draht, der ihre Beine zusammenhielt, zog sich bei jeder Bewegung enger zu, schnitt ihr ins Fleisch.

Nur sie hatte man mit diesem Draht an ein Rohr gefesselt, sie war nicht irgendeine Gefangene. Sie war die Verräterin, die dem

Anführer so nahe gewesen war, Abu Ammar, den sie nicht zu fassen bekommen hatten. Für diese Nähe und für ihre Tat würde sie mit jedem Zentimeter ihrer Haut büßen müssen, andere hätte man sofort liquidiert. Dafür, dass sie die Christen betrogen hatte, die den Israelis das Haupt des Anführers zu liefern versprachen. Sie hatte sie alle betrogen und das Geld genommen.

Jetzt wollte sie nicht glauben, was diese Frau ihr erzählte. Drei Tage des Tötens und Quälens, ein Mord an Tausenden, und niemand sei den Schergen in den Arm gefallen. Nur wer nicht im Lager war, habe überlebt. So wie sie selbst, weil sie zu dieser Zeit versucht hatte, am anderen Ende der Stadt über die grüne Grenze zu kommen, in den Ostteil des Landes und von dort nach Damaskus, irgendwie, das war der Plan gewesen. In den Saum ihrer Jacke hatte sie das Geld genäht, das sie gefordert hatte und für das sie hätte liefern sollen. Aber sie hatte es nicht getan.

Sie betete, dass es nicht stimmen möge, was die Frau erzählte, dass sie sich irrte. Immer wieder verbreiteten sich Gerüchte in der Stadt, vielleicht würde sich auch diese Geschichte in nichts auflösen. Aber tief in ihrem Inneren lauerte die Ahnung, dass diese junge Frau die Wahrheit sagte. Ihre Eltern, ihre Geschwister, der starke, unnachgiebige, herrische Chaled, ihr großer Bruder, tot. Tot sie alle, tot.

Die Tür ging auf, sie roch den Schweiß der Männer, ihren Atem aus kaltem Rauch, sie lösten den Draht von ihren Beinen, hoben sie hoch, fast schwebte sie und dachte für einen Moment, sie müsse nur die Arme öffnen wie Schwingen, dann könne sie davonfliegen.

Sie brachten sie in denselben Raum wie am Tag zuvor. Heute waren es drei Männer, darunter ein Offizier, schmaler, langer Hals. Groß, feingliedrige Hände. Einer dieser jungen Männer aus den reichen christlichen Familien. Er erinnerte sie an ein graziles Tier. Eine anderer, ein metallenes Kreuz auf der Brust, drehte die Matratze um. Der dritte zog den Gürtel aus der Hose.

Der Offizier mit den feingliedrigen Händen hob den Finger, ganz sacht, und sie hörte ein Sirren, der Gürtel traf sie am Rücken wie ein Ochsenziemer.

»Name?«

»Sahira Hatoum«, schrie sie. Taumelte. Krümmte sich. Richtete sich wieder auf.

»Name?«

Sie hatte doch geantwortet, oder war es ihr nur so vorgekommen?

»SAHIRA!«

»Nutte«, sagte der Soldat mit dem Gürtel. »Arabische Nutte, ihn dir reinzustecken ist wie ein Abflussrohr ficken.«

Er bewegte die Hüfte vor und zurück. »Nur Amin stört das nicht, sagt er, er mag Schmutz, er badet darin, er ist ganz wild drauf.«

Der andere, der Amin hieß, lachte.

Sie blickte zu dem jungen Offizier, aber der wirkte teilnahmslos. Er schien nur auf seinen Einsatz zu warten.

Der Mann mit dem Gürtel warf sie auf das Feldbett, riss ihr die Hose herunter, drückte ihre Beine auseinander.

Hinter ihm stand der Mann, der Amin hieß, er nestelte an seiner Hose. Sie wusste, was geschehen würde, und auch, dass man danach erneut versuchen würde, sie zum Sprechen zu bringen. Darüber, mit wem sie zusammengearbeitet, wer den Plan ausgeheckt hatte, ihnen Arafat anzubieten und ihn dann nicht auszuliefern. Was sie davon hielte, den Israelis, die noch immer in der Stadt waren, übergeben zu werden. Und die sie, die palästinensische Verräterin, gerne sehen und sprechen würden. Lieber heute als morgen.

Es war aussichtslos. Sie hatte alle gegen sich, die eigenen Leute, die ihr nie verzeihen würden, die Christen, die sie betrogen hatte, und die Israelis, die für diesen Verrat bezahlt hatten und nun doch weiter mit Arafat und seinen Kämpfern würden leben müssen.

All das war ihr klar und doch mit einem Mal so unendlich gleichgültig. Das, was sie von den Lagern gehört hatte, hatte einen Schmerz ausgelöst, den keine körperliche Qual übersteigen konnte. Erst Fouad, der Mann, den sie über alles geliebt hatte, nun ihre Familie. Zu groß.

Sie war wütend auf ihren Geliebten gewesen, weil er nicht nach Beirut zurückgekommen war, sich hatte abschlachten lassen, überhaupt auf diese dumme Idee gekommen war, mitten im Krieg in den Süden zu gehen, um seine Eltern um Geld für ihre Flucht zu bitten.

Der Offizier stand jetzt neben dem Bett, auf Höhe ihres Kopfes, beugte sich herunter, sein Hals wie der einer Gazelle. Sie versuchte, die Beine zusammenzudrücken, aber der Mann mit dem Namen Amin hielt sie mit Kraft gespreizt.

Der Offizier gab dem Soldaten einen Wink, und er ließ von ihr ab. Er forderte sie auf, sich aufzurichten. Sie spürte den Schmerz am Rücken, erhob sich, langsam, presste die Lippen aufeinander. Nicht weinen, stark sein.

Er wies auf den Stuhl. Als sie zu wanken begann, stützte er sie und forderte die Soldaten auf, den Raum zu verlassen.

Sie bemerkte ein Flackern in seinen Augen, eine Unsicherheit. Diesem noch so jungen Mann, obwohl groß und sehnig, würde sie sich nicht beugen. Er hatte jetzt schon verloren. Das machte ihn umso gefährlicher. Sobald er dies verstanden hätte.

»Ich will wissen, wer hinter der Sache steckt«, sagte er. »Wer hat dich aufgefordert, uns und den Israelis Arafat anzubieten? Wer hat beschlossen, das Geschäft platzen zu lassen, nachdem ihr das Geld hattet? Wer außer dir weiß von der Sache?«

»Niemand«, sagte sie. »Nur ich.«

»Du lügst.«

»Es ist die Wahrheit.«

Sein Gesicht näherte sich dem ihren, sein Blick schien sie zu durchbohren. Der Offizier atmete schwer. Schweiß rann seine Schläfen entlang. »Wer hat mich betrogen?«

Sie hielt seinem Blick stand und spürte eine Ruhe wie nie zuvor. Vielleicht war es auch eine Leere. »Ich. Sonst niemand.«

Der Offizier zog seine Pistole, hielt sie ihr an den Kopf. Der Lauf zitterte. »Du lügst!« Sie konnte sie riechen. Seine Angst. »Wer?«, schrie er, nun beinahe im Falsett.

Sie schwieg. Fast war es, als schreie dieser Mann nach Erlösung, als könne nur sie ihn retten. Weil sie etwas wusste, von dem sein Leben abhing.

Sie begann zu erzählen, frei, schnörkellos, auf jede Regung ihres Gegenübers bedacht. Je länger sie sprach, desto fester wurde ihre Stimme. Sie erzählte von Fouads Plan, seinem Verschwinden und seinem Tod, von ihrer Hoffnung, das Land zu verlassen, von dem Geld, das sie für diese Flucht benötigte. Dass es nach dem Tod ihres Geliebten allein ihre Idee gewesen war, die Sache dennoch zu wagen.

Der Offizier hielt noch immer die Pistole auf sie gerichtet. Aber er schien ihr zuzuhören. Sie erzählte ihre Geschichte erneut, wieder und wieder.

Dann packte er sie am Hals, drückte sie gegen die Wand. Sie spürte den kalten Lauf der Pistole an ihrer Schläfe. »Nur du und ich wissen jetzt von alldem«, sagte er. »Habe ich recht? Sag, dass ich recht habe!« Sie hatte schnell verstanden, was er damit sagen wollte: *Wenn ich dich jetzt töte, dann bin ich der Einzige, der von der Sache, meinem Versagen weiß.* Die Geschichte würde sich nach diesem Schuss in Luft auflösen wie Rauch über einem gelöschten Feuer.

Er schien zu lauschen, ob jemand vor der Tür war. Seine Hand zitterte, offenbar war er kein geübter Schütze, er hatte gewiss nicht gekämpft, nur Befehle gegeben. Nicht getötet, töten lassen. Er würde mit dem Geld seiner Eltern, wenn dieser Krieg zu Ende war, studieren, Arzt werden oder Ingenieur, und doch irgendwann, wie all diese Söhne aus den vermögenden christlichen Clans, die Politik ihrer Väter fortführen. Sie wäre dann längst verscharrt, irgendwo in dieser Stadt, so wie ihre Eltern und ihre Geschwister. Er spannte den Hahn.

Sie hörte Schritte, die Tür öffnete sich, herein kam ein Mann. Er hielt ein Tuch in der Hand, verband ihr die Augen. »Das reicht uns an Information«, sagte der Fremde.

Er stand hinter ihr, nur wenige Schritte entfernt. Sein Arabisch hatte einen Akzent, sie verstand sofort, woher dieser Mann kam. Aus Israel. Er musste hinter der Tür alles mitgehört haben. Und er musste ein Offizier sein, denn keiner entgegnete ihm etwas, alle schienen auf seine nächste Frage, auf eine Anweisung zu warten.

»Jetzt übernehmen wir«, sagte er.

»Nicht nötig. Wir bringen die Sache zu Ende.« Es war die Stimme des Offiziers mit dem Gazellenhals. »Jetzt, sofort.«

»Das ist ein Befehl«, sagte der Israeli und schob sich zwischen sie und ihren Peiniger, sodass der von ihr ablassen musste. »Sie gehört uns.« Die beiden schienen sich zu kennen.

»Sie bleibt hier«, sagte der christliche Offizier, »wir kümmern uns um sie.«

Sie spürte eine Hand auf ihrer Schulter. »Los, steh auf.« Es war der Mann mit dem Akzent.

Der Offizier mit dem Gazellenhals begann erneut zu protestieren. »Halt den Mund. Ich werde verhindern, dass ihr noch mehr Fehler macht«, sagte der Israeli. Sie war aufgestanden, der fremde Soldat schob sie in Richtung Tür.

»Was habt ihr mit ihr vor?« Die Stimme des christlichen Offiziers klang fast klagend.

»Das ist unsere Sache.« Der Israeli griff ihren Oberarm und führte sie ab.

Erst auf der Rückbank des Militärfahrzeugs, die Augen noch immer verbunden, begann sie zu begreifen, dass sie dem Keller und der Folter entkommen war. Und einem Mann, der sie hatte töten wollen. Was würde nun geschehen, würden die Israelis dasselbe mit ihr machen, härter, geschickter, effizienter, doch mit der gleichen Ungerührtheit?

Irgendwo in den Bergen hielten sie. Der Soldat nahm ihr die Augenbinde ab, sie sah ein Haus, eine Fahne mit dem Davidstern auf dem Dach und unter sich Beirut. Im Hafen lagen fremde, graue Schiffe, die Lager Sabra und Schatila waren nur noch ein sandfarbener, wie von einer gewaltigen Erdverschiebung zusammengepresster Haufen aus Steinen und Mauern, kein Rauch über der Stadt, nur der Geruch von Blut und Stille.

Schmerz. Irgendwann würde sie ihm Raum geben, auch wenn er sie dann zermalmen würde, nur jetzt nicht. Nicht jetzt!

Der israelische Offizier brachte sie in einen Raum, dessen Fenster mit olivgrünen Tüchern verhängt waren. Er war stickig. An der Wand lehnten ein Rucksack und ein flaches quadratisches Paket, in Packpapier gewickelt und mit einem Bindfaden verschnürt. Sie setzte sich auf einen der im Raum herumstehenden Stühle, der Offizier reichte ihr ein Handtuch und ein Stück Seife.

Als sie aus dem Bad zurückkam, schien er auf sie zu warten. Er war unruhig. Er wies auf den Rucksack und das Paket.

Sie hob beides auf. Als sie das Paket in Händen hielt, wusste sie schon aufgrund seines Gewichts, was es war.

»Es ist das Einzige, was erhalten geblieben ist, es gehört dir«, sagte der Offizier. »Und nun lass uns gehen. Auch dieser Tag wird enden.«

An jedem der Checkpoints wurden sie durchgewinkt, an der Grenze zu Syrien hielten sie.

»Wenn meine Kommandanten erfahren, was ich hier tue, komme ich vor ein Kriegsgericht. Unsere Abmachung: Du kennst mich nicht, ich kenne dich nicht. Was hier geschieht, ist nie geschehen. Ich habe dich beobachtet und gehört, was du gesagt hast. Ich weiß, dass du diese Abmachung nicht brechen wirst. Auch nicht in vielen Jahren.«

Er sah sie an, seine Augen fast grau, wie ein rund geschliffener Stein am Strand. Er würde sie gehen lassen, sagte er, aber sie seien von nun an miteinander verbunden. »Durch unser Schweigen. Und durch das, was wir getan haben.«

Er hob den Rucksack an, half ihr, ihn aufzusetzen. In ihrem Rücken spürte sie einen stechenden Schmerz. Dann reichte er ihr das quadratische Paket. »Jedem ist ein bestimmtes Maß an Leid zugewiesen. Wenn Gott es zulässt, dass dieses Maß überschritten wird, muss der Mensch eingreifen. Gottes Weg ändern. Versuche von Damaskus nach Paris zu kommen. Mehr kann ich nicht für dich tun.«

»Shukraan«, sagte sie. »Danke.«

»Wir werden uns nie wiedersehen. Nie. Vergiss das nicht. Niemals.«

Das Bild war mit sicherem Strich und in kräftigen Farben gemalt, wild, unbändig, kompromisslos, eher wie mit den Fingern als mit dem Pinsel aufgetragen. Fast ein Relief, als erzählte es eine Geschichte in Raum und Zeit und hätte sich zugleich von diesen Dimensionen gelöst. Ein Haus in einer engen, lichtlosen Gasse, hinter seinen fensterlosen Höhlen Menschen, die lachten, sangen, vielleicht auch weinten. Ihr Elternhaus in Schatila. Auf dem flachen, leicht schiefen Dach ihr Bruder Chaled. Er schien der Künstlerin etwas zuzurufen. Sahira, komm nach Haus!

Sie hielt das Bild hoch, wendete es, um das handgeschriebene Monument der Namen zu zeigen. Die beiden Männer auf der Bühne waren nervös geworden, standen jetzt dicht neben ihr. Sie stellte das Bild wieder auf die Staffelei, und Nadya, die von der

Seite hinzugekommen war, verhängte es mit einem dunkelroten Tuch.

Von den Männern begleitet, verließ Fayence die Bühne und ging an den Sitzreihen entlang auf den Ausgang zu, der ganz hinten im Saal war. Gleich würde sie an Shimon Steinfeld vorbeikommen. War er es, der verhindert hatte, dass der Mann, den sie Gazelle nannten, die junge Frau tötete?

Mila stieß ihn an. »Dein Freund al-Soury. Ein Folterer.«

»Ja«, sagte er. »Als Fayence die Gazelle erwähnte, habe ich verstanden. Genau das hatte al-Soury mit allen Mitteln verhindern wollen.«

»Zu spät«, sagte Mila.

Landauer erhob sich und verließ seinen Platz, ging Fayence entgegen. Er wollte, dass Shimon Steinfeld ihn sah. An der Seite von Sahira Hatoum.

Nach und nach leerte sich der Saal, nur Steinfeld blieb sitzen. Landauer konnte das Grau seines Sakkos sehen, Kopf und Schultern regungslos. Fayence blieb auf Höhe von Steinfelds Sitzreihe stehen, sah sich um. Einer der Sicherheitsleute hob den Arm und winkte in Richtung Ausgang.

Jetzt hatte auch Landauer Steinfeld erreicht. Der sah erst zu ihm, dann zu Fayence auf.

»Jom Kippur«, sagte er. »Heute ist der Versöhnungstag. Wussten Sie das? Der zweiundzwanzigste September. Damals war es der fünfundzwanzigste. Meine Frau war in Tel Aviv auf dem Platz der Könige, sang, protestierte, hörte die aufgebrachten Reden, Hunderttausende waren dort, hielten Fahnen in einen Himmel, unter dem auch ich mich befand. Gegen das Versagen und die Schuld unseres Landes waren sie auf die Straße gegangen. So viele wie nie zuvor. Und ich? ICH? Was tat ich? Auch ich musste etwas tun. Und niemand durfte es wissen.«

Landauer sah sich um, er wollte sichergehen, dass niemand hörte, was sie sagten.

»Wir waren ein eigenartiges Paar, Sie und ich«, sagte Steinfeld zu Fayence, »jahrzehntelang über ein dünnes, unsichtbares, blutiges Band verbunden. Und nun?«

Fayence beugte sich zu ihm hinunter, keinen Moment schien sie zu zögern, und gab ihm einen Kuss auf die Stirn. »Shukraan, Shimon. Danke«, sagte sie, richtete sich wieder auf und ging, von ihren Bewachern begleitet, hinaus.

4

Fayence hatte sie wissen lassen, dass sie in wenigen Tagen nach Berlin aufbrechen würde. Sie brauche ein wenig Zeit, müsse noch Dinge ordnen, sie rechne zudem mit einer größeren Reaktion der Presse. Sie telefonierte mit Tamimi, wann immer sie konnte, und wirkte dabei, als wäre sie keinen Tag gealtert, seit sie ihn zum letzten Mal gesehen hatte, am Leuchtturm von Manara.

Am Morgen nach der Veranstaltung hatte sie Mila zu sich nach Hause eingeladen. Allein, zu dem versprochenen Interview. Mehrere Stunden sprachen sie miteinander, erzählte ihm Mila später, während Nadya damit beschäftigt war, Anfragen abzuwehren, Journalisten zu vertrösten, auch den Anruf des Innenministers wagte sie nicht durchzustellen.

Landauer hatte Steinfeld nach der Veranstaltung noch in einer Bar in der Nähe seines Hotels getroffen. Nun gehöre er wohl auch zu den ehemaligen Offizieren, die von der Regierung geächtet würden, hatte Steinfeld gesagt. Der Auftrag, ihn, Landauer, im Auge zu behalten, sei vermutlich sein letzter gewesen. Er wiegte den Kopf hin und her, lächelte fast erleichtert und nahm einen Schluck von seinem Pernod.

»Was soll's. Meine Frau wird stolz auf mich sein«, sagte er.

Landauer zog ein Stück Papier aus der Sakkotasche, legte es Steinfeld hin und sah ihn mit einem Lächeln an.

»Learn, transform, connect«, las Steinfeld. »Was ist das?«

»Vielleicht eine gute Alternative für einen geächteten Offizier«, sagte Landauer.

Steinfeld wendete den Flyer, las weiter. »Uri Baum?«, fragte er und hob den Kopf wieder, um Landauer anzusehen.

»Er hat Ihren Namen nicht genannt«, sagte Landauer. »Er wollte Sie schützen. Aber vielleicht hat er nur mit mir gesprochen, weil ich ihn genannt habe.«

Als sie sich verabschiedeten, hatte Steinfeld noch einmal den Flyer aus seiner Hosentasche geholt, wie um Landauer damit zuzuwinken. »Wir sehen uns in Berlin wieder«, hatte er gesagt und war auf der Treppe zur Metrostation verschwunden.

Landauer nutzte die verbleibenden Stunden für einen Spaziergang durch Paris, schlenderte durch den Jardin du Luxembourg, ließ sich den Boulevard Saint-Michel entlangtreiben, erreichte wenig später die Seine. Wie sollte er je akzeptieren, dass Stéphane al-Soury Sahira hatte foltern lassen und töten wollen. Landauer wusste, dass al-Soury ihm nicht viel anhaben konnte mit seinen Dokumenten, er begriff jetzt umso deutlicher, dass bei ihm mit allem zu rechnen war. Ihm lief ein Schauer über den Rücken.

Ob Fayence noch einmal mit Tamimi gesprochen habe, wollte Landauer von Mila wissen, als sie am nächsten Morgen in der Lounge des Flughafens Orly auf ihre Flüge warteten. Er selber hatte vergeblich versucht, mit ihm Kontakt aufzunehmen.

»Mehrmals«, sagte Mila. »Ich frage mich, wie es wohl ist, sich nach so langer Zeit wiederzusehen, nachdem der andere längst aus dem eigenen Leben herausgefallen war? Ich meine, ob es überhaupt richtig ist?«

»Wie meinst du das?«

»Werden sie sich die Hand geben? Oder umarmen, küssen? Wo anknüpfen, wenn all das, was ihre gemeinsame Welt war, nicht mehr existiert, wie weggewischt ist?«

»Hast du sie das gefragt?«

Mila lächelte. »So in etwa.«

»Und?«

»Sie weiß es nicht, hat sie gesagt. Aber sie kann die Geschichte nicht abschließen, ohne Tamimi gesehen zu haben. Auch wenn sie überhaupt nicht einzuschätzen vermag, was dann passiert.«

»So etwas lässt sich auch nicht vorhersagen.«

Mila stieß ihn von der Seite an. »*Learn, transform, connect*, oder? Ich habe den Eindruck, Baum tut dir gut.«

Als er nichts darauf erwiderte, hob sie eine Augenbraue und lächelte vielsagend. »Oder ist es vielleicht Monique? Weil sie so wenig verlangt, dass du ihr einfach nicht widerstehen kannst?«

Landauer lächelte zurück und legte den Finger auf den Mund. Mila seufzte.

»Scheiße, bin ich müde«, sagte sie und lehnte den Kopf an seine Schulter.

5

Berlin, wenige Tage später

Es musste etwas vorgefallen sein. Er war bereits seit drei Tagen zurück in der Stadt, hatte die Arbeit im Labor wieder aufgenommen, lustlos, nicht bei der Sache. Am kommenden Tag erwarteten sie Fayence. Das Zimmer im Schlosshotel Grunewald hatte sie über Nadya buchen lassen. Doch Tamimi schwieg. Kein Lebenszeichen, keine Reaktion, keine Einladung, kein Dank. All das passte nicht zu dem Mann, den er kennengelernt hatte. Abdullah und Layla vertrösteten ihn immer wieder, wenn er versuchte, über seine Kinder mit ihm Kontakt aufzunehmen. Aber er kannte sie inzwischen gut genug, er war sich sicher, sie standen unter Druck, verschwiegen etwas.

Am Abend klingelte es an der Haustür. Er hob den Hörer der Gegensprechanlage ab. Ein Knistern, dann fuhr ein Auto mit losem Auspuff vorbei, Schallwellen drangen an sein Ohr. Er hatte den Namen nicht verstanden.

»Können wir reden?« Die Stimme war ihm vertraut.

Er solle heraufkommen. Landauer drückte den Öffner, durch die Muschel vernahm er ein Summen und das Klacken der sich öffnenden Tür. Der Besucher schien kurz mit jemandem zu sprechen, dann fiel die Haustür ins Schloss. Er musste auf dem Weg nach oben sein.

Abdullah Tamimi hatte einen Dreitagebart und zerrauftes

Haar. Er hielt sein Handy umklammert, als hätte er es seit Tagen nicht aus der Hand gelegt.

Landauer bat ihn herein, bot ihm etwas zu trinken an. Abdullah Tamimi sah sich um, nein, er wolle nur kurz bleiben. Ein Glas Wasser vielleicht.

»Abu ist verschwunden«, sagte er, nachdem er es in einem einzigen Zug ausgetrunken hatte. Seit Tagen versuche er alles, um seinen Vater zu finden, sei zunächst mit Ibrahim, der vor der Tür warte, die ganze Stadt abgefahren. Alle Orte, an denen ihr Vater sich sonst aufhalte. Ohne Erfolg. Dann habe er das Suchsystem ihrer Firma eingeschaltet.

»Wir habe eigentlich unsere Methoden, in diesem Land Menschen zu finden. Unsere Partner sind versiert, haben Zugang zu Daten und Datenspuren, wo andere nicht mehr weiterkommen. Aber sie haben aufgegeben. Heute Nachmittag. Und nun komme ich zu Ihnen.«

»Ihr Vater ist bestens informiert, wie diese Agenturen arbeiten. Wer am Netz knüpft, der weiß auch, wo seine Löcher sind.«

»Hat er das gesagt?«

Es sei davon auszugehen, dass ihrem Vater entweder etwas zugestoßen sei oder dass er sich außer Landes begeben habe. Ohne Ankündigung und sichtbare Spur.

»Zu welcher Annahme neigen Sie?«, fragte Landauer.

»Letzterer. Ich habe natürlich alle Krankenhäuser abfragen lassen. Fehlanzeige.«

»Das ist nicht alles, was Sie mir sagen wollen?«

Abdullah schien zu zögern. »Warum taucht er ab, wenn der Tag nahe ist, auf den er sein Leben lang gewartet hat?«

»Er hat Ihnen von Sahira erzählt?«

»Ja, und von allem, was Sie für ihn getan haben. Er wirkte so glücklich. Und dankbar. Deswegen dachten wir, er hat sich vielleicht bei Ihnen gemeldet.«

»Nein«, sagte Landauer.

Abdullah ging im Wohnzimmer auf und ab, trank von dem Wasser, setzte das Glas wieder ab. Landauer empfand fast so etwas wie Vatergefühle für ihn. »Er wird seine Gründe haben. Und: Ich habe Geduld, die vergangenen Wochen haben in mir Tugenden geweckt, von denen ich nichts geahnt hatte. Er wird sich melden, früher oder später.«

Abdullah blieb stehen und sah Landauer an. »Abu hat in den vergangenen Jahren immer wieder Geschäfte gemacht, die mir zweifelhaft vorgekommen sind. Das habe ich Ihnen ja schon erzählt.«

»Ich erinnere mich. Aber nicht, worum es genau ging.«

»Um das, was wir in unserer Branche ›Forderungsankauf‹ nennen. Wir übernehmen mit unserer Firma die Forderungen eines Gläubigers komplett, zahlen ihm ein Fixum, und unsere Aufgabe ist es, das Geld bei den Schuldnern einzufordern. Wir zielen dabei stets auf die volle Summe plus Provision und damit deutlich mehr als das gezahlte Fixum. Beide Seiten profitieren davon. Der Gläubiger hat den Großteil des ihm zustehenden Geldes in der Tasche. Und wir können die Forderung in vollem Umfang realisieren.«

»Legal?«

»Vollkommen. Jedes größere Inkassounternehmen bietet das in seinem Portfolio an.«

»Wo sitzt der Haken?«

»Die Geschäftspartner, die Abu für diese Forderungsankäufe gewählt hat. Sie gehören einer Welt an, mit der er sich nie gemeinmachen wollte.«

Landauer musste an die Fußnote in dem Fachaufsatz denken, den er vor der ersten Begegnung mit Tamimi gefunden hatte.

Hoher wirtschaftlicher Eigensinn, früher und nachhaltiger Erfolg in der Selbständigkeit. Nur schwache Rückbindung an den Glauben (Islam) und traditionelle Familienstrukturen (Clans). Zitat: »Unsere Herkunft ist nicht so wichtig wie unser Ziel. Es gibt in dieser Stadt vielleicht wenig offene Arme, aber es gibt Hände, die arbeiten wollen. Wenn man uns lässt.«

»Landsleute von ihm?«

»Nicht nur. Nachdem die Anwälte in den vergangenen Tagen mehrfach bei Abu waren, habe ich die Bücher und Abrechnungen noch einmal genauer angesehen.«

Die Erkenntnis sei ebenso verblüffend wie irritierend gewesen. Von den angekauften Forderungen habe sein Vater so gut wie nichts realisiert. Und diese Ausfälle steuerlich jeweils am Jahresende als Verlust gemeldet.

»Das ist bei keiner Prüfung aufgefallen?«

»Nein. Er hat offenbar plausibel machen können, dass er sich verkalkuliert hat. Immer mal wieder. Das kann jedem Kaufmann passieren.«

»Was vermuten Sie?«

Abdullah schien zu zögern, als wolle er sich versichern, dass er Landauer wirklich vertrauen könne.

Er gehe davon aus, dass sein Vater keineswegs auf die Einnahmen verzichtet habe, die er teuer und mit hohem Risiko als Forderung übernommen und bezahlt habe. Alles andere sei unwahrscheinlich.

»Er hat also die Schuldner zur Kasse gebeten, und diese, jedenfalls die meisten von ihnen, haben gezahlt. Wo ist dieses Geld?«

»Das ist die Frage, die mir keine Ruhe lässt«, sagte Abdullah.

»Wenn Ihr Vater tatsächlich aus diesen Geschäften Einnahmen hatte, diese aber in den Büchern als Verlust stehen ... dann ist das ...«

»Steuerhinterziehung«, sagte Abdullah, »und zwar in großem Ausmaß.« Er war offenbar kurz davor gewesen, mit diesem Vorgehen aufzufliegen. Nur so war das ständige Verhandeln mit den Anwälten hinter verschlossenen Türen zu verstehen.

»Aber Abu ist kein Krimineller, es muss ihn etwas anderes angetrieben haben.«

»Was?«, sagte Landauer.

Abdullah Tamimi sah zu ihm auf, und Landauer erkannte den Jungen in ihm, der er bis vor wenigen Jahren noch gewesen war.

»Ich bin in der Hoffnung zu Ihnen gekommen, dass Sie eine Antwort darauf haben«, sagte er.

»Mila?« Er hatte, nachdem Abdullah gegangen war, ohne lange nachzudenken zum Handy gegriffen und ihre Nummer gedrückt.

»Dreimal«, sagte sie und lachte.

Als er nicht gleich reagierte, sagte sie, er habe sie jetzt dreimal hintereinander angerufen. Ob er sein Kommunikationsverhalten umgestellt habe?

»Es ist ernst«, sagte er.

»Ist es immer.«

Er erzählte ihr von Tamimis Verschwinden, Abdullahs Besuch und seinem Bericht über die Geschäfte seines Vaters. Sprach von Forderungsankauf, Schuldnerstruktur, Kosten bei Teilerfolg und vorgerichtlichem Inkasso.

»Halt, halt, ich fürchte, ich kann dir nicht folgen. Willst du mir sagen, dein Freund Tamimi hat getrickst, mit Geld und Steuern und unseriösen Partnern, und jetzt hat er sich dematerialisiert? Weil morgen die Steuerfahndung bei ihm anklopft?«

»Das ist zumindest Abdullah Tamimis Vermutung.«

»Der denkbar ungünstigste Zeitpunkt. Mann, ist der bekloppt?«

»Morgen kommt Fayence nach Berlin ...«

»Ich weiß, wir stehen in Kontakt. Es wird eine große Geschichte, nur kenne ich ihr Ende noch nicht.«

»Vielleicht ist es genau das, Mila. Sie endet, wie sie begonnen hat. Da, wo sie ist, kann er nicht sein.«

»Er will es nicht, das ist es.«

»Aber warum?«

Milas Stimme schaltete in den Profimodus. »Du sagst, er hat Schuldforderungen übernommen, diese immer wieder in großem Ausmaß angekauft, sie dann aber nicht bei den Säumigen eingefordert? Lass mich einen Moment nachdenken, mich ein wenig umhören. Ruf dich gleich zurück.«

Landauer ging an den Kühlschrank, eine halb volle Flasche Sauvignon blanc von Manz schien auf ihn gewartet zu haben. Er goss sich ein Glas ein, sog das Aroma des Weines ein, trank es mit geschlossenen Augen bis zur Hälfte aus.

Milas Rückruf ließ nicht lange auf sich warten. »Jamal hat mir Folgendes mitgegeben. Punkt eins: Er ist sich sicher, dass Fouad Tamimi das Geld sehr wohl eingetrieben hat. Alles andere ist wenig wahrscheinlich und bliebe ohne jede Erklärung. Das sagt ja auch Abdullah. Punkt zwei: Obwohl er auf Erfüllung der ausstehenden Forderungen bestanden hat, ist aus diesen nicht unerheblichen Einnahmen nie Geld bei ihm angekommen und in die Bücher der Litani GmbH geflossen. Korrekt? Daraus folgt Punkt drei: Das Geld muss woanders hingeflossen sein. Wir wissen, dass Fouad Tamimi seit langer Zeit umstrittene und auch verbotene Organisationen des palästinensischen Widerstands unterstützt, für seinen privaten Kampf. Nachweisen konnte ihm das bislang niemand, obwohl viele der Organisationen bei genauerem Nachfragen kaum einen Hehl daraus gemacht haben. Das haben unsere Recherchen ergeben, ich habe dir davon berichtet.«

Er hörte, dass ihr Atem schneller wurde. »Vielleicht haben wir damit das Missing Link?«

»Wie meinst du das?«

»Er hat von den Leuten, die in seiner Schuld standen, das Geld eingefordert und sie im gleichen Zuge, vielleicht mit einer Rabattierung, ermuntert, es nicht der Litani GmbH zu zahlen, sondern es zu spenden. Da Forderungen und Rückzahlungen meist aus dem Umfeld seiner Landsleute stammten, war es nicht allzu kompliziert, ihnen die Sache zu erklären.«

»Aus Schuldnern wurden Wohltäter.«

»So ist es. Es war ja Geld für die gute Sache. Sein Name selbst taucht nirgendwo auf. Aber er konnte den palästinensischen Spendenempfängern immer präzise voraussagen, wann neues Geld kommen würde. Und wie viel.«

»Damit diese schon einmal beginnen konnten, neue Brunnen zu buddeln.«

»In die sie dann Kisten mit Kalaschnikows legten«, sagte Mila.

Landauer seufzte. »Aber warum jetzt so überstürzt, hätte er nicht den morgigen Tag abwarten können?«

»Vielleicht wollte er nicht, dass er bei einem Wiedersehen nach so vielen Jahren in Handschellen vor ihr steht, flankiert von zwei Uniformierten?«

»Findest du nicht, Sahira hat ein Recht zu erfahren, was sie in Berlin erwartet?«

»Klar«, sagte Mila, »aber es ist Tamimis Pflicht, sie ins Bild zu setzen. Wir sind da raus. Ich denke, er wird genau dies, auf welchen Wegen auch immer, tun. Oder längst getan haben.«

»Bist du dir da sicher?«

»Du magst ihn, ich kenne ihn. Vertrau mir, Robert.«

Am Flughafen Tegel wartete Ibrahim mit dem weißen Van in einer der Haltebuchten. Als er Landauer sah, stieg er aus. Sie gaben sich die Hand, eine Geste, die sie beide überraschte. Ibrahim schien angespannt. Für den, den er jahrelang begleitet und beschützt hatte, sich verantwortlich fühlte, konnte er nichts mehr tun.

»Sie wissen Bescheid?«, fragte er. Er hatte eine warme, sonore Stimme.

»Ja«, sagte Landauer. Sie gingen in die Wartehalle.

Landed. Am Ankunftsgate A7 sprang die elektronische Anzeige um. Die Maschine aus Paris war pünktlich.

Wenige Minuten später erschien Fayence hinter der Absperrung, neben sich Nadya, die in jeder Hand eine Longchamp-Reisetasche trug.

Fayence und auch Nadya hielten Landauer wie selbstverständlich und ganz französisch ihre Wangen zum Kuss hin. Ibrahim, der ein wenig abseits wartete, nickten sie freundlich zu, und Fayence sagte etwas auf Arabisch. Ibrahim lachte, nahm Nadya die beiden Taschen ab und ging ihnen voran zum Wagen.

Auf der Stadtautobahn suchte Ibrahim die linke Spur und fuhr mit überhöhter Geschwindigkeit in Richtung Funkturm, bog in die Avus ein, wenig später erschien bereits die Ausfahrt Hüttenweg, der in die Villengegend Grunewald führte. Was für eine seltsame Bezeichnung für diesen Ort der kleinen Paläste, dachte Landauer.

Fayence schien gelöst, schon bei der Begrüßung war er sicher gewesen, sie war im Bilde. Trotzdem war sie nach Berlin gekommen.

Auf der Königstraße wies Ibrahim sie auf die Seitenstraße hin, in der Fouad Tamimi sein Anwesen hatte. Er schien sie zu fragen, ob sie es sehen wolle.

Später, sagte sie und wiederholte das Wort auf Englisch. Im Hotel warte etwas auf sie, es ziehe sie dorthin.

Das Schlosshotel Grunewald, einst eine herrschaftliche Villa, hatte eine lange Geschichte. Ausstattung, Stoffe, Farben, Möbel waren von Karl Lagerfeld gestaltet, er hatte einen Hauch von Paris und stiller Eleganz in das deutsche Gemäuer gebracht. Hinter einer Tür des Empfangsraums, dessen Wände mit Stoff bespannt waren, lag die Bar. Ein Mann in weißer Uniform hielt Gläser gegen das Licht und putzte sie mit einem weichen Tuch.

Der Portier geleitete Fayence und Nadya über eine breite Treppe aus dunklem Holz auf ihre Zimmer in den ersten Stock, Landauer und Ibrahim ließen sich einen Kaffee bringen und sanken in die weichen Sessel.

Ein paar Minuten später kam der Portier auf Landauer zu und beugte sich zu ihm hinunter. »Die Dame wird etwas Zeit benötigen. Sie bittet um Nachsicht.«

Landauer nickte.

»Jetzt wird sie ihn lesen«, sagte Ibrahim, der die Szene beobachtet hatte.

»Was meinen Sie?«, fragte Landauer.

»Ich habe den Brief hierhergebracht. Er wollte, dass sie ihn in ihrem Zimmer vorfindet, wenn sie ankommt.«

Als Fayence, Nadya hinter ihr, nach einiger Zeit oben auf der Treppe erschien, hatte sie Tränen in den Augen. Doch ihr Blick war entschlossen.

»Jetzt will ich sein Haus sehen«, sagte sie. »Und seine Kinder. Alles.«

Schweigend fuhren sie in die Delbrückstraße. Ibrahim drückte den Klingelknopf und öffnete im gleichen Zuge die Tür mit dem Schlüssel.

Layla und Abdullah warteten im Wohnzimmer. Frische Blumen standen in der Eingangshalle, es duftete nach Kaffee und Gebäck und ein wenig nach Sandelholz.

Fayence nahm Layla wie selbstverständlich in den Arm, Abdullah reichte sie die Hand und hielt sie lange fest.

»Fouad hat es weit gebracht«, sagte sie und sah sich um.

»Wie Sie auch«, sagte Layla.

Fayence stellte ihre Handtasche auf einen der Stühle. »Sie werden wissen wollen, was Ihr Vater mir geschrieben hat. Sie haben ein Recht, es zu erfahren.« Sie nahm den Brief aus der Tasche und reichte ihn Layla. »Lesen Sie ihn, auch Sie, Abdullah. Aber nicht jetzt. Wenn ich gegangen bin. Danach sollten wir miteinander sprechen. Und nun zeigen Sie mir sein Reich.«

6

Die Regale seines Büros bei LeclairSolutions waren leer, aufgeklappte Kisten standen auf dem Boden, der Computer war ausgeschaltet, die Vorhänge abgehängt. Das Bild von Johannes am Filmset lag auf dem Schreibtisch. Layla Tamimi hatte sich angekündigt, und wenig später hörte er ihre Schritte im Flur. Hatte sie Nachrichten von ihrem Vater?

Am Abend vor ihrer Abreise hatten Fayence und er sich noch einmal im Hotel getroffen. Fayence hatte ihn darum gebeten, und schon auf dem Weg dorthin spürte er so etwas wie eine große Erleichterung. Sie hatte ihm gedankt, seine beiden Hände gehalten und gesagt, niemals werde sie vergessen, was er für sie getan habe. Aus ihrer Handtasche holte sie Tamimis Brief, öffnete ihn vorsichtig wie ein wertvolles Dokument und blickte auf die Zeilen.

Dann faltete sie ihn wieder zusammen und schien nachzudenken. »*Unser Leben wird dort sein, wo wir sind*«, begann sie. »Das hat er geschrieben und mich wissen lassen, wo ich ihn finde.«

Landauer sah sie abwartend an. Sie nahm einen Schluck von ihrem Lillet. »Liebe kennt keinen festgetretenen Pfad«, fuhr sie fort. »Sie sucht auch dann, wenn sie gefunden hat. Und sie soll frei sein, wie Fouad und ich es niemals im Leben gewesen sind.«

Ihr Blick schweifte durch die Bar, als suche sie in jedem Winkel nach den passenden Worten. »Wissen Sie, Fouad und ich, wir beide haben unser Leben gelebt. Wir haben aus vollen Quellen geschöpft, wir haben geliebt. Ich war immer an seiner Seite und er an meiner. Mehr hat uns Gott nicht geben können, er muss das Glück verteilen. Ich habe meinen Teil an diesem geschenkten Glück gehütet, bewahrt, alle Tage gedankt für das, was ich hatte, nicht geweint über das, was ich nicht hatte. Ich hatte ihn doch, mein Leben lang, vielleicht habe ich das in meinem tiefsten Inneren immer gewusst.«

Sie griff erneut nach Landauers Hand. »Umso dankbarer bin ich Ihnen, dass sie mich zu ihm geführt haben und ich ihn nun nicht mehr nur in meinem Herzen, sondern bald auch wieder in meinem Leben weiß.«

Layla klopfte an die halb geöffnete Tür und kam herein. Sie habe ihm diesen Brief persönlich vorbeibringen wollen, sagte sie und reichte ihm einen Umschlag.

»Von Abu«, sagte sie. Dann brach sie ab, als suche sie im Nachhall der Gedanken und Erlebnisse der vergangenen Tage etwas, das eine Spur zu ihrem Vater sein könnte. Sie sah sich um. »Hat er Sie hier aufgesucht?«

»Ja. Wenn Sie so wollen, hat damit alles angefangen.«

»Eigentlich hat es mit uns beiden angefangen, mit Ihnen und mir.« Sie hob eine Augenbraue und sah ihn ein wenig herausfordernd an.

»Machen Sie sich Vorwürfe?«

»Nein, ich denke nicht.« Sie berührte das Bild von Johannes. »Ich bin eher dankbar. Weil allein das, was ist, das Richtige ist. Es geht darum, es anzunehmen, nicht, dagegen anzukämpfen.«

»Sieht Ihr Vater das auch so?«

Sie lachte. »Sie kennen ihn. Und Sie kennen die Antwort.«

Layla schien sogleich wieder aufbrechen zu wollen. Sie wandte sich zur Tür, griff nach der Klinke.

»Was wird Ihr Vater jetzt tun?«, fragte Landauer.

»Ich weiß es nicht. Lesen Sie, was er geschrieben hat. Vielleicht hat er es Ihnen in dem Brief ja verraten«, sagte sie, nickte ihm zu und ging.

Landauer schloss die Tür hinter ihr. Er ließ sich in den Bürosessel sinken, öffnete das Kuvert, setzte die Lesebrille auf und begann zu lesen.

Professor,
ich musste diesen Weg wählen, einen Ort suchen, wo ich sicher bin und die Möglichkeit habe, Sahira zu sehen, ohne Gefahr und Angst, bevor ich zu Hause die Dinge in Ordnung bringe und meine Anwälte bei Gericht eine Selbstanzeige hinterlegen. Biege die Äste gerade, solange es noch geht, heißt es bei uns.

Ich habe mich nicht bereichert, ich wollte helfen, denen helfen, die uns helfen. Uns, meinem Volk. Vor allem, nachdem ich mich als junger Mann, damals im Casino, auch mit Leuten eingelassen hatte, die den Teufel unter sich wissen, namhafte Christen, um an ihr Geld zu kommen, schmutziges Geld. Nun wissen Sie es. Und ich muss mit der Tatsache leben, dass einer dieser Männer Sahiras Peiniger gewesen ist und sie fast getötet hätte.

Sahira ist ihren eigenen Weg gegangen, hat mit aller Macht den Weg in die Freiheit gesucht und gefunden. Ohne mich. Und nun hat sie auch mich wiedergefunden. Dank Ihnen.

Ich habe Ihnen eine Bitte angetragen, und Sie haben mich erhört. Wir waren für einen kurzen Moment unseres Lebens Brüder. Das bleibt.

Fouad Tamimi

Epilog

Atmen

Mein Lieber, das hätten Sie mir sagen müssen! Es wäre Ihre Pflicht gewesen. Und dann noch vor diesem GAU den Anwalt davonjagen.«

Er hatte mit dem Anruf gerechnet. Schon seit ein paar Tagen. Er wunderte sich, dass er erst jetzt kam.

»Wollen Sie sich umbringen und mich gleich mit? Kommende Woche legt *Reports in Medicine* nach. Wieso haben Sie Material zurückgehalten? Wie gelangen die überhaupt an diese Dokumente, die nicht einmal die Staatsanwaltschaft zu sehen bekommen hat? Oder sind Sie in all Ihrer Lauterkeit auf die Idee gekommen, sich selbst zu bezichtigen? Es wäre korrekt gewesen, mich vorab zu informieren. Wir hätten den Vertrag geräuschlos aufheben können. Aber jetzt, so, Sie lassen mir keine Wahl ...«

Landauer hatte den Lautsprecher angestellt, Johannes und er warfen sich einen Blick zu. Nach einem kurzen Austausch, in dem er noch einmal darlegte, dass das Material keine neuen Erkenntnisse bringen werde und nahezu wertlos sei, sagte er, dass er die sofortige Aufhebung ihrer Vereinbarung akzeptiere. Nein, er sei bei Sinnen, mehr als je zuvor, und legte auf.

»Cool«, sagte Johannes. »Echt gechillt, Dad.«

»Komm, lass uns weitermachen«, sagte Landauer und steckte ein paar dicke Socken in den Rucksack.

»Die brauchst du nicht. Es sei denn, du willst den Winter über dort bleiben.«

Landauer holte sie wieder heraus, betrachtete sie, steckte sie wieder in den Rucksack. Johannes seufzte.

»Ich lass dir den Schlüssel da. Blumen gibt es nicht, vielleicht gelegentlich mal nach dem Rechten sehen.« Er warf Johannes das Schlüsselbund zu. Der fing es auf, betrachtete es. Der Anhänger war ein kleiner Leuchtturm.

»Findest du das nicht ein bisschen kitschig, nach all dem, was du mir erzählt hast?«

»Doch«, sagte er, und beide lachten.

»Wann geht dein Flieger, Dad?«

»Kurz nach sechs.«

»Ist es okay, wenn ich nicht mitkomme? Ich mag Abschiede nicht.«

»Ich auch nicht, John. Aber es ist ja keiner.«

Neben dem Rucksack stand ein metallener Koffer mit einem Roten Kreuz auf weißem Grund.

»Weiß sie, dass du kommst?«

»Talia hat sie vorher gefragt. Jede Hand wird hier gebraucht, hat sie geantwortet. Vor allem Mediziner.«

»Schickst du mir ein Foto?«

»Wenn du möchtest.«

Nachdem Johannes gegangen war, öffnete er noch einmal den metallenen Koffer, nahm Geräte heraus, Verbandszeug, Stethoskop, wog sie in der Hand, legte sie wieder hinein und ließ die Schlösser des Koffers zuschnappen.

Abdullah Tamimi hatte ihm angeboten, die Anwälte seines Vaters für ihn arbeiten zu lassen, nachdem er gehört hatte, dass al-Soury seine Drohung wahr gemacht hatte. Vielleicht sollte er auf sein Angebot zurückkommen? Er spürte, dass es ihm unendlich gleichgültig war, was mit ihm geschah.

Trotzdem nagte etwas an ihm. Er wollte al-Soury nicht das Feld überlassen. Nicht einmal das kleine, das Mila ihm noch lassen würde, wenn ihre Geschichte über seinen ehemaligen Kollegen *rund* sei, wie sie beim Abschied gesagt hatte. Und mit Aplomb veröffentlicht. *Saubermänner mit blutigen Händen*, so oder so ähnlich könnte die Headline lauten, hatte sie ihn am Tag nach ihrer Abreise über Skype wissen lassen. Er hatte sie deswegen etwas sauertöpfisch angesehen, und sie hatte gelacht.

»Dann bitte ich um eine neue«, hatte sie gesagt.

»Wird geliefert.«

»Und?«

»Lass mich ein wenig nachdenken.«

»Auf Chios?«

»Könnte sein«, hatte er gesagt. »Und danke, Mila. Danke für alles.«

»Warte erst einmal ab, bis du den Text gelesen hast.«

Am Flughafen würde ihn Monique Kerner erwarten. Sie hatte ihm geschrieben, dass sie es sich nicht nehmen lasse, den reisenden Arzt zu verabschieden. Er hatte nicht protestiert. Warum auch und wogegen? Gegen das, was er für sie empfand? Auch wenn er nicht in der Lage war, es zu beschreiben, er spürte so etwas wie Wärme, Trost und Sehnsucht, wenn er an sie dachte. War es Liebe? Vielleicht der Anfang von etwas, das man einmal so nennen könnte. Wenn dieses Wort nicht so groß wäre, so unendlich groß, von keiner Formel und keiner Empirie zu bändigen.

Das Taxi kam pünktlich. Er wuchtete Rucksack und Arztkoffer in den Wagen, nannte als Ziel den Flughafen Tegel. Auf dem Beifahrersitz lag eine Zeitung.

»Darf ich einmal hineinsehen?« Der Fahrer reichte sie ihm wortlos nach hinten.

Der Artikel war nicht lang, aber er stand auf der Titelseite. *Erneut Instabilität im Libanon. Parteichef al-Soury nach Berichten über Beteiligung an Folter und politischen Morden zurückgetreten.*

Er las den Anfang des Berichts, dann ließ er die Zeitung sinken.

Auch wenn die Ereignisse schon viele Jahre zurückliegen, sie sind von Gewicht. Wie die holländische Tageszeitung deVolkskrant *gestern berichtete, sind massive Vorwürfe gegen den Vorsitzenden der neu gegründeten, rechtskonservativen Zedern-Partei bekannt geworden. Gestern gab der Parteichef und frühere Wissenschaftler alle Ämter auf, ohne sich zu den Vorwürfen zu äußern ... Als neuer Kandidat für den Vorsitz gilt der Geschäftsmann und Politiker Pierre Dabour, der seinem Parteifreund für sein unermüdliches Engagement und seine große Leistung dankte ...*

Der Fahrer blickte in den Rückspiegel und stellte das Radio leiser.

»Lassen Sie es ruhig laufen«, sagte Landauer, lehnte sich zurück und schaute aus dem Fenster. Die ersten Blätter begannen sich von den Bäumen zu lösen, wirbelten hoch, sanken, tanzten, drehten sich, wollten noch nicht fallen. Er öffnete das Fenster, spürte die Berührung des Windes, er kam von weit her wie über ein Meer, das keine Trauer kennt und keine Tränen.

Dank

Mein Dank gilt
Wolfgang Roßberg für die fachliche Expertise aus der Welt der Pharmakologie und der medizinischen Forschung.
Chris und Jonas Weiß-Lange für einen Hafen in Beirut und die Navigation hinein in ein ganz besonderes Land.
Sabine und Niko Sieveking, die mir im Norden Deutschlands einen neuen Schreibraum eröffnet haben.
Maren Jessen für ihre großartige Arbeit am Manuskript und ihre so textsicheren Interventionen.
Jan-Philipp Sendker, dem geduldigen und klugen Freund und Berater, immer wieder der Leser des Unvollendeten.
Bettina Abarbanell, meiner Frau, der ersten und wichtigsten Leserin.
Ulrich Genzler und Holger Kuntze, Ermutiger auf einem langen Weg von der Idee zum Buch.
Tilo Eckardt von der Verlagsgruppe Random House für die gewährende und umsichtige Begleitung.

Meiner unersetzlichen Lektorin Katrin Sorko im Blessing Verlag. Danke Dir, Katrin.